Katharina B. Gross

Lovesongs for Alex

5 Minutes

Impressum

http://www.deadsoft.de

Cover: Irene Repp
http://www.daylinart.webnode.com
Bildrechte:

Bandlogo by Inna Strunk

1. Auflage
ISBN 978-3-96089-265-6
ISBN 978-3-96089-272-4 (epub)

Für Alex

Playlist

1. Somebody to love (Justin Bieber)

2. You and me (Lifehouse)

3. Moments (One Direction)

4. Imagination (Shawn Mendes)

5. If our love is wrong (Calum Scott)

6. Don't go breakting my heart (Backstreet Boys)

7. They don't know about us (One Direction)

8. Secrets (One Republic)

9. That should be me (Justin Bieber)

10. Love you goodbye (One Direction)

11. Happier (Ed Sheeran)

12. Breathe Easy (Blue)

13. Sorry seems to be the hardest word (Blue feat. Elton John)

14. You are the reason (Calum Scott)

15. Rewrite the stars (Zac Efron feat. Zendaya)

1. Somebody to love (Justin Bieber)

-Alex-

Die Arena ist brechend voll. Fans drängeln sich rechts und links an mir vorbei. Lisa zerquetscht beinahe meine Hand vor Aufregung, aber ich kann es ihr nicht übelnehmen, denn mir geht es genauso. Meine Hände schwitzen und mein Herz hämmert wie wild gegen meinen Brustkorb. Gleich werde ich sie sehen: 5Minutes – meine absolute alltime Lieblingsboyband!

Das Konzert war innerhalb von wenigen Tagen komplett ausverkauft. Es war pures Glück, dass wird noch an Karten bekommen haben. Vermutlich hätte es meiner Freundin das Herz gebrochen, dieses Konzert zu verpassen. Es ist das einzige Konzert, das 5Minutes in Köln spielen, ehe sie zurück nach England fliegen, um ihre Tour dort fortzusetzen. Lisa würde vermutlich so weit gehen, ihrer Lieblingsband hinterher zu reisen, wenn ihr das Studium nicht so wichtig wäre. Meine Freundin studiert Medizin, während ich mich nach dem Abi für BWL eingeschrieben habe. Trotzdem stand schon in unserer Schulzeit fest, dass wir uns nach dem Abschluss eine WG teilen werden.

Die Lichter gehen aus und kurz wird es um uns herum dunkel, bis bunte Strahler durch den Raum zucken. Meine Aufregung steigt. Die Fans kreischen wie verrückt, weil es sofort losgeht.

»Gleich werde ich Louis endlich live sehen«, sagt Lisas Freundin Juliane neben mir. »Ich bin so aufgeregt!« Sie greift nach meiner freien Hand und drückt sie noch fester, als Lisa es auf der anderen Seite schon tut. Wie gebannt sehen wir zur Bühne. Es ist dunkel, nur einzelne bunte

Strahler erleuchten den vorderen Bereich der Bühne. Die Band stimmt im Hintergrund bereits ihre Instrumente. Ich habe wirklich lange für das Ticket gespart, weil ich unbedingt einen Stehplatz haben wollte. Schon seit heute Mittag haben wir vor der Arena gewartet, um möglichst weit vorne stehen zu können. Es ist zwar nicht besonders angenehm, inmitten der Fans, die sich dicht an einen drängeln, um noch näher an die Bühne heranzukommen. Aber besser, als nur von den oberen Rängen zuzuschauen. Juliane neben mir zappelt aufgeregt und auch ich trete von einem Fuß auf den anderen, als sich die Spots auf die Bühne richten. Als ich Lisa von dem Konzert erzählt habe, musste sie es natürlich gleich ihrer Freundin berichten. Juliane kommt aus Lisas Heimatstadt Konstanz. Vor fünf Jahren ist Lisa mit ihren Eltern hierhergezogen, weil ihr Vater eine Stelle als Chefarzt an der Uniklinik bekommen hat. Und obwohl Juli noch siebzehn und viel jünger als meine beste Freundin ist, sind beide unzertrennlich. Die Distanz scheint ihrer Freundschaft gar nicht im Weg zu stehen, denn wozu gibt es Social Media? Die beiden sind so verrückt, dass sie kaum noch ohne ihr Handy schlafen gehen. Lisa hängt ständig auf Twitter, Facebook oder Instagram, um jedes noch so kleine Detail über unsere Lieblingsband sofort mit ihrer Freundin zu teilen. Die Liebe zu 5Minutes verbindet die beiden.

Der Geräuschpegel schwillt an. Ich glaube, ich bin hier der einzige einundzwanzigjährige Mann zwischen Tausenden von kreischenden Mädchen. Aber das ist mir völlig egal. Ich liebe diese Boyband! Vor allem aber liebe ich den Leadsänger Richard Clark. Lisa liebt Rick ebenfalls, während Julianes Herz für Louis schlägt. Aber ich glaube, meine Gefühle unterscheiden sich deutlich von denen der Mädchen. Lisa hat ganz sicher keine feuchten Träume, in denen sie sich Nacht für Nacht vorstellt, mit Rick im Bett zu liegen und Dinge zu tun, an die ich am Tag nicht mal zu denken wage. Allein, weil Lisa einen festen Freund namens Michael hat, der jedoch so gar nichts mit dem Musikgeschmack seiner Freundin anfangen kann. Außerdem ist der Kerl eifersüchtig bis zum geht nicht mehr, was ihn nicht gerade sympathisch macht. Er kann nicht verstehen, warum Lisa lieber mit ihrem schwulen besten Freund statt mit ihm zusammenwohnen will. Das hat einen praktischen Grund: Unsere WG liegt nur wenige Gehminuten von der Uni entfernt, während Michael am anderen Ende der Stadt wohnt.

»Ah! Da sind sie!«, kreischt Lisa mir ins Ohr. Sie ist total aus dem Häuschen. Einige der Fans drängen sich von hinten gegen uns und schieben uns dadurch weiter nach vorne durch die Menge. Zum Glück halte ich beide Mädchen an den Händen fest, sonst hätte ich sie sicher schon im Gedränge verloren. Dass wir hier wie die Ölsardinen gequetscht werden, macht mir nichts aus. Hauptsache, ich verliere Lisa und Juli nicht, die aufgeregt neben mir auf und ab hüpfen. Musik tönt aus den Boxen, die Band beginnt zu spielen.

Die *Just 5Minutes*-Tour ist letzten Monat in London gestartet und endet auch dort. Ich bin richtig froh, dass die Jungs auch ein Konzert in Köln spielen. Juliane ist extra hierher angereist, da sie keine Tickets mehr für das Konzert in Stuttgart bekommen hatte. Die Mädels tragen ihre Fanshirts der Band mit dem Logo und den Tourdaten der aktuellen Europatour, die sie extra für das Konzert bestellt haben. Ich konnte mich erfolgreich dagegen wehren, dass mir Lisa ebenfalls eins mitbestellt. Ich brauche kein Shirt, um der Band meine Liebe zu zeigen. Außerdem wäre es peinlich, mit den Mädchen im Partnerlook hier aufzutauchen, auch wenn ich glaube, dass sowieso niemand Notiz von mir nimmt. Alle sind auf die Band fixiert.

Die ersten Klänge von *Lucky girl* hallen durch die Arena. Erst leise, dann immer lauter. Die Fans jubeln und toben, als sich die Lichter auf die Bühne richten und die Jungs von 5Minutes nacheinander die Bühne betreten. Erst Matthew, dann Tyler, gefolgt von Marc und Louis. Mein Puls beschleunigt sich, als sie die ersten Zeilen singen.

Hey lucky girl, when I see you, you're always smiling.
Lots of friends, everytime another man.
Hey lucky girl, you're always at a party, sourrounded by loud music.
You're dancing, but you're alone, but you're alone.

Gänsehaut breitet sich auf meinen Armen aus und ich starre wie gebannt auf die Bühne. Trotz des Lärms um mich herum nehme ich nur noch die Band und ihre Musik wahr. Und dann – endlich – rennt er auf die Bühne: Richard Clark. Als ich ihn sehe, glaube ich fast, dass mein Herzschlag vor Aufregung für einen Moment aussetzt. Alles in mir kribbelt vor Adrenalin.

Rick läuft an den Rand der Bühne, breitet die Arme aus und lacht.

»Hello Cologne, are you ready?«, schreit er ins Mikrofon. Unter tosendem Applaus des Publikums steigt Rick in den Refrain ein. Seine Stimme hallt durch den Saal, durchdringt mich und lässt meinen Bauch angenehm kribbeln. Gott, wie ich seine Stimme liebe! Ich höre die Songs von 5Minutes fast durchgehend. Ihre Musik ist einfach großartig. Sie macht mich glücklich. Und *Lucky girl* ist mein absolutes Lieblingslied!

Oh lucky girl, oh lucky girl,
if you only let me, I'll offer you the world.
Oh lucky girl, oh lucky girl,
if you only let me, I'll love you forever,
'cause you're special to me.

Lisa und Juliane singen lautstark mit. Auch ich kann nicht anders, als in den Refrain einzusteigen. Ich bin wie berauscht von der Musik und dem unglaublichen Gefühl, die Band endlich live zu sehen. Noch viel besser wäre es, wenn Lisa und ich nach dem Konzert ebenfalls zu dem Meet & Greet mit Louis gehen könnten. Keine Ahnung, wie Juli es angestellt hat, an Louis heranzukommen, aber als sie bei uns in der WG angekommen ist, hat sie uns voller Vorfreude berichtet, dass sie von Louis persönlich zu einem Treffen eingeladen wurde. Hoffentlich haben wir Glück und die Security lässt uns ebenfalls rein. Es wäre echt der Wahnsinn, Louis persönlich kennenzulernen. Und wenn ich dann vielleicht noch zufällig Rick über den Weg laufen würde, wäre es das Highlight meines Lebens!

Auf den Leinwänden rechts und links neben der Bühne kann ich die Bandmitglieder genau erkennen. Rick hält sein Mikrofon beim zweiten Refrain in die Menge, damit wir alle seinen Part mitsingen können. Die Kameras sind auf ihn gerichtet und ich beobachte jede seiner Regungen auf der Leinwand. Wie er sich lachend die blauen Strähnen aus der Stirn streicht, die seine Augen verdecken. Heute trägt er ein schwarzes, viel zu enges Muskelshirt mit einer Regenbogenfahne mitten auf der Brust und dazu zerrissene Bluejeans. Rick ist derjenige aus der Band, der mit seinen Klamotten heraussticht. Vermutlich will Rick mit seinem Aufzug wieder die Medien provozieren. Es kursieren massenhaft Gerüchte über seine Bisexualität im Internet. Ich kann mir kaum vorstellen, dass das wirklich wahr sein könnte. Keine Ahnung, wer es in Umlauf gebracht hat, aber ich folge ihm schon sehr lange auf Twitter, wo ich noch nie Tweets oder Bilder gesehen habe, die Rick mit einem Mann zeigen. Außer natürlich mit seinem besten Freund Marc.

Rick ist ein ziemlicher Frauenmagnet, der, laut Presse, jeden Tag eine neue Affäre hat. Dieser Gedanke schmerzt. Natürlich weiß ich, dass ich nicht einmal in seine Nähe kommen werde, um ihm meine Gefühle zu offenbaren. Aber träumen ist bekanntlich nicht verboten. Er ist ein Weltstar, ich bloß ein verliebter BWL-Student. Uns verbindet nichts außer die Liebe zur Musik. Das Einzige, das mir vergönnt ist, ist, ihn aus der Ferne zu bewundern und seine Musik zu hören.

Als die Band das nächste Lied anstimmt, schließe ich meine Augen und lasse mich von der Musik davontreiben.

5 Minutes

»Jetzt hör auf herumzutrödeln«, ruft mir mein Chef Peter zu.

»Ja.« Ich eile zu ihm hinter die Theke und hole das Bier ab, das er für Tisch fünf gezapft hat. Die beiden Männer dort lachen über irgendwas und der jüngere von ihnen wirft mir einen anzüglichen Blick zu, als ich das Bier abstelle. Okay, diese Hose ist etwas gewagt für die Arbeit. Aber es ist Samstagabend, vielleicht ergibt sich ja noch etwas. Peters Bar ist zwar keine Szenenkneipe, doch ab und zu verirrt sich der ein oder andere schwule Mann hierher. One-Night-Stands sind zwar nicht gerade das, was ich mir von meinem Leben wünsche, aber gelegentlich sage ich nicht nein.

Peter verabschiedet sich ins Lager, um ein weiteres Fass Bier zu holen, also stelle ich mich an die Bar und beginne damit, die schmutzigen Gläser abzuspülen. An den Job hier bin ich durch einen Kommilitonen gekommen. Peter ist sein Onkel, der für die Semesterferien eine Aushilfe gesucht hat. Und ich brauchte einen Job.

Heute ist noch nicht wirklich viel los, was untypisch für einen Samstagabend ist. Normalerweise sind hier fast alle Tische besetzt und ich renne nur so von einem Gast zum nächsten. Jetzt habe ich wenigstens ein bisschen Ruhe, um meinen Gedanken nachzuhängen.

Ich bin immer noch total geflasht vom gestrigen Konzert, obwohl ich traurig gewesen bin, dass Lisa und ich nicht mit Juliane zum Meet & Greet mit Louis gehen durften. Der

Bodyguard hat uns nicht reingelassen, weil es ein inoffizielles Treffen war. Das hätte meine Chance sein können, Rick endlich einmal aus der Nähe zu sehen. Aber vermutlich hätte ich in seiner Gegenwart sowieso keinen Ton herausbekommen. Also ist es vielleicht besser gewesen. Ich hätte mich doch nur blamiert.

Trotzdem war es so überwältigend, 5Minutes endlich live auf der Bühne zu sehen, dass ich gestern Nacht vor Aufregung kaum einschlafen konnte. Stattdessen habe ich in meinem Bett gelegen und an die Zimmerdecke gestarrt, während das neue Album meiner Lieblingsboyband in Dauerschleife lief. Ich hätte ewig in der Arena bleiben können, um Ricks Stimme zu lauschen. Ich liebe die Texte der neuen CD. Rick hat sogar einige der Songs für das neue Album selbst geschrieben.

Lucky girl vor mich hin summend, strecke ich mich und stelle die Gläser ins oberste Regal. Die Typen von Tisch fünf winken mich erneut zu sich.

»Wir hätten gerne noch zwei Kölsch«, bestellt der ältere der beiden.

»Und deine Handynummer«, ergänzt der andere, der mir vorhin schon auf den Hintern gestarrt hat.

»Sorry, aber meine Nummer steht nicht auf der Karte.« Ich zwinkere ihm zu und verschwinde wieder, um das Bier zu holen. Der Typ sieht eigentlich gar nicht übel aus. Aber ich bin immer noch so im Rausch, weil ich Rick gestern live gesehen habe, dass jeder andere Mann jetzt sowieso keine Chance bei mir hätte. Warum sollte ich ihm also Hoffnungen machen, indem ich ihm meine Nummer gebe?

Immer noch summend ziehe ich mein iPhone aus der Hosentasche und öffne Twitter, um die offizielle Seite von 5Minutes und Louis' Profil zu checken. Oh, beinahe hätte ich seinen neuen Tweet verpasst. Louis hat Fotos vom gestrigen Konzert gepostet. Einmal die Zuschauer in der Arena, die alle ihre Handylichter hochhalten und dann noch eins, auf dem alle fünf Mitglieder nach dem Konzert fröhlich in die Kamera grinsen. *»Es war unglaublich, Leute«*, steht unter den Fotos. Ich klicke auf das Herz unter dem Tweet, dann scrolle ich durch sein Profil zu den älteren Beiträgen. Es ist bereits eine ganze Weile her, seitdem Louis etwas gepostet hat. Untypisch, denn von Juliane weiß ich, dass Louis der einzige aus der Band ist, der ständig in den sozialen Medien unterwegs ist. Ich schaue mir einen der Tweets an und muss plötzlich laut lachen. Oh Mann! Lou und eine Banane?

Louis Adams @mysteriousLou: Esse eine Banane. L.

Der Uhrzeit nach zu urteilen, isst Louis ziemlich langsam, denn der zweite Tweet kommt fast fünfzehn Minuten später.

Louis Adams @mysteriousLou: Esse immer noch eine Banane. L.

Juli @holyjulicamoli: Ich denke daran, was ich alles mit deiner Banane anstellen könnte.

Sekunden später twittert sie erneut.

Juli @holyjulicamoli: Denke immer noch daran, was ich alles mit deiner Banane anstellen könnte.

Ein breites Grinsen stiehlt sich auf mein Gesicht. Gott, Juli traut sich ganz schön was! Ich hätte nie im Leben den Mut aufgebracht, so etwas auf einen Tweet von Louis zu antworten. Vor allem nicht öffentlich!

Louis Adams @mysteriousLou: @holyjulicamoli: Erzähl mir mehr. L.

Marc und Rick haben ebenfalls auf Lous Bananen-Tweet geantwortet.

Marc Hall @MarcHallOfficial: Kann ihm mal jemand die Banane wegnehmen, sonst drehe ich gleich durch!

Richard Clark @RickyBoy: @MarcHallOfficial Habe ihm die Banane erfolgreich aus den Händen gerissen und zerstört.

Dazu hat Rick das Bild einer Banane gepostet, die zermatscht auf dem Boden liegt. Ich kann mir Louis wirklich gut vorstellen, wie er seine Bandkollegen mit einer Banane völlig verrückt macht. Okay. Stopp. Jetzt wird die Vorstellung ein wenig zu bildlich. Grinsend schüttele ich den Kopf, um dieses Bild zu vertreiben, und stecke das Handy wieder ein. Mir würde im Traum nicht einfallen, die Tweets von 5Minutes zu kommentieren, so wie es Juliane regelmäßig tut. Vor allem nicht die von Rick. Obwohl ich ihm auf Twitter und Instagram folge, würde ich mich nie und nimmer trauen, ihn einfach so anzuschreiben. Ich meine, wie könnte ich? Rick ist ein Star und ich bloß ein verliebter Junge!

Seufzend widme ich mich wieder den dreckigen Gläsern. Meine Gedanken wandern immer wieder zum gestrigen Konzert zurück. Obwohl ich fast nur Augen für Rick gehabt habe, ist mir dennoch aufgefallen, dass Louis auf der Bühne irgendwie traurig gewirkt hat. Vermutlich, weil Juli vor dem Konzert über ihn und seine seltsame Zurückhaltung in den sozialen Medien gesprochen hat. Er hat sogar seinen zweiten Einsatz bei *Lucky girl* verpasst. Marc hat ihm geholfen und wahrscheinlich ist es kaum einem aufgefallen, aber da ich dieses Lied gerade rauf und runter höre, habe ich es bemerkt. In der Pause habe ich die Mädchen darauf angesprochen. Juliane hat gleich auf Liebeskummer getippt, während Lisa bloß ratlos mit den Schultern gezuckt hat. Juli meinte, es aus einem seiner letzten Tweets herausgelesen zu haben, da Lou vor einiger Zeit ein paar Zeilen aus einem Liebeslied auf seinem Twitteraccount geteilt hat. Rick hat es als einen neuen Song abgetan, was Juli aber nicht glaubt. Wenn es um Louis geht, hat sie sich selbst zum Fan Nummer eins erkoren. Sie verpasst keine Nachrichten von oder über ihn und hat, laut Lisa, unzähligen Merchandise von Lou. Shirts, Armbänder, Tassen und solchen Kram. Vermutlich mag sie ihn so sehr, weil er immer so geheimnisvoll wirkt. Oder aber, weil er mit gerade zwanzig der Jüngste ist. Keine Ahnung. Vermutlich hat sie auch einfach einen Narren an ihm gefressen, weil er total niedlich und sie heimlich in ihn verliebt ist.

Louis ist aber auch der einzige von 5Minutes, der in der Presse oder im Fernsehen nie mit einer Frau oder einem Mann gesehen wird. Alle Fragen der Journalisten, wie es um sein Liebesleben steht, ignoriert er. Glaubt Juliane vielleicht deshalb, er könnte unglücklich verliebt sein? Ich wollte sie spaßeshalber damit aufziehen, ob sie nicht einfach selbst Liebeskummer hat und diesen auf Louis projiziert. Doch sie hat gleich dichtgemacht und es abgestritten.

Juli bleibt noch bis morgen Nachmittag bei uns, bevor sie zurück nach Konstanz fährt. Heute Abend sind die beiden Mädchen zu Lisas Freundin Vanessa gefahren, um mit ihr ein bisschen zu feiern. Also habe ich sturmfreie Bude. Ich könnte bei meinem Kumpel Tim anfragen, ob er Lust auf Party hat. Alternativ könnte ich mir nach meiner Schicht eine schöne Pizza Hawaii bei meinem Lieblingsitaliener bestellen und es mir mit einem guten Film auf dem Sofa gemütlich machen. Ja, Plan B klingt wirklich vielversprechend.

Gedankenverloren lasse ich meinen Blick durch den Raum gleiten. Die Typen von Tisch fünf sitzen immer noch vor ihren halbvollen Gläsern. Plötzlich fällt mir ein Mann in der hinteren Ecke des Raumes auf. Als ich ihn erkenne, beschleunigt sich mein Herzschlag. Ach du scheiße! Das kann doch nicht wahr sein! Ich blinzle ein paar Mal, aber er ist es wirklich. Er trägt dasselbe Shirt wie gestern unter dem schwarzen Kapuzenpullover. Der von blauen Strähnen durchzogene Pony wird von einem Bandana zurückgehalten. Obwohl er eine schwarze Sonnenbrille trägt, damit ihn niemand erkennt, würde ich es unter Tausenden tun. Richard Clark, meine heimliche Liebe. Ich muss mich am Tresen abstützen, meine Beine bestehen plötzlich nur noch aus Wackelpudding. Die Gedanken in meinem Kopf überschlagen sich. Gott, was macht er hier? Das kann doch nicht wahr sein! Es gibt unzählige Kneipen in Köln. Wie hoch ist da die Wahrscheinlichkeit, dass Rick gerade in die Kneipe geht, in der ich arbeite? Das … Gott … ich glaube mein Herz bleibt gleich vor Aufregung stehen!

»Hör endlich auf damit, Löcher in die Luft zu starren, und bediene unsere Gäste. Was ist heute los mit dir? Sonst bist du doch auch immer so aufmerksam. Geh und nimm die Bestellung von dem Mann da drüben auf. Ich glaube, er sitzt schon eine ganze Weile dort«, höre ich Peter hinter mir schimpfen. Erschrocken zucke ich zusammen. Wie lange steht er schon da?

»Ich?«, krächze ich panisch. Meine Kehle ist plötzlich staubtrocken.

»Siehst du hier etwa noch jemanden, der fürs Kellnern bezahlt wird?« Peter zieht belustigt die Augenbrauen hoch. Ich schlucke nervös und schiele kurz zu Rick, der gerade die Getränkekarte studiert. Vermutlich kann er sie nicht lesen. Kann ich denn einfach so zu Rick rübergehen und ihn fragen, was er trinken will? Das ist zwar mein Job, aber … ich meine, das ist Rick, der da am Tisch sitzt. Mein Herz schlägt mir bis zum Hals.

»Worauf wartest du?«, fragt mein Chef ungeduldig. Mit wild klopfendem Herzen und wackeligen Beinen gehe ich zu Rick rüber. Meine Handflächen schwitzen so sehr, dass ich Angst habe, meinen Kuli fallen zu lassen.

»Ähm … Hallo«, bringe ich mühsam hervor und wische mir die Hände an meiner Schürze ab. Gott, meine Stimme klingt furchtbar! Wozu zur Hölle brauche ich ein Meet & Greet, wenn Richard Clark höchstpersönlich in der Kneipe sitzt, in der ich arbeite? Rick hebt den Kopf, aber hinter seiner Sonnenbrille kann ich seinen Blick gar nicht deuten, was mich noch nervöser macht.

»Ähm … was möchtest du trinken?«, frage ich ihn in meinem besten Schulenglisch, das ich zustande bringe, und hoffe, die Vokabeln nicht durcheinander gebracht zu haben. Englisch war im Abi nicht mein bestes Fach. Meine Lehrerin hat immer nur verzweifelt den Kopf geschüttelt und gemeint, würde ich jemals in ein englischsprachiges Land reisen, würde ich mich elendig verlaufen und dann nicht einmal nach dem Weg fragen können. Aber wozu jemanden fragen, wenn es Google Maps gibt?

Rick schiebt sich die Brille von der Nase, sodass ich endlich in seine blauen Augen sehen kann. Das Licht hier ist zwar gedämmt, aber ich weiß, dass seine Augen strahlend blau sind, immerhin habe ich ein Poster von ihm über meinem Bett hängen. Es ist das erste, was ich jeden Morgen sehe, wenn ich aufwache. Aus der Nähe sieht er noch viel besser aus als im Fernsehen oder gestern auf der Bühne! Mein Herz überschlägt sich beinahe in meiner Brust. Wenn er mich weiterhin so ansieht, bekomme ich auf der Stelle einen Herzinfarkt und Rick heute gar nichts mehr zu trinken. Hoffentlich bemerkt er nicht, dass ich am ganzen Körper zittere. So unauffällig wie möglich lehne ich mich an den Tisch, um wenigstens ein bisschen Halt zu haben.

Rick fixiert mich immer noch, dann huscht ein Lächeln über sein Gesicht, für das ich vermutlich vor Aufregung sterben werde. Weil es mir gilt. Vielleicht lacht er mich aber auch nur für mein schlechtes Englisch aus, doch das ist mir gerade total egal. Hauptsache, ich bin es, der ihm ein Lächeln aufs Gesicht zaubert.

»Was empfiehlst du mir denn?«, fragt er und schiebt die Getränkekarte zur Seite.

»Ähm … Bier?«, schlage ich wenig geistreich vor, weil ich keine Ahnung habe, was Rick gerne trinkt. Ich muss wohl die Frage zu seinen Lieblingsgetränken in den Interviews übergangen haben.

»Okay.«

Heißt das jetzt, ich soll ihm ein Bier bringen? Aber welches? Pils? Kölsch? Weizen? Ich stehe immer noch wie angewurzelt vor seinem Tisch, Block und Kuli fest umklammert, und starre Rick an. Fragend zieht er eine Augenbraue hoch, unterbricht den Augenkontakt zu mir jedoch nicht. Oh scheiße! Mein blödes Herz dreht gerade total durch. Ein Wunder, dass ich nicht schon längst einen Herzinfarkt erlitten habe.

»Alexander!«, ruft Peter quer durch den Raum. Jetzt kehrt wieder Leben in mich und ich eile davon, um das Bier für Rick zu organisieren.

Ich denke, dass ihm das Kölsch ganz gut geschmeckt hat, immerhin hat Rick noch zwei weitere bestellt, ehe er vor ungefähr einer Stunde die Kneipe verlassen hat. Bis zum Ende meiner Schicht füllt sich die Kneipe stetig, sodass ich kaum noch Zeit habe, weiter über Ricks Besuch nachzudenken.

Nachdem ich das letzte der sauberen Gläser ins Regal geräumt habe, löse ich die Enden meiner Schürze.

»Ich bin dann weg für heute«, rufe ich Peter zu, der gerade einen der leeren Tische abwischt.

»Ist gut, Alex. Den Rest schaffe ich alleine. Hab noch einen schönen Abend.«

»Danke. Bis morgen dann.« Ich schnappe mir meinen Rucksack und verlasse die Kneipe. Soeben habe ich mir online eine leckere Pizza Hawaii bestellt, die in knapp einer halben Stunde zu mir nach Hause geliefert wird. Bei dem Gedanken an Pizza knurrt mein Magen bereits.

»Hey«, sagt jemand hinter mir, als ich gerade die Straße überqueren will. Ich drehe mich zu demjenigen um und erstarre. Rick lehnt mit dem Rücken gegen die Wand in der Nähe vom Eingang, die Hände in den Taschen seiner Kapuzenjacke vergraben. Wie konnte ich ihn eben übersehen? Das Licht der Eingangsbeleuchtung wirft Schatten auf seine Gestalt, aber es ist unverkennbar Richard Clark. Erschrocken sehe ich mich nach allen Seiten um, aber es ist niemand in der Nähe, den er statt mir hätte meinen können. Rick löst sich von der Wand und kommt langsam auf mich zu. Soll ich dem Schicksal jetzt danken oder es verfluchen, dass mir mein Schwarm heute gleich zweimal über den Weg läuft?

»Alexander?«

»Woher kennst du meinen Namen?«, frage ich verdattert. Als mich Rick jedoch nur verwirrt ansieht, fällt mir ein, dass er mich gar nicht versteht. Also übersetze ich ihm meine Frage nochmal.

»Dieser große Mann hat dich so genannt.« Rick zuckt mit den Schultern.

»Was machst du noch hier?«, will ich wissen, um nicht wie ein völliger Idiot hier vor ihm zu stehen und ihn stumm anzustarren. Hat er etwa auf mich gewartet? Bei diesem Gedanken beschleunigt sich mein Puls und plötzlich beginne ich zu schwitzen, obwohl heute Abend ein frischer Wind weht.

»Das klingt jetzt blöd, aber ich weiß nicht mehr, in welchem Hotel wir untergekommen sind. Keiner der Jungs geht ans Handy und ich werde mich hier vermutlich verlaufen, bevor ich das Hotel wiederfinde. Es hatte so einen seltsamen Namen …« Ein wenig verlegen sieht er mich an. Das hätte ich jetzt nicht vermutet. Warum hat sich Rick denn kein Taxi zu einem x-beliebigen Hotel genommen? Und wozu gibt's Google?

»Ähm …« Was nun? Rick sieht mich an. Zumindest glaube ich, dass er es tut. Es ist dunkel auf der Straße, nur wenige Laternen beleuchten den Gehweg. Das Licht der umgebenden Kneipen reicht nur knapp bis hierher. Außerdem kann ich Ricks Augen hinter der Sonnenbrille, die er immer noch trägt, nicht erkennen.

»Mein Akku hat den Geist aufgegeben, als ich Marc eben eine Nachricht geschickt habe«, teilt er mir mit und hält mir sein Smartphone entgegen, als sei es die Erklärung dafür, dass er immer noch hier ist.

»iPhone?«

Richard nickt.

»Also …« Ich schlucke nervös. »Willst du vielleicht mit zu mir kommen? Ich wohne nicht weit weg und … vielleicht passt mein Ladekabel ja.« Meine Wangen brennen. Zum Glück ist es dunkel, sodass Rick nicht sehen kann, wie rot ich geworden bin. Wie komme ich nur auf diese Schnapsidee, ihn in meine WG einzuladen? Ist mein Zimmer überhaupt aufgeräumt? Wenigstens weiß ich, dass Lisa und Juliane heute Abend nicht mehr nach Hause kommen. Es ist sowieso völlig verrückt, dass mir Richard Clark über den Weg läuft und dann auch noch meine Hilfe braucht. Popstars sind doch sonst immer so … distanziert. Zumindest, wenn man das glaubt, was man so aus den Nachrichten mitbekommt. Rick ist das genaue Gegenteil. Er hat keine Scheu, mit mir zu reden, als wären wir alte Bekannte.

Zu meiner Überraschung schenkt Rick mir ein strahlendes Lächeln und nickt. Na großartig. Jetzt stehe ich hier mit einem Superstar, der mit zu mir nach Hause will.

»Gut, dann komm. Vielleicht hast du ja Glück und auf dich wartet schon eine Nachricht von den anderen, sobald dein Handy wieder angeht«, sage ich und versuche, meine Stimme nicht so zittrig klingen zu lassen, wie ich mich fühle. Rick folgt mir zur Straßenbahnhaltestelle. Die nächsten fünfzehn Minuten bis zur WG verbringen wir schweigend. Ich, weil ich völlig nervös bin, und Rick, weil er immer wieder auf sein iPhone schaut, in der Hoffnung, es könnte doch noch ein Funken Leben im Akku stecken.

»Dann komm mal rein«, fordere ich ihn auf, nachdem ich die Wohnungstür aufgeschlossen und Licht im Flur gemacht habe. Rick zieht sich seine Schuhe aus und folgt mir ins Wohnzimmer. Etwas unschlüssig stehe ich im Raum und beobachte ihn dabei, wie er sich umsieht. Sicher hat er im Vergleich zu uns eine riesige Penthouse-

Wohnung irgendwo im Zentrum von London. Das, was Lisa und ich uns hier in Köln leisten können, ist nur eine winzige Drei-Zimmer-Wohnung im Dachgeschoss. Für einen allein wäre diese Wohnung als Student kaum bezahlbar. Da bin ich wirklich froh, mir mit meiner besten Freundin die Miete teilen zu können. Ich besinne mich und gehe zur Kommode an der Wand rüber, in der wir unseren Technikkram aufbewahren, und ziehe mein iPhone-Ladekabel heraus, das ich Rick reiche. Dieser setzt sich damit aufs Sofa und ich deute auf die Steckdose in Höhe der rechten Sofalehne, an der er sein Handy anschließen kann. Sofort, als er das tut, piept es.

»Willst du etwas trinken?«, frage ich ihn, ganz der gute Gastgeber. Ich meine, hey, wie oft hat man denn schon einen Superstar im Wohnzimmer?

»Gerne. Hast du Bier?«

Ich nicke und hole zwei Beck's aus der Küche. Rick nimmt die Flasche entgegen und trinkt sogleich einen großen Schluck.

»Deutsches Bier schmeckt echt klasse«, sagt er genießerisch. Ich setze mich in einigem Abstand neben ihn. Mein Handy vibriert in meiner Hosentasche. Ich ziehe es heraus und lese die Nachricht von Lisa, da auch Rick mit seinem Smartphone beschäftigt ist.

Was machst du heute Abend, Süßer? Willst du nicht doch noch rüber zu Vanessa, um nicht so alleine zu Hause zu sein? Immerhin ist Samstagabend.

Grinsend antworte ich ihr, ich wäre müde und nicht in Partylaune. Einen Teufel werde ich tun und jetzt zu Vanessa fahren, wenn Richard Clark höchstpersönlich neben mir auf dem Sofa sitzt und Bier trinkt! So etwas passiert vermutlich nur einmal in hundert Jahren! Verdammt, was habe ich nur für ein Glück, meinem Idol so nah zu sein? Heute Morgen war ich noch so traurig, weil das Konzert bereits vorbei ist, und jetzt sitzt er neben mir! Das ist so verrückt, dass ich glaube, zu träumen. Wenn ich meine Hand nur ein paar Zentimeter weit ausstrecke, könnte ich ihn berühren. Einfach so.

Rick ist immer noch in sein Handy vertieft. Ob ihm wohl einer seiner Bandkollegen geschrieben hat und er gleich wieder verschwindet? Mit bangem Herzen schiele ich auf sein Smartphone. Rick macht gar keine Anstalten, zu verbergen, dass er gerade auf Twitter unterwegs ist.

Richard Clark @RickyBoy: Rick allein in Köln – und sofort verlaufen! Was müssen diese Straßen hier auch so unaussprechliche Namen haben?

Unweigerlich muss ich grinsen. Wenn Juliane diesen Tweet sieht, kommt ganz sicher prompt eine Antwort. Selbst mich juckt es in den Fingerspitzen, darauf zu antworten. Alleine, damit Rick meinen Nicknamen erfährt, obwohl dieser ziemlich dämlich klingt. Ich will ihn schon lange ändern, aber irgendwie bin ich nie dazu gekommen. Lisa hat mir diesen Namen verpasst, als wir eines Abends ziemlich betrunken nach einer dieser Studentenpartys nach Hause gefahren sind.

Das iPhone in meiner Hand blinkt auf und zeigt eine Nachricht auf Twitter an. Neugierig öffne ich die Seite.

Juli @holyjulicamoli: @RickyBoy Verrate uns, wo du bist, und wir kommen zu dir. Dann können wir gemeinsam einsam sein.

Na hoffentlich antwortet Rick nicht auf den Tweet. Wenn Lisa und Juliane erfahren, dass Rick in unserem Wohnzimmer sitzt ... die Party bei Vanessa wäre sofort vergessen und die beiden wären schneller hier, als ich bis drei zählen kann. Vermutlich würden sie Vanessa auch noch mitschleppen, und wer weiß wen noch. Nein danke! Ich möchte die Zeit allein mit Rick auskosten, solange es geht.

Das Klingeln an der Wohnungstür lässt mich erschrocken zusammenzucken. Sind das jetzt etwa schon meine Freundinnen? Das kann nicht sein, Lisa hat doch einen Schlüssel ...

»Entschuldige mich kurz«, sage ich zu Rick, der immer noch in sein Smartphone vertieft ist, und eile zur Tür. Erleichtert stelle ich fest, dass es bloß der Lieferservice ist. Meine Pizza habe ich in dem ganzen Trubel völlig vergessen. Der Pizzaduft steigt mir in die Nase und ich merke jetzt erst, wie hungrig ich bin. Ob Rick wohl Pizza Hawaii mag?

»Hey, ich hatte vorhin Pizza bestellt. Möchtest du mitessen? Ansonsten ... ich könnte auch anrufen und noch eine zweite bestellen?«

»Quatsch. Wenn es dir nichts ausmacht, nehme ich ein Stück von dir«, winkt Rick ab und legt sein iPhone zur Seite. Anscheinend hat sich bisher niemand aus der Band bei ihm gemeldet, sonst würde er mein Pizzaangebot wohl kaum annehmen. Ich setze mich mit dem Karton auf dem Schoß wieder neben ihn, diesmal etwas näher, damit er problemlos nach der Pizza greifen kann. Voller Vorfreude öffne ich den Deckel. Ich liebe Pizza Hawaii.

Rick beugt sich zu mir vor und späht in den Pizzakarton. Seine Schulter streift kurz meine und diese kleine Berührung reicht schon aus, um meinen Körper unter Strom zu setzen. Sogleich schlägt mein Herz einen Takt schneller. Leider ist der Körperkontakt viel zu schnell vorbei.

»Hawaii?«, fragt er und verzieht das Gesicht. »Das ist doch nicht dein Ernst!«

»Wieso? Was gibt es denn besseres als Pizza Hawaii an einem Samstagabend?«

»Also für mich hat Ananas nichts auf einer anständigen Pizza zu suchen. Da müsste Peperoni drauf«, meint Rick fachmännisch und verschränkt die Arme vor der Brust.

»Peperoni? Niemals!« Schmollend schiebe ich die Unterlippe vor. Nichts ist besser als Pizza Hawaii. Da wäre Juli sicher auch meiner Meinung. Und Louis sowieso. Weiß Rick eigentlich, dass sein Bandkollege auch so sehr auf Pizza Hawaii abfährt? Das Foto, das Louis damals auf seiner Seite gepostet hat, auf dem er versucht, ein Stück Pizza zu essen, das eigentlich zu groß für seinen Mund ist, hat Juli immer noch als Sperrbildschirm auf ihrem iPhone.

Unwillkürlich muss ich über Ricks Gesichtsausdruck lachen, als er die Ananasstückchen aus dem Teig pickt und das Stück dann in die Hand nimmt. Irgendwie kommt es mir total unwirklich vor, dass wir hier über unsere Pizzavorlieben streiten, als wären wir alte Freunde. Dass Richard Clark einmal in meinem Wohnzimmer sitzt und mit grimmiger Miene Ananasstückchen aus meiner Pizza Hawaii pult, hätte ich mir nie träumen lassen.

Mein Puls beschleunigt sich immer weiter, je länger ich ihm beim Essen zusehe. Und mein Herz macht schon lange, was es will, ohne auf meinen Verstand zu hören. Neben Lisa und Juliane bin ich wohl der größte 5Minutes Fan. Ich habe die Band, und vor allem Rick, seit ihren Anfängen bei der Casting Show vor gut drei Jahren verfolgt und ihre Musik seit dem ersten Song geliebt. Die Songs sind für mich etwas ganz Besonderes, haben mich in schweren Zeit aufgebaut und mir Mut gemacht, wenn ich nicht an mich geglaubt habe. Scheiße, über meinem Bett hängt sogar ein Poster von Rick!

Die Wärme seines Körpers strahlt zu mir rüber, so nah ist er mir. In mir kribbelt alles. Ist ihm denn gar nicht heiß unter seiner Kapuzenjacke? Ich für meinen Teil schwitze fürchterlich – und dabei trage ich bloß ein T-Shirt! Seine Anwesenheit versetzt meinen Körper in einen Ausnahmezustand. Hoffentlich stinke ich nicht. So unauffällig, wie möglich, schnuppere ich an mir. Nein, noch ist alles in Ordnung.

Zum Glück beachtet Rick mich nicht weiter, weil er mit der Pizza und seinem Bier beschäftigt ist. Dafür, dass er Pizza Hawaii so gar nicht leiden kann, hat er einen ordentlichen Appetit. Mein Hunger ist hingegen vergessen. Vor

Aufregung würde ich vermutlich sowieso keinen Bissen herunterbekommen.

»Willst du gar nichts essen?«, durchbricht Rick die Stille zwischen uns. »Die Pizza ist schon kalt.« Zu meiner Überraschung nimmt er ein Stück aus dem Karton und hält es mir an die Lippen. Mein Mund öffnet sich wie von selbst, mein Körper reagiert ganz automatisch auf diese vertraute Geste. Gott, das ist so verrückt! Ich beiße ein Stück von der Pizza ab und greife mit der Hand nach dem Rest, um es Rick abzunehmen. Unsere Hände berühren sich für einen kurzen Moment. Seine Wärme schickt Stromschläge von meinen Fingerspitzen durch meinen ganzen Körper. Ich kann mich nicht rühren, sondern nur stumm in seine blauen Augen schauen, die mich ernst mustern.

»Du hast da Soße«, meint er leise, ehe er sich noch ein Stück vorbeugt und plötzlich viel zu nahe ist! So nah, dass ich sein After Shave riechen kann. Ich schnappe hörbar nach Luft, als er mit dem Daumen über meine Oberlippe streicht. Wie gebannt sehe ich ihm dabei zu, wie er sich genüsslich die Tomatensoße vom Finger leckt. Scheiße, das ist heiß! Meine Kehle wird trocken, mein Herz überschlägt sich beinahe in meiner Brust und meine Gedanken kreisen wild durcheinander, ohne dass ich einen fassen kann. Rick sieht mich weiterhin stumm an und ich Idiot kann nichts anderes tun, als zurück zu starren, weil mir die Worte im Hals stecken bleiben. Es fühlt sich an, als würde die Luft zwischen uns vibrieren.

»Ich … ich …«, beginne ich zu stottern, weil ich den Drang verspüre, irgendwas zu sagen, um diese seltsame Anspannung zwischen uns aufzulockern. Wenn ich es nämlich nicht tue, springt mir mein Herz gleich aus der Brust. Ich bin sowieso erstaunt, dass Rick das laute Pochen meines Herzens nicht hört, denn es ist das einzige Geräusch im ganzen Raum. Mein Körper spielt in seiner Nähe verrückt. Ich hoffe inständig, dass Rick nicht bemerkt, was seine Nähe mit mir anstellt. Jetzt bereue ich meine enge Hose, denn so kann ich, auch wenn ich es wollte, meine körperliche Reaktion auf ihn nicht verbergen. Zum Glück schützt mich der Pizzakarton in meinem Schoß vor der Peinlichkeit, dass Rick meinen Ständer bemerkt.

»Ich … Ich liebe eure Musik … Deine Stimme … Ich war gestern auf eurem Konzert in der Lanxess Arena und stand sogar in deiner Nähe. Na ja, wenn man die rund tausend Menschen zwischen uns mal außen vorlässt und …«

»Alexander.« Ricks blaue Augen fixieren mich erneut. Das Blut schießt mir in den Kopf. Es hat mich schon lange keiner bei meinem vollen Namen genannt. Mein Chef Peter nennt mich nur so, wenn er sauer auf mich ist. Aber so, wie Rick meinen Namen ausspricht, mit diesem sexy britischen Akzent … Seine tiefe Stimme verursacht eine Gänsehaut auf meinem Körper und lässt mein Herz noch schneller schlagen, obwohl ich wirklich geglaubt habe, mehr geht nicht. Vermutlich stelle ich gerade einen neuen Weltrekord in Sachen Herzklopfen auf.

»J … Ja?«, krächze ich.

»Halt einfach die Klappe, okay?«

Ehe ich auf seine Worte reagieren kann, spüre ich seine Lippen auf meinem Mund. Vor Schreck fällt mir das Stück Pizza aus der Hand in den leeren Karton. Passiert das gerade wirklich oder halluziniere ich, weil mein Hirn bereits vor Stunden seinen Dienst versagt hat? Werde ich etwa tatsächlich von Richard Clark, dem Leadsänger meiner Lieblingsboyband, geküsst? Ich?

Ich kann einfach nicht glauben, dass das hier gerade wirklich geschieht. Dabei wollte ich mir nur einen gemütlichen Abend mit meiner Pizza und einer DVD machen … Ach, scheiß auf Pizza! Das ist tausendmal besser als die beste Pizza der Welt! Von Rick geküsst zu werden, habe ich in meinen kühnsten Träumen nicht zu hoffen gewagt. Ich bin so überrascht und gleichzeitig überrumpelt, dass ich wie erstarrt dasitze, statt seinen Kuss zu erwidern. Seine Zunge dringt durch meine Lippen und ich will gar nicht, dass er je wieder aufhört, mich zu küssen. Mein Herz rast in meiner Brust, ich bin wie benebelt von seinem unglaublichen Geschmack. Rick schmeckt so viel besser als alles, was ich bisher probiert habe. Ein bisschen nach Pizza Hawaii, obwohl er die Ananasstückchen nicht mitgegessen hat, aber eben auch einfach nach sich selbst. Diese Kombination ist so unglaublich gut, dass mir spätestens jetzt alle Sicherungen durchbrennen. Jeder Gedanke an Pizza wird unwichtig, Ricks Kuss ist alles, worauf sich meine Sinne konzentrieren.

Seine Lippen sind genauso weich, wie ich es mir immer vorgestellt habe, wenn ich alleine in meinem Bett gelegen und das neue Album von 5Minutes hoch und runter gehört habe. Der Kuss ist unerwartet zärtlich und beinahe vorsichtig. So habe ich Rick gar nicht eingeschätzt. Ich dachte, er wäre ein Mann, der sich einfach nimmt, wonach ihm der Sinn steht. Schließlich eilt ihm sein Ruf voraus. Die Medien berichten immer wieder, was für ein Casanova Rick in

Bezug auf Frauen ist, dass er nichts anbrennen lässt. Genau aus diesem Grund verwirrt mich dieser Kuss. Fast schon zögerlich streicht seine Zunge über meine Lippen, entzieht sich meinem Mund immer wieder, als würde er sich vor meiner Reaktion fürchten. Natürlich wäre ich ziemlich blöd, würde ich ihn jetzt von mir stoßen und einen auf keusche Jungfrau machen, wo dieser Kuss doch alles ist, wovon ich seit Jahren träume. Seit dem Tag, an dem ich Rick mit einem Mikrofon in der Hand auf der Bühne bei dieser Castingshow habe stehen sehen, wo er mit vor Nervosität bebender Stimme einen Song der britischen Boyband Blue performt hat. Dass Rick mir die Wahl lässt, diese Sache zu beenden oder zu vertiefen, verursacht einen wahren Gefühlssturm in meinem Inneren.

Ich nehme allen Mut zusammen und wage mich mit meiner Zunge in seinen Mund. Sofort nutzt er diese Chance, mich in einen Kuss zu verwickeln, der mir den Atem raubt. Scheiße, kann er gut küssen! Ein letzter Funke Zweifel meldet sich in meinem Kopf. Ich sollte das hier nicht tun, um nicht mit einem gebrochenen Herzen zu enden. Ich weiß, wie Rick tickt. Zumindest glaube ich das, was im Internet über ihn geschrieben wird. Er macht sich nicht viel aus Gefühlen wie Liebe und Treue, denn sein Weg ist mit gebrochenen Herzen gepflastert. Ich kenne die Gerüchte um seine zahlreichen Affären. Vermutlich hört er jeden Tag, wie toll er ist und wie sehr die Fans in ihn verknallt sind. Für ihn bin ich bloß einer von vielen, doch er ist für mich der Einzige. Ich schwärme schon so lange für Rick, dass mir dieser Moment unglaublich viel bedeutet. Auch wenn er mir morgen mein Herz bricht, kann ich es nicht ändern. Einer mehr auf seiner endlos langen Liste von gebrochenen Herzen. Dieser Gedanke schmerzt, aber ich verbanne ihn aus meinem Kopf. Wenn er weg ist, kann ich immer noch darüber nachdenken. Jetzt gehört er jedoch mir. Jetzt will ich seine Nähe einfach nur genießen.

Wie von selbst legen sich meine Hände auf seine Schultern und schieben ihm die Kapuzenjacke vom Körper. Nun ist es an ihm, mich zu stoppen. Er tut's nicht. Stattdessen löst er unseren Kuss und greift nach dem Saum seines Shirts, um es sich über den Kopf zu ziehen. Mit offenem Mund starre ich ihn an, kann meinen Blick einfach nicht von seinem nackten Oberkörper und den vielen Tattoos abwenden, die ich bereits von Fotos kenne. Aber live ist es nochmal etwas ganz anderes!

»Wo ist dein Schlafzimmer?«, fragt Rick mit einem spitzbübischen Lächeln. Ich schlucke, unfähig, etwas zu sagen, und deute mit dem Kopf in die Richtung, in der ich mein Zimmer vermute. Denken ist gerade nicht meine Stärke. Rick schnappt erneut nach meinen Lippen und dieses Mal erwidere ich den Kuss mit derselben Leidenschaft. Er erhebt sich und zieht mich auf die Beine, ohne den Kuss auch nur für einen Moment zu unterbrechen. Der Pizzakarton fällt auf den Teppich und ich stolpere darüber. Egal. Aufräumen kann ich, wenn Rick weg ist. Gerade kreisen meine Gedanken nur um das Gefühl seiner Hände auf meinem Hintern.

Wir taumeln mehr durch den Flur, als dass wir gehen. Zum Glück steht meine Zimmertür offen. Wir stolpern hinein. Keine Ahnung, was das zwischen uns ist. Anziehung vielleicht? Zumindest macht Rick es mir gerade verdammt schwer, vernünftig zu sein. Seine Zunge in meinem Mund sorgt dafür, dass ich all meine Zweifel darüber, was wir hier gerade tun, einfach vergesse. Das hier ist Richard Clark, der mich um den Verstand küsst! Und er küsst so wahnsinnig gut! Ich wäre ein Idiot, wenn ich jetzt einfach aufhören würde. Es ist sowieso ein Wunder, dass er hier in meiner Wohnung gelandet ist. Mit ihm auch noch Sex zu haben, ist so etwas wie ein Sechser im Lotto. Dass es unweigerlich dazu kommen wird, kann ich nicht abstreiten. Ich bin verdammt heiß auf Rick und so, wie er rangeht, wird er nicht einfach nur neben mir einschlafen wollen. Vermutlich wird es mir das Herz brechen, wenn er nach dem Sex geht. Für ihn bin ich nichts anderes als ein weiterer One-Night-Stand auf der Europatour. Und obwohl ich mich nur sehr selten auf One-Night-Stands einlasse, kann ich Rick nicht widerstehen, weil ich schon so lange heimlich in ihn verliebt bin.

Rick zerrt am Stoff meines Shirts. Für einen kurzen Augenblick löse ich mich von ihm, um das lästige Kleidungsstück auszuziehen. Einen Moment bleiben wir atemlos voreinander stehen. Es ist dunkel in meinem Zimmer. Jetzt bereue ich es, kein Licht gemacht zu haben, denn so kann ich seinen Körper nur undeutlich erkennen. Das Mondlicht reicht nicht aus, um mir all seine Konturen einzuprägen. Dieser Moment wird sich nie wiederholen. Es ist eine einmalige Gelegenheit für mich. Gott, ich klinge furchtbar! Aber gegen meine Gefühle für Rick kann ich einfach nichts machen. Vor allem jetzt nicht, wo er mir so nah ist!

Seine Augen ruhen auf mir und machen mich ganz nervös. Die Hitze der Leidenschaft von vorhin ist wie weggeblasen. Ich starre Rick an und versuche, in seinem Gesicht zu lesen, aber es ist verdammt schwer, in dem dunklen Raum viel von seinen Gefühlsregungen zu erkennen. Ich wage kaum, mich zu rühren. Was, wenn er jetzt geht? Was, wenn er plötzlich merkt, dass er einen Fehler macht? Zwar weiß ich, dass Rick nichts anbrennen lässt, aber ich bin ein Mann. Das kann er nicht übersehen haben! Und ich habe keine Ahnung, ob er sich im Klaren ist, was er hier tut. Schließlich weiß ich nicht, ob er wirklich bisexuell ist, wie im Internet verbreitet wird. Hatte er schon mal Sex mit einem Mann? Und falls nicht, sieht er hier die Gelegenheit, es einmal auszuprobieren?

Mein Herz schlägt immer schneller und meine Anspannung wächst, je länger er mich schweigend ansieht. Gott, gleich falle ich einfach um, so nervös bin ich. Diese seltsame Stimmung zwischen uns ist kaum noch zu ertragen.

Rick streckt seine Hand nach mir aus und berührt mit seinen Fingern meine Brust. Erschrocken zucke ich zurück. Die Berührung ist ganz sanft und hat nichts von der Wildheit, mit der er mich eben geküsst hat.

»Du bist schön«, haucht er kaum hörbar. Seine Worte verklingen im Raum wie ein Echo. Ein Zittern geht durch meinen Körper, angespannt presse ich die Luft aus meinen Lungen. Bevor meine Beine nachgeben können, ist Rick bei mir und schließt mich in seine Arme. Ich presse mich an ihn, vergrabe mein Gesicht an seiner Halsbeuge und atme seinen einzigartigen Duft ein. Seine Haare kitzeln meine Wange. Scheiße, fühlt sich das gut an!

»So schön«, wiederholt er nochmal. Seine Lippen wandern über meinen Hals und vermutlich hinterlässt er an genau dieser Stelle einen Knutschfleck. Falls mich Lisa am Morgen danach fragt, werde ich geheimnisvoll schweigen. Hoffentlich kommen die Mädels nicht so früh von Vanessa zurück.

Ricks Hände wandern über meinen Rücken und hinterlassen überall dort eine Gänsehaut, wo er mich berührt. Ich schmiege mich noch näher an ihn. Seine Hände legen sich auf meinen Hintern. Mir wird heiß und die Jeans spannt noch schlimmer in meinem Schritt. Er schiebt mich ein Stück von sich, um mich erneut anzusehen. Wir sind fast gleich groß und ich muss meinen Blick nur ein wenig heben, damit ich ihm direkt in seine blauen Augen sehen kann. Dass er unglaublich schöne Augen hat, weiß ich. Dafür brauche ich kein Licht im Schlafzimmer. Immerhin hängt über meinem Bett ein Poster von ihm – in Nahaufnahme. Verdammt, das Poster habe ich ganz vergessen! Spätestens morgen Früh wird er es sehen, falls er so lange bleibt. Gott, wie peinlich!

Rick durchbricht mein Gedankenkarussell, indem er seinen Mund erneut auf meinen drückt. Dieses Mal ist der Kuss so sanft und zärtlich, dass mir das Herz schwer wird. Ich seufze leise in unseren Kuss hinein. Unglaublich, welche Gefühle ein einziger Kuss in mir auslöst. Auch wenn diese Nacht für Rick bloß ein bedeutungsloser One-Night-Stand ist, mir wird sie immer in Erinnerung bleiben.

Ohne den Kuss zu lösen, schiebt mich Rick weiter durchs Zimmer, bis ich das Bett in meinen Kniekehlen spüre. Ich lasse mich nach hinten auf die Matratze sinken und ziehe ihn mit mir, bis er auf mir liegt. Mit meinen Händen erkunde ich seinen Rücken, streiche über jedes Stückchen Haut, das mir unter die Finger kommt, um mir seine Konturen einzuprägen. Unser Kuss wird wieder leidenschaftlicher, bis er mir den Atem raubt. Keuchend trennen wir uns voneinander. Rick kniet sich über mich und öffnet mir mit flinken Handbewegungen den Gürtel, um mir danach die Jeans auszuziehen. Ich hebe das Becken an, damit er es leichter hat, und strample mir das Kleidungsstück halb von den Beinen, bis es endlich irgendwo auf dem Boden neben dem Bett landet. Meine Socken ziehe ich mir schnell selbst aus. Und ehe ich mich versehe, sind auch meine Shorts verschwunden. Nackt liege ich vor Rick, der mich erneut mustert. Mein Herz rast in meiner Brust, meine Atmung geht stoßweise. Mein Gesicht glüht und jetzt bin ich doch froh darüber, kein Licht gemacht zu haben.

Rick dreht mir den Rücken zu und setzt sich auf die Bettkante, um sich ebenfalls auszuziehen. Mein Blick heftet sich auf seinen aufgerichteten Schwanz, als er sich erneut über mich kniet. Keine Ahnung, ob Rick wirklich bi ist, aber es sieht nicht so aus, als würden ich und unsere wilde Knutscherei ihn völlig kalt lassen. Die Tatsache, dass ich es bin, der ihn so erregt, macht mich irgendwie stolz. Ich lege meine Hände auf seine Wangen und ziehe sein Gesicht zu mir heran, um ihn erneut zu küssen. Obwohl ich es vor Erregung kaum noch aushalte, will ich das Gefühl seiner weichen Lippen auf meinen einfach nicht missen. Rick lässt sich sofort auf den Kuss ein und gewährt meiner Zunge nur zu gerne Einlass, während er sich erneut auf mich rollt. Das Gewicht seines Körpers auf meinem fühlt sich so unglaublich gut an. Ich schiebe meine Beine auseinander, damit er besser dazwischen Platz findet. Seine Hände streichen über meine Seiten weiter hinab zu meinem Hintern.

»Hast du ein Kondom?«, fragt er mich, nachdem er den Kuss gelöst hat. Kondome … richtig. Scheiße, hoffentlich habe ich noch welche! Es wäre jetzt verdammt peinlich, wenn ich erst rüber in Lisas Zimmer schleichen müsste, um bei ihr nach Kondomen zu suchen. Vermutlich hat sie nicht mal welche, weil sie auf die Pille schwört. Rick gibt mich frei und ich rutsche zur Seite, um in der Nachttischschublade zu wühlen. Tatsächlich finde ich noch einen Streifen Kondome und sogar Gleitgel. Die Tube ist fast voll, was deutlich zeigt, wie wenig Sex ich in letzter Zeit hatte. Vielleicht ist das auch ein Grund dafür, dass ich mir diese Gelegenheit einfach nicht entgehen lassen möchte. Na ja, wenn ich ehrlich bin, habe ich schon lange von einer Nacht mit ihm geträumt, jedoch nie auch nur einen Gedanken daran verschwendet, dass es tatsächlich einmal passieren könnte.

Ich drehe mich wieder um und reiche Rick wortlos die Sachen. Mit einer routinierten Bewegung öffnet er die Folienverpackung und streift sich das Kondom über seine Härte. Ich schlucke bei diesem Anblick. Okay, jetzt ist es tatsächlich gleich so weit. Mit wild klopfendem Herzen mache ich es mir bequem. Oder sollte ich mich lieber umdrehen? Keine Ahnung, wie Rick es am liebsten macht. Scheiße, hat er es überhaupt schon mal mit einem Kerl getan?

»Soll ich mich umdrehen?«, frage ich schüchtern. Meine Stimme klingt dabei total furchtbar, weil ich so schrecklich aufgeregt bin. Rick schüttelt den Kopf und rutscht erneut zwischen meine Beine. Er greift nach meiner Wade und legt sich mein rechtes Bein über die Schulter. Ich keuche überrascht auf, als Rick ohne Umschweife einen gelbenetzten Finger in mich hineinschiebt. Schwer atmend stoße ich die Luft aus und versuche, mich zu entspannen. Oh ja, er weiß genau, was er tun muss, um mich um den Verstand zu bringen. Der anfängliche Schmerz wandelt sich schnell in Lust. Ich bin nicht sein erster Mann, das steht fest.

»Ah … hör nicht auf«, stöhne ich ungehalten und schiebe ihm mein Becken entgegen. Rick hält mitten in der Bewegung inne und sieht mich verwirrt an. Oh scheiße, ich habe völlig vergessen, dass er kein Deutsch versteht. Mein vor Lust benebeltes Hirn konnte gar nicht so schnell ins Englische wechseln. Ich wiederhole die Worte noch einmal, damit er mich versteht. Rick lacht leise und nimmt einen zweiten und dritten Finger hinzu, um mich zu weiten. Wimmernd klammere ich mich an seine Schultern, kann es kaum noch erwarten, ihn endlich in mir zu spüren. Mein Hirn setzt völlig aus, ich bestehe nur noch aus Lust.

»Jetzt mach schon«, fordere ich ihn ungeduldig auf. Obwohl ich nicht will, dass es vorbei ist, kann ich doch nicht länger warten. Rick zieht seine Finger wieder zurück und lässt mein Bein runter. Ich hebe mein Becken auf seinen Schoß und spreize die Beine weiter, damit er es leichter hat, in mich einzudringen. Auch wenn es noch ein wenig wehtut, dränge ich mich ihm ungeduldig entgegen, bis er komplett in mir versinkt. Rick unterdrückt ein Stöhnen, lässt sich nach vorne fallen und ergreift erneut Besitz von meinen Lippen. Jede seiner Bewegungen schürt das Verlangen in mir. Mein Stöhnen wird von unserem Kuss gedämpft. Als er tief in mich eindringt, glaube ich fast, mir würde mein Herz aus der Brust springen. Das hier ist viel mehr als ein One-Night-Stand und ich weiß, spätestens morgen Früh bin ich verloren. Er wird mein Herz mitnehmen, sobald er durch die Tür unserer Wohnung geht. Und es wird mir nichts ausmachen, weil mein Herz schon lange ihm gehört.

Ich sehe Rick an, betrachte sein schönes Gesicht, die winzigen Schweißperlen auf seiner Stirn uns das zerzauste blonde Haar mit dem blaugefärbten Pony, der ihm bei jedem Stoß in die Augen fällt. Auch er sieht mich fest an. Unsere Blicke verhaken sich ineinander, sodass ich mich einfach nicht abwenden kann. Ich verliere mich in dem Blau, das jetzt viel dunkler und intensiver aussieht. Und mit jedem Stoß, den er mich weiter zum Höhepunkt treibt, verliebe ich mich mehr in ihn.

Mit der Hand taste ich zwischen uns und greife nach meinem Schwanz, um ihn im Rhythmus seiner Stöße zu massieren. Es dauert tatsächlich nicht mehr lange, bis die Wellen der Lust über mir zusammenbrechen. In einigen Schüben komme ich.

Ricks Bewegungen werden schneller und auch er kommt kurz nach mir. Schwer atmend sinkt er in meine Arme. Ich genieße den kurzen Augenblick, in dem wir beide völlig erschöpft und verschwitzt, eng umschlungen daliegen. Mein Herzschlag beruhigt sich nur sehr langsam. Ein bisschen habe ich Angst, dass dieser Moment plötzlich endet. Dass Rick aufsteht und geht, weil ihm am Ende doch noch einfällt, in welchem Hotel er untergekommen ist, oder ihm einer seiner Bandkollegen eine Nachricht mit der Hoteladresse hinterlassen hat.

Rick küsst mich noch einmal, ehe er sich aus mir zurückzieht und das benutzte Kondom entsorgt. Dann schlüpft er in seine Shorts. Ich sehe zu, dass ich auch meine wieder anziehe. Mit bangem Herzen starre ich auf seinen Rücken, beobachte, wie sich seine Schultern leicht bewegen, wenn er einatmet. Wird er jetzt gehen? Ich will schon etwas sagen, irgendwas Unverfängliches wie *Danke für diese Nacht* oder *Es war schön mit dir*, als er sich zu mir umdreht und mir ein Lächeln schenkt. Ein Lächeln, das mir unter die Haut geht und mein Herz höherschlagen lässt.

»Kann ich bleiben?«, fragt er und wirkt plötzlich verlegen. So, als hätten wir gerade nicht verdammt heißen Sex miteinander gehabt. Eher so, als würden wir uns das erste Mal begegnen. Ich nicke und schlage die Decke zurück, damit er sich neben mich legen kann.

Oh Mann, was für eine Nacht! Ich kann immer noch nicht glauben, dass Rick eng an meine Seite gepresst neben mir liegt. Seine Lippen streifen meine Schulter immer wieder sanft und er murmelt irgendetwas Unverständliches vor sich hin, bis ich nur noch ruhige Atemzüge von ihm höre. Ich bleibe auf dem Rücken liegen, darauf bedacht, mich nicht zu bewegen und ihn dadurch aus Versehen zu wecken. An Schlaf ist gar nicht zu denken, alles in mir tobt. Ein Grinsen, das ich nicht unterdrücken kann, breitet sich auf meinem Gesicht aus. Ich hatte Sex mit Richard Clark! Verrückt! Es war keiner meiner Träume. Es war echt.

5 Minutes

Am nächsten Morgen bin ich nicht alleine, als ich wach werde. Rick liegt immer noch neben mir, hat sich von mir weg auf die Seite gedreht und atmet ruhig. Vorsichtig drehe ich mich zu ihm und rutsche nah an ihn heran. Eine ganze Weile liege ich mit wild klopfendem Herzen da, lausche seinen gleichmäßigen Atemzügen und starre auf das Tattoo in seinem Nacken. Es sind Sterne, die mittig über seine Wirbelsäule entlanglaufen und sich mit einer Dornenranke verbinden. Ich kenne seine Tattoos auswendig, muss nicht einmal hinsehen, um zu wissen, dass er auf der rechten Seite bis zum Hüftknochen die Namen der Bandmitglieder tätowiert hat. Die Tattoos live zu sehen, ist jedoch etwas völlig anderes als auf Bildern im Internet.

Das Bedürfnis, ihn zu küssen, wird übermächtig, also lege ich meine Lippen leicht auf den ersten Stern direkt unter seinem Haaransatz und hauche einen sanften Kuss auf seine weiche Haut. Dann schmiege ich mich nah an ihn und drücke meine Nase in sein Haar, schnuppere leicht an ihm. Zu seinem eigenen Geruch hat sich der leichte Duft nach Sex vermischt. Er erinnert mich an die vergangene Nacht und lässt mein Blut direkt in tiefere Regionen wandern …

»Alex? Schläfst du noch? Ich habe frische Brötchen mitgebracht.« Die Tür meines Schlafzimmers wird schwungvoll aufgerissen und Lisa stolpert beinahe über mein Shirt, das neben der Tür auf dem Boden liegt. »Oh mein Gott! Warum sagst du denn nicht, dass du Besuch hast?« Meine

Mitbewohnerin erstarrt mitten in der Bewegung. Ihre Augen werden groß. Erschrocken zucke ich zusammen und sitze fast senkrecht im Bett. Sofort ziehe ich mir die Decke bis zum Kinn hoch, damit sie nicht zu viel sehen kann. Juliane taucht sogleich hinter Lisa auf.

»Was ist denn los?«, will Juli neugierig wissen.

»Ähm«, mache ich bloß verlegen. Rick dreht sich neben mir und schlingt seinen Arm um meinen Bauch. Sein Kopf rutscht gegen meine Seite und er murmelt etwas im Schlaf, ohne die Augen aufzuschlagen.

»Scheiße! Das ist doch nicht etwa wirklich …? Oh mein Gott!« Lisas Augen werden noch größer.

»Rick!«, ruft Juliane völlig aus dem Häuschen. »Ach du scheiße! Alex hatte Sex mit Rick! Ich fasse es nicht!«

»Wer sagt denn, dass wir Sex hatten?« Ich versuche, mich herauszureden, aber die Situation ist viel zu eindeutig, als dass die Mädchen etwas falsch verstehen können. Außerdem hat Lisa schon längst das benutze Kondom auf dem Fußboden entdeckt, sonst würde sie nicht so breit grinsen.

»Wow … Rick ist in unserer Wohnung. Ich fasse es nicht!«, wiederholt sie Julis Worte. »Ich muss sofort …« Sie zückt ihr Handy aus der Hosentasche.

»Oh nein! Untersteh dich, jetzt ein Foto zu machen«, rufe ich panisch und springe aus dem Bett. Wenn Lisa jetzt ein Foto von Rick in meinem Bett twittert, gibt es sicher Ärger.

»Schon gut«, meint meine Freundin kichernd und steckt das Handy wieder weg. »Obwohl euer Anblick einfach süß ist.«

Rick setzt sich im Bett auf. Anscheinend stört es ihn nicht im Geringsten, dass wir Zuschauer haben. Verschlafen streicht er sich die Haare aus der Stirn, dann schaut er zu Lisa, die immer noch zusammen mit Juli im Türrahmen steht. Die Mädchen starren ihn mit offenen Mündern und leuchtenden Augen an. Ich kann genau sehen, dass es auch Juliane in den Fingern juckt, nach ihrem Smartphone zu greifen. Spätestens wenn Rick weg ist, wird ein Tweet auf ihrem Profil auftauchen. Hundertprozentig!

»Kaffee?«, fragt Rick leise an mich gerichtet. Jetzt bin ich ganz froh, dass er unsere Unterhaltung eben nicht verstanden hat.

»Kaffee? Oh ja richtig. Komm Juli, wir machen Kaffee«, sagt Lisa aufgeregt, greift ihre Freundin am Arm und zieht sie aus meinem Zimmer. Auch Juli erwacht endlich aus ihrer Starre.

»Scheiße, er ist tatsächlich hier, oder? Das ist keine Einbildung? Ob ich wohl später ein Selfie mit ihm machen darf? Dann kann ich meinen Freundinnen zu Hause das Bild zeigen. Mit Louis habe ich ja schon ein Bild beim Meet & Greet gemacht«, höre ich Juliane meine Freundin fragen, immer noch total aus dem Häuschen. Lisas Antwort verstehe ich schon gar nicht mehr, weil das Geräusch der Kaffeemaschine die beiden übertönt. Seufzend schließe ich die Tür und lehne mich mit dem Rücken dagegen. Ein wenig unsicher schiele ich zu Rick, der wortlos in seine Jeans schlüpft. Tja, das war's dann wohl. Gleich wird er aus meinem Leben verschwinden, mich vergessen und sich irgendwo jemand Neuen suchen, mit dem er seine Nächte verbringen kann. Und ich werde hier zurückbleiben … mit einem gebrochenen Herzen und der Erinnerung an seine Lippen, die so unglaublich weich und sanft sind. Bei diesem Gedanken wird mir das Herz schwer. Ich seufze leise.

»Hey, was ist los?«

Ich zucke zusammen, als Ricks Stimme zu mir durchdringt. Er steht plötzlich so nah vor mir, dass mir erneut sein Geruch in die Nase steigt. Seine blauen Augen ruhen aufmerksam auf meinem Gesicht. Röte steigt mir in die Wangen. Was soll ich denn darauf erwidern? Ihm die Wahrheit sagen? Gestehen, dass ich total in ihn verknallt bin und dass es vermutlich ein Fehler war, mit ihm zu schlafen? Weil ich jetzt unaufhörlich an ihn denken und somit nur noch mehr leiden werde? Die Gedanken rasen durch meinen Kopf, doch ehe ich etwas sagen kann, überbrückt Rick die letzten Zentimeter zwischen uns und küsst mich. Sanft und zärtlich. Mein Herz bekommt einen weiteren Riss, obwohl sich der Kuss unglaublich gut anfühlt. So macht er mir die Trennung noch viel schwerer. Scheiße, ich sollte nicht über ihn denken, als wäre das zwischen uns mehr als ein One-Night-Stand. Aber ich kann einfach nicht anders. Haltsuchend klammere ich mich an ihn und zu meiner Überraschung schließt er mich fest in seine Arme, als wären wir ein Liebespaar.

Eine Weile küssen wir uns, bis er sich von mir löst und mich angrinst.

»Du solltest dich wohl besser anziehen.« Ricks Blick wandert über meinen Körper und bleibt zwischen meinen Beinen hängen. »So kannst du unmöglich zu deinen Freundinnen gehen.«

Mit knallrotem Gesicht schiebe ich meine Hände vor meinen Schwanz, der bei unserem Kuss freudig zum Leben erwacht ist. Peinlich berührt bücke ich mich nach meinen Klamotten von gestern. Vor Nervosität schlägt mir mein Herz bis zum Hals, denn ich spüre Ricks Blicke im Nacken. Als ich mich unsicher zu ihm umdrehe, grinst er immer noch.

»Das Poster ist übrigens verdammt geil. Ich habe gar nicht gewusst, dass sich die Dinger heutzutage noch jemand übers Bett hängt.«

»Ähm …« Vermutlich werde ich jetzt noch röter. Zum Glück hat Rick das Poster in meinem Schrank noch nicht gesehen, auf dem er nur eine rote Pants und eine Weihnachtsmannmütze trägt. Es war in der Sonderausgabe von einer von Lisas Mädchenmagazinen, das ich bei ihr gesehen und mir ebenfalls heimlich gekauft habe. Die Zeitschrift habe ich sofort entsorgt, damit mich meine Freundin nicht auslacht.

»Aber wenn's dir beim Einschlafen hilft«, meint Rick zwinkernd und verlässt dann mein Zimmer. Ich starre einen Moment durch die offene Tür, dann ziehe ich mich in Windeseile an und folge ihm in die Küche. Rick sitzt bereits vollständig bekleidet am Küchentisch, rechts und links flankiert von den Mädchen, die aufgeregt auf ihn einreden. Schade, der Anblick seines nackten Oberkörpers hat mir durchaus gefallen.

Julis Englisch ist nicht perfekt, aber um Längen besser als meins, da das Abitur bei mir schon eine ganze Weile her ist, während sie kurz vor den Prüfungen steht. Außerdem lag mein Schwerpunkt damals eher auf Naturwissenschaften.

Mit Englisch oder Spanisch konnte ich nie wirklich viel anfangen. Jetzt bereue ich es, mich nicht mehr in Englisch angestrengt zu haben. Aber wer hätte damals denn ahnen können, dass ich mich einmal mit Richard Clark unterhalten müsste? In meiner eigenen Küche?

»Kann ich ein Foto machen?«, fragt Juliane ihn und zückt schon ihr Handy. Rick nickt und sogleich beginnt Juli zu knipsen. Ihr Gesichtsausdruck bekommt etwas Verträumtes, als sie sich andächtig ihr Smartphone an die Brust drückt.

»Schade nur, dass es nicht Louis ist.« Sie steckt ihr Handy wieder weg. »Wären wir mal nicht Feiern gegangen, dann hätten wir Rick die ganze Nacht live erleben können.«

»Die ganze Nacht wohl kaum, er war ja mit unserem lieben Alex beschäftigt«, entgegnet Lisa auf Deutsch. Ich räuspere mich, um mich bemerkbar zu machen. Die beiden reden so, als wäre ich gar nicht da.

»Aber wer konnte schon ahnen, dass Rick ausgerechnet unserem Alex in die Arme läuft. So ein Zufall. Vermutlich hätte ein Abend hier mit Rick und Alex deine Laune mehr heben können als die Party bei Vanessa.«

Juliane seufzt. Ihr Lächeln verschwindet für einen Moment und sie widmet sich schweigend ihrem Marmeladenbrötchen.

»Habt ihr Milch?«, fragt Rick nun an mich gewandt. Er ist sichtlich froh, dass ich hier bin und er nicht mehr alleine der Inquisition meiner Freundinnen ausgeliefert ist. Ich gehe zum Kühlschrank und hole die Milchpackung heraus, die ich an Rick weitergebe, ehe ich mir selbst Kaffee in einen Becher gieße. Hunger habe ich keinen, obwohl der

Duft der frischen Brötchen verdammt verlockend ist. Aber Ricks Anwesenheit bringt mich so dermaßen durcheinander, dass ich eh keinen Bissen herunterbekommen würde.

Rick kippt sich die Milch in den Becher, bis sein Kaffee über den Rand schwappt. Dann rührt er Zucker hinzu. Bei jedem Löffel weiten sich meine Augen mehr und mehr.

»Gott, was machst du da?«, entfährt es mir, als ich mir seinen Kaffee ansehe, den er gerade in Milch und Zucker ertränkt.

»Was denn?«, fragt Rick unschuldig und nimmt vorsichtig einen großen Schluck von dem Getränk, damit er nicht noch mehr davon auf dem Tisch verschüttet. Ich schüttele belustigt den Kopf, während ich an die Arbeitsplatte gelehnt stehen bleibe und an meinem schwarzen Kaffee nippe. So viel Milch nimmt nicht mal Lisa.

»Sag mal, Rick, wann kommt eigentlich euer neues Album?«, will Lisa wissen. »Du hast doch zu Beginn der Tour angekündigt, dass ihr schon einige Songs aufgenommen habt.«

»Werden wir noch mehr davon zu hören bekommen, bevor die Tour vorbei ist? Und was ist mit Lou? Er wirkt in letzter Zeit bedrückt und …«, fragt Juliane.

»Mensch, jetzt lasst ihn doch einfach seinen Kaffee trinken«, unterbreche ich die beiden. Rick lächelt dankbar, kippt seinen Kaffee hinunter und erhebt sich.

»Ich kann euch leider keine der Fragen beantworten, Mädels. Das sind streng geheime Informationen.« Er zwinkert bedeutungsvoll und meine beiden Freundinnen seufzen fast zeitgleich. Irgendwie habe ich geglaubt, dass

Juli viel aufgedrehter sein würde, jetzt, wo sie neben Rick in unserer Küche sitzt. Immerhin hat es in den letzten Tagen vor dem Konzert kein anderes Gesprächsthema bei uns gegeben. Lisa hat fast stündlich bei Juli angerufen und die Mädels haben sich Nachrichten hin und hergeschickt – viel mehr, als sie es sowieso schon tun. Aber ihre Begeisterung hält sich in Grenzen. Bis auf die paar Fragen, die sie Rick gestellt hat, wirkt sie nachdenklich und in sich gekehrt. Untypisch für Juli.

Rick sieht kurz auf sein iPhone, dann hebt er die Hand zum Abschied. »Ich muss los, bevor meine Jungs ohne mich zum Flughafen fahren.« Er wendet sich ab und geht zur Wohnungstür. Ich eile ihm nach, gefolgt von Juli und Lisa.

»Warte … ähm … wie kommst du denn jetzt weg? Soll ich dich vielleicht … fahren?«, biete ich ihm an, um seine Nähe wenigstens einen Moment länger genießen zu können. Rick schüttelt den Kopf.

»Ich habe Marc meinen Standort geschickt. Er schickt ein Taxi rüber, das mich direkt zum Flughafen bringt. Er kümmert sich um mein Gepäck.«

Meine Schultern sinken hinab und mir wird das Herz schwer. Na ja, das war's dann wohl. Hätte ich mir denken können. Rick ist schon im Flur, als mir sein Bandana einfällt, das ich ihm gestern beim Sex vom Kopf gezogen habe. Ich flitze in mein Zimmer und hole es.

»Warte«, rufe ich durch den Flur. Rick dreht sich zu mir um und ich eile die paar Stufen zu ihm hinab. »Hier, das hast du noch vergessen«, sage ich und halte ihm den Stoff hin.

Rick schüttelt den Kopf. »Behalt es. Als Erinnerung.«

Dann setzt er sich seine Sonnenbrille auf, damit ihn auf der Straße niemand erkennt. Ich drücke mir das Bandana an die Brust und schaue ihm nach, wie er die Treppe hinuntergeht und durch die Haustür verschwindet.

2. You and me (Lifehouse)

-Rick-

»Sieh an, der verlorene Sohn kehrt zurück«, ruft Tyler, als er mich kommen sieht. Dann lacht er über sich selbst. Ich schiebe mir die Sonnenbrille von der Nase und setze mich kommentarlos neben Louis, der kurz aufsieht, ehe er weiter auf seinem Handy herumtippt. Soll Tyler nur seine blöden Witze über mich reißen. Wer ist denn gestern Abend nicht ans Handy gegangen, als ich verzweifelt das Hotel gesucht habe? Das nennen sich Freunde! Nicht einmal Sorgen haben sie sich gemacht, wohin ich verschwunden bin und ob ich überhaupt wieder auftauche. Zum Glück konnte mir Alexander mit seinem Ladekabel aushelfen. Alexander … erneut wandern meine Gedanken zu letzter Nacht und ich kann mir ein Grinsen kaum verkneifen. Ja, wer hätte gedacht, dass ich jemandem begegne, der mich gleich mit zu sich nach Hause nimmt?

Marc kommt zu mir und beugt sich vor, um einen Begrüßungskuss anzudeuten. Ein kleiner Scherz zwischen uns, das weiß jeder aus unserem Team. Niemand würde auf den Gedanken kommen, zwischen Marc und mir könnte etwas laufen, da er sich hauptsächlich mit Frauen umgibt und ich bisher auch noch keinen Mann mit in mein Hotelzimmer genommen habe. Zumindest nicht offensichtlich für die Öffentlichkeit. Marc und ich sind bloß beste Freunde, die sich ab und zu mal einen Spaß erlauben, obwohl Marc auf Tour jede Nacht in meinem Bett schläft.

Ich sehe mich verstohlen um. Zum Glück hat unser Manager Robert uns hier am Flughafen einen VIP-Bereich organisiert, damit wir uns keine Sorgen um Fotografen und

Fans machen müssen. Der Taxifahrer hat mich trotz meiner Sonnenbrille sofort erkannt, mich aber freundlicherweise an einem etwas weniger frequentierten Eingang am Flughafen rausgelassen, nachdem er ein Foto von mir für seine Tochter machen durfte.

»Na komm, jetzt spuck's schon aus, Mann. Wer hat unseren streunenden Kater gestern Nacht aufgelesen?«, stichelt nun auch Matt, der, auf mich aufmerksam geworden, das Gespräch mit seinem Bodyguard unterbricht. Mein Grinsen wird breiter.

»Wer war das süße Kätzchen? Lass mich raten, sie war groß und brünett.« Marc geht auf Matts Stichelei ein. Er legt den Kopf schief und mustert mich abschätzend.

Brünett? Da könnte er recht haben. Die Jungs wissen, dass ich auf dunkles Haar stehe und Blondinen nicht so ganz mein Fall sind. Aber groß? Nun, *das* liegt wohl ganz im Auge des Betrachters. Alex ist genauso groß wie ich und was er in der Hose hatte, war wirklich nicht zu verachten, auch wenn ich mich nicht so ausgiebig mit seinem Schwanz beschäftigt habe. Das tue ich bei One-Night-Stands generell nicht. Da gibt es kein ausgiebiges Vorspiel. Im Nachhinein bereue ich es, ihn mir nicht doch genauer angesehen zu haben. Aber vermutlich hat es Alex nicht sonderlich gestört, so wie er sich wimmernd an mich geklammert und nach mehr verlangt hat. Mein Grinsen breitet sich weiter aus und ich halte mir die Hand vor den Mund, um ein Husten vorzutäuschen, damit nicht so sehr auffällt, wie nah meine Freunde mit ihren Vermutungen an der Wahrheit dran sind. Denn Alex hat tatsächlich ein wenig Ähnlichkeit mit einem Kätzchen. Zumindest hörte sich sein Seufzen wie ein leises Schnurren an.

»Ein Gentleman genießt und schweigt«, sage ich geheimnisvoll und verschränke die Arme vor der Brust.

»Mensch, Rick. Jetzt lass uns doch nicht so hängen. Raus mit der Sprache!«, verlangt Tyler und boxt mir kameradschaftlich gegen den Oberarm. »Sonst prahlst du doch auch immer mit deinen Bettgeschichten.«

Da hat er nicht unrecht. Aber irgendwie möchte ich nicht von Alex erzählen. Noch nicht. Liegt es daran, dass Alex ein Mann ist? Nein, das ist es nicht. Meine Freunde wissen, dass ich gelegentlich mit Männern Sex habe. Es liegt wohl eher daran, dass ich meine Erfahrungen der letzten Nacht noch nicht öffentlich preisgeben will. Ein Teil von mir will die Erinnerungen an Alex so lange wie möglich für sich behalten und nicht mit anderen teilen, damit sie den Zauber des Augenblicks nicht verlieren. Denn genau so hat es sich mit ihm angefühlt. Keine blöden Fragen. Keine Erwartungen. Nur zwei Männer, die sich ohne ein einziges Wort verstanden haben. So etwas habe ich noch nie bei einem One-Night-Stand erlebt. Und es hat sich auch irgendwie nicht wie einer angefühlt, denn da war dieses seltsame Gefühl der Vertrautheit zwischen uns, das ich sonst nur von Marc kenne, wenn ich mich nachts an ihn kuschele. Dabei kenne ich Marc schon über drei Jahre und Alex nur wenige Stunden. Verrückt!

»Was meinst du denn, Lou?«, fragt Marc und stupst Louis an. Louis schaut auf. Seine blauen Augen huschen zwischen uns hin und her, sein verwirrter Gesichtsausdruck macht deutlich, dass er unserer Unterhaltung nicht gefolgt ist. Die anderen beiden haben sich ebenfalls von uns abgewandt. Anscheinend haben sie es aufgegeben, etwas aus mir herauskitzeln zu wollen. Matt redet wieder mit seinem Bodyguard und Tyler hat sich zum Telefonieren zurückgezogen. Der Rest der Crew ist im Raum verteilt und mit sich selbst beschäftigt. Niemand nimmt Notiz von unserem Gespräch.

Lachend wuschele ich Lou durch das schwarze Haar, während sich Marc auf die andere Seite von ihm fallen lässt.

»Lass das«, protestiert er sogleich und schiebt meine Hand weg, um seine Frisur zu ordnen. Seit dieser Tour hat er sein sonst halblanges Haar auf der rechten Seite abrasiert. Die Frisur steht ihm und hat etwas Verwegenes. Der sonst so brav aussende Junge wird langsam erwachsen.

Louis ist unser Träumer, doch wenn es um sein Aussehen geht, lässt er die Diva raushängen. Vermutlich braucht er morgens länger im Bad als jede Frau, mit der ich bisher zusammen war. Und das waren wirklich viele.

Marc zieht ihm den Stöpsel seines Kopfhörers aus dem rechten Ohr, damit Lou ihm besser zuhören kann. Ein Song von One Direction hallt leise aus dem Kopfhörer. Louis liebt diese Band, obwohl die Jungs offiziell eine Pause machen und musikalisch getrennte Wege gehen.

»Ich will wissen, ob du nicht auch findest, dass unser Rick heute besonders verliebt aussieht. Er hat eine wilde Nacht hinter sich, über die er seinem besten Freund nichts verraten möchte.«

»Sieht Rick nicht immer verliebt aus?«, meint Louis achselzuckend. Dann schaut er mich an und ein Grinsen huscht über sein jungenhaftes Gesicht. »Genau aus diesem

Grund stehen die Frauen doch so auf ihn. Stell dir vor, er würde immer dreinschauen wie Grumpy Cat.«

»Hey, jetzt hört auf mit dem Scheiß. Ich bin überhaupt nicht verliebt. Es war ein One-Night-Stand, okay? Nichts weiter«, verteidige ich mich, obwohl mein Herz bei dem Gedanken an Alexander einen freudigen Satz macht.

»Hey, Lou, wem schreibst du da denn die ganze Zeit?«, versuche ich, von mir abzulenken. Marc beugt sich zu ihm rüber und schnappt ihm das Handy weg. Anscheinend stört es sein Ego, dass Lou ihm keine Beachtung schenkt und stattdessen weiter auf dem Handy herumtippt.

»Mann, gib's wieder her!«, beschwert sich Louis, greift jedoch nur halbherzig nach dem Handy. Ich kann einen kurzen Blick darauf erhaschen und erkennen, dass er auf Twitter unterwegs ist. Marc steht auf und vertieft sich in die Lektüre von Louis' Tweets.

»Sag bloß, du hast eine Freundin und schreibst ihr heimlich, ohne uns etwas darüber zu sagen? Fängst du etwa auch schon so an wie unser Playboy hier?« Marc setzt eine beleidigte Miene auf und deutet auf mich.

»Quatsch … ich habe bloß meine Tweets gecheckt«, murmelt Louis und rutscht tiefer auf der Wartebank nach unten. Er sieht irgendwie mitgenommen aus. Ich erhebe mich und stelle mich neben Marc, lege meinen Kopf an Marcs Schulter und linse auf Louis' Smartphone, auf dem Marc gerade die Twitter Nachrichten von Louis' Profil aufgerufen hat.

»Wer ist denn diese holyjulicamoli?«, fragt Marc und zieht eine Augenbraue hoch. Louis errötet leicht und zuckt mit den Schultern.

»Ein Mädchen aus Konstanz. Sie kommentiert immer meine Tweets«, antwortet er. Seine Wangen färben sich rosa.

»Aus Konstanz? Ist das etwa die Kleine, die ich vorgestern kurz in deiner Garderobe gesehen habe? Wow, wie hast du das denn so schnell geschafft? Unser kleiner Lou wird endlich erwachsen!«

»Jetzt hör schon auf und gib mir mein iPhone zurück. Da war nichts mit Juli«, beschwert sich Louis jetzt doch. »Außerdem kann es euch doch egal sein, wen ich zu einem Meet & Greet einlade. Schließlich steige ich nicht gleich mit jedem Fan ins Bett so wie manch andere hier.«

»Tu ich auch nicht«, entgegnet Marc beleidigt, ohne ihm jedoch das Smartphone zurückzugeben. Ich lese den Tweet und grinse in mich hinein. Diese Juliane ist ein verdammt großer Fan von Louis. Ich habe sie gleich erkannt, als sie gemeinsam mit Lisa Alexanders Zimmer gestürmt ist, weil ich sie bereits Freitag kurz bei Louis in der Garderobe gesehen habe. Die Welt ist wirklich ein Dorf! Schon seltsam, wie sich unsere Wege gekreuzt haben. Alexander war es verdammt peinlich, dass seine Freundinnen uns im Bett erwischt haben. Ich hingegen fand es richtig niedlich, wie rot er dabei geworden ist und versucht hat, sich unter der Decke zu verstecken. Vermutlich hat er geglaubt, ich würde noch schlafen, doch ich habe die Szene mitverfolgt, auch wenn ich kein Wort von ihrer Unterhaltung verstanden habe. Deutsch klingt in meinen Ohren einfach wie Kauderwelsch. Ich bin verdammt froh, dass er wenigstens ein bisschen Englisch kann. Nicht so gut wie diese Juli oder das andere Mädchen, aber es reicht, um sich mit ihm zu unterhalten. Mir hat es nicht wirklich viel ausgemacht, dass mich die Mädchen mit ihm gesehen haben. Wiedersehen werde ich sowieso keinen von ihnen. Obwohl es bei Alex echt schade ist, denn der Sex mit ihm war wirklich gut. Normalerweise schlafe ich nie zweimal mit einer Person, außer, ich bin in einer Beziehung, was schon wirklich sehr lange her ist. Bei Alex hätte ich jedoch nichts gegen eine Wiederholung einzuwenden.

»Hey, das ist ein verdammt cooles Bild von uns!«, meint Marc grinsend und sieht Louis an. Er meint das Foto vom Konzert Freitagabend. Ich habe es gestern auch gesehen, bevor mein Akku den Geist aufgegeben und mein Handy sich ins Nirwana verabschiedet hat. Danach bin ich vielleicht eine Stunde orientierungslos durch das nächtliche Köln geirrt, bis mir aufgefallen ist, dass ich die ganze Zeit im Kreis gelaufen bin und wieder vor dieser Kneipe stand. Zu meinem Glück hatte dieser niedliche Kellner gerade Feierabend …

Lou rutscht nervös auf seinem Sitz herum, bis er endlich aufsteht und Marc das Smartphone wegnehmen will.

»Nun warte doch mal.« Marc dreht sich lachend um, sodass Louis in meinen Armen landet. »Hey. Warum hast du ein Bild von mir gepostet, auf dem ich schlafe? Alter, ich sehe da aus, als hätte ich was eingenommen. Schlafe ich etwa immer mit offenen Augen, wenn ich getrunken habe?« Mein Kumpel sieht uns beide mit weit aufgerissenen Augen an.

»Nur, wenn du die Nacht zuvor *zu viel* getrunken hast«, beschwichtige ich ihn mit breitem Grinsen. »Hat Marc etwa in deinem Zimmer geschlafen, dieser Schwerenöter? Das

Bild ist echt geil geworden, Lou. Schickst du es mir bei WhatsApp rüber?«

Vermutlich ist das Bild von gestern Abend. Kein Wunder, dass keiner der beiden auf meine Nachrichten geantwortet hat. Marc war anscheinend völlig betrunken und Lou sicher damit beschäftigt, ihn ins Bett zu verfrachten. Louis verdreht die Augen und windet sich aus meiner Umarmung.

»Lasst mich in Ruhe!«, zischt Louis mit hochrotem Kopf und entreißt Marc sein Smartphone. Ich bin sowieso überrascht, dass er so lange ruhig geblieben ist.

»Welche Laus ist dir denn über die Leber gelaufen?«, ruft Marc ihm verwirrt hinterher, als Louis eilig in Richtung Toilette verschwindet. Der Blick, den ich noch auf sein Gesicht erhaschen konnte, zeigt mir Tränen, die in seinen blauen Augen schimmern.

»Mann!« Seufzend streicht sich Marc durch sein rotblondes Haar und lässt sich wieder auf die Wartebank fallen. »Was ist nur mit Lou los?«

Ich setze mich zu ihm und zucke bloß ratlos mit den Schultern. Louis benimmt sich in letzter Zeit wirklich seltsam. Er war noch nie der gesprächigste Typ, aber er hat mehr gelächelt. Seit dieser Tour ist er völlig in sich gekehrt. Selbst auf der Bühne strahlt er nicht mehr so wie früher.

Grübelnd betrachte ich meinen besten Freund von der Seite, der nun seinerseits das Handy in der Hand hält und gelangweilt durchs Netz surft. Matt telefoniert immer noch und Tyler hat sich mit seinem Bodyguard in eine Ecke verzogen. Wo der Rest unserer Crew ist, weiß ich nicht. Zumindest sind wir noch nicht vollzählig.

Wenn ich es mir recht überlege, dann hat Louis' seltsames Verhalten angefangen, nachdem Marc seine Beziehung zu diesem Model verkündet hat, deren Namen ich immer wieder vergesse. Wir haben nichts davon geahnt, aber anscheinend ging diese Sache schon einige Wochen, bis Fotos auf Instagram aufgetaucht sind und Marc uns gegenüber mit der Wahrheit rausrückte. Ich war verdammt sauer auf ihn, weil er nie ein Wort darüber verloren hatte, dass er eine Freundin hat. Immerhin bin ich sein bester Freund! Es wäre nett gewesen, hätte er wenigstens etwas angedeutet.

»Sag mal, wie läuft es eigentlich mit dieser … Caroline?«, frage ich ihn.

»Caroline?«, fragt er prompt zurück und hebt eine Augenbraue.

»Na, dieses Model. Deine Freundin«, helfe ich ihm auf die Sprünge.

»Ach, du meinst Christine.«

»Ja. Christine, Caroline, whatever … Wie läuft's bei euch?«

»Ganz gut«, ist seine knappe Antwort, während er weiter ins Handy starrt und mit den Zähnen an seinem Lippenpiercing herumspielt. Keine Ahnung, was das mit diesem Model ist, aber wahre Liebe ist es wohl kaum, sonst würde er nicht so unbeteiligt reagieren. Ich habe diese Christine auch noch nicht persönlich getroffen, sondern immer nur ein paar Bilder auf Instagram oder Twitter gesehen, wenn Marc ihr geschrieben hat. Sie ist ganz hübsch, passt aber so gar nicht in Marcs Beuteschema. Seine Frauen waren sonst immer blond und hatten eine ansehnliche Oberweite. Christine ist dunkelhaarig, klein und ein wenig unscheinbar.

Ich weiß nicht einmal, wie sie und Marc sich kennengelernt haben. Und wirklich bekannt ist das Mädchen in der Modelbranche anscheinend auch nicht.

»Jungs, macht euch bereit. In zehn Minuten beginnt der Check-In«, verkündet unser Manager Robert, den ich vorher gar nicht gesehen habe. Marc erhebt sich schweigend und geht zu den anderen rüber. Ich strecke mich und stehe auf, als ich Louis von der Toilette zurückkommen sehe. Sein Blick ist zu Boden gerichtet und er wirkt bedrückt.

»Hey Kleiner, alles okay bei dir?«, frage ich und lege ihm kameradschaftlich den Arm um die Schulter. Lou nickt. Ich spüre, wie er sich ein bisschen gegen mich lehnt. Louis tut manchmal zwar so, als sei er unnahbar, doch im Grunde sehnt er sich wie jeder andere nach Zuneigung. Da wundert es mich wirklich, dass er noch keine Freundin hat. Immerhin gibt es genug hübsche Mädchen, die auf Louis stehen. Er müsste sich nur eine aussuchen.

»Freust du dich auch schon auf ein paar freie Tage zu Hause, bis wir den Rest unserer Tour antreten?« Ich versuche, ihn in ein Gespräch zu verwickeln, während wir den Schalter ansteuern, an dem die anderen schon warten. Louis reagiert nicht auf meine Frage. Sein Blick ist starr auf Marc gerichtet, der mit der jungen Stewardess flirtet. Ich kann es ihm nicht verübeln, denn die Frau ist wirklich hübsch. Ihre Wangen röten sich und sie lächelt schüchtern, als Marc seinen Namen auf ihre Handyhülle schreibt. So, wie ich mich kenne, hätte ich mich spätestens im Flugzeug an sie rangemacht, um ein paar unterhaltsame Stunden zu haben. Doch irgendwie ist die gestrige Nacht mit Alex noch so präsent, dass mich die Stewardess nur mäßig interessiert. Louis bereitet mir gerade viel mehr Sorgen, denn in seinen Augen stehen erneut Tränen. Gott, was ist nur mit dem Jungen los? Hat er sich gestern mit Marc gestritten oder steckt noch mehr dahinter?

»Oh Mann, Lou!«, stöhne ich und drücke ihn fest an mich. Automatisch drückt er sein Gesicht in mein Shirt, sein trockenes Schluchzen wird von meiner Umarmung erstickt, damit es die anderen nicht mitbekommen.

»Du kannst jederzeit mit mir reden, okay?«, flüstere ich ihm ins Ohr und erahne sein Nicken an meiner Brust mehr, als dass ich es sehe.

»Genug gekuschelt. Wir fliegen ohne euch, wenn ihr hier noch länger rumsteht«, höre ich unseren Manager hinter uns. Ich schiebe Louis ein Stück von mir.

»Wollen wir?«

Diesmal nickt er bestätigend, wischt sich mit der Hand über die geröteten Augen und folgt mir.

Natürlich fliegen wir First-Class und dürfen noch vor allen anderen Passagieren das Flugzeug betreten, damit es keine Probleme mit Fans gibt. Der größte Teil unserer Crew wird mit dem Tourbus zurück nach England fahren. Aus diesem Grund haben wir in London auch erstmal drei Tage frei, bevor die Tour in Großbritannien weiter geht. Meine Bandkollegen fahren vermutlich zu ihren Familien.

Ich habe mich dieses Mal dafür entschieden, einfach im Hotel zu bleiben.

Der Flug verläuft ziemlich unspektakulär. Louis ist in sein Smartphone vertieft. Vermutlich denkt er sich irgendwelche kryptischen Beiträge für Twitter aus, die online gehen, sobald wir das Flugzeug verlassen. Die anderen Jungs dösen vor sich hin. Ich kann nicht schlafen, also schaue ich einfach ein bisschen aus dem Fenster und betrachte die weißen Wolken. Ab und zu kommt die hübsche Stewardess vorbei, um sich nach meinem Wohlergehen zu erkundigen. Obwohl ich es versuche, kann ich mich nicht wirklich auf die Frau einlassen, die offensichtlich versucht, mit mir zu flirten. Ständig drängen sich diese Augen in meine Erinnerung, die im ersten Moment blau wirkten, in Wahrheit jedoch grün sind. So schöne Augen habe ich noch nie bei einem Mann gesehen. Und ich finde ja schon Lous Augen wunderschön – so als Vergleich.

Alexander ... Ich murmele seinen Namen ein paar Mal vor mich hin. Klingt gut. Und es hat sich auch gut angefühlt, ihn im Arm zu halten und zu küssen. In seine Augen zu sehen, als wir uns so nah waren. Irgendwie kam es mir so vor, als könnte ich dabei in seine Seele blicken, was mir ein wenig Angst gemacht hat. Es war so ... anders. Keine Ahnung, wie ich dieses Gefühl beschreiben soll, aber mit keiner Frau habe ich bisher so eine Verbundenheit beim Sex gespürt. Dabei bin ich wirklich kein Kind von Traurigkeit und schleppe gerne jemanden ab, der mir das Bett wärmt. Meist sind das Frauen, weil das unkomplizierter ist. Vor allem, wenn es um die Presse geht.

Mit Männern habe ich zwar auch schon meine Erfahrungen gemacht, diese kann ich jedoch an einer Hand abzählen. Natürlich macht der Sex mit Männern Spaß, aber bisher haben sich nur wenige Gelegenheiten ergeben. Und dass ich nach einem One-Night-Stand noch so lange an meinen Sexpartner denken muss, ist mir noch nie passiert. Keine Ahnung, warum die Gedanken an Alex einfach nicht aus meinem Kopf verschwinden.

Ich habe gerne Sex. Üblicherweise ist es so, dass sich mir die Fans an den Hals werfen und ich dabei gar nichts spüre. Bei Alex habe ich jedoch dieses seltsame Herzklopfen bekommen, das ich mir nicht erklären kann. So etwas ist total untypisch für mich. Außerdem habe Alex geküsst, weil ich es wollte, nicht, weil er irgendwelche Anstalten gemacht hat, mir näherzukommen, wie ich es sonst von den meisten Fans kenne.

Seufzend lehne ich meinen Kopf nach hinten und schließe die Augen. Verdammt, warum geht mir dieser Kerl nicht mehr aus dem Kopf? Was war an Alex denn so besonders, dass sich sein Anblick so sehr in mein Gedächtnis gebrannt hat?

Alex sieht gut aus, das will ich gar nicht abstreiten. Aber das tun eigentlich alle, mit denen ich ins Bett gehe. Er war so nervös in meiner Gegenwart, dass es einfach nur niedlich war. Und ich meine, Alex ist ein Mann, davon konnte ich mich selbst überzeugen. Normalerweise finde ich Männer nicht niedlich. Niedlich sind höchstens kleine Kinder oder Welpen. Und meine Schwester Stella. Sie ist auch niedlich, obwohl sie das Gegenteil behauptet. Und es ging doch eigentlich nur um Sex, oder? Eigentlich dürfte es mich gar nicht weiter beschäftigen.

Irgendwie hat sich der Abend ganz anders entwickelt als ursprünglich gedacht. Dass ich Alex in der Kneipe getroffen habe, war Zufall. Und dass ich den Namen dieses Hotels vergessen habe, in das Robert uns einquartiert hat, ebenfalls. Alex hat mich eindeutig sofort erkannt, sonst hätte er mich nicht auf Englisch angesprochen, um meine Bestellung aufzunehmen. Dabei habe ich mir extra eine abgelegene Kneipe ausgesucht, um nicht irgendwelchen Fans in die Arme zu laufen. Dabei bin ich dieses Mal gar nicht auf einen One-Night-Stand aus gewesen, habe es nicht drauf angelegt. Ich wollte nur ein Bier trinken und dann zurück ins Hotel zu meinen Freunden. Blöderweise hat mich mein Smartphone in dem Moment im Stich gelassen, als ich mich bei Marc nach dem Hotelnamen erkundigen wollte. Alexander hat mir da netterweise seine Hilfe angeboten, die ich irgendwie nicht ablehnen konnte. Ich hätte nicht mitgehen müssen, immerhin gab es genug andere Hotels in der Stadt und ich hatte auch meine Kreditkarte dabei. Wäre also gar kein Problem gewesen. Aber irgendwas an Alex hat mich gleich in den Bann gezogen, sodass ich einfach wissen wollte, was hinter diesem seltsamen Gefühl steckte.

Eigentlich war ich nicht auf Sex aus. Aber Alex' grüne Augen und sein schüchternes Lächeln haben mich fasziniert, sodass ich nicht anders konnte, als mich auf ihn einzulassen. Ob ihm die Nacht mit mir mehr bedeutet hat? Nun, das werde ich wohl nie erfahren.

»Hey, Mann. Wir sind da.« Es ist Tyler, der mich nicht gerade sanft an der Schulter rüttelt. Erschrocken reiße ich die Augen auf. Jetzt bin ich auf den letzten Kilometern doch noch eingeschlafen.

»Danke«, murmele ich und löse den Sicherheitsgurt.

»Du hast ziemlich laut geschnarcht, Kumpel«, feixt Matthew und legt mir den Arm um die Schulter, als ich mich zum Ausgang begebe.

»Ich schnarche nie«, erwidere ich schlechtgelaunt.

»Und wie!«

»Frag Marc, wenn du mir nicht glaubst.«

»Ja, schon klar. Als ob dein Liebster mir das bestätigen würde. Er schnarcht nämlich noch lauter als du. Vermutlich ist es das, was ihr jeden Abend in deinem Hotelzimmer macht: Gemeinsam um die Wette schnarchen.« Matt kriegt sich gar nicht mehr ein vor Lachen. Ich verdrehe genervt die Augen und schiebe seinen Arm von meiner Schulter.

»Du weißt genau, dass Marc mein bester Freund ist. Und auch wenn es vielleicht irgendwelche Fangirls behaupten, würde nie was zwischen uns laufen. Ich stehe nun mal nicht auf ihn«, rechtfertige ich mich. Matt weiß, dass wir nur Freunde sind. Trotzdem zieht er mich gerne auf, weil ich meinen Freunden erzählt habe, dass ich Männer durchaus anziehend finde. Aber nun mal keinen meiner Freunde.

»Alter, wer schnarcht hier?«, klinkt sich Marc ins Gespräch mit ein. Sein Arm landet von der anderen Seite auf meiner Schulter und ich spüre einen feuchten Kuss auf der Wange. Seine Bartstoppeln kitzeln mich. »Gut geschlafen, Dornröschen?«

»Jetzt lass das«, beschwere ich mich und wische mit dem Handrücken über die Stelle, die mein Kumpel geküsst hat.

»Wenn man euch so ansieht, könnte man echt glauben, ihr wärt ein altes Ehepaar! Da kannst du erzählen, was du willst«, japst Matt. Ihm stehen schon die Lachtränen in den Augen.

»Was habt ihr heute eigentlich gefrühstückt, dass ihr so gut gelaunt seid?« Ich mache mich von Marc los, gehe an der Stewardess vorbei durch den Tunnel und betrete die Eingangshalle des Heathrow Airports. Überall sind Menschen. Wo ist meine Sonnenbrille? Wie wild suche ich meine Taschen nach ihr ab.

»Suchst du die hier?« Marc hält mir die Brille hin, die ich dankbar entgegennehme und aufsetze. So fühle ich mich schon wohler. »Für mich gab es heute Morgen Rührei mit Speck im Hotel. Und wer hat dir dein Frühstück ans Bett gebracht?« Mein Kumpel grinst mich so offen an, dass seine gute Laune doch noch auf mich abfärbt.

»Nun, das könnte ich dir bei einem Kaffee erzählen«, gehe ich grinsend auf sein Spielchen ein.

»Kaffee? Du meinst die Plörre, die du als Kaffee bezeichnest, die nur aus Milch und Zucker besteht? Damit verwehrst du dem Koffein den Zugang zu deinem Hirn. So kann das Zeug nicht ordentlich wirken, mein Freund.«

Lachend gehen wir an dem Sicherheitspersonal vorbei. Unsere Bodyguards folgen uns. Ich sehe Robert einige Anweisungen an Leute verteilen, die ich nicht kenne.

Irgendwo kreischt ein Mädchen und schon recken einige Leute die Köpfe in unsere Richtung, als wir, so schnell es geht, das Flughafengebäude verlassen. Es dauert nicht lange, da folgt uns eine Menschenmenge und ich kann das Blitzen der Kameras aus dem Augenwinkel sehen. Hoffentlich hat niemand mitbekommen, wie eng sich Marc an mich geschmiegt hat, als wir das Flugzeug verlassen haben. Ich will die Gerüchte im Internet, wir könnten was miteinander haben, nur ungern weiter anheizen.

Mein Bodyguard schiebt mich zu einem der Autos vor dem Gebäude.

»Ich rufe dich später an«, rufe ich Marc über die Köpfe der anderen zu. Mein Kumpel nickt und reckt beide Daumen in die Höhe, ehe er in einem der Autos verschwindet. Ich setze mich auf die Rückbank und atme aus. Ich liebe die Musik, die Konzerte, meine Freunde – aber dieser ganze Rummel wird auch mir manchmal zu viel.

»Bob? Bringst du mich bitte ins Hotel?«, frage ich meinen Bodyguard, der vorne am Steuer Platz genommen hat.

»Willst du nicht lieber nach Hause, Rick?«

Ich schüttele den Kopf und massiere mir die Nasenwurzel. Jetzt, wo ich wieder auf vertrautem Terrain bin, spüre ich eine bleierne Müdigkeit. Ich will nicht nach Hause. Diese Penthouse-Wohnung, die ich mir vor zwei Jahren gekauft habe, bezeichne ich nicht wirklich als mein Zuhause. Dafür ist sie zu groß, zu kalt und zu leer. Es fehlt irgendetwas, das mich an ein richtiges Zuhause erinnert. Ich habe Stella schon mehrmals angeboten, mit in die Wohnung zu ziehen. Sie wäre auch groß genug für vier Personen, aber meine Schwester bleibt lieber in ihrer kleinen Studentenbude. Also lasse ich mich von Bob ins Royal Hotel fahren, in dem ich die nächsten Tage verbringe, bevor wir unser nächstes Konzert in Cardiff geben. Für unser erstes Konzert zurück in Großbritannien hat Robert eine kleine Location ausgesucht, ehe es dann weiter nach Manchester geht.

Bob lässt mein Gepäck ins Zimmer bringen und verabschiedet sich für heute.

»Melde dich bei mir, wenn du etwas brauchst«, meint er noch, ehe ich die Zimmertür hinter mir zuziehe. Müde schleppe ich mich zum Bett und sinke auf die weiche Matratze. Da bin ich also wieder. Ein weiteres Hotel auf meinem Weg.

Ich ziehe mein iPhone aus der Hosentasche und öffne Twitter. Zeit, meinen Fans zu verkünden, dass wir wieder im Lande sind.

Richard Clark @RickyBoy: Back in the UK.

Keine Sekunde später reagiert Marc auf meinen Tweet.

Marc Hall @MarcHallOfficial: @RickBoy Den Spruch hast du geklaut, Bro.

Darunter postet er einen YouTube-Link zu einem Video von Scooter. War ja klar, dass Marc zu allem und jedem einen Song raussuchen kann. Und das im Bruchteil einer Sekunde. Dieser Kerl ist wirklich verrückt! Unter dem Tweet beginnen gleich etliche Fans zu kommentieren. Belangloses Zeug, dass sie uns lieben und und und. Ich schließe Twitter, lege das Smartphone zur Seite und rolle mich auf dem Bett zusammen. Schon seltsam, wieder alleine in einem Hotelzimmer zu liegen. Ich hasse es. Genau aus diesem Grund schläft Marc immer bei mir, wenn wir auf Tour sind.

5 MINUTES

»Bruderherz!«

Erschrocken zucke ich zusammen, als sich jemand von hinten an mich klammert.

»Hi, Stella«, antworte ich dann, nachdem ich den ersten Schrecken überwunden habe. Meine kleine Schwester lässt mich los, damit ich mich zu ihr umdrehen kann.

»Hey, Mr. Popstar. Begrüßt man etwa so seine Lieblingsschwester?« Stella zieht schmollend ihre Unterlippe zwischen die Zähne, was mir ein Grinsen entlockt.

»Du bist meine einzige Schwester«, entgegne ich schmunzelnd, woraufhin sie empört die Wangen aufbläst und einfach wahnsinnig niedlich aussieht. Wie eine Figur aus ihren heißgeliebten Mangas. Sie sieht sogar so aus mit den stark geschminkten Augen und der lustigen Frisur. Heute hat sie ihre blonden Haare zu zwei frechen Buns an beiden Seiten hochgesteckt.

»Na umso schlimmer!«, beschwert sich Stella. Lachend nehme ich sie in den Arm und gebe ihr einen Kuss auf die Stirn.

»Schon besser«, murmelt sie gegen mein Shirt. »Habe dich vermisst, Ricky.«

»Ich dich auch, du kleine Nervensäge«, antworte ich wahrheitsgemäß. Meine Schwester im Arm zu halten, bedeutet für mich Zuhause. Sie hilft mir, in der Welt der Reichen und Schönen noch irgendwie auf dem Boden zu bleiben. Vermutlich weil sie ganz normal mit mir umgeht, als wäre ich ein einfacher Junge und keine Pop-Ikone. Sie sieht mich mit anderen Augen. Schließlich bin ich ihr großer Bruder.

»Nenn mich nicht so«, entgegnet sie und stößt mir ihren Ellenbogen in die Seite, nachdem ich sie notgedrungen wieder losgelassen habe. So viel zum Thema Zuhause und so.

»Wie denn dann? Du bist doch klein und eine Nervensäge«, stichele ich und kassiere einen Klaps auf den Oberarm.

»Du Spinner!« Stella grinst breit und verschränkt ihre Arme vor der Brust. »Lad mich lieber zum Essen ein, statt mich hier in der Hotellobby zu beleidigen.«

Richtig. Ich habe gerade mein Zimmer verlassen, weil mein Magen mich aus dem Schlaf gerissen hat. Nach dem Flug bin ich tatsächlich noch einmal für einige Stunden eingeschlafen bin. Mein Handy zeigte bereits sieben Uhr, als ich mich auf den Weg nach unten in die Lobby gemacht habe, um etwas im Hotelrestaurant zu essen. Die Leute hier sind es gewohnt, dass Stars ein und aus gehen, deshalb kümmert sich niemand vom Hotelpersonal um die kleine Kabbelei zwischen Stella und mir. Und falls hier irgendwo doch ein Reporter oder Paparazzi lauert, habe ich vorsorglich meinen schwarzen Kapuzenpullover an und die Sonnenbrille auf.

Mein Magenknurren erinnert mich an mein Vorhaben, endlich etwas zu essen.

»Also, geliebte Schwester, was soll's heute für dich sein? Italienisch? Chinesisch? Dein großer Bruder, auch bekannt als Mr.-Boygroup-Superstar-alle-Frauen-lieben-ihn-Rick, wird dich jetzt zum Essen ausführen«, sage ich und kann mir selbst gerade so das Lachen verkneifen. Kichernd hakt sich Stella bei mir unter.

»Mh, wenn du schon so großzügig bist, dann wähle ich Sushi. Nicht weit von hier gibt es ein ganz tolles Restaurant.«

»Roher Fisch also. Na gut.«

Gemeinsam verlassen wir das Hotel. Ich ziehe mir meine Kapuze noch etwas tiefer ins Gesicht. Es ist nicht wirklich warm heute, obwohl wir August haben. Das Wetter hier in London macht sowieso, was es will. Die wenigen wirklich schönen Tage habe ich vermutlich verpasst, als wir getourt haben.

Den Weg bis zum Restaurant gehen wir zu Fuß. Die vorbeieilenden Passanten achten nicht auf uns.

Während unseres kleinen Spaziergangs redet Stella ununterbrochen, ich höre bloß zu. Sie informiert mich über ihr Studium, über ihren Freundeskreis und dass John ein Arschloch ist, weil er sie vor zwei Wochen aus heiterem Himmel verlassen hat. Gut, vielleicht war es absehbar, weil er zum Studieren in die Staaten gegangen ist und keine Fernbeziehung führen wollte. Ich habe sowieso nicht viel von John gehalten und bin ganz froh, dass sie diesen Spinner los ist.

»Sag mal, woher wusstest du überhaupt, wo ich abgestiegen bin?«, frage ich Stella, während ich ihr – ganz der Gentleman – die Tür des Restaurants aufhalte.

»Dass du wieder in London bist, weiß nach deinem Tweet vermutlich die ganze Welt.« Stella lacht und steuert einen freien Tisch ganz am Ende des Raumes an. Anscheinend ist sie schon öfter hier gewesen. »Außerdem habe ich vorhin mit Bob telefoniert, als ich den Tweet gesehen habe. Er hat mir verraten, in welchem Hotel ich dich finden kann, wenn du es schon nicht tust. Warum fährst du für die freien Tage nicht nach Hause und besuchst Mama?«

»Du hast meinen Bodyguard angerufen? Wohl eher ihn mit Sprachnachrichten bombardiert«, scherze ich und übergehe ihre letzte Frage einfach. Ich fühle mich nicht in der Stimmung, meine Mutter zu besuchen. Nicht nach unserem letzten Streit. Und vor allem nicht nach meiner Begegnung mit Alex, die mir immer noch im Kopf herumschwirrt.

Meine Mutter hält nicht viel von meinem Lebensstil. Sie ist der Meinung, dass ich mich selbst zerstöre, wenn ich so weitermache wie bisher. Ich fürchte, als es damals mit meiner Karriere begann, hat sie nicht geahnt, wohin mich das ganze führen wird. Es war eine dieser zahlreichen Casting-Shows, die plötzlich auf fast jedem Sender im Fernsehen lief. Ich habe mich oft genug über die Kandidaten lustig gemacht, die sich vor der ganzen Welt zum Deppen machten. Nur deshalb hat Stella mich nach einer verlorenen Wette kurzerhand bei einer dieser Shows angemeldet. Um sie nicht zu enttäuschen und kein schlechter Verlierer zu sein, bin ich hingegangen und habe *Breathe Easy* von meiner damaligen Lieblingsband Blue zum Besten gegeben. Niemals hätte ich daran gedacht, bis in die Endrunde zu kommen und quasi über Nacht mit vier anderen Jungs einen Plattenvertrag für die erste Single in den Händen zu halten. Für mich war es eigentlich nur ein Spaß. Ich wollte nicht ins Rampenlicht, wollte nicht Teil einer Band werden, die von Millionen von Fans bejubelt und angehimmelt wird.

Das Ganze ist nun etwas mehr als drei Jahre her und die Jungs, die zuvor völlig Fremde waren, wurden zu meinen besten Freunden, zu meiner Familie. Gemeinsam sind wir in dieser Zeit durch dick und dünn gegangen. Als mein Vater starb, war es die Band, die mir Halt gegeben hat, weil ich während der Tour durch China nicht zurück nach Hause konnte. Und als ich mich kurze Zeit später vor dem Management als bisexuell geoutet habe, standen sie wie eine Mauer hinter mir. Robert war alles andere als begeistert über diese neue Entwicklung in meinem Leben. Meine Freunde waren für mich da. Es hieß sofort alle oder keiner, sodass sich das Management damit abfinden musste. Solange nichts davon an die Öffentlichkeit gerät und der Band schadet, kann Robert nichts dagegen sagen. Schließlich kann es ihm ganz egal sein, mit wem ich ins Bett gehe. Wenn ich den Ball flach halte und meine Eskapaden keine Überhand nehmen, ist es in Ordnung für alle.

Ich bin vierundzwanzig und hatte in den drei Jahren bei 5Minutes mehr Frauen, Partys und Geld als jeder andere, den ich noch von der Schule kenne. Die Musik ist mein Leben und die Band bedeutet mir so viel. Seit dem Tod meines Vaters ist 5Minutes wirklich alles, wofür es sich für mich zu leben lohnt. Wenn ich auf der Bühne stehe und die Musik mit jeder Zelle spüre, wenn mein Körper vor Aufregung bebt – dann lebe ich!

»Rick, du bist total abwesend heute. Warum erzählst du mir nicht endlich, wie die Tour gelaufen ist? Ich habe einige Ausschnitte der Konzerte auf Instagram gesehen. Das neue Album ist echt super. Ich war schon ewig auf keinem Konzert von euch Jungs, weil die Tickets immer so schnell ausverkauft sind. Du könntest mir ruhig mal eine Karte organisieren, Ricky«, fordert Stella.

Eine hübsche Asiatin kommt an unseren Tisch, um die Bestellung aufzunehmen. Normalerweise hätte ich jetzt mit der Frau geflirtet und sie nach ihrer Telefonnummer gefragt. Doch jetzt verspüre ich überhaupt keinen Drang danach. Was ist plötzlich los? Steckt mir der Flug immer noch in den Knochen? Ich bestelle das Gleiche wie meine Schwester, ohne wirklich in die Karte zu schauen.

»Warum nicht? Ich kann Robert fragen, ob er dir einen Backstage-Pass für das Konzert in Manchester nächste Woche organisieren kann. Wie wär's?«, schlage ich vor. Stella klatscht begeistert in die Hände.

Die nächsten zwei Wochen geben wir nochmal richtig Vollgas. Die Konzerte in Cardiff, Manchester und Newcastle sind komplett ausverkauft, die Stadien brechend voll. Es ist ein unglaubliches Gefühl, zu sehen, wie vielen Menschen unsere Musik gefällt. Dieses Gefühl überwältigt mich immer wieder aufs Neue, wenn ich auf die Bühne gehe. Es macht Spaß, für so ein tolles Publikum zu singen. Nicht nur ich gehe auf der Bühne total auf, auch meine Freunde sind jedes Mal völlig aus dem Häuschen.

Louis hat sich wieder ein wenig gefangen, obwohl er immer noch melancholische Statements auf Twitter postet. Mir ist der Louis lieber, der seine Lieblingspizza mit der Welt teilt. Auf die Sache am Flughafen habe ich ihn nicht mehr angesprochen. Marc gegenüber benimmt er sich zwar etwas verhalten, aber zum Glück streiten sie nicht.

»Hey, die zweite Vorband ist schon fast fertig, Bro. Bist du soweit?«, fragt mich Marc, als er den Aufenthaltsraum betritt. Meine Stylistin ist noch mit meinen Haaren beschäftigt.

»Bin gleich soweit. Dann kann's losgehen«, antworte ich und werfe noch einen prüfenden Blick in den Spiegel vor mir. Ich bin etwas blass, was vermutlich am Schlafmangel liegt. Ich schlafe so schon sehr schlecht, seit wir zurück in England sind jedoch fast gar nicht. Ständig träume ich von grünen Augen. Der Gedanke an Alex verfolgt mich Tag und Nacht. Es ist so schlimm, dass ich nicht einmal mehr einen hochkriege, wenn eine Frau in meinem Bett liegt. *Boybandstar leidet an Potenzproblemen.* Die Medien würden sich darüber das Maul zerreißen.

Ab einem besonders schlimmen Abend habe ich Marc von Alex erzählt. Jedes Detail. Habe nichts ausgelassen. Von der ersten Begegnung in der Kneipe bis hin zum Kaffee am Morgen. Mein Kumpel hat mich wissend angesehen und gemeint, ich wäre verknallt. Aber das bin ich nicht. Warum sollte ich mich so plötzlich in einen Mann verliebt haben, wenn ich doch so viele Frauen haben kann, wie ich will? Eine Beziehung zu einem Mann kann ich mir einfach nicht leisten. Das wäre gegen die Abmachung mit Robert.

»Na komm, ich glaube, es geht gleich los. Ich habe eben schon die anderen über den Flur gehen sehen«, meint mein Kumpel und reißt mich damit aus meinen Gedanken. Ich erhebe mich von dem Stuhl und fahre mir nochmal mit der Hand über die Augen, um wirklich jeden Gedanken an Alex zu verdrängen. Dann setze ich ein Lächeln auf.

»Bereit.«

Marcs Augen beginnen zu leuchten und er legt mir seinen Arm um die Schulter. »So gefällst du mir besser, Mann.«

5 MINUTES

»Mann, das war richtig geil! Diese Stimmung! Ich glaube, die Fans lieben uns von Konzert zu Konzert mehr«, meint Marc, als er aus dem Badezimmer tritt. Er trägt nichts weiter als schwarze Pants. In der Hand hält er ein Handtuch, mit dem er sich das Haar trockenrubbelt. Ich schaue kurz zu ihm auf.

»Kann sein …«, murmele ich und widme mich wieder meiner Gitarre. Er setzt sich zu mir aufs Bett und angelt sich einen Zettel vom Papierstapel, den ich auf der Bettdecke verteilt habe, während ich gedankenverloren an den Saiten meiner Gitarre zupfe.

»Was ist das?«, fragt mich Marc und zieht eine Augenbraue hoch. »Ein neuer Song?«

Ich zucke mit den Schultern. Ist es das? Keine Ahnung. Ich habe meine Gedanken einfach treiben lassen und Worte aufs Papier gekritzelt, die sich in meinem Kopf geformt haben. Ich schreibe gerne Songs – aber dieser hat sich mir so penetrant aufgedrängt, dass es mir einfach keine Ruhe mehr gelassen hat. Genau wie Alex …

»Komm, lass mal hören«, fordert mich Marc auf und streckt sich auf dem Bett aus. Seufzend stimme ich die ersten Akkorde an.

»*We've met in a pub somewhere in Cologne. You were so sexy in your tight jeans. Green eyes, brown hair, sweet smile …*«, singe ich leise und habe dabei immer wieder seine Augen im Kopf. Dieses intensive Grün. Der Blick so voller Gefühl. Die Erinnerung an unsere Nacht verursacht eine Gänsehaut auf meinen Armen, mein Herzschlag beschleunigt sich und meine Stimme stockt mitten im Text. Seufzend lege ich die Gitarre zur Seite.

»Du hast einen Song für ihn geschrieben …« Marc grinst breit. Für ihn? Irgendwie waren diese Worte einfach da, ohne dass ich mir groß Gedanken darüber gemacht habe. Fuck … dieses Lied ist tatsächlich über Alex. Ich drehe mich zu meinem Kumpel um, der sein Smartphone in der Hand hält und wie wild darauf herumtippt.

»Was machst du da?«

»Was wohl? Ich teile dein Liebeslied mit der ganzen Welt.«

»Hey, lass das bleiben«, sage ich panisch und greife nach seiner Hand.

»Zu spät. Mein Tweet hat schon über einhundert Likes.« Marc reicht mir sein Handy und ich sehe mir an, was mein Kumpel über mein Lied zu sagen hat.

Marc Hall @MarcHallOfficial: Wer ist es, der Ricks Herz gestohlen hat? Der Kerl schreibt nur noch schnulzige Liebeslieder.

Darunter ein Foto von mir, wie ich mit der Gitarre im Schoß auf dem Bett sitze, völlig in meine Musik vertieft. Das Bild ist gut geworden. Ich bin überrascht, wie zufrieden ich aussehe, wenn ich dieses Lied singe. Das Lied für Alex.

Schnell schüttele ich den Kopf, um die nächsten Gedanken zu vertreiben. Denn ich habe Angst, dass Marc recht hat. Dass ich in einen Mann verknallt sein könnte. In einen, den ich nie wiedersehen werde, weil ich nicht mal seinen vollständigen Namen kenne. Gut, ich könnte vielleicht Bob darauf ansetzen, herauszufinden, wie er heißt und wie seine Adresse lautet. Oder auch Louis, da dieser in Kontakt mit Alexanders Freundin Juliane steht. Aber das alles hätte keinen Sinn – Alex hat mich bestimmt längst vergessen und das sollte ich gefälligst auch tun. Songs über ihn zu schreiben, ist dabei nur wenig hilfreich.

Verzweifelt raufe ich mir das Haar.

»Hey, so schlimm ist das Foto nun auch nicht geworden«, bemerkt Marc. »Oder willst du nur nicht, dass man deinen Song schon vorab liest?« Seine Arme legen sich um meine Taille, er schmiegt sich von hinten an mich und legt sein Kinn auf meiner Schulter ab. Ich nehme Marc den Zettel ab und streiche eine Zeile, um sie gegen eine neue zu ersetzen.

»Und du bist doch verknallt«, stellt mein Kumpel fest. Ich sehe ihn entsetzt an. Sein Grinsen wird breiter. Ich und verknallt? Nur, weil ich ein Liebeslied geschrieben habe, wo wir doch sowieso für die bekannt sind? Vielleicht habe ich bloß ein paar meiner eigenen Erfahrungen in den Text einfließen lassen, das ist alles. Wenn ich jedoch in mich hineinhöre, muss ich meinem Freund recht geben – und das macht mir gerade verdammt Angst.

»Oh Ricky, das ist doch wunderbar!«

Marc scheint etwas in meinem Gesicht lesen zu können, was mir wohl entgeht.

»Gar nicht«, brumme ich. Nur weil ich ein Liebeslied geschrieben habe, heißt es noch lange nicht, dass ich verliebt bin, oder? Das kann ich irgendwie gar nicht glauben.

»Mhh, meinst du, Robert hätte etwas dagegen, wenn wir den Song in Glasgow performen?«

Überrascht reiße ich die Augen auf. »Was?« Damit habe ich nicht gerechnet. Und überhaupt … dieses Lied … irgendwie ist es zu persönlich.

»Warum nicht? Wir müssten vielleicht ein wenig improvisieren, aber ich denke schon, dass es klappen könnte. Es ist eine schöne Ballade. Ich bin dafür, dass du das Lied alleine singst. Wir könnten vielleicht den Refrain im Hintergrund übernehmen. Und wer weiß, vielleicht hört er deinen Song?«

Meine Wangen färben sich rosa. Daran habe ich gar nicht gedacht. Er könnte das Lied tatsächlich hören. Scheiße, vielleicht sollte ich den Text einfach vernichten. Ich zerknülle den Zettel in meiner Hand. Marc ahnt, was ich vorhabe, und nimmt ihn mir ab.

»Denk nicht mal dran, mein Freund. Das Lied ist der Hammer. Es könnte ein neuer Nummer-Eins-Hit werden, auch wenn's dir nicht passt. Wir müssen den Song unbedingt Robert zeigen. Die anderen Jung werden bestimmt genauso begeistert sein. Und jetzt komm, raus aus den Klamotten und ab ins Bett mit dir.«

Resigniert ziehe ich mich aus und kuschele mich zu Marc unter die Bettdecke.

3. Moments (One Direction)

-Alex-

»*Oh lucky girl, oh lucky girl, if you only let me, I'll offer you the world. Oh lucky girl, oh lucky girl*«, singe ich vor mich hin. Das Wasser läuft warm über meinen Körper, während ich mir die Haare wasche. »*If you only let me, I'll love you forever, 'cause you're special to me.*« Ich liebe dieses Lied. Außerdem erinnert es mich an Rick. So wie jedes verdammte Lied auf der CD. Und wie meine Bettwäsche. Es ist total bescheuert, aber ich habe sie seit unserer gemeinsamen Nacht nicht gewechselt, aus Angst, sein Geruch würde aus dem Stoff verschwinden, sobald Lisa es in die Waschmaschine steckt. Sie hat bereits mehrmals die Nase über mich gerümpft und mich einen Dreckspatz genannt, weil ich schon fast einen Monat in derselben Bettwäsche schlafe. Ich fürchte, sie wird mein Bett irgendwann neu beziehen, während ich nicht zu Hause bin.

»Er würde sich sicher geehrt fühlen, dass du seinen Song unter der Dusche singst, Schatz«, höre ich Lisas Stimme zu mir durchdringen. Erschrocken stecke ich den Kopf hinter dem Duschvorhang hervor.

»Mann, wieso musst du ins Bad kommen, wenn ich gerade drin bin?«, frage ich meine Mitbewohnerin. Das macht Lisa ständig. Und immer hat sie eine Ausrede, sie hätte irgendetwas vergessen.

»Wenn du nicht wollen würdest, dass ich hereinkomme, würdest du abschließen«, entgegnet sie mit einem frechen Grinsen und macht sich seelenruhig daran, im Spiegelschrank nach etwas zu suchen. Okay, das ist wirklich ein

Totschlagargument. Dennoch heißt das nicht, dass Lisa hier ein und ausgehen kann, wie es ihr gefällt.

»Keine Angst, du hast nichts, was ich nicht schon bei meinem Freund gesehen hätte«, meint sie noch, greift sich eine Creme und verschwindet lachend aus dem Badezimmer.

»Mach die Tür zu«, rufe ich ihr nach. Kopfschüttelnd halte ich mein Gesicht wieder unter den Wasserstrahl und spüle mir das Shampoo vom Kopf. Erneut wandern meine Gedanken zu Rick. Ich fürchte, wenn er mich singen hören würde, würde er mich auslachen. Obwohl Lisa immer wieder sagt, ich hätte eine schöne Stimme, ich bin da ganz anderer Meinung. Ich höre mich selbst überhaupt nicht gerne. Vor allem wenn ich Sprachnachrichten verschicke, grusele ich mich davor, sie mir nochmals anzuhören. Ich klinge auf Band wie ein Baby. Da frage ich mich jedes Mal, warum ich sie trotzdem verschicke. Aber irgendwie sind diese Sprachnachrichten zur Gewohnheit geworden, vor allem wenn ich auf der Arbeit bin oder gerade Einkäufe in der Stadt erledige. Dann ist es einfacher, eine Nachricht zu diktieren statt zu tippen.

Ich drehe das Wasser ab und verlasse die Dusche, bevor ich mit einem Handtuch um die Hüften in mein Zimmer gehe. Lisa pfeift mir vom Wohnzimmer aus zu, doch ich gehe nicht darauf ein. Es ist Samstagabend und ich habe heute frei. Nur leider habe ich keine Ahnung, was ich mit meinem Abend anfangen soll. Lisa wird gleich zu Michael fahren, dann bin ich allein hier. Ich lasse mich auf mein Bett sinken, rolle mich auf die Seite und vergrabe das Gesicht im Kopfkissen. Natürlich riecht meine Bettwäsche nicht mehr nach Rick – aber ich bilde mir dennoch ein, eine leichte Note seines Geruchs wahrzunehmen. Erneut bricht die Sehnsucht wie eine Welle über mich herein. Seit unserem One-Night-Stand vor etwas mehr als drei Wochen denke ich pausenlos an ihn. Ich kann nicht schlafen, ohne von ihm zu träumen, und wache jedes Mal mit einem Ständer auf, weil ich immer wieder an den Sex mit ihm zurückdenke. Wie zärtlich er war. Ob er im Bett immer so ist? Und ob er ab und zu an mich denkt? Ich glaube es kaum und auch Lisa hat mir deutlich zu verstehen gegeben, dass ich endlich aufhören soll, wegen Rick Trübsal zu blasen. Schließlich war es eine einmalige Sache.

Und trotzdem. Ich kann nicht aufhören, an ihn zu denken.

»Bin dann mal weg.« Lisa steckt den Kopf zur Tür herein. »Oh, störe ich schon wieder?« Ihr Blick gleitet an meinem Körper hinab zum Handtuch, das an meiner Hüfte ein wenig verrutscht ist. Genervt verdrehe ich die Augen.

»Nicht, was du denkst.«

»Ja, natürlich.« Sie kichert und zwinkert mir zu. »Ich verstehe deine Bedürfnisse nur zu gut, Schatz. Aber bitte, such dir endlich einen Mann, sonst bekommst du noch Schwielen an der Hand.«

»Jetzt hau schon ab. Dein Michael vergeht sicher schon vor Sehnsucht«, gebe ich grinsend zurück und werfe mein Kopfkissen in ihre Richtung. Lachend zieht meine Mitbewohnerin die Zimmertür zu, dann höre ich sie auch schon die Wohnung verlassen.

Einen Mann finden. Das sagt sich so leicht. Natürlich könnte ich in einen Club gehen und vögeln. Aber das will ich nicht. So bin ich nicht. Manchmal kann ein One-Night-Stand ja ganz nett sein, aber was ist danach? Wenn man sich am nächsten Tag verabschiedet? Dann bleibt bei mir immer so eine Leere zurück. Auch als Rick gegangen ist, hat er ein Stück von mir mitgenommen. Seitdem funktioniert mein Herz nicht mehr so, wie es soll.

Ich richte mich auf und ziehe mir frische Sachen an. Dann nehme ich mein Handy zur Hand und schreibe eine Nachricht an meinen Kumpel Tim.

Hey Mann, was macht ihr heute Abend?

Zocken gerade. Ich ziehe Lukas ab. Mario Kart ist nicht so sein Ding.

Ihr habt an einem Samstagabend nichts Besseres vor, als Playstation zu spielen?

Keine Ahnung. Ich wollte feiern, aber mein Freund stellt sich quer.
Und was machst du heute?

Keine Ahnung. Kann ich rüberkommen?

Sicher. Dann kann ich dir zeigen, wie gut ich bin.

Das solltest du lieber deinem Freund zeigen und nicht mir!

Ach, Lukas kennt meine Qualitäten schon längst.

Sonst wären wir nicht so lange zusammen.

Grinsend stecke ich mein iPhone in die Hosentasche und verlasse die Wohnung. Tim und sein Freund wohnen eine halbe Stunde von mir entfernt. Ich entscheide mich für einen kleinen Spaziergang. Die frische Abendluft tut mir gut und zerstreut meine Gedanken an Rick ein wenig. Ich brauche eindeutig Ablenkung. Wenn ich weiter zu Hause herumhänge, wird es nicht besser.

»Hey, Mann. Komm rein«, grüßt mich Tim und lässt mich ein. Dann geht er zurück ins Wohnzimmer. Ich streife meine Schuhe ab und folge ihm.

»Hey Alex«, sagt Lukas. Ich gebe ihm die Hand, bevor ich mich zu ihm aufs Sofa setze.

»Und, wer gewinnt?«

»Wer wohl«, kommt es sogleich von Tim. Er sitzt im Schneidersitz auf dem Teppich vor dem Fernseher, den Controller in der Hand. Lachend verdrehe ich die Augen. Klar, mein Kumpel ist selbsternannter Profi, was Videospiele angeht. Vermutlich, weil er den lieben langen Tag nichts anderes macht, als zu zocken und seinem Freund auf die Nerven zu gehen. Tim studiert zusammen mit mir BWL, während Lukas sich für Lehramt eingeschrieben hat. Schon seltsam, dass der große Kerl neben mir tatsächlich Grundschullehrer werden will, wo sein Vater doch bei der Polizei ist. Ich habe gedacht, dass er ebenfalls so eine Karriere anstrebt. Polizist würde besser zu ihm passen als Lehrer. Lukas ist groß und weil er selten lächelt und eher mit grimmiger Miene durch die Gegend läuft, hat man erst einmal Respekt vor ihm. Er hat ständig dieses Pokerface, hinter das nur selten jemand blicken kann. Außer wenn es um Tim geht. Dann strahlen Lukas' Augen regelrecht und sein Blick wird ganz liebevoll. Manchmal beneide ich die beiden um ihre Beziehung.

»Was ist los?«, fragt mich Lukas, nachdem ich eine Weile still neben ihm gegessen und den beiden beim Spielen zugesehen habe. Ich zucke mit den Schultern. Keine Ahnung, was mit mir los ist. Ich ziehe die Beine an, umschlinge sie mit den Armen und lege meinen Kopf auf den Knien ab.

»Du denkst wieder an diesen Kerl, oder?« Tim pausiert das Spiel und setzt sich zu uns aufs Sofa.

»Es ist nicht einfach nur ein Kerl …«, murmele ich leise.

»Richtig, habe ich vergessen. Es ist der weltberühmte Richard Clark, vor dem jeder Mann am liebsten gleich auf die Knie geht und bei dem die Frauen ein nasses Höschen bekommen.« Tim kann sich ein Lachen kaum verkneifen. Sogar Lukas grinst frech.

»Na ich hoffe doch mal nicht!«, empöre ich mich, da mir die Vorstellung von einem anderen Mann in Ricks Bett nicht geheuer ist. Natürlich ist es Blödsinn, mir darüber Gedanken zu machen. Wenn Rick Sex will, dann hat er den auch. Egal ob es mir das Herz bricht oder nicht. Sicher hat er mich sowieso schon längst durch jemand anderen ersetzt. Ich seufze traurig.

»Oh Mann! Ich kann das nicht mehr mit ansehen«, stöhnt Tim. »Du bist so eine Dramaqueen, Alex. Wie lange heulst du dem Typen jetzt nach? Eine Woche? Zwei? Ich ertrag das nicht mehr, ehrlich.«

»Fast drei«, gebe ich kleinlaut zu. Genau genommen sind schon siebzehn Tage seit unserer gemeinsamen Nacht vergangen. Siebzehn lange und trostlose Tage, an denen ich mich manchmal heulend in meinem Bett verkrochen habe, wenn ich zufällig einen Ausschnitt ihres Konzertes auf YouTube oder einen von Ricks Tweets gesehen habe. Vor allem das Foto, das Marc vor einer Woche getweetet hat, hat mir fast das Herz zerrissen. Rick sah auf dem Bild so wahnsinnig gut aus … Ob er beim Musizieren wirklich an jemand bestimmten gedacht hat? Es ist ein bisschen selbstsüchtig von mir, aber ich habe mir in diesem Moment gewünscht, dass ich derjenige bin, an den er denkt. Denn sein Blick auf diesem Foto … Er ging mir direkt ins Herz! Ich habe mir das Bild als Displayhintergrund gespeichert, womit mich Lisa drei Tage lang aufgezogen hat.

»Fast drei Wochen.« Tim schlägt sich mit der flachen Hand gegen die Stirn. »Das ist nicht normal. Schreib ihm doch einfach, statt wochenlang Trübsal zu blasen.«

»Ich kann ihm doch nicht einfach schreiben«, sage ich erschrocken.

»Warum nicht?« Tim verschränkt die Arme vor der Brust und legt seine Stirn in Falten. »Sein Twitteraccount ist öffentlich. Jeder kann ihm schreiben.«

Mein Kumpel hat recht. Lisa und Juliane kommentieren ja auch ständig die Tweets der Jungs. Aber was sollte ich ihm denn überhaupt schreiben? *Hey Rick, ich bin der Typ, mit dem du Sex hattest.* Nein, ganz sicher nicht! Entschieden schüttele ich den Kopf.

»Ach komm, jetzt lass Alex doch in Ruhe. Als ob du noch nie unglücklich verliebt gewesen bist«, meint Lukas und sieht seinen Freund an.

»War ich. In dich, du Idiot«, entgegnet Tim. Seine Augen bekommen plötzlich diesen merkwürdigen Glanz. Lukas erwidert seinen Blick mit derselben Intensität. Okay, jetzt fühle ich mich ein wenig fehl am Platz. Mir scheint, als wollten die beiden gleich übereinander herfallen. Vermutlich sollte ich besser gehen. Ich rutsche vom Sofa und erhebe mich, doch Tim greift sofort nach meiner Hand.

»Wohin gehst du?«

»Nach Hause.«

»Du bist doch gerade erst gekommen.«

»Ich will euch beide nicht stören, wenn ihr …«

Jetzt ist es Lukas, der lachen muss. »Keine Angst, Alex, wir werden uns in deinem Beisein ganz sicher nicht die Klamotten vom Leib reißen.«

»Außer du hast Lust auf einen Dreier«, wendet Tim mit breitem Grinsen ein. »Schatz, wollen wir einen Dreier mit Alex haben?«

»Nein!«, rufen Lukas und ich fast gleichzeitig. Tim kringelt sich vor Lachen.

»War nur Spaß, Mann. Ich teile Lukas ganz sicher nicht mit jemand anderem.«

»Das will ich auch hoffen, Freundchen«, brummt dieser. Tim geht zu ihm rüber, setzt sich auf den Schoß seines Freundes und nimmt dessen Gesicht in beide Hände.

»Würde ich nie tun. Du gehörst ganz allein mir«, murmelt er und küsst Lukas hingebungsvoll. Also, wenn ich eine Chance zum Verschwinden gesucht habe: Hier ist sie. Ich werfe noch einen kurzen Blick auf meine Freunde, die knutschend auf dem Sofa sitzen und mich anscheinend komplett vergessen haben. Dann schleiche ich mich aus der Wohnung.

Tim hat mit seinen Worten allerdings Recht. Ich sollte mit dem Trübsal blasen endlich aufhören und nach vorne sehen. Die Sache mit Rick war einmalig. Ich sollte es als eine schöne Erinnerung abhaken und endlich leben. Um mich abzulenken, entscheide ich mich dazu, doch noch alleine in einen Club zu gehen. Wer weiß, vielleicht treffe ich dort ja die Liebe meines Lebens?

5 MINUTES

Als ich den Club betrete, schlägt mir sogleich der schwere Bass der Musik entgegen. Unsicher lasse ich meinen Blick über die tanzende Menge schweifen, ehe ich mich zur Bar aufmache, um ein Bier zu bestellen. Lässig lehne ich mit meinem Getränk am Tresen und beobachte die Männer auf der Tanzfläche. Nach einem weiteren Bier entspanne ich mich ein wenig. Eigentlich gehe ich gerne aus, aber in letzter Zeit habe ich es wirklich vernachlässigt. Dabei mag ich es, mich im Takt der Musik zu bewegen und alles um mich herum zu vergessen.

Ich leere mein Bier und steuere die Tanzfläche an. Die Männer drängen sich dicht aneinander, sodass ich Mühe habe, eine freie Ecke zu finden. Also bleibe ich einfach am Rand der Tanzfläche. Mit geschlossenen Augen lasse ich mich von der Musik treiben. Aus den Lautsprechern ertönt

Lucky girl und für einen kurzen Moment versteife ich mich. Scheiße, ich sollte endlich aufhören, an Rick zu denken. Nicht so leicht, wenn sein Gesicht vor meinen Augen auftaucht, sobald ein Song der Band im Radio läuft.

»Hey, kennen wir uns nicht?«, fragt eine raue Stimme nah an meinem Ohr. Ich zucke kurz zusammen und öffne die Augen. Vor mir steht der Mann, den ich damals in der Kneipe bedient habe. Der mir so auffällig auf den Hintern gestarrt hat, dass ich schon geglaubt habe, ihm fallen gleich die Augen raus.

»Hey«, antworte ich und wende mich ab, um zu tanzen. Der Kerl lässt jedoch nicht locker, drängt sich von hinten an mich und versucht, mit mir zu tanzen. Also schön, was soll's. Statt mich von ihm zu lösen, drehe ich mich zu ihm um und lege ihm die Arme um den Hals. Das scheint dem Typen zu gefallen, denn er zieht mich noch näher an sich. Sein Becken drückt er auffällig gegen meins, was bei den kreisenden Bewegungen meiner Hüfte unweigerlich zu einer intensiven Reibung führt. Ich beiße mir auf die Unterlippe, um ein leises Stöhnen zu unterdrücken. Mein Körper reagiert auf den Mann. Kein Wunder, die letzten Wochen hatte ich ausschließlich Sex mit meiner rechten Hand. Da hatte Lisa schon irgendwie Recht.

Der Kerl grinst breit und verstärkt den Druck, passt sich meinen Bewegungen an und heizt mir ein. Scheiße, ich hab's wirklich nötig. Aber dafür bin ich doch schließlich hier, oder? Um mich abzulenken. Gut, ich habe jetzt nicht direkt an Sex gedacht, aber wenn's mir hilft, Rick aus meinem Kopf zu verbannen, warum nicht?

»Ich bin Paul«, raunt der Mann mir ins Ohr.

»Alex.« Ich nehme bewusst die Kurzform meines Namens, weil mich eigentlich jeder nur Alex nennt und nur Rick meinen vollen Namen so ausspricht, dass ich Gänsehaut bekomme. Paul drängt sich beim Tanzen näher an mich und beginnt, an meinem Hals zu knabbern. Er ist nicht wirklich fordernd, wie ich es sonst von Männern kenne, die auf einen Quickie im Darkroom aus sind. Aber es ist nicht unangenehm, deshalb neige ich den Kopf ein wenig. Seine Hände landen auf meinem Hintern. Auch ich schiebe eine Hand in seine Gesäßtasche, die andere unter sein enges Shirt. Je länger er meinen Hintern knetet, desto mehr erregt es mich.

»Was meinst du, sollen wir nach oben verschwinden?«

Ich zucke mit den Schultern. Warum eigentlich nicht? Wenn ich den Druck loswerde, geht es mir vielleicht besser und ich kann Rick für einen Moment vergessen. Paul drängt mich durch die Menge zur Treppe, die nach oben in den Darkroom führt. Ich lasse mich von ihm führen und in eine freie Nische dirigieren. Es ist dämmrig hier im Raum, trotzdem kann ich dieses Funkeln in Pauls Augen sehen. Als er mich jedoch zu küssen versucht, drehe ich instinktiv den Kopf zur Seite, sodass seine Lippen auf meiner Wange landen. Verdutzt hebt er eine Augenbraue.

»Darf ich dich nicht küssen?«

»Sorry …«, murmele ich verlegen. Keine Ahnung, was plötzlich los ist. Es ist doch nur ein Kuss.

»Schon okay«, meint Paul und lächelt mich an. »Dann eben ohne Küssen.«

Ich bin erleichtert, dass er mir keine Küsse aufdrängen will. Irgendwie ist Paul ganz nett. Und er sieht nicht schlecht aus. Zwar nicht so gut wie Rick, aber eben nett. Reicht das nicht? Jetzt bekomme ich fast ein schlechtes Gewissen, dass ich mich wegen eines Kusses so anstelle.

Seine Hände wandern unter mein Shirt und er macht sich erneut an meinem Hals zu schaffen. Stöhnend lege ich meinen Kopf in den Nacken und schließe die Augen. Eine Gänsehaut bildet sich auf meinem Körper, als Paul mit seinen Händen über meinen Bauch zum Bund meiner Hose streicht. Ich erschaudere bei jeder Berührung. Mein Körper ist total empfindlich, ich reagiere auf jeden noch so winzigen Impuls. Paul ist sanft, viel zu sanft für einen One-Night-Stand. Ich streiche meinerseits mit den Händen über seine Seiten und will ihm sein Shirt über den Kopf ziehen, doch er hält mich zurück.

»Hast du es eilig?«, fragt er grinsend. Ja verdammt. Ich bin erregt und dass er hier so langsam macht, als hätte er alle Zeit der Welt, macht mich ganz nervös. Außerdem sind wir in einem Darkroom. Hier geht es eigentlich schnell zur Sache. Paul öffnet meine Hose und schiebt seine Hand hinein. Sein Blick ruht auf meinem Gesicht, während er meinen Schwanz mit festem Griff umschließt. Stöhnend werfe ich meinen Kopf in den Nacken und kralle meine Hände in seine Oberarme. Paul keucht ebenfalls, vermutlich jedoch vor Schmerzen, weil sich meine Fingernägel in seine Haut bohren. Seine Hand bewegt sich schneller, mein Stöhnen wird lauter.

»Ah … Rick …«, kommt es plötzlich über meine Lippen, als ich den Höhepunkt erreiche. Geschockt reiße ich die Augen weit auf. Sofort zieht Paul seine Hand aus meiner Hose. Mein Sperma klebt an seinen Fingern.

»Rick?« Er sieht mich genauso geschockt an. Oh Scheiße! Ich habe tatsächlich die ganze Zeit über an Rick gedacht, während Paul mir einen runtergeholt hat! Mit glühenden Wangen sehe ich Paul an. Mein Atem geht stoßweise und ich lehne mich noch etwas mehr gegen die Wand in meinem Rücken, um nicht in die Knie zu gehen. Diese Situation ist mir furchtbar peinlich.

»Fuck …« Paul macht einen Schritt rückwärts und fährt sich mit der sauberen Hand durchs Haar. Ich sehe mich um und entdecke eine Kleenex Box auf der Sitzbank neben mir. Schnell zupfe ich ein paar Taschentücher heraus und reiche sie an Paul weiter.

»Tu- … tut mir leid, ich … ich weiß nicht, was …«, stammele ich völlig durcheinander. Tränen treten in meine Augen. Ich fühle mich unsagbar mies. Weil ich nur an Rick denken konnte, obwohl ich es doch nicht wollte, und weil ich Paul, der eigentlich sehr nett und sanft war, damit enttäuscht habe.

»Schon gut, ich … es ist nur … oh!« Er sieht mich irritiert an, dann zieht er mich in seine Arme. »So schlimm ist es nun auch wieder nicht, dass du jetzt heulen musst, okay? Ich werd's überleben.«

Ich klammere mich an ihn und schluchze laut auf. Gott, was für eine Katastrophe. Ich wollte mich doch nur ablenken und jetzt liege ich heulend in den Armen eines Fremden. Etwas unbeholfen streicht mir Paul über den Rücken. Fuck, er ist so nett und ich so ein Idiot.

»Willst du drüber reden?«, fragt er leise. Ich schüttele den Kopf. Keine Ahnung, ob ich mit ihm über Rick reden kann, wenn ich es schon mit meinen Freunden nicht tue.

»Manchmal hilft es, sich einem Fremden anzuvertrauen, weißt du?«

Mit tränenverschleiertem Blick sehe ich zu ihm auf. Er lächelt und sogleich macht mein Herz einen Satz. Ich mag Paul. Es ist nicht dieses heiße Gefühl, mich nach jemandem zu verzehren, wie ich es bei Rick verspüre. Aber ich mag ihn. Scheiße, warum kann ich mich nicht einfach in einen normalen Mann verlieben? Einen, der nicht von Millionen von Fans bejubelt und angehimmelt wird und der bei mir sein kann, wann immer ich es möchte?

Paul wischt mir mit den Daumen die Tränen aus den Augenwinkeln. Ich atme tief ein und schlucke den Kloß, der sich erneut in meiner Kehle bildet, hinunter.

»Wollen wir vielleicht woanders hin?«, fragt er mich dann und greift nach meiner Hand. Ich nicke stumm, immer noch völlig fertig wegen meines Gefühlsausbruchs. Als er schon gehen will, halte ich ihn kurz zurück.

»Paul?«

»Ja?«

»Küsst du mich?«

»Wenn du es willst?«

Erneut nicke ich und meine Wangen färben sich rosa. Gut, dass man es in dem dämmrigen Raum nicht sehen kann. Paul nähert sich mir erneut und dann spüre ich schon seine Lippen auf meinem Mund. Sanft und weich. Dieses Gefühl lässt mein Herz höherschlagen – aber es ist nicht wie bei Rick.

Nach dem Desaster im Darkroom haben Paul und ich uns in eine naheliegende Bar gesetzt und geredet. Es hat gutgetan, sich alles von der Seele zu reden. Und Paul hat recht behalten. Es ist wirklich leichter, mit einem Fremden über seine Probleme zu sprechen.

»Das ist echt übel«, meint Paul und eine Sorgenfalte erscheint auf seiner Stirn. Seufzend umklammere ich mein Bierglas. Das kann er laut sagen. Ich sitze ziemlich tief in der Scheiße. Wenn ich schon vorher verknallt war, obwohl ich Rick nur im Fernsehen gesehen habe, ist es jetzt umso schlimmer. Er hat mir diese verdammt schöne Nacht geschenkt und mir damit mein Herz endgültig gestohlen.

»Und ich sollte dir wohl helfen, den Kerl zu vergessen, was?« Paul grinst schief und streckt die Hand nach mir aus. Seine warmen Finger legen sich auf meine Hand.

»Hat nur nicht wirklich funktioniert, fürchte ich«, gebe ich kleinlaut zu und starre auf unsere Hände. Es könnte perfekt sein.

»Da kann man eben nichts machen. Du bist verliebt … auch, wenn's einseitig ist. Wird wohl eine Weile dauern, bis du diesen Rick vergessen kannst. Und weißt du …« Er kratzt sich verlegen am Kinn. »Ich … du bist mir schon damals in der Kneipe aufgefallen, Alex. Damals habe ich bereits gehofft, dich näher kennenzulernen. Und irgendwie bin ich echt froh, dass wir eben keinen Sex hatten. Das hätte alles komplizierter gemacht. Wenn … also, wenn du nichts dagegen hast, dann könnten wir uns vielleicht ab und zu treffen? Als … Freunde?«

»Danke, Paul. Das bedeutet mir wirklich viel«, antworte ich erleichtert und schenke ihm ein Lächeln.

Gedankenverloren scrolle ich die Twitter-Nachrichten hoch und runter, in der Hoffnung, ein neues Bild von Rick zu finden. Ihre Tour ist fast zu Ende und danach wird es wieder eine ganze Weile still um die Jungs von 5Minutes sein. Louis hat vor einigen Tagen getwittert, dass sie ein neues Studioalbum produzieren werden. Er hat durchblicken lassen, dass die neuen Songs, die sie aufnehmen wollen, richtig klasse sind. Aber das sind sie eigentlich immer. Ich entdecke einen Tweet von Louis, der vielleicht ein paar Stunden alt ist. Es ist ein Foto, auf dem Marc von hinten zu sehen ist, wie er seinen Arm um Ricks Schulter gelegt hat. Beide stehen im Eingang eines Hotels, dessen Namen man nicht wirklich erkennen kann. Sofort spüre ich einen Stich in der Nähe meines Herzens. Ich weiß ja, dass Marc Ricks bester Freund ist. Aber manchmal … da habe ich das Gefühl, dass die beiden mehr als Freundschaft verbindet.

Louis Adams @mysteriousLou: Das muss Liebe sein! L.

Marc Hall @MarcHallOfficial: Du Spinner. Wärst wohl gern an seiner Stelle? @RickyBoy

Louis Adams @mysteriousLou: @MarcHallOfficial @RickyBoy Wer sagt denn, dass ich dich meine? L.

Lisa @LizzyDizzy97: Ihr seid so süß, Jungs! @RickyBoy @MarcHallOfficail @mysteriousLou Ich wäre so wahnsinnig gern bei eurem Abschlusskonzert in London dabei.

Juli @holyjulicamoli: @mysteriousLou Was du fühlst, ist keine Liebe, sondern Sodbrennen. Wahrscheinlich diskutieren sie darüber, wie sie die Weltherrschaft an sich reißen.

Richard Clark @RickyBoy: @holyjulicamoli @mysteriousLou @MarcHallOfficiall Unser Küken ist verliebt? Wieso erfahre ich so etwas immer als letzter?

Louis Adams @mysteriousLou: @holyjulicamoli Vermutlich hast du Recht. Bei diesen Idioten kann man nicht von Liebe sprechen. Wahrscheinlich war das letzte Stück Pizza Hawaii heute Mittag zu viel des Guten. Ich hol mir eine Tablette und hau mich dann aufs Ohr. L.

Marc Hall @MarcHallOfficial: @mysteriousLou Ich komme gleich zu dir rüber, bringe dir einen Pfefferminztee und dann können wir das Ganze ausdiskutieren, Babe.

Louis Adams @mysteriousLou: @MarcHallOfficial Bleib mir bloß vom Leib, du Spinner. Meine Tür bleibt verriegelt. L.

Grinsend schließe ich Twitter. Oh Mann, Juli schon wieder. Ich mag ihre Art, obwohl ich manchmal nicht wirklich weiß, ob sie es ernst meint oder es nur Sarkasmus ist. Ja, ich wäre auch gern bei ihrem Konzert dabei, würde Rick wenigstens noch einmal live sehen wollen. Auch wenn er mich vermutlich nicht einmal mehr wiedererkennen würde. Seufzend strecke ich mich in meinem Bett aus. Die Ruhe in meinem Zimmer währt nicht lange, denn die Tür wird aufgerissen und Lisa stürzt herein.

»Alex! Das musst du sehen!«, schreit sie mir ins Ohr, als sie auf mein Bett hüpft und mich dabei fast runterschubst. Ich stöhne unter ihrem Gewicht und schiebe sie von mir. Sofort drückt sie mir ihr Smartphone ins Gesicht. Ich schüttele den Kopf und setzte mich im Bett auf. Es ist fast zehn und Lisa trägt bereits ihren Hello-Kitty-Pyjama. Mit leuchtenden Augen und geröteten Wangen sitzt sie vor mir, das Handy fest umklammert, aus dem leise Musik tönt.

»Alex«, ruft sie nochmal. »Schau dir das an. Schau. Dir. Das. An!«

Ich verdrehe die Augen, dann nehme ich ihr iPhone und … erstarre! Scheiße. Das ist ein Livemitschnitt des letzten 5Minutes Konzerts aus Glasgow. Überrascht reiße ich die Augen auf, als ich das YouTube Video anstarre.

»Mach mal lauter«, murmele ich völlig von der Rolle. Kichernd nimmt mir meine Mitbewohnerin das Smartphone ab und erhöht die Lautstärke, sodass ich den Text besser hören kann. Ich beginne am ganzen Körper zu zittern, während ich auf den Bildschirm starre. Mein Puls beschleunigt sich.

We've met in a pub somewhere in Cologne.
You were so sexy in your tight jeans.
Green eyes, brown hair, sweet smile.
Red lips, made for kissing.
I couldn't resist you!

Oh Gott! Das kann einfach nicht sein! Dieser Text … Sie singen über mich! Rick hat mir ein verdammtes Liebeslied geschrieben!

I'll always remember this night,
the way you look at me.
Your smile, your kiss, your touch – incredible!
I can't belive it could happen' to me,
falling in love with you.

Der Refrain geht mir unter die Haut und beschert mir eine Gänsehaut. Meine Gedanken überschlagen sich. Scheiße, Rick hat mir ein Lied geschrieben!

»Krass, oder?«, fragt mich Lisa völlig aus dem Häuschen. »Scheiße, Alex, du bist berühmt!«

»Klar … vor allem, weil kein Mensch weiß, wer ich bin«, murmele ich und ein Kloß bildet sich in meinem Hals. Meine Hände zittern so stark, dass mir das Smartphone aus der Hand rutscht und auf die Decke fällt.

A morning coffee, your messy hair,
I know it's not forever, but it feels that way.
One word from you and I would've stayed longer,
although I shouldn't do.
I would've stayed because I love you

»Alex?«

Tränen schießen in meine Augen. Keine Ahnung, ob er es ernst meint, dass er mich nicht vergessen kann und dass er … Ich wage es kaum, den Gedanken an mich heranzulassen. Kann es sein, dass Rick meine Gefühle erwidert? Oder ist alles nur eine Lüge, um einen guten Song herauszubringen?

»Schatz, jetzt weine doch nicht«, sagt meine Freundin und nimmt mich in den Arm. Das Lied endet, Stille herrscht in meinem Zimmer. Ich schluchze leise in Lisas Pyjamaoberteil, ehe ich mich von ihr löse. Ich muss es wissen!

Hastig springe ich aus dem Bett, gehe zum Kleiderschrank und hole eine Reisetasche heraus. Dann stopfe ich wahllos einige Klamotten hinein. Lisa starrt mich fassungslos an.

»Was tust du da?«

»Ich packe«, gebe ich knapp zurück.

»Packen?«, fragt Lisa verständnislos, als ob sie nicht glauben kann, was ich hier tue.

»Ich muss los.«

»Wie, du musst los? Alex, es ist zehn Uhr abends. Wo zur Hölle willst du hin?« Sie krabbelt vom Bett und kommt auf mich zu.

»Ähm …« Wäre es jetzt blöd, zu sagen, dass ich zum Flughafen will? Ob so spät überhaupt ein Flugzeug nach London fliegt? Aber … ich kann nicht länger warten. Nicht, nachdem ich dieses Lied gehört habe, das wie ein Echo in meinem Kopf hallt. Immer und immer wieder. Wie in Dauerschleife. Ich muss zu ihm, auch wenn das eine total waghalsige Idee ist, und fragen, warum zur Hölle er mir ein Liebeslied gewidmet hat, das nun überall im Netz umhergeht. Jetzt erst recht!

Lisas Augen weiten sich erstaunt, während wir uns stumm mustern.

»Es sind zwar Semesterferien, aber … verdammt! Du kannst doch nicht einfach so nach London fliegen!«

»Warum nicht?«

»Weil … na ja, was willst du dort machen? Wie willst du Rick denn finden? Weißt du überhaupt, wo er sich aufhält? Du hast nicht mal Karten für das Konzert …«

Ich zucke mit den Schultern und schmeiße noch ein paar Jeans in die Reisetasche. Lisa schüttelt den Kopf über mich, aber mir ist egal, was sie von meiner Idee hält. Vermutlich ist diese Idee völliger Blödsinn und ich der größte Idiot auf Erden, weil ich, nur weil ich ein Lied gehört habe, plötzlich nach London fliegen will. Aber ich bin verliebt. Und machen verliebte Menschen nicht total verrückte Sachen?

»Alex, denk nochmal darüber nach«, versucht Lisa mich zur Vernunft zu bringen. »Was willst du Rick überhaupt sagen, falls du ihn findest? Du weißt doch nicht mal, wo du nach ihm suchen sollst.«

»Doch … so ungefähr«, gebe ich zurück und schlüpfe aus meiner Pyjamahose und dem Shirt. Dass Lisa jetzt einen guten Ausblick auf meinen Hintern hat, ist mir egal. Schnell ziehe ich mir die erstbeste Jeans an, die mir in die Finger kommt. Dazu ein Shirt und einen dünnen Pullover. Wer weiß, welches Wetter mich in England erwartet. Besser, ich nehme noch eine Jacke mit.

Dank Louis' Tweet weiß ich, in welchem Hotel die Band untergekommen ist. Louis hat vor zwei Tagen getwittert, wo sie absteigen und sogar ein kleines Meet & Greet in der Hotellobby abgehalten. Ich weiß also, wo ich hin muss. Dann muss ich es nur noch schaffen, irgendwie ins Hotel reinzukommen … das wird sicher nicht leicht. Aber einen Versuch ist es wert!

Ich habe es geschafft und stehe tatsächlich am Heathrow Airport. Es ist gleich halb vier am Morgen, doch von Müdigkeit ist bei mir keine Spur zu sehen. Den ganzen Flug über war ich so nervös, dass ich kein Auge zugetan habe. Ich habe dieses Lied in Dauerschleife auf meinem Handy gehört, sodass ich jetzt jedes Wort auswendig kenne. Je länger ich über dieses Lied nachdenke, desto höher schlägt mein Herz.

Unsicher verlasse ich das Flughafengebäude und suche nach einem Taxi, das mich zum *Savoy* bringt. Es dauert eine Weile, doch dann finde ich eins. Die Fahrt durch das nächtliche London vergeht wie im Flug. Je näher ich dem Hotel komme, in dem meine Lieblingsband untergebracht ist, desto unruhiger werde ich. Ob ich Rick überhaupt sehen werde? Meine Hände schwitzen, als ich aussteige und dem Taxifahrer das Geld überreiche. Nun stehe ich mit meiner Reisetasche vor dem Eingang und habe Angst, hineinzugehen. Was, wenn er gar nicht da ist? Oder noch schlimmer, wenn er mich auslacht und wegschickt? Bei diesem Gedanken zieht sich mein Herz schmerzhaft zusammen. Ich will gar nicht daran denken, und trotzdem breitet sich diese Angst in mir aus, die mich am Weitergehen hindert. Wie ein Idiot stehe ich vor dem Eingang, als wäre ich festgewachsen. Es ist kalt und mich fröstelt es in der dünnen Jacke, die ich tragen.

Zwei Hotelangestellte kommen heraus und gehen kichernd an mir vorbei.

»Ich habe ihm vorhin eine Flasche Whiskey aufs Zimmer gebracht«, höre ich eine der jungen Frauen sagen.

»Wem?«, fragt die andere neugierig. Sie kramt in ihrer Handtasche und holt eine Packung Zigaretten heraus.

»Richard Clark«, antwortet die andere. Die Erwähnung seines Namens lässt mein Herz sogleich freudig hüpfen. Ich nähere mich unauffällig den beiden Frauen, die nun etwas abseits an einer Bank stehengeblieben sind. »Er sieht so verdammt gut aus. Schade, dass er mich kaum beachtet hat. Dabei soll er angeblich ein ziemlicher Frauenheld sein.«

»Wäre mir egal, ich würde ihn trotzdem ranlassen«, meint die andere Frau kichernd. Beide lachen leise. In mir bildet sich ein Stein, der mir schwer auf den Magen drückt. Ich kann es nicht verhindern, dass mich eine Welle von Eifersucht durchflutet. Ich bin nicht der Einzige, der etwas für Rick empfindet. Und er scheint es zu genießen, dass seine Fans auf ihn abfahren. Aber warum widmet er mir dann einen Song? Habe ich mich vielleicht doch geirrt?

»In welchem Zimmer ist er denn untergekommen? Vielleicht habe ich ja Glück und kann den Dienstplan morgen Früh mit einer Kollegin tauschen, um ihm das Bett neu zu beziehen.«

»Sein Zimmer liegt in der dritten Etage. Zimmer 305. Aber ich glaube, ich habe da morgen Dienst. Und ich tausche ganz sicher nicht.«

Die Frauen entfernen sich. Ich atme tief ein und aus und versuche, mein wild schlagendes Herz wieder zu beruhigen. Er ist tatsächlich hier! Und ich weiß sogar, in welchem Zimmer ich ihn finden kann. Gott, mein Herz bringt mich gleich um!

Auf zitternden Beinen betrete ich die Lobby des Hotels und sehe mich nach den Fahrstühlen um. Im Foyer ist es ruhig.

»Hallo, kann ich Ihnen helfen?«, fragt mich sofort die junge Frau an der Rezeption. Oh Scheiße, ich habe gar nicht daran gedacht, was ich sagen oder tun soll, wenn ich erstmal im Hotel bin. Einfach so wird mich wohl niemand zu Rick lassen. Hier gibt's sicher einen Haufen Security, die jemanden wie mich ganz schnell wieder auf die Straße befördern. Dass ich mir, in meinen ausgewaschenen Jeans und den alten Chucks, eine Übernachtung in diesem Hotel nicht leisten kann, steht außer Frage. Nervös sehe ich erst die Frau an, dann blicke ich mich nochmal im Foyer um. Bis auf eine kleine Gruppe Asiaten, die es sich auf einer Sitzgruppe nahe der Hotelbar gemütlich gemacht haben, sind keine Gäste hier.

»Ähm, ich warte nur auf jemanden«, sage ich schnell und setze mich so gelassen wie möglich zu den Asiaten. Wenn ich mir einen Kaffee bestelle, wird es sicher nicht weiter auffallen, dass ich nicht zu den Hotelgästen gehöre. Zumindest habe ich so ein wenig Zeit, mein weiteres Vorgehen zu planen. Gerade will ich nach dem Kellner winken, als die Glastüren aufschwingen und eine Gruppe junger Leute lärmend hereinkommt. Die Mädchen tragen sehr kurze Kleider und zwei der Jungs machen laute Witze, die ich nicht verstehen kann, weil sie ziemlich betrunken lallen. Die Gruppe geht an mir vorbei zu den Fahrstühlen. Das ist meine Chance!

Ich springe vom Hocker, schultere meine Reisetasche und eile der Gruppe hinterher. Als die Mädchen auf mich aufmerksam werden, winken sie mir sogar zu. Vermutlich glauben sie tatsächlich, ich würde zu ihnen gehören, weil sie schon so betrunken sind.

»Hey, warten Sie mal!«, ruft mir die Hotelangestellte noch zu, doch ich schiebe mich bereits zwischen die Mädchen in den Fahrstuhl. Eine Blondine drückt auf den Knopf für die zweite Etage und der Fahrstuhl setzt sich in Bewegung. Nervös drücke ich mich gegen die Wand. Einer der Männer sieht mich irritiert an, wird dann jedoch von der Blondine in ein Gespräch verwickelt. Die Gruppe achtet nicht wirklich auf mich, worüber ich verdammt froh bin. Als sie auf der zweiten Etage aussteigen, atme ich erleichtert aus. Dann drücke ich auf die Drei.

Mein Herz schlägt immer schneller, als sich die Türen auf der dritten Etage mit einem leisen Klicken öffnen und ich einen Schritt in den dämmrigen Flur wage.

Immer wieder sehe ich mich nach allen Seiten um, während ich über den Korridor schleiche und die Zimmernummern absuche. Plötzlich ertönen Schritte hinter mir, die immer lauter werden. Erst vermute ich einen spät heimkehrenden Hotelgast, doch als ich mich umsehe, erkenne ich einen Mann in Hoteluniform.

»Sir, was machen Sie da?«, ruft er mir zu. »Haben Sie hier ein Zimmer reserviert?« Panisch beschleunige ich meine Schritte, ohne länger auf den Mann hinter mir zu achten. Dieser redet weiter auf mich ein und folgt mir unerbittlich.

Endlich sehe ich die 305 vor mir und bleibe stehen. Mir schlägt das Herz bis zum Hals, als ich meine Hand hebe und an die Tür klopfe. Der Hotelangestellte hat mich fast erreicht und ich fürchte, er hat über Funk bereits das Sicherheitspersonal verständigt.

Die Tür vor mir bleibt verschlossen und ich gerate immer mehr in Panik. Ist Rick etwa gar nicht hier? Habe ich mich vielleicht verhört und die Frauen haben gar nicht die dritte Etage gemeint? Erneut klopfe ich, diesmal lauter. Wieder geschieht nichts. Traurig lasse ich den Kopf hängen. Na toll, was habe ich auch erwartet? Dass er mir vor Freude um den Hals fällt? Wohl kaum!

»Sir, zeigen Sie mir bitte Ihre Zimmerkarte«, fordert mich der Mann auf, der mir nun die Hand auf die Schulter legt und mich festhält.

»Ich … also …«, beginne ich nervös, als die Tür schwungvoll aufgerissen wird und ein ziemlich verschlafen aussehender Rick mich ansieht. Seine blauen Augen weiten sich immer mehr, als er mich erkennt. Mir rutscht das Herz in die Hose. Ich starre ihn an, vergessen ist der Mann, der mich immer noch festhält. Rick ist ebenso überrascht mich zu sehen. Und er ist nicht allein. Marc ist bei ihm – nackt!

4. Imagination (Shawn Mendes)

-Rick-

Ich kann nicht fassen, wen ich vor mir sehe. Es ist Alex, der mich erschrocken anstarrt. Der Alex, der mir seit Wochen nicht aus dem Kopf geht. Er ist blass geworden. Sehe ich etwa so furchtbar aus? Okay, ich habe vielleicht etwas dunklere Augenringe als sonst und meine Haare stehen mir ziemlich wirr vom Kopf ab. Und ja, ich trage bloß Pants – aber sollte ihn dieser Anblick nicht eigentlich positiv überraschen? Was zur Hölle macht er überhaupt hier in London?

Ehe ich etwas sagen kann, kommt Marc zu mir und legt mir die Hand auf die Schulter. Neugierig mustert mein Kumpel Alex von oben bis unten. Plötzlich ist mir Marcs Nähe unangenehm.

Alex blinzelt mehrmals. Ich sehe, wie sein Körper zittert. Am liebsten würde ich ihn an mich drücken und nie mehr loslassen. Er ist hier. Scheiße, das ist so verrückt!

Marc sieht zwischen mir und Alex hin und her. Erst wirkt er verwirrt, doch dann erscheint ein Grinsen auf seinem Gesicht.

»Ist er das?«, fragt Marc an mich gewandt.

»Wer?« Ich erwache aus meiner Starre.

»Na, der Typ mit den blauen Augen.«

»Grün«, antworte ich, ohne meinen Blick von Alex abzuwenden. Ich kann gar nicht anders, als ihn fassungslos anzustarren. Was zur Hölle macht er hier? Mein Puls beschleunigt sich, je länger wir uns ansehen.

»Ja, Mann. Dann eben grün.« Marc zuckt bloß mit den Schultern. Alex sieht ziemlich verwirrt aus, was ich nur allzu gut nachempfinden kann. Vermutlich hat er Marc nicht in meinem Zimmer erwartet. Dann macht er unsicher einen Schritt rückwärts.

»Oh Gott … Ich … Ich wollte nicht … Du hast -«, stammelt er und ich verstehe nur jedes zweite Wort, weil er immer wieder zwischen Deutsch und Englisch wechselt. Seine Stimme bebt. Er presst sich eine Hand auf den Mund und will schon fliehen, als ich ihm blitzschnell hinterhereile und am Arm zurückhalte.

»Warte. Alexander.«

Beim Klang seines Namens zuckt er zusammen.

»Ist alles in Ordnung, Mr Clark?«, fragt mich auf einmal ein Mann, der neben Alex steht. Er ist mir einfach nicht aufgefallen, weil ich so auf Alex fixiert gewesen bin. »Kennen Sie diesen jungen Mann?«

Jetzt erst merke ich, dass der Mann Alex festhält und anscheinend nicht weiß, ob er ihn jetzt rausschmeißen soll oder nicht.

»Ja, er gehört zu mir. Sie können gehen«, entgegne ich schnell. Bevor ich hier im Hotelflur etwas Dummes mache, ziehe ich Alex an der Hand in mein Zimmer und verschließe die Tür hinter uns.

Ganz langsam dreht er sich zu mir um und – Gott, sind das etwa Tränen in seinen Augen? Erschrocken mustere ich sein schönes Gesicht, in dem so viel Schmerz liegt, dass es mir selbst das Herz schwer werden lässt. Ist er etwa traurig wegen mir?

»Was machst du hier?«, frage ich ihn mit wild klopfendem Herzen. Tränen schwimmen in seinen grünen Augen, als er zwischen Marc und mir hin und her schaut. Fuck, denkt er etwa, ich hätte was mit Marc? Niemals! Der Kerl ist ja nicht mal bi. Alex' Schultern beben, er sagt noch immer kein Wort.

»Ich sehe schon, dass meine Gesellschaft nicht erwünscht ist«, meint Marc mit einem frechen Grinsen. Er hat sich in der Zwischenzeit wieder angezogen. »Ich verschwinde dann mal in mein Zimmer. Treibt es nicht zu wild.« Er zwinkert mir nochmal zu und verschwindet dann.

»Es … es ist nicht so, wie du denkst«, erkläre ich etwas lahm, um überhaupt etwas zu sagen. Es verwirrt mich, dass ich das Bedürfnis habe, mich für mein Verhalten zu rechtfertigen. Alex sieht mich nicht an, hat den Kopf gesenkt und trotzdem sehe ich die Tränen, die über seine Wangen laufen. Oh scheiße! Ich will nicht, dass er wegen mir weint.

»Hattest du Sex mit … Marc?«, presst er hervor und versucht, sein Schluchzen zu unterdrücken, was ihm nur mäßig gelingt. Sein bemühtes Englisch ist total niedlich, doch seine Worte lassen mich erstarren. Heftig schüttele ich den Kopf.

»Nein. Wir sind bloß Freunde. Das musst du mir glauben. Ich habe nichts mit Männern.« Gut, das klingt selbst in meinen Ohren nicht sehr glaubwürdig, hatte ich doch Sex mit Alex. »Nichts mit anderen Männern«, korrigiere ich mich und mache vorsichtig einen Schritt auf ihn zu. »Also … nach dir gab es keinen anderen Mann mehr.« Ich hole tief Luft. »Marc schläft nur gern nackt.«

Alex sieht mich unsicher an. Immer noch laufen ihm die Tränen über die Wangen. Er schweigt. Ich kann nicht anders, als ihn in meine Arme zu ziehen. Er versteift sich in meiner Umarmung, seine Reisetasche fällt zu Boden. Sein

Schluchzen wird lauter, obwohl er versucht, sich zusammenzureißen. Behutsam streiche ich über seinen Rücken. Ich bin nicht wirklich gut im Trösten, weil ich es bisher nicht oft tun musste.

»Du bist hier«, murmele ich in sein Haar. Gott, er riecht so gut. Warum ist mir das beim ersten Mal nicht aufgefallen?

»Ja … ich bin hier«, antwortet er mit tränenerstickter Stimme. Ich drücke ihn noch ein wenig fester an mich. Mein Herz rast wie verrückt und ich bin wahnsinnig aufgeregt. So habe ich mich in der Gegenwart eines Mannes noch nie gefühlt! Bei Frauen schon, manchmal zumindest. Aber bei einem Kerl? Die wenigen Male, die ich mit einem Mann Sex hatte, waren zwar wirklich gut, aber mir stand da nie der Sinn, den Schwanz eines anderen Mannes zu lutschen, während ich am liebsten Alex' ganzen Körper mit Küssen bedecken würde. Jede noch so winzige Stelle. Keinen Zentimeter würde ich auslassen. Ich will mit Alex keinen Sex haben. Ich will mit ihm schlafen, ihn verwöhnen.

Mit einer Hand hebe ich sacht Alex' Kopf an, damit er mich ansieht. Seine grünen Augen sind so voller Tränen, dass sich mein Herz schmerzhaft zusammenzieht. Ich senke den Kopf und küsse seine Wange. Alex zieht scharf die Luft ein, als ich meine Lippen sanft auf seinen Mund drücke. Er schmeckt salzig, nach seinen Tränen. Und als ich mit meiner Zunge die Kontur seines Mundes nachzeichne, löst sich die Spannung aus seinem Körper und er schlingt die Arme um meinen Hals. Mein Herz macht einen freudigen Satz, denn endlich schmiegt sich Alex an mich und erwidert meinen Kuss. Wow! Ich habe ganz vergessen, wie toll es ist, ihn zu küssen!

Wie ein Ertrinkender klammert er sich an mich und ich halte ihn, gebe ihm die stumme Bestätigung, dass ich ihn genauso brauche, wie er mich. Unser Kuss wird schnell leidenschaftlicher. Die Gefühle in mir toben wild durcheinander. Ich bin ziemlich verwirrt, weil mein Körper – und vor allem mein Herz – so stark auf Alexander reagieren. Wir sollten dringend reden. Aber nicht jetzt. Zuerst … Ich schiebe Alex rückwärts in Richtung Bett, ohne den Kuss zu unterbrechen. Seine Jacke landet auf dem Fußboden, und den Pullover mitsamt dem Shirt zieht er sich kurzerhand selbst aus. Wir stolpern zum Bett, bis wir darauf zum Liegen kommen. Ich begrabe Alex unter meinem Körper. Er keucht leise, dann zieht er mein Gesicht näher zu sich und küsst mich erneut. Unsere Zähne schlagen gegeneinander, unsere Zungen liefern sich einen leidenschaftlichen Kampf. Mir bleibt kurz die Luft weg, so gut ist der Kuss. All die Verzweiflung der vergangenen Wochen liegt darin, das spüre ich ganz tief in mir. Ich habe mich nach ihm gesehnt, aber geglaubt, dass diese Sehnsucht keine Zukunft hat. Doch Alex hat mich gefunden. Scheiße, wie hat er das angestellt?

Alex atmet schwer unter meinen Küssen und Berührungen. Andächtig streiche ich über seine Brust und den flachen Bauch. Dann öffne ich mit flinken Fingern seine Hose. Alex mustert mich mit geröteten Wangen. Etwas unsicher hebt er sein Becken an. Denkt er etwa, ich könnte jetzt noch die Finger von ihm lassen? Dafür ist es eindeutig zu spät.

Ich ziehe ihm die Hose aus und streiche dann mit den Fingern kurz über die Beule in seinen Shorts. Er zieht scharf die Luft ein, ein leises Stöhnen entweicht seiner Kehle. Als ich ihm die Shorts ausziehe, zittern meine Hände vor Aufregung. Bei unserem ersten Mal bin ich nicht so nervös gewesen. Jetzt ist es irgendwie anders. Ist es, weil ich etwas für ihn empfinde? Mein Herz schlägt immer schneller, je länger ich Alex anschaue. Wie er mit flatternden Lidern und geröteten Wangen unter mir liegt, sieht einfach nur wunderschön aus!

Ich kann nicht länger warten, meine Selbstbeherrschung verabschiedet sich. Schnell ziehe ich ihm das störende Kleidungsstück von den Hüften und mustere seine Erektion, die mir entgegenwippt. Seine Wangen röten sich noch mehr. Anscheinend ist ihm peinlich, dass ich ihn so ausgiebig betrachte. In seinem Zimmer haben wir damals kein Licht gemacht, sodass ich mir nun jede Regung seines Körpers einprägen will. Ich befeuchte meine Lippen und senke den Kopf, um dann vorsichtig mit der Zunge über seine Spitze zu lecken. Alex zuckt zusammen und krallt seine Finger ins Laken. Theoretisch weiß ich, wie sich ein Blowjob anfühlen soll, schließlich habe ich schon oft genug einen bekommen. Aber es selbst zu tun, ist schon etwas ganz anderes. Nie im Leben habe ich daran gedacht, jemals den Schwanz eines anderen Mannes im Mund zu haben.

Alexanders Körper bebt, als ich seinen Schwanz in den Mund nehme. Sein männlicher Duft und der Geschmack auf meiner Zunge erregen mich. Je länger ich an ihm sauge, desto sicherer bin ich mir, dass ich nicht genug davon bekommen kann. Alex wimmert und stammelt irgendwelche abgehackten Sätze, die ich nicht verstehe. Zwischendurch stöhnt er immer wieder meinen Namen. Ich sollte ihm wohl deutlich machen, dass es besser wäre, Englisch zu sprechen, wenn er sich mir mitteilen will.

Plötzlich zieht er meinen Kopf unsanft zurück. Erst bin ich total verwirrt, doch dann spüre ich auch schon, wie sein Schwanz zuckt und er zum Höhepunkt kommt. Jetzt bin ich ein wenig enttäuscht, weil ich nicht die Gelegenheit hatte, ihn zu schmecken. Alex' Brustkorb hebt und senkt sich unregelmäßig, er ist noch völlig platt von seinem Orgasmus. Selbst in meinen Pants ist es bereits feucht. Ich schlüpfe aus dem Bett und zerre sie mir von den Hüften. Alex beobachtet mich stumm, immer noch aus der Puste. Erneut setze ich mich zu ihm aufs Bett und streiche über seine Oberschenkel, was seinen Körper erneut zum Beben bringt. Dann halte ich inne. Mist, ich habe zwar Kondome hier, aber Gleitgel habe ich leider keines mehr. Ratlos sehe ich Alexander an.

»Ähm … du hast nicht zufällig …?« Ich drücke zur Verdeutlichung einen Finger gegen seine Öffnung.

»Im Seitenfach. Irgendwo ganz oben«, murmelt er leise und errötet dabei noch etwas mehr. Plötzlich muss ich grinsen.

»Du hast echt Gleitgel eingepackt?« Ich muss schmunzeln. Er ist wirklich gut vorbereitet.

»Ja, ich … Ich habe einfach alles reingeschmissen, wovon ich geglaubt habe, es brauchen zu können.«

Amüsiert hebe ich eine Augenbraue. »So, so. Du bist also davon ausgegangen, dass wir Sex haben würden?«

»Oh Mann! Jetzt hol einfach das Gel, okay?« Beschämt schlägt sich Alex die Hände vors Gesicht, dass ich einfach nicht anders kann, als sie wieder wegzuschieben und ihn zu küssen. Er ist einfach zu niedlich! Doch ehe er unseren Kuss vertiefen kann, löse ich mich von ihm und gehe zu seiner Reisetasche, um nach dem Gel zu suchen. Schnell werde ich fündig.

Wieder bei ihm, reiße ich ein Kondomtütchen auf und rolle mir das Gummi über meinen Schwanz. Dann verteile ich großzügig das Gel erst auf meiner Härte und dann an seiner Öffnung. Alex zuckt immer wieder, als meine Finger an seiner Spalte auf und ab gleiten.

»Bitte«, wimmert er und umfasst meine Oberarme. »Ich halt es nicht mehr aus, Rick. Ich … ich habe so lang gewartet, und …«

Mein Herz hämmert immer schneller. Seine Worte lösen Gefühle in mir aus, die sich in meinem Inneren angestaut haben. Es fühlt sich an, als würde sich ein Knoten lösen und ich endlich richtig atmen können.

Ich gleite zwischen seine Beine und Alex empfängt mich voller Vorfreude. Es ist anders als mit den ganzen Frauen davor. Es ist überhaupt anders als jeder Sex, den ich hatte. Als ich in ihn eindringe, spüre ich etwas in mir, was da sonst nicht gewesen ist. Ein warmes Gefühl ganz tief in mir drin. Es ist befreiend und erschreckend zugleich. Scheiße, ich bin hoffnungslos und über beide Ohren in diesen Kerl verknallt!

Stöhnend bewege ich mich in ihm, werde mit jedem Stoß schneller. Alex bestätigt mich, weiterzumachen. Die Laute, die er von sich gibt, hallen in meinen Ohren wider, vermischen sich mit meinem Stöhnen. Er klammert sich an mich, schiebt mich so noch tiefer in sich, sodass ich meine ganze Selbstbeherrschung über Bord werfe. Und dann ist es auch schon vorbei. Schubartig ergieße ich mich in ihm, fülle das Kondom und sinke schlaff in seine Arme.

Alex presst sein Gesicht an meine Schulter und schon wieder spüre ich Tränen. Ich ziehe mich aus ihm zurück, säubere uns beide notdürftig und nehme ihn dann in den Arm. Dass er erneut weint, schnürt mir die Kehle zu. Doch ich kann gerade nichts sagen, weil ich noch zu überwältigt von meinen Gefühlen bin.

Statt zu reden, sind wir beide eingeschlafen. Als ich aufwache, drehe ich mich auf die Seite. Alex liegt neben mir. Er hat sich weggedreht, sodass die Decke seinen nackten Körper nur noch notdürftig bedeckt. Sanft streiche ich mit den Fingerspitzen seine Wirbelsäule entlang, dann schmiege ich mich an ihn. Er ist ganz warm und riecht nach Sex.

Alex zuckt bei meiner Berührung zusammen und rückt ein Stück von mir weg. Sofort vermisse ich seine Wärme und bin ein wenig enttäuscht, dass er nicht kuscheln will. Verrückt, ich wollte noch mit jemandem nach dem Sex kuscheln. Genauso wenig, wie ich mit jemandem nach dem Sex einschlafen wollte. Tja, so schnell kann man seine Meinung ändern.

»Ich … ich wollte nicht … vielleicht sollte ich …« Alex macht Anstalten, aus dem Bett zu steigen, doch ich halte ihn am Arm zurück.

»Zuerst sollten wir vielleicht frühstücken«, schlage ich lächelnd vor. Unsicher sieht er mich an und schon wieder beschleunigt sich mein Herzschlag. Mist, wenn das so bleibt, fürchte ich wirklich um meine Gesundheit. Seufzend ziehe ich Alex zurück ins Bett, weil er immer noch etwas ratlos davorsteht. Ehe er es sich anders überlegen kann, gebe ich ihm einen Kuss, dann rolle ich mich zur Seite und schnappe nach der Hotelkarte und dem Telefon neben mir auf dem Nachttisch.

»Worauf hast du Lust?«, frage ich ihn gutgelaunt. Ich für meinen Teil habe einen Bärenhunger. »Würstchen? Porridge? Rührei mit Speck?«

»Kann ich einfach einen Kaffee bekommen?«, fragte er leise und sieht verlegen auf seine Hände, die er auf der Bettdecke ineinander verschränkt hat. Ob er es bereut, hergekommen zu sein? Ich versuche, diesen Gedanken nicht an mich heranzulassen, und wähle stattdessen die Nummer der Rezeption, um uns vom Zimmerservice Frühstück heraufbringen zu lassen. Ich bestelle von allem etwas, falls Alex sich doch noch dazu entschließt, etwas zu essen. Es dauert nur ein paar Minuten, da klopft es auch schon an der Tür. Schnell schlüpfe ich in meine Pants, ehe ich den Zimmerservice hereinlasse. Immerhin muss nicht jeder mein bestes Stück begaffen.

Die junge Frau starrt mich mit großen Augen an, als ich ihr schmunzelnd den Servierwagen abnehme und kurzerhand die Tür vor ihrer Nase zuziehe. Hoffentlich hat sie

Alex in meinem Bett nicht bemerkt. Ich reiche Alexander den bestellten Kaffee und nehme selbst einen großen Schluck von meinem Latte Macchiato. Nichts ist besser als Latte.

»Endlich«, sage ich genießerisch. »Nach einem guten Kaffee kann man bedenkenlos in den Tag starten.«

Alex sieht mich an und seine Mundwinkel zucken verräterisch.

»Das ist höchstens ein Babykaffee, den du da trinkst. Da ist ja mehr Milch als Kaffee drin.«

»Na und? Ich kann ja so schon schlecht schlafen. Soll ich es dann mit der Plörre, die du trinkst, noch schlimmer machen?«, gebe ich beleidigt zurück und nippe an meinem Getränk. Er hat ja keine Ahnung, was zu viel Koffein bei mir auslöst. Alex grinst mich an. Die Verlegenheit von vorhin ist wie weggeblasen.

»Hast du es schon mal mit Baldrian versucht?« Jetzt lacht er. Mir gefällt dieser Alex, mit dem ich scherzen kann. Ich stelle mein Getränk weg, rutsche näher an ihn heran und nehme ihm seine Tasse aus den Händen.

»Wozu Baldrian, wenn ich dich habe? Sex mit dir wirkt besser als jedes Schlafmittel«, sage ich so verführerisch wie möglich und stehle Alex einen Kuss. Einen Moment erwidert er ihn, doch dann schiebt er mich ein Stück zur Seite.

»Vielleicht sollten wir … reden?«, fragt er mit glühenden Wangen. Richtig. Da war ja noch was. Wir sollten alle Missverständnisse, die zwischen uns stehen, beseitigen. Denn ich fürchte, spätestens, wenn Marc wieder auftaucht, läuft mir Alex tatsächlich davon. Mein Kumpel hat keinen so guten Eindruck auf meinen … Ja, was ist er? Ich schüttele den Kopf, weil ich nicht weiß, wie ich die Sache zwischen uns nennen soll. Es ist kein One-Night-Stand mehr, weil wir bereits zwei Mal Sex hatten. Ich korrigiere mich. Mit einem One-Night-Stand habe ich Sex, mit Alex habe ich *geschlafen*. Das sind zwei Paar Schuhe, zumindest in meinen Augen.

»Gut, als allererstes möchte ich deinen Namen erfahren«, sage ich geradeheraus. Alex sieht mich überrascht an.

»Meinen Namen?«

»Ja. Schließlich weiß ich nicht, wie du mit vollem Namen heißt. Wäre ein bisschen umständlich, nach dir zu suchen, wenn du wieder verschwinden solltest.«

»Soll ich dich daran erinnern, dass du gegangen bist?«, kommt es sogleich von Alex. Beleidigt schiebt er die Unterlippe vor.

»Stimmt«, gebe ich kleinlaut zu. »Aber wie hätte ich denn ahnen sollen, dass ich …« Ich stocke. Dass ich was? Scheiße, wollte ich Alex etwa gerade eine Liebeserklärung machen? Ich war noch nie verliebt. Zumindest kann ich mich daran nicht wirklich erinnern.

»Alexander Schneider«, stellt sich Alex vor und reißt mich damit aus den Gedanken.

»Aleksänder Sneyder?«

»Schneider.« Erneut lacht Alex.

»Oh Mann! Warum müssen Deutsche so schreckliche Namen haben?«, stöhne ich und lasse mich auf den Rücken in die Kissen fallen. »Da bleibe ich lieber bei Alex.«

Sofort taucht sein Gesicht vor mir auf. »Ich mag es aber, wenn du meinen Namen sagst.«

»Alexander?«

»Mhh«, brummt er und gibt mir einen Kuss. Ich lege die Arme um ihn und ziehe ihn näher an mich. Scheiße, wie sollen wir vernünftig miteinander reden, wenn er mich so um den Verstand bringt? Mein Schwanz erwacht zum Leben und fordert eine Wiederholung von letzter Nacht, weil sich Alex an meinen Körper schmiegt. Nackt! Ich löse mich von ihm.

»Könntest du dir … uhm … vielleicht etwas anziehen?« So unauffällig wie möglich schiebe ich meine Hand über die Beule in meinen Pants. Alex sieht es trotzdem. Ihm geht es nicht anders, denn auch er hat eine deutliche Erektion. Mit roten Wangen steigt er aus dem Bett und schlüpft in seine Boxershorts. Dann setzt er sich auf die Bettkante und knetet unruhig seine Hände.

»Es tut mir leid. Ich wollte nicht … Also das mit uns … Du musst sicher denken, dass ich …« Ein wenig hilflos deutet er mit der Hand zwischen uns hin und her. Sein Blick ist traurig. Ich reiße überrascht die Augen auf. Bereut er etwa, noch einmal mit mir geschlafen zu haben? Das Herz in meiner Brust zieht sich zusammen. Ich will nicht, dass Alex es bereut. Seufzend streiche ich mir durchs Haar, ehe ich zu ihm robbe und mich von hinten an seinen Rücken drücke. Diesmal zuckt er nicht zurück, sondern lehnt sich gegen mich. Die Stimmung zwischen uns ist total seltsam. Erst ist da diese sexuelle Anspannung, dann peinliches Schweigen und am Ende Vertrautheit. Meine Nerven liegen blank. Er macht mich fertig.

»Ich bin wirklich froh, dich bei mir zu haben, Alex«, beteuere ich ihm, damit er keine falschen Schlüsse zieht.

»Und … ach verdammt, wieso fällt es mir so schwer, die Finger von dir zu lassen?«

Er lacht leise und klingt nicht mehr ganz so traurig.

»Ich habe dein Lied gehört. *Just one night*«, sagt er dann und dreht sich zu mir um. Ich schlucke und merke, wie mein Gesicht zu brennen beginnt. Oh fuck, natürlich! Wie hätte er es nicht hören können? Immerhin sind er und diese beiden Mädels, die ich kennengelernt habe, ziemlich große Fans von uns. Früher oder später hätte Alex den Song sowieso gehört. Spätestens auf der neuen CD, denn Robert war total begeistert von meinem Text. Marcs Idee, das Lied bereits für das Konzert in Glasgow einzustudieren, hat bei der Band und dem Rest der Crew sofort Anklang gefunden.

»Hat's dir gefallen?«, frage ich ihn leise und mustere unsicher sein Gesicht. Mir schlägt das Herz bis zum Hals, während ich auf seine Antwort warte. Alex lächelt und nimmt meine Hand. Wie von selbst verschränken sich unsere Finger ineinander.

»Wäre ich hier, wenn ich es furchtbar finden würde?« Sein Mund verzieht sich zu einem Grinsen. »Sagen wir es mal so, das Lied hat mich zu dir geführt … irgendwie. Und Louis' Post auf Twitter.«

Fragend sehe ich ihn an.

»Na, das Foto von Marc und dir vor dem Hotel«, hilft er mir auf die Sprünge. Dann verfinstert sich seine Miene und er rückt von mir weg. »Läuft da was zwischen dir und Marc?«

Mann, ich wusste, dass er nochmal danach fragen würde. Er hat uns in einer wirklich blöden Situation erwischt. Aber wer hätte denn ahnen können, dass Alex mitten in der Nacht vor meinem Hotelzimmer auftaucht?

»Alex, das, was du gesehen hast … also …« Ich hole tief Luft. »Wir sind bloß Freunde, mehr nicht.«

»Ich habe auch Freunde. Männlich Freunde«, verdeutlicht Alex. »Und mit denen liege ich nicht nackt im Bett!«

»Das mag jetzt ziemlich blöd klingen, aber irgendwie ist es zur Gewohnheit geworden, uns auf Tour ein Zimmer zu teilen. Weil …« Ich breche ab und kratze mich verlegen am Kinn. »Ich kann auf Tour einfach nicht richtig schlafen. Eigentlich kann ich auch in meiner Wohnung nicht so gut schlafen, weißt du? Es ist so … wenn ich alleine in diesem großen Bett liege, dann … Vermutlich leide ich an Schlafstörungen, keine Ahnung. Ziemlich uncool, oder?« Seufzend lasse ich die Schultern hängen. Seitdem mein Vater gestorben ist, finde ich einfach keinen richtigen Schlaf mehr. Ich brauche jemanden, der bei mir ist. Vor allem auf Tour kann ich nicht gut alleine sein.

»Nimmst du dir deshalb so viele Frauen mit aufs Zimmer?«

»Na ja, das liegt wohl eher daran, dass ich so verdammt unwiderstehlich bin«, scherze ich, um meine trüben Gedanken zu zerstreuen. Alex boxt mir gegen den Arm.

»Wohl eher verdammt eingebildet.«

Lachend drücke ich ihn an mich und gebe ihm einen Kuss.

5. If our love is wrong (Calum Scott)

-Alex-

Wo bist du? Melde dich bitte bei mir. Ich mache mir Sorgen.

Eine weitere Nachricht von Lisa. Sie hat mich heute schon mehrmals angerufen und etliche WhatsApp-Nachrichten hinterlassen.

Hast du Rick gefunden? Geht's dir gut?

Hey Lisa. Ich bin bei Rick im Hotel und ... ja ... Es lief ganz gut.

Was? Das ist so super, Schatz. Ich freue mich, dass er dich nicht gleich vor die Tür gesetzt hat. Bitte ruf mich an. Ich muss alles wissen!

Grinsend wähle ich Lisas Nummer.

»Alex!«, kreischt sie mir sofort ins Ohr. »Oh Gott, ich will alles wissen. Jedes schmutzige Detail!«

»Es gibt keine schmutzigen Details«, entgegne ich. Zum Glück kann sie nicht sehen, wie rot ich werde. Nachdem wir uns ausgesprochen haben, habe ich doch Hunger bekommen. Der Kaffee war natürlich schon lange eiskalt, sodass Rick neuen bestellt hat. Nach dem späten Frühstück gab es Nachtisch in Form von Sex. Ich bin immer noch völlig benebelt und mein Hintern tut ein bisschen weh.

»Alex. Warum sagst du nichts mehr?«, nörgelt Lisa am anderen Ende der Leitung.

»Äh … sorry«, entschuldige ich mich bei ihr. Ich habe total vergessen, dass ich mit ihr telefoniere, weil meine Gedanken wieder bei Rick waren. Er steht gerade unter der Dusche und es ist verdammt verlockend, jetzt einfach zu ihm zu gehen.

»Was willst du denn wissen?«, frage ich meine Freundin.

»Na, was genau passiert ist. Was hat Rick gesagt, als er dich gesehen hat? Und seid ihr beide jetzt zusammen?«, sprudelt es aus ihr heraus. »Oh Mann, warum bin ich nicht einfach mitgekommen? Ich würde bei euch gern Mäuschen spielen.«

»Ganz sicher nicht!«, rufe ich entsetzt. Von wegen Mäuschen. Das wär's noch!

»Mensch, Alex. Lass dir doch nicht alles aus der Nase ziehen«, jammert meine Freundin.

»Also schön«, gebe ich seufzend zurück. »Ich habe Rick gefunden und wir hatten Sex. Zufrieden?«

Lisa quietscht am anderen Ende, also scheint es wohl genau die Antwort gewesen zu sein, auf die sie gewartet hat.

»Und, seid ihr jetzt fest zusammen? Mann, das ist der Oberknaller! Mein Alex ist der Freund von Richard Clark! Wenn ich das meinen Freundinnen erzähle … Die würden mir das niemals glauben. Oh, ich muss sofort Juli anrufen!«

»Das lässt du schön bleiben, Lisa«, warne ich sie mit wild pochendem Herzen. Keine Ahnung, ob es so gut wäre, wenn rauskäme, dass wir … nun ja, dass wir irgendwie zusammen sind. Sind wir das überhaupt? Ich sehe schon die ganzen Schlagzeilen vor mir. *Boybandstar hat Sex mit einem Mann. Wer ist der Kerl und macht er nur fürs Geld die Beine breit?* Dieser Gedanke schüttelt mich innerlich. So etwas würde ich niemals tun. Mir ist sein Geld völlig egal, weil ich in ihn verliebt bin. Ich weiß nicht wirklich, welche Art von Beziehung sich Rick mit mir vorstellt und ob er überhaupt eine Beziehung will. Ich habe Angst, dass meine Gefühle für ihn weit über das hinausgehen, was er empfindet. Er hat zwar nicht gesagt, dass er in mich verliebt ist, aber hätte er sonst ein Liebeslied für mich geschrieben? Der Text ist eindeutig gewesen. Vielleicht kann ich hoffen. Schließlich hat er mich heute Nacht nicht rausgeschmissen, sondern … Meine Wangen färben sich rosa.

»Wie lange willst du eigentlich in London bleiben? Es ist Wochenende, du solltest wenigstens bei Peter Bescheid sagen, dass du vorerst nicht arbeiten kommst. Ich kenne dich, du steckst mit dem Kopf in den Wolken und denkst sicher gar nicht an deine Verpflichtungen daheim«, meint Lisa in tadelndem Ton. Ich weiß, dass sie mir eigentlich nicht wirklich böse ist, dass ich einfach so abgehauen bin. Schließlich ist sie meine beste Freundin. Vermutlich macht sie sich nur Sorgen um mich.

»Ich melde mich später bei Peter«, verspreche ich ihr. Sie hat völlig recht, an meinen Chef habe ich gar nicht mehr gedacht. An mir nagt das schlechte Gewissen, weil ich ihn mit der ganzen Arbeit allein lasse. Vielleicht kann ich einen Kumpel fragen, ob er für ein paar Wochen für mich einspringen kann. Ein paar Wochen … Ob mich Rick überhaupt so lange hier haben will? Ich habe mir gar keine Gedanken darüber gemacht, wie lange ich bleiben darf. Zwar sind noch Semesterferien und ich habe eigentlich so gut wie alles fertig, was ich über den Sommer für die Uni erledigen muss, aber Rick hat sicher genug Termine und andere Dinge, die er nicht einfach so für mich stehen und liegen lassen kann.

»Alexander? Alles okay bei dir?«, höre ich Rick aus dem Bad rufen. Er kommt nur mit einem Handtuch um die Hüften heraus. Bei diesem Anblick bleibt mir die Spucke weg.

»Ja, ich telefoniere gerade mit … ähm … Lisa«, antworte ich in seine Richtung, immerhin weiß ich nicht, ob er sich noch an meine Mitbewohnerin erinnert. »Süße, ich muss Schluss machen. Ich melde mich später bei dir, okay?«

»Okay. Aber Alex? Versprich mir, dass du dir von ihm nicht das Herz brechen lässt, ja? Denn falls er das tut, komme ich höchstpersönlich her und mache ihn zur Schnecke, kapiert?«

»Ja, habe ich. Bis dann«, sage ich und lege auf.

»Was grinst du denn so?«, fragt Rick mit einem irritieren Blick in meine Richtung. Das Grinsen in meinem Gesicht ist wohl überdimensional. Lisa ist eben einfach eine Marke. Und dafür liebe ich sie. Weil sie immer zu mir hält, egal was passiert.

»Ich glaube, wir sollten so langsam zu den Jungs, bevor sie mich als vermisst melden«, sagt Rick nachdenklich. Er hat sich bereits angezogen. In den engen Jeans und dem Shirt sieht er echt heiß aus. Da komme ich mir neben ihm total unbedeutend vor.

»Ich kann auch hier auf dich warten, wenn ihr ein Meeting habt«, sage ich leise, weil ich irgendwie Angst habe, die anderen zu treffen. Und was wird sein Management sagen, wenn Rick einfach einen … Kerl mitnimmt? Mit bangem

Herzen schaue ich zu ihm hoch. Richard lächelt, greift nach meinen Händen und zieht mich vom Bett auf die Beine.

»Nun, ich schätze mal, sie sind gespannt darauf, die Muse für den neuen Nummer-Eins-Hit persönlich kennenzulernen. Der Clip vom letzten Konzert hatte allein bei YouTube über eine Million Klicks in der ersten halben Stunde.«

»Da bist du ja endlich, Mann!«, sagt Tyler, als Rick den Konferenzraum betritt. Etwas unsicher folge ich ihm und schaue mich um. Die Mitglieder von 5Minutes sitzen an einem runden Tisch in der Mitte des Raumes, einige Leute von der Crew stehen verteilt in den Ecken und unterhalten sich. Genau wie die grimmig aussehenden Bodyguards der Jungs. Auch Rick hat einen. Bob habe ich eben kennengelernt, als er auf Ricks Anruf hin zu seinem Zimmer gekommen ist, um uns hierher zu begleiten. Es ist total schräg, durch ein Luxushotel zu gehen und zu wissen, dass Bodyguards da sind, um Fans und Paparazzi von einem fernzuhalten. Am Fenster steht ein großer Mann im Anzug, der in ein Telefonat vertieft ist. Das wird vermutlich ihr Manager sein.

»Was zur Hölle hast du so lange in deinem Zimmer getrieben? Normalerweise bist du kein Langschläfer«, meint Matthew mit frechem Grinsen, ehe er mit dem Finger auf mich zeigt. »Und wen hast du uns da mitgebracht?« Neugierig heben alle die Köpfe in unsere Richtung. Selbst Louis schaut kurz von seinem Handy auf.

»Das hier«, beginnt Marc gedehnt und lenkt somit die Aufmerksamkeit auf sich, »ist die geheimnisvolle Brünette, die unseren Freund hier in Köln über Nacht beherbergt hat. Sein Name ist Alexander.«

»Respekt, dass du ihn einfach so zum Meeting mitbringst, Bro«, meint Tyler mit einem Seitenblick zum Manager.

»Hätte ich ihn alleine im Zimmer lassen sollen?«, fragt Rick seinen Bandkollegen. »Er hätte sich doch nur gelangweilt.« Seine Hand legt sich um meine Taille, er zieht mich ein Stück an sich, was mir noch stärkeres Herzklopfen beschert

Das ist der Moment, in dem ich mich gerne in Luft auflösen würde. Wahlweise könnte ich mich auch unter dem Tisch verstecken, das wäre sicherlich weniger kompliziert in der Umsetzung. Ich laufe rot an und mein Herz beginnt, unruhig zu schlagen. Ich habe Angst, wie mich Ricks Freunde aufnehmen werden. Neugierig mustern mich die Jungs.

»Ich meine ja nur. Du weißt, was Rob von *all dem* hält.« Er wackelt vielsagend mit den Augenbrauen und grinst mich an. »Ich find's cool, dass du hier bist, Mann. Rick ist unausstehlich gewesen.«

»War ich gar nicht«, beschwert sich Rick, lacht jedoch ebenfalls. Marc grinst nur, ohne das Ganze zu kommentieren. Dafür blitzen seine Augen verschwörerisch. Ich bekomme erneut dieses ungute Gefühl, dass zwischen ihm und Rick doch mehr ist, als mir Rick gesagt hat. Dann sieht mich Marc direkt an.

»Sorry, Mann. Das muss gestern Abend sicher schräg für dich ausgesehen haben, weil ich bei Ricky im Zimmer war.« Er räuspert sich verlegen. »War echt nicht das, wonach es womöglich ausgesehen hat. Ehrlich. Ich mag diesen Spinner zwar sehr gerne, das heißt jedoch noch lange nicht, dass da etwas zwischen uns läuft. Also willkommen in diesem verrückten Haufen.« Marc breitet die Arme aus, als wolle er die Jungs umarmen.

Ich nicke mit glühenden Wangen. Marc scheint wegen der Situation ehrlich zerknirscht zu sein, obwohl er versucht, daraus einen Scherz zu machen.

»Schon okay … denke ich«, murmele ich schüchtern. Die Anwesenheit meiner Lieblingsband macht mich total nervös.

»Und ich … ich habe Hunger«, mault Louis mit gequältem Gesichtsausdruck und lenkt somit vom Thema ab.

»Dann gebt dem Jungen eine Banane, bevor er noch einen qualvollen Hungertod stirbt. Die Fans würden seinen Tod wirklich bedauern«, meint Rick und zieht mich zum Tisch, damit wir uns setzen können. Matt langt über den Tisch zu der großen Obstschale in der Mitte, um eine Banane herauszufischen und sie Louis zuzuwerfen. Dieser fängt sie gekonnt und beginnt sogleich, die Schale abzumachen. Dann nimmt er die Banane in den Mund und schließt dabei genießerisch die Augen. Ich kichere leise. So, wie Louis diese Banane isst, kommt mir gleich Julis Tweet von damals in den Sinn, als sie dabei an *seine Banane* gedacht hat. Dieser Anblick ist echt nicht jugendfrei!

»Alter? Kannst du das nicht lassen?«, beschwert sich Marc und seine Wangen färben sich rosa. »Ich kann das nicht mitansehen.«

Louis beißt ab und schluckt. »Wieso? Ich liebe Bananen, da darf ich sie wohl auch essen.«

Dann nimmt er sie wieder in den Mund und schaut mit unschuldigem Augenaufschlag zu Marc rüber. Verzweifelt lässt dieser den Kopf auf den Tisch sinken. Louis grinst. Ich mustere ihn genauer. Er ist echt niedlich, weil seine Wangen gerade denselben rosa Ton annehmen, wie die von Marc. Aber bestimmt aus einem anderen Grund. Ich spüre die Spannung zwischen den beiden, die anscheinend sonst niemand hier im Raum bemerkt. Und jetzt bemerke ich Louis' Shirt, auf dem doch tatsächlich Bananen abgebildet sind. Es ist blau-weiß gestreift und hat einen lustigen Spruch drauf. Da frage ich mich, wer denn seine Banane ist. Bevor ich noch in Gelächter ausbreche, halte ich mir die Hand vor den Mund.

»Also, Alex, erzähl mal. Was hat dich hierher verschlagen? Ricks Humor kann's ja nicht gewesen sein. Er besitzt gar keinen«, meint Matt und sieht zwischen Rick und mir hin und her. Ich öffne den Mund, um zu antworten, doch er hebt die Hand. »Nein, warte. Sag nichts. Es war sein Charme, oder? Es ist schwer, unserem Hübschen hier zu wiederstehen. Auf jeden Fall … ich find's auch cool, dass du hier bist. Fühl dich wie zu Hause. Schließlich sind wir alle eine große, glückliche Familie.«

Der Manager beendet sein Telefonat und kommt zum Tisch rüber. Mit den Händen stützt er sich ab und sieht dabei jedes Bandmitglied eindringlich an.

»Ich habe euch ein Interview bei Sam's Questions & Answers klargemacht. Es findet nächsten Monat statt. Tyler, Füße vom Tisch.«

Tyler setzt sich normal hin. »Das ist schon eine Hausnummer. Echt geil, dass wir dabei sein dürfen.«

»Es war nicht so leicht, so schnell einen Termin für euch rauszuschlagen. Die Sendung ist ziemlich angesagt zurzeit. Aber mir wurde zugesichert, dass euer Interview vorgezogen wird, weil ihr gerade so gute Chartplatzierungen habt. Die Tour wirkt sich auch auf den Verkauf der älteren Platten gut aus. Das könnte ein großes Ding werden, also versaut es nicht«, mahnt der Mann.

»Keine Sorge, Rob, wir werden das Baby schon schaukeln«, winkt Rick ab und lehnt sich lässig auf seinem Stuhl zurück. Der Mann sieht ihn an und nun bemerkt er auch mich. Seine Augenbrauen fliegen in die Höhe, während ich mich auf dem Stuhl klein mache.

»Wer ist das, Richard?« Seine Stimme klingt bedrohlich und ich bekommen Panik, dass es gleich Probleme geben wird.

»Alexander Schneider«, stellt er mich grinsend vor. Dieses Mal hat er mit der Aussprache meines Namens schon viel weniger Probleme.

»So? Und was macht Mr. Schneider hier? Das ist ein offizielles Meeting«, meint er mit einem prüfenden Blick in mein Gesicht. »Hier haben deine Bettgeschichten nichts zu suchen.«

Es wird still im Raum. Nur das laute Pochen meines Herzens ist zu hören. Ob Rick es auch hört? Seine Augen verengen sich zu Schlitzen.

»Als ob ich je eine Bettgeschichte, wie du es so schön nennst, zu einem Meeting mitnehmen würde«, knurrt er. Beide Männer starren sich wütend an. Mir rutscht das Herz in die Hose.

»Ach und was ist er dann für dich? Sag bloß, du willst wirklich eine Art Beziehung mit ihm führen?«

»Und wenn's so wäre? Was geht es dich an?« Rick springt von seinem Stuhl auf.

»Das ist doch lächerlich, Richard. Du kannst doch nicht ernsthaft mit einem Mann zusammen sein. Denk doch mal an die Band. Was das für Schlagzeilen geben wird.« Er lacht auf. Rick ballt die Fäuste und macht einen Schritt auf seinen Manager zu.

»Wir hatten eine Vereinbarung. Ich mache nichts, was der Band schadet. Würde ich nie tun, das weißt du genau«, zischt er wütend.

»Hey, Leute, jetzt reicht's, okay? Können wir nicht einfach friedlich das Interview und das Abschlusskonzert morgen besprechen?«, wirft Marc ein und hebt beschwichtigend die Hände. Rick setzt sich neben mich und verschränkt grimmig die Arme vor der Brust. Die nächsten zwei Stunden sagt er keinen Ton mehr.

Louis Adams @mysteriousLou: I'm bananas for you. Let's never split up. L.

Juli @holyjulicamoli: @mysteriousLou Ich wäre zu gerne deine Banane! Dann wären wir unzertrennlich.

Ich schließe Twitter und stecke das Handy in die Hosentasche. Nach dem gestrigen Streit mit dem Manager habe ich echt Panik, dass irgendwelche Bilder von uns im Netz auftauchen. Dass die Band wegen mir Probleme mit der Presse und dem Management bekommt, will ich auf keinen Fall. Glücklicherweise hat die Band einen VIP-Eingang genutzt, sodass wir uns an den bereits wartenden Fans und Fotografen vorbeischleichen konnten. Irgendwie ist es immer noch total verrückt, dass ich einfach so dabei sein kann. Und dass ich einen Backstage-Pass für das große Abschlusskonzert habe! Lisa ist völlig ausgeflippt, als ich ihr heute Morgen davon erzählt habe.

»Scheiße, ist das groß hier«, staune ich beim Anblick der Arena. Ich stehe hinter der Bühne und sehe fasziniert auf die andere Seite. Normalerweise wäre ich einer von vielen, die in knapp zwei Stunden die Arena stürmen werden, um ihre Lieblingsboyband live zu sehen. Doch heute darf ich von hier aus zusehen.

»Ja. Die Jungs haben wirklich viel geleistet«, meint Bob, Ricks Bodyguard. Rick hat ihm aufgetragen, heute Abend in meiner Nähe zu bleiben, nur für den Fall der Fälle. »Aber es ist auch ein steiniger Weg bis nach oben. Das Showbiz ist knallhart und nur, wer sich gegen den Rest behaupten kann, schafft es an die Spitze der Charts und in die Herzen der Fans.«

Ich sehe zu Bob hoch. Mann, der Kerl ist ein echter Riese.

»Ich liebe 5Minutes seit der ersten Stunde und …«, ich stocke kurz, denn ich weiß nicht, ob ich Bob anvertrauen kann, wie sehr ich in Rick verknallt bin. Vermutlich denken sowieso die meisten hier, dass ich mich an Rick herangemacht habe, um selbst ins Rampenlicht zu kommen. Nichts liegt mir ferner als das. Wieder schaue ich auf die Bühne, wo gerade der Soundcheck läuft. Die Band bereitet sich bereits vor, die Jungs sind in der Maske. Bald schon werden Tausende von Fans das Stadion stürmen, um die Musik ihrer Lieblingsband zu hören. Ich kann es selbst kaum erwarten, sie endlich singen zu hören. Vor allem von diesem Platz hinter der Bühne. Lisa ist ganz neidisch auf mich. Ob ich Rick vielleicht nach einem Backstage-Ticket für meine beste Freundin fragen kann, falls sie noch ein Konzert spielen? Vielleicht für die nächste Tour. Wobei … ich sollte nicht zu viel verlangen, das wäre nicht angebracht. Ich kann nicht einfach Forderungen an ihn stellen, wo ich doch erst so kurz hier bin. Rick hat sich wegen mir mit seinem Manager angelegt und mit diesem Verhalten beim Meeting deutlich gemacht, dass ich nicht einfach nur irgendein Kerl bin, mit dem er sich die Zeit vertreibt, allerdings beschleicht mich die Sorge, das alles könnte nur von kurzer Dauer sein. Dieser Gedanke schmerzt und trübt kurz meine gute Laune. Ich will keine Affäre sein. Andererseits habe ich Angst, für klare Verhältnisse zu sorgen. Was, wenn er mich dann einfach zurück nach Hause schickt? Das würde mein Herz vermutlich genauso wenig aushalten.

»Hey, hat dir schon mal jemand gesagt, dass du Harry Styles verdammt ähnlich siehst, Mann?« Matthew schlägt mir kameradschaftlich auf die Schulter und grinst breit. Erschrocken zucke ich zusammen, weil ich ihn gar nicht habe kommen sehen. Verlegen kratze ich mich am Hinterkopf.

»Ja, schon«, gebe ich leise zu. »Meine Freundin Lisa. Sie war total traurig, als ich mir vor einem Jahr die Haare habe schneiden lassen. Davor hat sie es sich nicht nehmen lassen, mir bei jeder Gelegenheit einen Man-Bun zu machen.«

»So einen Dutt?« Tyler stellt sich lachend zu mir und streicht sich mit der Hand durch sein kurzes Haar. »Mir würde so etwas gar nicht stehen.«

»Es geht gleich los. Bist du schon aufgeregt?« Ricks Arme schlingen sich von hinten um meine Taille. Er legt seinen Kopf auf meiner Schulter ab, sein warmer Atem kitzelt meine Wange. Sofort beschleunigt sich mein Herzschlag, denn ich mag es, von ihm berührt zu werden. Doch ehe ich die Umarmung genießen kann, löst er sich von mir und macht einen Schritt vorwärts. Unsicher sehe ich mich um. Ich habe schon bemerkt, dass Rick nur so locker mit mir umgeht, wenn niemand im Raum ist, dem er misstraut. Wir stehen in einem abgetrennten Bereich, wo nur die Band und ihre Crew Zutritt hat. Jemand Externes kann uns zum Glück nicht so schnell ausmachen. Die anderen Jungs stören sich gar nicht daran, wie Rick sich an mich schmiegt. Sie haben echt gelassen, wenn auch etwas überrascht, reagiert, als Rick mich gestern vorgestellt hat.

Es dauert nicht lange, da ertönen die ersten Klänge der Vorband. Von hier habe ich einen guten Blick auf die Bühne. Ich kenne die Jungs nicht, aber sie haben einen guten Sound. Verstohlen mustere ich Rick von der Seite. Er trägt erneut das Shirt mit dem Regenbogen, dazu eine ziemlich zerrissene Jeans, die vermutlich viel mehr gekostet hat, als es den Anschein macht. Seine blonden Haare werden wie üblich durch ein Bandana zurückgehalten, damit sie ihm nicht wild in die Stirn fallen. Eigentlich liebe ich es, wenn der blau gefärbte Pony sein Gesicht bedeckt. Das verleiht Rick etwas Geheimnisvolles. Doch seine strahlenden Augen zu sehen, ist ebenfalls schön.

»Na ja, ich stehe ja hinter der Bühne. Müsstest du nicht eigentlich nervös sein? Immerhin musst du gleich vor Tausenden von Fans singen«, gebe ich zurück.

»Du hast recht«, meint er und richtet seinen Blick auf die Bühne, auf der die letzten Klänge der Musik verklingen und lautes Jubeln der Menge ertönt. Seine Augen beginnen zu leuchten.

»Ich bin jedes Mal verdammt nervös, wenn ich auf eine Bühne gehe. Aber ich liebe auch dieses Gefühl, wenn die Musik beginnt und ich singen kann. Es fühlt sich ein bisschen wie Freiheit an, wenn dich die Musik davonträgt und du alles andere einfach vergessen kannst.« Dann sieht er mich erneut an. »Also dann, drück mir die Daumen, dass ich vor Nervosität meinen Text nicht vergesse.« Rick gibt mir einen kurzen Kuss und verschwindet mit seinen Bandkollegen.

5 MINUTES

Sie spielen das letzte Lied. Die Fans toben und schreien, sind völlig aus dem Häuschen. Selbst ich starre wie gebannt auf die Bühne. Mein Herz hämmert schon seit fast zwei

Stunden wie wild gegen meinen Brustkorb. So nah habe ich meine Lieblingsband noch nie erlebt, auch wenn ich bloß hinter der Bühne stehe. Die Songs sind der absolute Wahnsinn. Bei *Lucky girl* hat sogar Bob leise mitgesungen und mit dem Fuß gewippt.

Rick stimmt die ersten Akkorde des neuen Songs an. Er sitzt mit seiner Gitarre auf dem Schoß lässig auf einem Podest, während die anderen Jungs sich im Hintergrund aufhalten. Mein Herz schlägt immer schneller, als er den Refrain von *Just one night* singt.

I'll always remember this night,
the way you look at me.
Your smile, your kiss, your touch – incredible!
I can't belive it could happen' to me,
falling in love with you.

Gänsehaut bildet sich auf meinem Körper und alles kribbelt. Seine Stimme dringt tief in mein Herz. Ich bin wie berauscht von dem Song, den er nur für mich geschrieben hat. Bei jedem Wort und jedem Akkord, der durch die Lautsprecher dringt, beschleunigt sich mein Puls immer mehr. Wenn die Fans da draußen wüssten, was dieses Lied bedeutet …

»Hey, weinst du etwa?«, fragt mich Bob. Verstohlen wische ich mir mit dem Handrücken über die Augen. Tatsächlich spüre ich Tränen auf meinen Wangen. Erneut sehe ich zu Rick, lasse ihn nicht aus den Augen. Wie er dort sitzt, völlig versunken in den Song, ist einfach nur unbeschreiblich. Ich versuche, mir dieses Bild ganz genau einzuprägen. Jede Bewegung, jedes Wort.

Die letzten Töne erklingen. Rick hebt den Kopf, sieht zuerst ins Publikum und dann wendet er den Kopf ab. Sein Blick schweift nach hinten zu seinen Freunden, dann treffen sich unsere Blicke für einen kurzen Moment.

I can't belive it could happen' to me,
falling in love with you.

Mein Herz setzt kurz aus, meine Knie werden zu Wackelpudding. Ich presse meine Hände fest gegen meine Brust, dort, wo ich mein Herz spüre. Es hüpft vor Freude. Zitternd stehe ich da, höre die Menge kreischen und sehe doch nur Rick, blende den Rest der Welt einfach aus. Die Fans bejubeln ihn, aber ich bin es, dem er ein kleines Lächeln schenkt. Dann ist dieser Moment vorbei und 5Minutes stürmen nach vorne zum Rand der Bühne, um sich unter tosendem Applaus von ihren Fans feiern zu lassen.

Richard Clark @RickyBoy: Das Konzert war der Wahnsinn! Wir lieben euch, Leute! Und wir hoffen, dass ihr bei unserer nächsten Tour ebenfalls dabei seid @5Minutes_Official

Lisa @LizzyDizzy97: Ich wäre so wahnsinnig gern dabei gewesen mit @holyjulicamoli.

Vielleicht kommt ihr Jungs bald wieder nach Deutschland? @RickyBoy @5Minutes_Official

5Minutes Official Page @5Minutes_Official: @LizzyDizzy97 Neue Tourdaten stehen noch nicht fest. Wir werden die Fans auf dem Laufenden halten, sobald es Neuigkeiten gibt.

Twitter explodiert fast. Ricks Tweet wurde jetzt schon über eine Million Mal retweetet und von Fans aus der ganzen Welt kommentiert. Es ist ein bisschen befremdlich, zu lesen, wie viele Mädchen Rick per Twitter ihre Liebe gestehen. Vor allem, weil er gerade dicht neben mir sitzt und unter dem Tisch mein Knie streichelt.

»Scheiße, Mann, die Leute auf Twitter gehen ja richtig ab heute«, staunt Marc. Auch er hat sein Smartphone vor sich liegen, genau wie Louis, der grinsend Tweets beantwortet. Ich habe Lou noch nie ohne das Handy in der Hand gesehen, seitdem ich hier bin. In diesen drei Tagen sind mir alle Jungs sehr ans Herz gewachsen, weil sie mich wie selbstverständlich in ihre Mitte aufgenommen haben. Sie lieben Rick und genau aus diesem Grund akzeptieren sie auch mich. Und jetzt weiß ich auch, warum Juliane so auf Louis steht. Er ist einfach nur niedlich, auf seine ganz besondere Art. Ich habe ihr ein Foto von uns beiden geschickt und durfte mir dann fast eine Stunde am Telefon anhören, dass ich bloß auf Louis aufpassen soll. Vermutlich weiß sie da mehr als ich. Zwar ist mir bereits aufgefallen, dass Lou ein wenig nachdenklich wirkt, aber bisher hat er nie auch nur ein Wort erwähnt, was los ist.

Tyler winkt eine Kellnerin heran und bestellt eine weitere Runde Shots. Es ist sehr laut in der Bar. Wir sitzen hinten in einem abgetrennten Bereich, um von niemandem gestört zu werden. Bob und zwei weitere Bodyguards haben mit dem Chef der Bar gesprochen, der ihnen die Diskretion seiner Mitarbeiter zugesichert hat, ehe wir hergekommen sind. Die Jungs wollten den Abschluss ihrer Tour feiern.

»Können wir nicht langsam gehen? Ich bin müde«, beschwert sich Louis, als der Alkohol gebracht wird. Missmutig sieht er ins Glas vor sich, dann reibt er sich über die Augen. Er sieht echt müde aus. Auf der Bühne wirkte er zwar genauso euphorisch wie der Rest der Band, aber jetzt sieht man ihm die Erschöpfung an. Ob es ihm gut geht? Bei dem Auftritt in Köln habe ich schon gedacht, dass etwas nicht stimmt. Genau wie Juli, die seine Posts auf Twitter immer sehr aufmerksam verfolgt. Vielleicht sollte ich Juli darauf ansprechen, um mich besser um Lou kümmern zu können. Ich mag ihn nämlich jetzt schon viel zu gern, als dass ich ertragen könnte, wenn er traurig ist.

»Hey, Lou. Jetzt sei doch nicht so eine Spaßbremse. Alles easy. Das Meeting ist doch erst für den Nachmittag angesetzt. Bis dahin bekommst du noch deinen Schönheitsschlaf, Prinzesschen. Da können wir ruhig noch einen oder zwei trinken«, meint Marc lallend. Er erhebt sich schwerfällig von seinem Stuhl, geht zu Louis und legt ihm kameradschaftlich den Arm um die Schulter. Sofort versteift sich Lou. Er presst den Mund zu einem Strich zusammen und schweigt beharrlich. Den anderen fällt es nicht wirklich auf, weil sie in ein Gespräch vertieft sind.

»Komm, trink mit mir«, fordert Marc ihn lachend auf und greift über den Tisch nach seinem Schnapsglas. Dabei lehnt er sich noch weiter gegen Louis. Dessen Wangen färben sich rot. Er springt so hastig vom Stuhl, dass Marc rückwärts taumelt und den Alkohol auf dem Tisch und einen Teil auf Lous Bananen-Shirt verteilt. Louis rennt an den Bodyguards vorbei in Richtung Toilette. Sofort geht ihm einer der Männer nach.

»Mann, was ist denn mit dem?«, brummt Marc verwirrt und setzt sich auf seinen Platz zurück.

»Wieso ärgerst du ihn überhaupt immer so?«, beschwert sich Tyler.

»Ärgern? Tu ich doch gar nicht«, protestiert Marc. Seine Zunge ist schwer vom Alkohol, sodass man seine Worte nur schwer verstehen kann. »Ich habe ihn doch lieb …«

»Dann solltest du das unserem Prinzesschen sagen«, schlägt Rick vor. »Der Kleine ist doch total durch den Wind. Wenn ihr euch nicht bald vertragt, wirkt sich das schlecht auf unsere Arbeit aus.«

Marc brummt bloß und lässt seinen Kopf auf die Tischplatte sinken. Kurz darauf hören wir nur noch sein Schnarchen. Rick schüttelt den Kopf und erhebt sich, doch ich halte ihn am Arm zurück.

»Lass mich zu Louis gehen«, schlage ich vor. »Vielleicht redet er mit einem Fremden eher als mit einem guten Freund.«

Rick nickt. Ich gehe an Bob vorbei zu den Toiletten, vor denen sich der andere Bodyguard positioniert hat. Einige Mädchen kommen mir tuschelnd entgegen, während ich die Tür zum Männerklo aufschiebe. Louis steht am Waschbecken, die Hände um die Schüssel geklammert. Als ich ihm vorsichtig die Hand auf die Schulter lege, fährt er erschrocken zu mir herum. Ich starre ihn an. Seine Augen sind rot und Spuren von Tränen zeichnen sich deutlich auf seinen Wangen ab.

»Alles okay bei dir?«

»Ja. Lass mich in Ruhe«, sagt er trotzig und wischt sich schnell mit der Hand über die Augen.

»Sorry, das kann ich leider nicht. Weißt du, ich mache mir Sorgen um dich. Marc ist einfach eingepennt, auf ihn wirst du heute wohl vergebens warten, schätze ich.«

Louis brummt bloß und verschränkt die Arme vor der Brust.

»Ich will eh nicht, dass der Arsch herkommt. Der soll bleiben, wo der Pfeffer wächst!«

Er ist echt stur. Warum redet er nicht mit einem der Jungs, wenn ihm etwas auf der Seele liegt? Ihn bedrückt etwas. Aus diesem Grund ist er auf der Bühne auch nicht mehr so ausdrucksstark.

»Lou, ist es okay, wenn ich dich umarme?«, frage ich vorsichtig nach, weil ich nicht weiß, wie er auf den plötzlichen Körperkontakt reagieren würde. Ich weiß zwar nicht, warum er und Marc sich streiten, aber ich will Lou trösten. Louis sieht mich schweigend an, dann nickt er zaghaft. Seufzend lege ich die Arme um ihn und ziehe ihn an mich. Zuerst versteift er sich in meinen Armen, doch dann drückt er sein Gesicht in mein Shirt.

»Weißt du, ich war mal in einer ähnlichen Situation wie du«, beginne ich.

»Glaub ich nicht«, kommt es sofort von Lou. Seine Arme baumeln schlaff neben seinem Körper. Ich verstärke meine Umarmung in der Hoffnung, er würde sie vielleicht erwidern.

»Mann, jetzt hör einfach zu, statt dazwischen zu quatschen. Also … Ich war vor kurzem in einer ähnlichen Situation. Mir ging es wegen einer bestimmten Person ziemlich schlecht. Meine Freunde haben es überhaupt nicht mehr mit mir ausgehalten. Und ich konnte einfach nicht über das Thema sprechen, weil es mich immer weiter runtergezogen hat. Dann habe ich durch einen dummen Zufall einen Mann getroffen, der mir angeboten hat, mit ihm über mein Problem zu reden. Na ja, erst war ich unsicher, weil ich den Typen überhaupt nicht kannte. Aber er hat recht behalten. Mit einem Fremden lässt sich oft besser reden, als mit einem Freund.«

Louis schluchzt leise. Langsam legen sich seine Hände auf meinen Rücken. Okay, das ist schon mal ein Fortschritt. Wir stehen eine Weile schweigend in dem kleinen Raum. Ich bin froh, dass der Bodyguard vor der Tür steht und niemand uns stören kann.

»Wann wusstest du, dass du auf Männer stehst?«, fragt mich Louis plötzlich geradeheraus. Seine blauen Augen sehen mich durchdringend an. Ich lasse ihn los.

»Ähm …« Auf so eine Frage bin ich gar nicht vorbereitet gewesen. »Na ja … ich schätze mal so mit dreizehn?«

Er nickt stumm. Ist Louis etwa in einen anderen Mann verliebt? Will er sich nicht vor den anderen outen, aber Marc hat es herausgefunden? Benehmen sich beide deshalb so seltsam?

»Gut, lass uns zurück zu den anderen gehen, bevor wir das Klo noch länger in Beschlag nehmen. Die anderen Gäste warten sicher schon ungeduldig«, lenkt Louis plötzlich vom Thema ab und wendet sich zur Tür. Doch bevor er die Klinke runterdrückt, schaut er noch einmal über seine Schulter.

»Alex?«

»Ja?«

»Danke.« Er verlässt die Toilette und ich folge ihm.

»Wo fahren wir hin?«, frage ich leise, während wir durch das nächtliche London fahren. Bob sitzt am Steuer, während Rick es sich neben mir auf der Rückbank gemütlich gemacht hat. Sein Kopf ruht an meiner Schulter.

»Nach Hause«, murmelt er schlaftrunken. Das Konzert und die anschließende Feier haben ihn ganz schön müde gemacht. Vermutlich liegt seine Müdigkeit auch an dem Alkohol, den wir alle getrunken haben.

»Ich habe deine Sachen bereits in Ricks Wohnung bringen lassen«, meldet sich Bob von vorne. In seine Wohnung? Oh! Ich bin davon ausgegangen, dass ich weiterhin im Hotel bleiben muss. Sofort beschleunigt sich mein Puls. Die letzten Tage und Nächte haben wir gemeinsam verbracht, aber ich habe es nicht übers Herz gebracht, ihn auf unseren *Beziehungsstatus* anzusprechen, obwohl er mir bereits ein Lied gewidmet hat.

»Da wären wir, Jungs«, reißt mich Bob aus meinen Gedanken. Ich schüttele Rick sanft an der Schulter, der während der Autofahrt eingeschlafen ist. Verwirrt blickt er mich an.

»Wir sind da«, flüstere ich leise.

»Okay, dann zeige ich dir jetzt mein Schlafzimmer, Babe«, murmelt er immer noch verschlafen. Ein schiefes Grinsen umspielt seine Lippen. Trotzdem verfehlen seine Worte ihre Wirkung bei mir nicht. Mein Herz macht einen freudigen Satz und in meinem Bauch beginnt es zu kribbeln. Zu gut erinnert sich mein Körper an das letzte Mal, als wir miteinander geschlafen haben.

Rick steigt ein wenig ungelenk aus dem Auto, ich folge ihm.

»Hey, vorsichtig«, mahne ich und schlinge meinen Arm um seine Taille, um ihn zu stützen, da er ganz schön ins Wanken gerät.

»Bob, hast du den Schlüssel zu meiner Wohnung? Ich glaube, ich habe meinen verloren«, lallt Rick in meinem Arm. Bob schüttelt grinsend den Kopf und kommt zu uns, als wir die große Glastür passieren. Es ist ein riesiges Haus, das durch die Lobby ein wenig an ein Hotel erinnert.

»Wie gut, dass dein Kopf angewachsen ist. Sonst würdest du ihn auch verlieren«, tadelt der Bodyguard mit einem Grinsen im Gesicht. »Zum Glück habe ich immer den Ersatzschlüssel dabei. Vermutlich hast du deine Schlüssel bloß in der Wohnung vergessen, Rick.«

Bob holt einen Schlüssel aus der Tasche seines Jacketts und reicht ihn mir. »Soll ich ihn dir abnehmen?« Er deutet auf den betrunkenen Rick, der taumelnd neben mir hergeht.

»Nein, ist schon okay«, sage ich. Rick lehnt an meiner Schulter und murmelt irgendwelche unverständlichen Worte. Eigentlich habe ich kein Problem damit, ihn und die anderen zu verstehen, obwohl mein Englisch nicht besonders gut ist. Doch so betrunken, wie Rick ist, fällt es mir schwer, ihn zu verstehen.

»Guten Abend Mr. Clark«, grüßt uns ein Mann am Empfang. Rick nickt bloß und Bob hebt kurz die Hand zum Gruß, bevor er den Knopf des Fahrstuhls betätigt. Der Fahrstuhl setzt sich brummend in Bewegung, bis er kurz darauf in der vierten Etage hält. Der Bodyguard führt uns zu Ricks Wohnungstür, die ich mit dem Ersatzschlüssel öffne. Als wir eintreten, staune ich nicht schlecht. Die Wohnung ist riesig und modern eingerichtet. Der schmale Flur führt in ein großzügiges Wohnzimmer. Die großen Fenster lassen das Mondlicht herein. Von hier kann ich bereits die Lichter der Stadt sehen. Dieser Ausblick ist einfach unbeschreiblich!

Bob hilft mir, Rick erst einmal auf die riesige Ledercouch im Wohnzimmer zu verfrachten, weil der irgendwas von wegen *Ich will noch nicht ins Bett* vor sich hinmurmelt.

»Ich werde dann mal gehen«, sagt Bob und klopft mir kurz auf die Schulter. »Viel Spaß mit unserer Schnapsdrossel. Aspirin findest du im Bad. Schätze mal, er wird es morgen Früh bitter nötig haben.«

»Danke, Bob«, erwidere ich zum Abschied. Ricks leises Schnarchen dringt zu mir durch. Grinsend gehe ich zu ihm rüber und setze mich. Sein Gesicht sieht im Schlaf völlig friedlich aus. Sanft berühre ich mit den Fingerspitzen seine Wange, zeichne die Konturen seiner Wangenknochen nach. Er ist wirklich ein schöner Mann.

»Was willst du bloß von mir?«, murmele ich gedankenverloren. »Wieso hast du mich nicht weggeschickt, wie all die anderen zuvor?«

Er schlägt die Augen auf. »Vielleicht hoffe ich, dass du nicht wie all die anderen bist?«

6. Don't go breaking my heart (Backstreet Boys)

-Rick-

Als ich die Augen aufschlage, dreht sich alles in meinem Kopf. Stöhnend setze ich mich im Bett auf. Bis auf meine Pants bin ich nackt. Wann habe ich es geschafft, mich auszuziehen? Und wie komme ich überhaupt hierher? Ich weiß noch, dass wir in der Bar gewesen sind, um den Abschluss unserer Tour zu feiern. Dann hat Bob Alex und mich im Auto weggebacht. Aber warum sind wir nicht im Hotel, sondern in meiner Wohnung? Ich bin nicht wirklich gerne hier, das weiß Bob.

Nochmals reibe ich mir über das Gesicht, dann sehe ich kurz zur anderen Seite des Bettes, die leer ist. Wo ist Alex? Kurz überkommt mich die Panik, dass das alles nur ein Traum gewesen sein könnte und er gar nicht hier ist. Doch dann höre ich klappernde Geräusche aus der Küche und ein unterdrücktes Fluchen. Lächelnd sinke ich zurück in die Kissen. Er ist noch hier. Glück gehabt. Sogleich ist da wieder dieses seltsame Gefühl, das ich in letzter Zeit immer häufiger habe, wenn ich an den Mann denke, der so plötzlich hier aufgetaucht ist. Schon verrückt, dass er sich wirklich getraut hat, hierherzukommen. Schließlich konnte er doch gar nicht wissen, wie ich reagieren würde. Oder hat er geahnt, dass ich mich täglich nach ihm verzehrt habe, seit wir uns das erste Mal getroffen haben?

Erneut poltert etwas, diesmal lauter. Was zur Hölle treibt Alex? Kopfschüttelnd schlage ich die Decke zurück und schwinge die Beine aus dem Bett. Sofort bereue ich diese ruckartige Bewegung, denn mein Kopf droht, zu zerplatzen. Scheiß Alkohol. Warum habe ich nur so viel getrunken? Vorsichtig taumele ich in die Küche. Im Türrahmen bleibe ich stehen und betrachte das Chaos, welches Alex in meiner Küche angerichtet hat. Es sieht schon beinahe komisch aus. Die Arbeitsfläche ist voller Mehl und Teig tropft aus der Küchenmaschine. Zudem ist ihm wohl ein Teller heruntergefallen, denn zu seinen nackten Füßen liegt ein Kehrblech mit Scherben, die er aufgesammelt hat. Ich wusste nicht einmal, dass ich so etwas wie ein Kehrblech besitze.

Mit einem Räuspern mache ich auf mich aufmerksam. Alex zuckt zusammen, weil er so sehr ins Kochen vertieft gewesen ist, dass er mich nicht bemerkt hat. Hastig wirbelt er zu mir herum.

»Sorry, ich wollte dich nicht wecken. Aber ich dachte, ich mache Frühstück. Dann wollte ich die Küchenmaschine benutzen und hab wohl etwas falsch eingestellt. Irgendwie hat es geknallt und … ich räume es nachher weg. Das mit dem Teller tut mir leid, aber ich habe mich erschrocken, weil die Küchenmaschine plötzlich so laut war … Also … du isst doch gerne Süßes, deshalb habe ich Pancakes …«

Lachend gehe ich auf ihn zu und ziehe ihn an mich, um seinen Wortschwall zu unterbrechen. Er hat Mehl auf der Nasenspitze und auch ein bisschen in den Haaren. Gott, mit den roten Wangen sieht er zum Anbeißen aus! Ich kann nicht widerstehen und muss ihn einfach küssen. Alex keucht überrascht, fängt sich jedoch schnell und erwidert meinen Kuss. Meine Zunge schlüpft in seinen Mund. Er hat recht, ich stehe total auf Süßes. Vor allem auf seinen süßen Mund!

Plötzlich reißt sich Alex von mir los und wirbelt zum Herd herum.

»Scheiße, die Pancakes!«

Tatsächlich riecht es verbrannt in meiner Küche. Wie wild stochert Alex in der Pfanne herum, bis er resigniert die Schultern hängen lässt, die Pfanne vom Herd nimmt und die verbrannten Pancakes im Müll entsorgt.

»Sorry«, murmelt er traurig.

»Macht doch nichts«, winke ich ab. »Du hast ja schon ein paar gemacht.« Ich deute mit der Hand auf den Teller neben dem Herd, auf dem ein paar von den lecker duftenden Pancakes liegen. »Und außerdem habe ich nicht sonderlich viel Appetit nach der gestrigen Feier.« Mit einem leidenden Gesichtsausdruck massiere ich mir meine Schläfe und lasse mich auf einen der Barhocker an der Frühstückstheke plumpsen.

»Oh«, macht Alex, weil ihm wohl jetzt erst auffällt, wie verkatert ich bin. »Soll ich dir ein Aspirin holen? Bob meinte, du würdest deine Medizin im Badezimmer aufbewahren.«

Ich schüttele den Kopf, bereue es jedoch sogleich, weil wieder ein stechender Schmerz hinter meiner Stirn zu pochen beginnt.

»Ich hätte gern … ein bisschen Alex«, brumme ich. Keine Ahnung, warum ich das sage, aber ich will noch einmal seine Nähe spüren. Alex zieht amüsiert die Augenbrauen hoch.

»Ein bisschen *Alex*? Was soll das denn sein? Eine neumodische Droge?«

»So könnte man es nennen. Ich habe einmal davon gekostet und bin jetzt süchtig, fürchte ich.«

Er lacht leise und kommt zu mir. Erschöpft lehne ich meinen Kopf an seine Schulter und schließe für einen Moment meine Augen, um seinen Duft einzuatmen. Er hat heute Morgen mein Duschgel benutzt. In meinem Kopf dreht sich immer noch alles, aber es wird besser, je länger ich bei ihm bin. Seine Finger spielen mit meinen Haaren, streicheln mich sanft und ich muss aufpassen, nicht zu schnurren wie ein liebestoller Kater. Bei diesem Gedanken zucke ich innerlich kurz zusammen. Als ich den Song geschrieben habe, war ich mir sicher, ihn nie wieder zu sehen und ihm somit auch nie direkt sagen zu müssen, wie es in mir aussieht. Mir fällt es schwer, meine Gefühle außerhalb der Musik in Worte zu fassen. Kann ich wirklich mit nur einem Wort all das beschreiben, was ich in seiner Nähe empfinde? Dafür bräuchte ich vermutlich unendlich viele Lovesongs.

Ich küsse das Stückchen Haut an seinem Hals, das nicht vom Stoff seines Shirts verdeckt wird. Sofort spüre ich eine leichte Gänsehaut auf meinem Oberkörper und wie es in meinem Inneren kribbelt.

»Hatten wir gestern Sex?«, frage ich ihn. Ich hebe den Kopf und sehe in seine grünen Augen.

»Da muss ich dich enttäuschen«, entgegnet Alex mit einem Grinsen. »Du warst so voll, dass ich dich gerade noch so ins Bett schleppen konnte. Es ist echt schwer, jemandem die Hose auszuziehen, wenn er sich einfach nicht umdrehen will.« Er kichert. »Du hättest vermutlich keinen mehr hochgekriegt, auch wenn du gewollt hättest.

Außerdem hast du geschnarcht wie ein Holzfäller.« Trotz der Worte röten sich seine Wangen ein wenig.

»Wie schade«, sage ich nachdenklich. »Aber das können wir ganz schnell ändern. Jetzt bin ich wieder topfit.« Zur Bestätigung erhebe ich mich ruckartig und will nach Alex greifen, sacke jedoch wieder stöhnend zusammen. Dieser lacht über meinen Zustand, bevor er den Teller mit den Pancakes vor mir abstellt.

»Vielleicht solltest du dich stärken, bevor du deine Manneskraft unter Beweis stellst?«

Dem kann ich leider nichts entgegenbringen, da er recht hat. Und obwohl ich mich noch ein wenig seltsam fühle, regt der leckere Duft meinen Appetit an. Also bediene ich mich. Alex hat von irgendwoher auch noch Ahornsirup aufgetrieben und Kaffee gekocht. Da ich nur sehr selten in dieser Wohnung bin, sorgt meine Haushälterin dafür, dass es hier immer sauber und der Kühlschrank gefüllt ist, wenn ich herkomme. Vermutlich spricht sie sich mit Bob ab, der neben Robert meine Termine im Blick hat.

»Hey, komm und iss auch etwas«, fordere ich Alex auf, der bereits mit einem Lappen bewaffnet dabei ist, das Chaos in der Küche zu beseitigen. »Das kann meine Haushälterin später erledigen.«

»Du hast eine Haushälterin?«, fragt er erstaunt.

»Klar. Denkst du etwa, ich würde hier immer selbst den Besen schwingen?«

Erneut lacht Alex und ich weiß gar nicht, was daran so lustig sein soll. Sicher glaubt er jetzt, ich wäre total verwöhnt. Aber das stimmt nicht. Schließlich war ich bis vor drei Jahren noch ein ganz normaler Kerl. Wie jeder andere habe ich meiner Mutter mit dem Hausputz und meiner kleinen Schwester bei den Hausaufgaben geholfen. Dass ich jetzt einen schicken Sportwagen in der Tiefgarage und mehrere Millionen auf dem Konto habe, ist nur ein ziemlich krasser Zufall. Ich habe einfach keine Zeit, mich um den Haushalt zu kümmern, weil ich von einem Termin zum nächsten eile.

»Gut. Aber ich habe keinen großen Hunger. Kaffee reicht mir«, teilt mir Alex dann mit und setzt sich mir gegenüber, einen Kaffeebecher in den Händen. Er sieht mich an, und als ich seinen Blick erwidere, senkt er schüchtern den Blick in den Becher.

»Warum … warum hast du mich mitgenommen?«

»Was meinst du?«, frage ich kauend. Seine Pancakes sind wahnsinnig lecker. Es ist eine ganze Weile her, dass jemand anderes als Stella für mich gekocht hat.

»Na ja … In die Wohnung, meine ich. Nimmst du oft jemanden mit hierher?« Seine Stimme ist leise, die Unsicherheit ist nicht zu überhören. In meinem Magen rumort es. Ob es die Pancakes sind? Oder die Tatsache, dass er glaubt, ich würde tatsächlich jeden einladen? Bis auf meine engen Freunde hat keiner der Fans meine Wohnung von innen gesehen.

»Ich bin selbst ziemlich selten hier«, erkläre ich ausweichend, weil ich nicht über meine Gefühle nachdenken möchte. »Und ich habe jetzt zwei Wochen Urlaub. Warum sollte ich dich da in einem Hotel wohnen lassen, das du dir vermutlich sowieso nicht leisten kannst?«

»Kann ich wohl«, empört sich Alex.

»Tatsächlich? Für vierhundert Pfund die Nacht?« Grinsend schiebe ich mir ein Stück von dem Pancake in den Mund.

»Vierhundert Pfund?« Alex reißt erschrocken die Augen auf. »Oh Gott! Dafür muss ich einen ganzen Monat bei Peter in der Kneipe aushelfen.«

»Tja, hat nun mal doch einen Vorteil, Richard Clark zu sein. Ich verdiene das im Handumdrehen. Und keine Sorge, du bist mein Gast, okay?«

Alex schiebt die Unterlippe vor. »Ich will dir nichts schuldig bleiben.«

»Ähm.« Jetzt bin ich ein wenig verwirrt. Was ist denn so schlimm daran, wenn ich möchte, dass er noch eine Weile hierbleibt?

»Na ja. Ich möchte nicht, dass du jetzt schon wieder gehst«, gebe ich zu. »Was spricht also dagegen, dass du hierbleibst und dir die Stadt ansiehst? Oder hast du vor, wieder zu verschwinden und mich hier alleine zurückzulassen?« Die letzten Worte kommen unbewusst über meine Lippen und ich kann sie nicht mehr zurücknehmen. Aber irgendwie will ich das auch gar nicht, denn seine Augen bekommen plötzlich so ein Funkeln, was ihn trotz der mehlverschmierten Haare wunderschön aussehen lässt.

»Du willst, dass ich bleibe?« Seine Stimme ist bloß ein Flüstern und sorgt dafür, dass mein Herz wie wild zu schlagen beginnt.

»Wie gesagt, ich habe Urlaub und auch nicht wirklich etwas vor, außer mich hier zu langweilen oder mit Marc durch die Pubs zu ziehen. Da kann ich genauso gut mit dir ein wenig Sightseeing machen«, winke ich ab und versuche, meine Nervosität und dieses blöde Herzklopfen mit meinen Worten irgendwie zu überspielen. Alex wendet den Blick ab und erhebt sich, um seinen Becher zur Spüle zu bringen. Okay, habe ich ihn jetzt etwa verletzt? Ich halte ihn am Handgelenk zurück und ziehe ihn zu mir.

»Was möchtest du heute machen?«, frage ich ihn gerade heraus.

»Also«, beginnt er stockend und sieht mich prüfend an, »du willst mir wirklich die Stadt zeigen?«

»Klar.«

»Dann möchte ich gern den Tower sehen. Und zum Buckingham Palace. In der Schule hat unsere Lehrerin immer viel darüber erzählt.«

5 MINUTES

»Irgendwie habe ich mir unser Date anders vorgestellt.« Alex kichert leise, während er neben mir hergeht. Bei dem Wort Date zucke ich unmerklich zusammen. In meinem Bauch kribbelt es verräterisch.

»Wer sagt denn, dass wir ein Date haben?«, spiele ich die Situation herunter. Natürlich ist das kein Date. Ich zeige ihm bloß die Stadt. Er sieht mich an, doch hinter der schwarzen Sonnenbrille kann ich seinen Blick nicht deuten. Jetzt bereue ich es, ihm ebenfalls eine Sonnenbrille aufgedrängt zu haben. Doch ich wollte sichergehen, dass mich niemand erkennt und auch Alex Gesicht nicht irgendwo im Internet auftaucht.

»Stimmt. Ist es nicht. Immerhin hast du deinen Bodyguard dabei«, meint Alex schulterzuckend und nippt an seinem Kaffee. Bob folgt uns in einigem Abstand, während wir nebeneinander hergehen. Wir sind im Tower gewesen und haben uns die Kronjuwelen angeschaut. Alex war ziemlich aufgeregt und ein wenig hibbelig, was irgendwie süß war. Während er sich die Ausstellung genau angesehen hat, bin ich ihm bloß schweigend gefolgt. Mich hat weniger der Tower, sondern eher der Mann interessiert, mit dem ich den Tag verbringe. Obwohl er beim Frühstück noch etwas zurückhaltend gewesen ist, ist er mit jeder Stunde hier in der Stadt aufgeblüht. Seine Freude über unseren Ausflug ist ansteckend, sodass ich mich seinem Lächeln und der beinahe kindlichen Aufregung einfach nicht entziehen kann.

Auf dem Rückweg hat Bob uns beiden Kaffee geholt, während wir auf einer Parkbank in der Nähe auf ihn gewartet haben. Alex hat mich über die Stadt ausgefragt und seine eignen Eindrücke dann mit dem Wissen aus den Schulbüchern verglichen. Dafür, dass er noch nicht in England gewesen ist, ist sein Englisch gar nicht mal so übel.

»Wenn ich Bob nicht mitnehme, würde es Ärger geben. Nicht nur mit Robert, sondern auch mit dem Label. So fühle ich mich einfach sicherer. Manchmal passe ich nicht wirklich auf das auf, was um mich herum geschieht, was mir irgendwann zum Verhängnis werden könnte. Wenn Bob irgendwo jemanden von der Klatschpresse sieht, schirmt er mich ab oder regelt den Fanansturm, wenn wir irgendwo in der Stadt unterwegs sind. Oft kann ich mich zwar unauffällig bewegen, wenn ich Kapuzenpulli und Sonnenbrille trage, aber trotzdem gibt es Momente, in denen er wirklich eine große Hilfe ist. Natürlich erledige ich auch Dinge allein, aber da ich selten Freizeit habe und fast nur wegen dem Job unterwegs bin, kommt Bob mit«, erkläre ich ihm. Ich schiele kurz zu meinem Bodyguard, der neben der Parkbank steht, die Hände in den Taschen seiner Jeans vergraben, und die Straße hinaufblickt. Der Latte Macchiato in meiner Hand wird bereits kalt. Kalter Kaffee ist nicht gerade das, was ich mir von einem perfekten Tag verspreche, aber man kann ja nicht alles haben.

»Machst du immer alles, was dein Manager dir sagt?«, will Alex wissen. Ich rücke die Sonnenbrille zurecht und schaue in den blauen Sommerhimmel. Das Wetter ist heute wirklich traumhaft.

Ich zucke mit den Schultern. »Er ist unser Manager und weiß, was gut für die Band und unsere Karriere ist. In diesem Punkt vertraue ich auf seine Erfahrung im Showbiz.«

»Ist es denn auch gut für dich?«

Ich hebe fragend meine Augenbrauen.

»Na, ich meine eben nicht für Richard Clark, den Popstar. Sondern für Rick, den Mann.« Alex errötet. Ich strecke die Hand aus und will ihm über die Wange streichen, kann mich jedoch im letzten Moment beherrschen, es nicht zu tun. Er hat recht. Nicht jede Entscheidung von Robert tut mir gut. Vor allem in den letzten Tagen, in denen Alex hier ist. Zwar hat unser Manager kein weiteres Wort über seine Anwesenheit verloren, seine Abneigung habe ich jedoch bei der Vorbereitung für das Konzert in der O2 Arena deutlich gespürt. Robert kann nichts dagegen machen, dass ich mit einem Mann ins Bett gehe. Das geht ihn nichts an.

Trotzdem wird er immer fuchsteufelswild, wenn einer von uns sich ein Fauxpas mit den Fans erlaubt. Er fürchtet wohl zu sehr um unsere Karriere. Als unser Manager bekommt er immerhin einen Anteil von dem, das wir verdienen. Je erfolgreicher wir sind, desto höher ist sein Gehalt. Deshalb möchte er natürlich, dass wir so erfolgreich wie möglich sind.

»Wenn es für die Band ist, muss ich meine persönlichen Bedürfnisse eben zurückschrauben«, sage ich trocken. »Die Jungs bedeuten mir wirklich alles. Sie sind wie eine Familie für mich. Und ich will nichts tun, was 5Minutes irgendwie schaden könnte.«

»Auch, wenn du dadurch unglücklich bist?«, bohrt er weiter nach.

Wir nähern uns dem Parkplatz, wo Bob das Auto abgestellt hat. Mein Bodyguard geht vor und entriegelt den Wagen.

»Wie kommst du darauf, ich könnte unglücklich sein?«, wundere ich mich. Ich bin nicht unglücklich. Ich habe ein tolles Leben, einen tollen Job und tolle Freunde. Es fehlt mir an nichts. Alex rutscht auf die Rückbank.

»Weiß nicht. War nur so ein Gedanke«, meint er nur, dann sieht er nachdenklich aus dem Fenster. Der Motor läuft und er wartet darauf, endlich losfahren zu können. Schnell setze ich mich neben Alex auf die Rückbank und nehme die Sonnenbrille ab. Die Fensterscheiben sind getönt, sodass uns eigentlich niemand sehen kann. Weil Alex die Fahrt zum Buckingham Palace über schweigt, ziehe ich mein Handy aus der Hosentasche und checke meine Social-Media-Kanäle. Eigentlich würde ich viel lieber mit Alex rumknutschen, doch seine Haltung sagt mir, dass er das nicht will.

Bob fährt eine scharfe Kurve. Erschrocken zucke ich zusammen, als ich plötzlich Alex' Gewicht an meiner Seite spüre. Auch er keucht überrascht auf. Doch statt sofort von mir zurückzuweichen, schmiegt er sich für einen kurzen Moment an mich. Ich genieße dieses kurze Gefühl von Wärme, ehe er sich gerade hinsetzt und erneut aus dem Fenster sieht.

»Da wären wir, Jungs«, durchbricht Bob die Stille im Auto. »Ich werde hier parken, ein kleines Stück müssen wir dann laufen.«

»Klar. Danke«, sage ich und sehe zu, dass ich schnell aus dem Auto komme, um der nachdenklichen Stimmung zwischen Alex und mir zu entkommen. Die helle Mittagssonne blendet sofort, sodass ich mich daran erinnere, mir die Sonnenbrille wieder auf die Nase zu setzen. Alexander hat seine die Fahrt über nicht einmal abgenommen.

»Kommst du?«, frage ich ihn, als er endlich aus dem Auto steigt und sich neben mich stellt. Kurz streift seine Hand meinen Arm und schickt einen Blitz durch meinen Körper. Wie gerne würde ich ihn jetzt berühren, ihn einfach an mich drücken und küssen. Aber Bobs warnender Blick ruht auf mir, sodass ich die Lippen zusammenpresse und diesen Drang niederkämpfe.

»Beeindruckend«, murmelt Alex. Verdammt, ich würde so gerne in seine Augen sehen, doch diese blöde Brille stört. Er setzt sich in Bewegung, während ich ihm mit verbissenem Gesichtsausdruck folge. Warum müssen wir hier sein? Warum können wir uns nicht einfach zwei Wochen lang in meiner Wohnung einschließen und das Schlafzimmer nicht mehr verlassen? Ach ja, weil Alex gern die Stadt sehen will. Und weil ich selbst diesen blöden Vorschlag gemacht habe. Aber das ist okay. Der Abend ist nicht mehr fern. Ich kann es kaum erwarten, wieder mit ihm alleine zu sein und ihn zu küssen.

»Was machen die Männer da?«, fragt Alex und klingt total aufgeregt. Ich bleibe dicht neben ihm stehen, sodass mir sein Duft in die Nase steigt. Scheiße, seine Nähe ist reinste Folter!

»Sie machen gerade die Wachablösung«, erkläre ich ihm das Treiben auf dem Platz. Die königliche Fußtruppe marschiert vom Park zur Residenz und bezieht Stellung. Ich habe die Wachablösung schon ein paar Mal gesehen, daher ist es für mich nichts Neues. Alex hingegen beobachtet das Treiben völlig gebannt.

»Du willst dir doch sicher die Staatsgemächer ansehen, oder?«

»Geht das denn so einfach?«, will Alex wissen, nachdem wir das Tor passiert haben. Ein paar umstehende Besucher murmeln und sehen immer zu in unsere Richtung.

»Wenn du in Begleitung von Richard Clark hier bist, schon«, gebe ich grinsend zurück.

»Angeber«, brummt Alex, kann sich jedoch ein Grinsen nicht verkneifen. Bob geht voraus und spricht mit jemandem am Eingang, der uns dann zu sich winkt und zu einer privaten Führung durch die Staatsgemächer bringt. Alex hört sich alles aufmerksam an, stellt Fragen über das Gebäude und dessen Geschichte, während ich ihm in einigem Abstand folge. Die Hände tief in die Taschen meiner Jeans vergraben, sehe ich ihm dabei zu, wie er sich staunend umsieht. Die Führung kommt mir viel zu lang vor, dabei stand im Internet etwas von einer knappen Stunde. Vermutlich kommt es mir nur so vor, weil mich die Geschichte des Buckingham Palace nicht sonderlich interessiert.

Eine eingehende Nachricht auf meinem Handy erlöst mich. Ich ziehe es aus der Hosentasche und öffne die Mitteilung.

Bruderherz ♥ Ich habe heute frische Zutaten für ganz tolles Okonmiyaki eingekauft. Möchtest du zum Essen vorbeikommen?

Oko- was?

Okonmiyaki. Das ist so eine Art Pfannkuchen. Mega lecker ☺

Sorry, aber ich habe heute keine Zeit. Bin gerade im Buckingham Palace und bekomme einen Einblick in die englische Geschichte.

Was? Seit wann interessierst du dich für englische Geschichte? Du fandest das doch schon als Kind sterbenslangweilig.

Meine Begleitung steht anscheinend auf diesen Kram.

Du hast ein Date? Wow! Wer ist sie? Ist es was Ernstes?

Ehe meine Schwester mich mit Textnachrichten bombardieren kann, schalte ich mein iPhone ab und stecke es zurück in meine Hosentasche. Dann schlendere ich zu Alex rüber, der in ein angeregtes Gespräch mit dem Tourguide vertieft ist. Am liebsten würde ich Alex einfach in meine Arme ziehen oder sonst etwas tun, um deutlich zu machen, dass er mir gehört. Mir gefällt der Blick des Mannes nicht, der sich so angeregt mit Alexander über die englische Geschichte unterhält. Nur leider kann ich meinen Anspruch nicht deutlich machen, ohne mich zu outen. Ich weiß zwar nicht, inwieweit der Mann mich erkannt hat, aber sicher ist sicher. Schließlich haben wir spontan eine private Führung buchen können – das kann nicht jeder.

»Du hast sicher genug gehört, oder? Lass uns gehen«, fordere ich Alex auf und sehe grimmig zu dem Mann, der mich offensichtlich ignoriert. So wie der Guide Alex ansieht, kann ich nicht mehr mit ihm hierbleiben. Ich greife nach seinem Arm, doch Alex zieht ihn instinktiv weg. Sofort bereue ich es, ihn so grob angefasst zu haben, trotzdem weiche ich nicht von seiner Seite.

»Komm schon, ich habe Hunger«, falle ich dem Guide ins Wort, der gerade zu weiteren Ausführungen über die Queen ausholt. Alex dreht sich zu mir um. Erst ist sein Gesicht eine harte Maske, doch dann zucken seine Mundwinkel leicht. Zu gern würde ich jetzt seine Augen sehen. Vielleicht sollte ich beim nächsten Mal einfach nicht mehr darauf bestehen, dass er sein Gesicht hinter einer Sonnenbrille versteckt

»Jetzt habe ich dich für einen Moment doch tatsächlich mit Louis verwechselt«, sagt er und verkneift sich ein Lachen. Ich kann es sehen, weil seine Lippen zucken und er kurz die Hand vor den Mund hält, um dann ein Räuspern vorzutäuschen.

»Na und? Jeder hat irgendwann Hunger«, winke ich ab. »Immerhin hatte ich bisher nur ein paar Pancakes und Kaffee.«

»Babykaffee«, korrigiert mich Alex und lacht nun doch leise.

»Ja, ja. Dann halt Babykaffee. Dein Gesöff kann doch niemand trinken«, gebe ich bissig zurück und verschränke die Arme vor der Brust. Mir ist es unangenehm, dass er mich vor dem Guide, der uns interessiert mustert, so aufzieht.

»Wenn du darauf bestehst, dann gehen wir eben.« Alex verschränkt die Arme vor der Brust, bevor er sich von dem Guide verabschiedet.

»Sie könnten noch ein wenig durch den St. James' Park spazieren«, schlägt der Guide vor. »Dort ist es wirklich schön.«

Eigentlich wäre ich viel lieber mit Alex allein, dann könnte ich zumindest seine Hand halten. Trotzdem gehe ich auf den Vorschlag des Guides ein und winke Bob zu uns, ehe ich den Ausgang ansteuere. Alex folgt mir, doch es dauert einen Moment, bis er mich eingeholt hat.

»Hey, jetzt warte doch. Warum wolltest du so plötzlich weg?«

»Es war langweilig. Und jetzt möchte ich eben in den Park«, entgegne ich. Die Anlage liegt blühend vor uns. Ich schaue stur auf die Skulpturen, die sich zu meiner Rechten am Eingang zur Parkanlage befinden. Keine Ahnung, warum so reagiere, aber es wurmt mich, dass Alex sich nur schwer von den Erzählungen des Mannes losreißen konnte. Alex hält mich am Arm zurück, sobald wir das Tor passiert haben.

»Rick, was ist los? Du benimmst dich gerade total merkwürdig.«

Ich drehe mich zu ihm um. Die Berührung seiner Finger auf meiner Haut schickt unzählige Stromstöße durch meinen Körper, sodass es mir wirklich schwerfällt, mich zu beherrschen. Warum muss er nur so verdammt sexy sein? Und so gut riechen? Das Duschgel, das ja eigentlich meins ist, hat sich mit seinem eigenen Körpergeruch vermischt und wirkt auf mich wie ein Rauschmittel. Vor allem hat er sich frisch rasiert, bevor wir in die Stadt aufgebrochen sind. Wie sich wohl seine Haut anfühlt, wenn ich meine Hand an seine Wange lege? Ich will es testen, aber ich kann nicht. Irgendetwas steht schon den ganzen Tag zwischen uns. Etwas zerrt an meinem Herzen, wenn ich Alex ansehe. Sind ihm die Flirtversuche des Guides etwa nicht aufgefallen? Als ob er die nicht bemerkt hat! Und jetzt will er wissen, was mit mir nicht stimmt? Scheiße, ich bin eifersüchtig geworden.

Stumm sehe ich ihn an. Dann fahre ich mir mit der Hand durchs Haare und setze mich in Bewegung.

»Nichts«, entgegne ich bissig. Ich will ihn nicht so anfahren, aber ich habe mich nicht wirklich unter Kontrolle. Und ich will ihm nicht gestehen, dass ich eifersüchtig auf den Tourguide gewesen bin, weil Alex ihm so viel Aufmerksamkeit geschenkt hat. Das wirkt kindisch … aber leider kann ich nichts gegen dieses Gefühl in meiner Brust tun.

Schnurstraks gehe ich über den gepflasterten Pfad. Bob folgt uns in einem gewissen Abstand. Das muss ich gar nicht sehen, ich kenne meinen Bodyguard gut genug, um zu wissen, wie viel Privatsphäre er mir lässt, um noch schnell genug eingreifen zu können, falls es zu einem unkontrollierbaren Zwischenfall mit Fans kommt.

»Das kannst du gerne jemand anderem erzählen. Ich glaube dir nicht.«

»Ach ja?« Erneut fahre ich zu ihm herum. »Als ob du es nicht gemerkt hast. Dieser Kerl hat gerade ziemlich offensichtlich mit dir geflirtet …«

»Was?« Alex sieht mich irritiert an. »Das ist mir gar nicht aufgefallen. Und außerdem … was geht dich das überhaupt an? Immerhin bist du nicht mein Freund.«

»Ich …« Ich presse meine Lippen zu einem Strich zusammen. Alex hat ja recht. Wenn ich nur sehe, wie ein anderer Mann mit ihm flirtet, wird mir ganz anders zumute. Seine Worte treffen mich hart. Ich bin nicht sein Freund und vermutlich werde ich es auch nie sein, wenn ich nicht endlich den Mund aufmache. Wieso habe ich solche Angst, die Worte auszusprechen, wenn ich mir doch sicher bin, dass ich mehr für Alex empfinde, als für alle anderen bisher?

»Du?« Alexander stemmt seine Hände in die Hüften und legt den Kopf schief. Ich kann nicht in seinem Gesicht lesen und das ärgert mich. Zu gerne würde ich ihm so viel sagen, aber alles, was ich herausbringen könnte, wäre nicht genug. Es würde dieses Gefühlschaos in mir nicht erklären.

»Nimm endlich diese verdammte Sonnenbrille ab«, sage ich stattdessen. Überrascht darüber tut er, was ich von ihm verlange. Auch ich mache es ihm nach und stecke die Brille mit einem Bügel in den Ausschnitt meines Shirts.

Endlich kann ich in seine grünen Augen sehen, die mich so voller Fragen anschauen, dass es mir die Kehle zuschnürt. Was soll ich ihm nur sagen? Dass ich möchte, dass er hierbleibt? Dass er mein Freund wird? Aber kann ich überhaupt eine Beziehung mit Alex führen und trotzdem mit meiner Musik weitermachen, wie bisher?

»Was nun?«, provoziert Alex. »Sag, was du zu sagen hast. Ich habe dieses Schweigen zwischen uns satt. Es macht mich fertig, dass du so … so unnahbar bist.«

»Ich? Du hast dich doch vorhin von mir abgekapselt«, entgegne ich trotzig.

»Ja aber doch nur, weil ich einfach nicht weiß, was mit dir los ist. Ich weiß einfach nicht, wie ich mich in deiner Gegenwart verhalten soll«, wirft er ein. Seine Stimme wird lauter. Das ist nicht der richtige Ort für eine Auseinandersetzung. Und doch kann ich mich nicht von ihm lösen. Seine Augen sprühen Funken. »Meine Gedanken fahren Achterbahn, wenn ich in deiner Nähe bin. Ich komme mit deinem Verhalten nicht klar. Ich weiß nicht, woran ich bei dir bin. Vorhin bist du regelrecht von mir zurückgewichen, als ich dich aus Versehen berührt habe.«

»Damit es niemand merkt«, rede ich mich heraus, was jedoch wie eine ziemlich lahme Ausrede für das klingt, was ich fühle. Unsicher sehe ich mich um. Noch ist niemand auf uns aufmerksam geworden, aber das kann sich ganz schnell ändern. Unsicher sehe ich mich um. Die Leute gehen an uns vorbei, einige schauen rüber und mir wird mulmig zumute. Das ist nicht der richtige Ort für diese Art von Unterhaltung. Mit einem Kopfnicken gebe ich Bob zu verstehen, dass ich gehen will. Mein Bodyguard reagiert sofort und legt Alex die Hand zwischen die Schulterblätter, um ihm durch leichten Druck zu verstehen zu geben, dass wir los müssen. Verwirrt sieht Alex zu Bob.

»Wir gehen«, raune ich ihm zu, rücke meine Sonnenbrille und die Kapuze meines Hoodies zurecht. Alex widerspricht nicht und folgt mir. Ich bin froh, so dem Gespräch irgendwie entkommen zu sein, denn auf der Fahrt zurück zu meiner Wohnung redet Alex nicht mit mir.

Ich sehe zu ihm rüber, mustere sein Profil und seufze leise. Ich bin mir sicher, dass ich Alex nicht teilen will. Nicht mit diesem Tourguide im Buckingham Palace und ganz sicher nicht mit der ganzen Welt. Immer mehr formt sich die Hoffnung in mir, dass wir vielleicht eine Zukunft außerhalb der Medien haben könnten. Aber würde Alex auf so etwas eingehen?

Bob hält vor dem Apartmenthaus und Alex springt förmlich aus dem Auto. Ich komme gerade so hinter ihm her, als er auch schon zum Fahrstuhl eilt.

»Hey, jetzt warte doch«, rufe ich ihm nach, kann gerade noch sehen, wie sich die Fahrstuhltüren hinter ihm schließen. Fuck. Er ist sauer. Gereizt schlage ich mit der flachen Hand gegen die Fahrstuhltür, die sich natürlich nicht öffnet. Ich warte, bis der nächste Fahrstuhl kommt, mit dem ich nach oben zu meiner Wohnung fahren kann. Alex steht bereits dort, die Arme vor der Brust verschränkt mit dem Rücken gegen die Wand gelehnt. Seine grünen Augen funkeln mich wütend an. Mit einem mulmigen Gefühl im Bauch schließe ich die Wohnungstür auf und lasse Alex hinein, der schnurstracks ins Wohnzimmer geht.

»Alex, jetzt sei nicht sauer«, bitte ich ihn. Ruckartig dreht er sich zu mir um.

»Ich soll nicht sauer sein? Sorry, aber ich lasse mich nicht von dir herumschubsen. Mal willst du mich, mal willst du mich nicht. Dieses hin und her halte ich nicht aus, Rick «, zischt er wütend. Ich schlucke hart.

»Aber, jetzt hör doch mal zu …«

»Nein! Es fühlt sich richtig scheiße an, so von dir behandelt zu werden. Dabei habe ich geglaubt, ich würde dir etwas bedeuten.« Er kann den Schmerz nicht verbergen, der sich in seinem Gesicht widerspiegelt. Allein sein Anblick bereitet mir Bauchschmerzen. Und das tut verdammt weh.

»Aber du musst doch verstehen, dass ich nicht einfach so für dich aus meiner Haut kann. Ich muss auch an meine Karriere denken«, versuche ich, ihm meine Lage zu erklären. Er schüttelt traurig den Kopf, als würde er merken, dass alles nur eine billige Ausrede ist. Ich habe bloß Angst davor, was passieren könnte, wenn einer unserer Fans Alex und mich in einer unmissverständlichen Situation erwischt. Mir sind meine eigenen Gefühle noch so neu und fremd, dass ich einfach unsicher bin, wie die Leute außerhalb der Band auf ein Outing reagieren könnten.

»Was bin ich für dich, Rick? Was genau willst du von mir? Ich weiß, dass ich es war, der hergekommen ist, ohne, dass du mich gerufen hast. Aber du hast mich auch nicht weggeschickt. Bin ich für dich wie die anderen? Bloß eine Affäre? Ein bisschen Spaß zwischendurch?« Seine Stimme ist kaum ein Flüstern, doch sie trifft mich trotzdem wie ein Messer. Das Herz in meiner Brust zieht sich zusammen. Ich muss endlich für klare Verhältnisse sorgen, sonst verliere ich Alexander womöglich noch.

»Das bist du nicht«, gebe ich mit bebender Stimme zurück.

»Nein?« Er hebt den Kopf. Tränen glänzen in seinen Augenwinkeln. Das ist zu viel für mich. Sein Anblick schaltet mein Hirn einfach aus. Mit nur wenigen Schritten bin ich bei ihm, umfasse sein Gesicht mit beiden Händen und presse meinen Mund hart auf seinen. Erschrocken reißt Alexander die Augen auf, weil er mit dem Kuss nicht gerechnet hat.

»Nein, definitiv nicht«, sage ich fest und küsse ihn erneut, diesmal sanfter. Alex öffnet vorsichtig die Lippen. Ich nutze die Chance, um mit der Zunge in seinen Mund vorzustoßen und ihn zu küssen, als gäbe es keinen Morgen mehr. Nach Luft ringend klammert er sich an mich und ich dränge meinen Körper weiter gegen ihn, sodass er einige Schritte rückwärts taumelt.

Alex schnappt nach Luft und ich löse den Kuss nur kurz. Mit zittrigen Händen schiebt er mich ein Stück von sich. Okay, jetzt bin ich wohl wirklich an der Reihe, Klartext zu reden. Langsam werde ich nervös.

»Alexander …«, beginne ich, sehe mich unsicher im Raum um, dann blicke ich ihm erneut in die Augen. Mir werden die Knie weich. »Ich …«

Er hebt fragend eine Augenbraue, sieht mich weiter abwartend an. Verdammt, warum fällt es mir so schwer, diese drei Worte auszusprechen? Ich räuspere mich, atme tief ein.

»Es wird vermutlich nicht leicht mit mir, weil ich manchmal stur wie ein Esel sein kann. Und ich bin wirklich mies was Beziehungen angeht. Wir werden es wohl auch nicht öffentlich machen können, zumindest vorläufig, aber … Ich möchte mit dir zusammen sein. So richtig.« Nachdem ich die Worte ausgesprochen habe, fühle ich mich um einiges besser. Alex blinzelt. Einmal. Zweimal. Dann reißt er überrascht die Augen auf.

»Du … was?«

»Na, du hast doch selbst gesagt, ich soll endlich aufhören mit diesem hin und her. Alex, ich möchte das mit uns versuchen. Also nur, wenn du es auch möchtest.« Meine Wangen röten sich, verlegen kratze ich mich am Kinn. Wer hätte gedacht, dass es so schwer ist, die richtigen Worte zu finden.

Alex lässt sich auf das Sofa hinter sich sinken und fährt sich mit den übers Gesicht. Ich kann einfach nicht anders, als zu ihm zu gehen. Erst sehe ich zu ihm hinab, dann setze ich mich rittlings auf seinen Schoß.

»Wow«, meinte er leise. »Du meinst es ernst, oder?«

Ich nicke. »So ernst wie noch nie. Und ich habe wirklich Angst, es zu verbocken. Hilfst du mir?«, murmele ich, umfasse sein Gesicht mit beiden Händen und sehe ihm tief in die Augen.

Ein Lächeln auf seinem schönen Gesicht. »Ich werde mir Mühe geben.«

»Wann lerne ich ihn denn endlich kennen?«, fragt Stella neugierig, während sie mit ihren Stäbchen ein paar Reiskörner aus ihrem Abendessen herauspickt und sich in den Mund schiebt. Ich selbst nutze eine Gabel, denn anders kann ich meinen Reis mit dem gebratenen Gemüse nicht essen. Meine kleine Schwester hat darauf bestanden, mich in ihre Wohnung zum Essen einzuladen. Weil ich gerade sowieso einen Termin mit Robert in der Agentur hatte, bin ich auf dem Rückweg bei ihr vorbeigefahren. Bob hat heute frei, sodass ich allein unterwegs bin. Manchmal brauche selbst ich eine Pause von meinem Bodyguard und dem ganzen Promirummel. Da bin ich froh, einfach einen netten Abend mit Stella verbringen zu können.

»Wen?«

»Den Weihnachtsmann. Mensch Rick, wen wohl? Den Kerl, der dir dieses verdammte Grinsen ins Gesicht zaubert.«

»Wie kommst du darauf, dass …« Erschrocken lasse ich die Gabel fallen. Ich habe das mit Alex niemandem erzählt. Zumindest niemandem außerhalb der Band. Nur die Jungs und unser Team wissen von Alexander. Dass Alex schon seit über zwei Wochen bei mir wohnt, habe ich in Roberts

Gegenwart nicht erwähnt, denn davon wäre er alles andere als begeistert gewesen. Wir sind noch nicht lange zusammen, sodass ich noch nicht die Gelegenheit hatte, mit meiner Familie über Alexander zu sprechen.

»Ich hab's von Lou.« Meine Schwester grinst breit. Ihre Augen leuchten begeistert.

»Dieser Verräter …«, grummele ich verstimmt, kann jedoch nicht verhindern, dass meine Wangen sich röten. War ja klar, dass Louis die Klappe nicht halten kann, wenn Stella ihn ins Kreuzverhör nimmt. Sie haben einen guten Draht zueinander und unternehmen auch ab und zu etwas zusammen. Und dass Louis sich auch wunderbar mit Alex versteht, ist kein Geheimnis. Beide wollen heute zusammen etwas essen gehen.

»Wenn's doch die Wahrheit ist? Für deine Gefühle musst du dich nicht schämen. Ich bin so verdammt neugierig auf ihn. Hast du ein Foto?«

Natürlich habe ich eins. Ich habe es heimlich mit meinem Handy gemacht, als Alex nach dem Konzert in der O2 Arena völlig begeistert mit meinen Freunden gesprochen hat. Er sah in diesem Moment so wunderschön aus, mit den geröteten Wangen und den glänzenden Augen, dass ich einfach nicht anders konnte, als diesen Moment auf einem Bild festzuhalten. Ich entsperre mein iPhone und gebe es Stella.

»Rick. Er ist einfach nur … verdammt, ist das Harry Styles?«

»Quatsch! Er heißt Alexander.«

Sie lacht laut. »Das hätte mich auch wirklich gewundert! Dein Alex sieht ziemlich gut aus. Aber ist es klug, dieses

Foto als Displaybild zu nutzen? Was, wenn du es irgendwo verlierst?«

»Das ist privat. Also gib schon her.«

Stella gibt mir das iPhone zurück.

»Ich habe eine fantastische Idee!« Sie klatscht begeistert in die Hände. Vor Schreck verschlucke ich mich an meinem Reis, den ich mir gerade in den Mund geschoben habe. Hustend sehe ich meine Schwester an.

»Wie wär's, wenn du nächste Woche Mum besuchen fährst? Dann könntest du die Wogen glätten und ihr auch gleich deinen neuen Freund vorstellen. Das wäre doch die perfekte Gelegenheit, euren Streit zu beenden, meinst du nicht?«

Hätte ich mich vorhin nicht schon verschluckt, wäre mir spätestens jetzt der Reis im Hals stecken geblieben. Ich huste noch stärker.

»Das ist doch nicht dein Ernst«, presse ich krächzend hervor, greife nach meinem Glas Oolong Tee und spüle den Reis runter. »Meinen … Freund?« Ich muss noch mehr husten. »Alex ist nicht mein Freund. Er ist …«

Stella hebt fragend eine Augenbraue und sieht mich erwartungsvoll an. »Er ist was?«

Ich schlucke mehrmals, werde plötzlich ganz nervös bei dem Gedanken an Alex. Es fühlt sich noch total seltsam an, ihn als meinen Freund zu bezeichnen.

»Ich kann doch nicht Alex als Grund vorschieben, um mich mit Mum zu vertragen. Glaubst du etwa, sie wäre froh, wenn ich plötzlich einen Mann zum Abendessen mitbringe, wo sie doch sonst nichts mit meinen Affären zu tun haben wollte?«

»Bist du dir da sicher? Außerdem ist er doch dein Freund und keine Affäre, oder?«, fragt Stella eindringlich. Mit zu Schlitzen verengten Augen mustert sie mich. Mir wird ganz heiß. Kein Wunder, dass Louis ihr nicht standhalten kann. Wenn Stella jemanden so durchdringend ansieht, wird einem ganz anderes zu mute. Langsam nicke ich, weil mir die Worte fehlen. Denn es ist erschreckend, wie schnell mir Alex in der kurzen Zeit ans Herz gewachsen ist. Ich kann mir kaum noch vorstellen, ohne ihn einzuschlafen. Wenn er sich nachts in meine Arme kuschelt, schlafe ich wie ein Baby. Keine Albträume mehr. Keine Schlaflosigkeit. Ich bin so entspannt und ausgeruht wie schon lange nicht mehr.

»Außerdem war die ganze Sache damals ja wohl nicht meine Schuld. Ich verstehe nicht, warum Mum immer noch sauer auf mich ist«, versuche ich, vom Thema und von diesen seltsamen Gedanken in meinem Kopf abzulenken. Meine Schwester streicht sich den blau gefärbten Pony aus der Stirn und lehnt sich lässig in ihrem Stuhl zurück. Wenn man uns zusammen sieht, kann man die Ähnlichkeit kaum leugnen. Ihr langes Haar ist genauso blond wie meins und sie hat ebenfalls ein Faible für bunte Haare. Vor einiger Zeit waren ihre Haare komplett pink. Ich vermute, dass sie die Protagonisten aus irgendwelchen Anime Serien nachzumachen versucht.

»Warum nicht? Sie ist wegen des Skandals mit dem französischen Model immer noch nicht gut auf dich zu sprechen. Schon vergessen, wie lange die Reporter vor ihrem Haus gelauert haben, um ein Interview zu bekommen? Ich weiß immer noch nicht, wie Moms Adresse überhaupt an die Öffentlichkeit geraten ist.« Sie überlegt kurz. »Wie hieß das Model doch gleich? Annabelle?«

Genervt verdrehe ich die Augen.

»Angelique«, antworte ich. Meine Schwester hat genauso ein miserables Namensgedächtnis wie ich. »Das ist doch mindestens ein halbes Jahr her und ebenso wenig wahr, wie der ganze andere Mist, den die Presse über mich und die anderen Jungs verbreitet. Die Fans stehen nun mal auf solche Geschichten und das wissen die Medien nur zu gut. Mit solchen Storys lässt sich eine Menge Geld machen, auch wenn alles nur eine große Lüge ist. Die Boulevardpresse liebt es, jedes Gerücht aufzubauschen und es zu einer Riesenstory zu machen, die dann wochenlang im Fernsehen oder irgendwelchen Magazinen zerrissen wird, bis etwas noch Größeres kommt, auf das sie sich stürzen können. Nein, ich habe damals keine Drogen genommen und nein, ich habe Angelique nicht geschwängert und dann eiskalt abserviert. Das ist alles erfunden.«

In Wahrheit hatten wir ein paar Mal einvernehmlichen Sex, das war alles. Das Kind war von ihrem Manager, nicht von mir. Und sie hat auch nie versucht, es mir unterzuschieben, wie in den Medien berichtet wurde. Zum Glück haben sich die Gerüchte zerstreut, nachdem das Management von 5Minutes ein Statement abgegeben hat, dass ich während der angeblichen Zeugung gar nicht im Land gewesen bin. Selbst Fotos beweisen, dass ich zu dieser Zeit Urlaub auf Hawaii gemacht habe. Trotzdem war es lästig, sich durch den Hinterausgang aus der eigenen Wohnung zu schleichen, während Paparazzi und Reporter den Eingang belagert haben.

»Und? Was meinst du, Brüderchen?« Stella sieht mich erwartungsvoll an. Keine Ahnung, was ich von ihrer Idee halten soll. Es behagt mir nicht, Alex jetzt schon meiner Mutter vorzustellen. Sie kann meine wechselnden Affären nicht leiden und beschwert sich jedes Mal bei mir, wenn schon wieder irgendwas in dieser Richtung über mich in den Nachrichten auftaucht. Aber mit Alex ist es anders. Er ist anders. Schließlich führen wir eine Beziehung. Zwar nicht öffentlich, aber für mich ist es eine. Seitdem er hier ist, habe ich keinen Sex mehr mit irgendeinem Fan gehabt. Ich habe ja nicht einmal mit jemandem geflirtet, weil meine ganzen Gedanken nur um Alexander kreisen. Gut, so viele Gelegenheiten hatte ich dazu auch nicht, immerhin habe ich gerade so etwas wie Urlaub. Die Europatour ist vorbei und bis wir wieder Liveauftritte geben oder in irgendwelchen TV Shows auftreten, dauert es noch ein bisschen. Außerdem werden wir im Herbst unser neues Studioalbum aufnehmen. Der kreative Titel *5Minutes Only* kam von Matt, damit es zum aktuellen Album *Just 5Minutes* passt. Robert ist damit einverstanden und ich finde die Idee auch gar nicht übel. Schlicht, aber passend.

»Komm schon. Ich möchte ihn kennenlernen. Und vielleicht denken meine Freundinnen an der Uni dann, ich kenne Harry Styles, wenn ich ein Selfie mit deinem Alexander machen darf«, meint Stella aufgeregt.

»Ich weiß nicht so recht …« Laut meiner Mutter bin ich ihr zu flatterhaft, viel zu leichtsinnig und unbeständig. Sie kann es nicht lassen, mich bei unseren Telefonaten immer wieder zu ermahnen, mein Leben endlich ernster zu nehmen. Nur, weil ich reich und berühmt bin, heißt es keinesfalls, dass ich machen kann, was ich will. Ihre Meinung.

Ich dagegen will mein Leben in vollen Zügen genießen, solange ich die Gelegenheit dazu habe. Das Leben kann verdammt schnell vorbei sein. Von heute auf morgen. Das habe ich an meinem Dad gemerkt. Plötzlich war da dieses Auto auf der Gegenfahrbahn. Der Fahrer ist vom Weg abgekommen und mein Vater war zur falschen Zeit am falschen Ort. Es hätte genauso gut auch jeden anderen Menschen hier in London treffen können. Aber es ist mein Vater gewesen, der tot aus dem brennenden Autowrack gezogen wurde.

»Bitte, Ricky. Mum würde sich wirklich darüber freuen. Ganz sicher. Ich kann uns auch etwas Leckeres kochen. Was hältst du von Yakitori mit Soja-Sauce?«, bettelt meine Schwester und reißt mich damit aus meinen trüben Gedanken.

»Also schön, ich frage Alex später« Ich seufze. »Aber nur, wenn du ein ordentliches Steak machst. Dieses asiatische Zeug ist einfach nicht mein Fall.« Wenn sie mich so ansieht, kann ich ihr kaum einen Wunsch abschlagen. Außerdem weiß ich, dass jeder Widerstand zwecklos ist, denn Stella würde nicht lockerlassen, bis ich ihr nicht alles versprochen habe, was sie möchte.

»Super!« Jubelnd springt Stella auf und fliegt mir um den Hals, sodass ich selbst fast von meinem Stuhl kippe.

Die Wohnung liegt im Dunkeln, als ich die Tür leise hinter mir zuziehe. Ein Blick auf mein Handy sagt mir, dass es schon verdammt spät ist. Außerdem habe ich einen verpassten Anruf von Alex auf dem Display, den ich gar nicht bemerkt habe. Mist, hoffentlich ist er nicht sauer. Ich habe total die Zeit vergessen.

Auf Zehenspitzen schleiche ich durch die Wohnung und schiebe die Tür zum Schlafzimmer auf. Alex liegt in meinem Bett. Die Decke ist ihm vom Körper gerutscht und bedeckt nur noch seine Hüfte. Sein Anblick lässt mein Herz augenblicklich höherschlagen. Ich bleibe im Türrahmen stehen und beobachte, wie das schwache Licht, das durch das Fenster fällt, auf seiner makellosen Haut spielt. Verdammt, er ist so schön!

Alex bewegt sich leicht und dreht den Kopf in meine Richtung. Seine Schultern bewegen sich bei jedem Atemzug.

»Da bist du ja endlich«, murmelt er schlaftrunken. Ich erwache aus meiner Starre und gehe zum Bett rüber.

»Sorry, ich habe die Zeit vergessen«, entschuldige ich mich bei ihm, beuge mich über ihn und hauche ihm einen sanften Kuss in den Nacken. Erst einen, dann noch einen, bis ich gar nicht mehr von ihm ablassen kann. Alex stöhnt leise, als sich meine Zähne sanft in seine Haut bohren.

»Hast du mir etwa einen Knutschfleck verpasst?«, brummt Alex, klingt jedoch nicht wirklich zornig. Leise lachend lasse ich von ihm ab, setze mich auf die Bettkante und streiche mit den Fingern über die Stelle, an der morgen vermutlich ein roter Fleck zu sehen sein wird.

»Ich bin unschuldig«, meine ich. Gut, dass Alex mein Grinsen in der Dunkelheit nicht sehen kann. »Aber immer, wenn ich dich sehe, will ich dir meinen Stempel aufdrücken.«

Alex dreht sich zu mir und legt seine Arme um meinen Hals. Das Lächeln auf seinen Lippen kann ich nur schwach erkennen, doch ich weiß, dass es nur mir gilt. Mir schlägt das Herz bis zum Hals und alles in mir kribbelt in diesem Augenblick. *Meins* schreit es in mir. Dieser Mann gehört mir! Ich sinke zu Alex aufs Bett und verschließe seine Lippen mit einem Kuss.

7. They don't know about us (One Direction)

-Alex-

»Und du bist dir sicher, dass ich mitkommen soll?«, frage ich mit einem skeptischen Blick auf seinen schwarzen Ferrari. Scheiße, dieser Kerl hat tatsächlich einen Ferrari in der Tiefgarage seiner fünf Millionen Pfund teuren Wohnung stehen! Wer weiß, welche dieser Autos ihm noch gehören, denn hier ist nicht ein normaler Mittelklassewagen.

»Jep«, meint Rick grinsend und schiebt sich die Sonnenbrille auf der Nase zurecht. Dieser Kerl geht nirgendwo hin ohne dieses Ding. Langsam habe ich mich daran gewöhnt und ihn stört es auch nicht mehr so sehr, dass ich selbst eine trage. Zu Beginn war er selbst total genervt, weil er dadurch meine Augen nicht sehen konnte, was ich zuerst witzig fand. Nach unserem Streit sind wir jedoch übereingekommen, dass die Sonnenbrille unumgänglich ist, wenn wir nicht erkannt werden wollen. Zwar ist es nur ein sehr notdürftiger Schutz und es passiert trotzdem sehr häufig, dass Rick von Fans auf der Straße angesprochen wird. In diesen Situationen versuche ich immer, genug Abstand zu ihm zu bekommen, damit man uns beide nicht miteinander in Verbindung bringt. Es tut jedes Mal aufs Neue weh, obwohl ich gedacht habe, damit klarzukommen. In meinem Inneren weiß ich ja, dass es nun mal zu seinem Job gehört, mit seinen Fans zu reden und Selfies mit ihnen zu machen. Trotzdem ist da dieser Stachel namens Eifersucht in meiner Brust, der sich immer tiefer in mein Herz bohrt. Denn *wir* tun so, als würden wir uns nicht kennen, obwohl wir zusammen sind – und ich fürchte, auf Dauer werde *ich* nicht mehr so tun können, als wäre er mir völlig egal.

»Komm, jetzt steig schon ein. Ich wette du kannst es kaum erwarten, eine Spritztour zu machen.« Rick hält mir abwartend die Beifahrertür auf. Grinsend schüttele ich den Kopf.

»Du bist doch bescheuert.«

»Warum?« Richard zieht fragend die Augenbrauen hoch, was wegen der Brille ziemlich lustig aussieht. Ich deute mit der Hand auf sein Auto.

»Noch auffälliger geht's nicht, oder?«

Er zuckt mit den Schultern. »Ist das nicht normal für einen berühmten Superstar? Ich liebe schnelle Autos, Geld und schöne Frauen.« Bei dem letzten Wort zucke ich unweigerlich zusammen und auch Ricks Miene verdüstert sich für einen kurzen Moment. Rick macht bloß einen Scherz, das ist alles. Da sollte ich mich nicht so mies fühlen, wie ich es tue. Wir wissen beide, wie sehr er die Frauen geliebt hat. So sehr, dass er jede Nacht eine andere mit in sein Bett genommen hat. Aber diese Zeiten sind jetzt vorbei, oder?

Seufzend steige ich ins Auto, dann setzt sich auch Rick hinters Steuer.

»Ehrlich, du musst mich nicht mitnehmen«, sage ich noch einmal. »Wir wissen beide, dass … Nun …« Nervös sehe ich auf meine Hände und schlucke. Dass Rick mich plötzlich seiner Familie vorstellen will, überrascht mich wirklich. Nicht, dass es mich nicht unglaublich glücklich macht. Das tut es sogar sehr. Aber … wir sind noch gar nicht so lange zusammen und ich dachte, als er gesagt hat, er würde es vorerst nicht öffentlich machen, dass damit auch seine Familie eingeschlossen ist.

Seine Hand legt sich kurz auf mein Knie.

»Ich möchte aber«, sagt Rick mit ruhiger Stimme. Hinter der Brille kann ich seinen Blick nicht deuten. »Außerdem hat mich Stella so lange genervt, bis ich ihr versprochen habe, dich ihr vorzustellen.«

Überrascht reiße ich die Augen auf. »Deine Schwester will mich kennenlernen?«

»Jep. Sie ist schon ganz neugierig auf dich.« Er lacht auf und startet den Motor. Das Auto heult auf, dann verlassen wir die Tiefgarage.

»Aber … woher …? Hast du ihr etwa bereits von uns erzählt?«

»Stella bleibt nichts verborgen«, meint Rick und konzentriert sich auf den Straßenverkehr. »Ich habe nichts gesagt, sondern Louis. Jetzt ist sie natürlich total neugierig auf dich, vor allem, nachdem ich ihr dein Foto gezeigt habe.«

Ich werde rot. Rick hat tatsächlich ein Foto von mir? Ich habe gar nicht bemerkt, dass er eins gemacht hat. In meinem Magen rumort es. Alles kribbelt ganz seltsam in mir und mein Herz schlägt Purzelbäume. Weil Rick gesagt hat, dass wir zusammen sind. Genau deshalb will er mich seiner Familie vorstellen. Weil er eine Beziehung mit mir – Alexander Schneider – will. Nicht mit irgendeinem Supermodel oder einer erfolgreichen Schauspielerin. Mit mir, einem total normalen BWL-Studenten aus Köln! Dieser Gedanke ist immer noch etwas unwirklich, aber auch unglaublich aufregend.

Ich mustere ihn von der Seite. Sein Blick ist fest auf die Straße gerichtet, ein leichtes Lächeln umspielt seine Lippen und er summt leise den Song aus dem Radio mit. In diesem Moment liebe ich ihn noch ein bisschen mehr. Vorsichtig taste ich nach seiner Hand, die locker in seinem Schoß liegt. Rick dreht seine Hand und verflicht seine Finger mit meinen. Schweigend sitzen wir nebeneinander, während wir die Autobahn verlassen und auf eine Landstraße abbiegen. Seine Mutter wohnt in einem Haus in der Nähe von Leicester, wie Rick erzählt hat. Richard hat in den drei Wochen, in denen ich schon bei ihm bin, nicht sehr viel über seine Mutter gesprochen. Generell redet er wenig über sich selbst. Manchmal glaube ich, dass er neben der Musik nicht viel hat, was ihm wirklich etwas bedeutet. Nicht mal seine Mutter. Mit Stella trifft er sich ab und zu, aber ich glaube, er hält absichtlich Abstand zu ihr, um sie nicht in den Medienrummel hineinzuziehen.

Die letzten Wochen sind so schnell verflogen, dass ich nicht einmal weiß, wohin. Mir kommt es vor, als wäre ich schon immer hier gewesen. Natürlich vermisse ich Lisa und meine anderen Freunde, obwohl ich mit ihnen den Kontakt über WhatsApp halte. Irgendwann muss ich zurück, obwohl mich der Gedanke an den Abschied jetzt schon schmerzt. Aber bald beginnt das neue Semester und außerdem wird das Geld auf meinem Konto langsam knapp. Zwar sagt Richard immer wieder, dass ich nichts bezahlen muss, aber ich will ihm nicht auf der Tasche liegen, obwohl er genug Geld hat. Ich will nicht den Anschein erwecken, dass ich nur wegen der Kohle bei ihm bin. Ich liebe ihn, ganz einfach. Deshalb besorge ich wenigstens die Lebensmittel von meinem Geld, um für ihn zu kochen, wenn er nach seinen Terminen zurück in die Wohnung kommt. Zwar hat Rick gerade so etwas wie Urlaub, aber er trifft sich doch ab und zu mit seinem Manager oder mit den Jungs, um an neuen Songs für das Album zu arbeiten. Hin und wieder begleite ich ihn ins Studio und schaue den Jungs bei der Arbeit zu. Die stressige Zeit startet erst in ein paar Tagen, vorher wollen sie noch ein bisschen vorarbeiten, hat mir Rick erklärt.

Rick dreht das Radio lauter. Die Stille wird von den ersten Klängen von *Lucky girl* durchbrochen.

»Richtig geil«, entgegne ich begeistert. Wir grinsen uns an und Rick beginnt, die erste Strophe mitzusingen.

Es dauert noch eine Weile, bis wir endlich eine Wohnsiedlung erreichen. Rick parkt vor einem großen Einfamilienhaus am Ende der Straße. Neugierig mustere ich das Gebäude. Es ist aus rotem Stein, die Sträucher sind ordentlich gestutzt und rund um den Eingangsbereich gepflanzt. Rick stellt den Motor aus und holt tief Luft.

»Bereit, meiner Mum gegenüberzutreten?«, fragt er, wobei seine Stimme leicht bebt. Es scheint mir, als wäre er noch nervöser als ich. Vorsichtig lege ich meine Hand auf seine und drücke sie leicht.

»Ja, ich denke schon.«

»Wir können auch zurückfahren und uns auf dem Weg eine Pizza bestellen. Oder hättest du lieber Chinesisch?«

Grinsend schüttele ich den Kopf. »Was würde deine Mutter dazu sagen, wenn du einfach abhaust? Wir gehen da jetzt rein. Sicher hat sie etwas Tolles gekocht.« Ich lasse seine Hand wieder los und steige aus dem Auto, Rick folgt mir. Kurz darauf wird auch schon die Tür aufgerissen und eine junge Frau in einem etwas seltsamen Kleid stürmt aus dem Haus.

»Ricky!« Lachend fällt sie Rick um den Hals, sodass dieser ein paar Schritte rückwärts taumelt, ehe er ebenfalls die Arme um die Frau legt.

»Mensch Stella, jetzt tu doch nicht so, als hätten wir uns Jahrzehnte nicht gesehen. Schon vergessen, dass ich erst Anfang der Woche bei dir war?«

»Anfang der Woche? Das kommt mir schon wie eine Ewigkeit vor, Bruderherz!«, meint Stella theatralisch und kichert. Dann löst sie sich von ihrem Bruder und wendet sich mir zu. Ihr prüfender Blick gleitet über mich und macht mich noch nervöser, als ich es jetzt schon bin. Das ist also Ricks kleine Schwester, von der er schon oft erzählt hat. Was sie wohl über mich denkt und wen sie wohl erwartet hat?

Stella legt den Kopf schief und macht ein paar Schritte auf mich zu. Ihre blonden Zöpfe wippen bei jedem Schritt.

»Deine Schwester sieht aus wie eine Puppe«, platze ich heraus und werde augenblicklich rot. Erst blickt mich Stella verwirrt an, dann weiten sich ihre großen Augen und sie beginnt zu lachen. Aber ich habe recht, sie ist total niedlich. Das Make-Up und die Frisur – irgendwie erinnert sie mich an eine Porzellanpuppe. Das Kleid bestärkt meinen Eindruck. Es ist hellblau und ungefähr knielang. Auf den Puffärmeln und dem Rocksaum sind Rüschen angenäht. Außerdem trägt sie einen Petticoat unter dem weiten Rock, sodass sie ein wenig wie eine Prinzessin im Ballkleid aussieht.

Rick stöhnt auf. »Mann, Stella, ist das wieder eines deiner Cosplays?«

»Nein. Das Kleid habe ich vor kurzem selbst entworfen und genäht. Toll, oder?«, fragt sie stolz und dreht sich einmal im Kreis, sodass sich ihr Rock noch mehr bauscht.

»Du siehst toll aus«, sage ich ehrlich überrascht.

»Danke, Alex. Na wenigstens einer, der meine Arbeit zu würdigen weiß.« Sie zwinkert mir zu. »Und passt diese Farbe nicht wunderbar zu meinen Haaren?«

Ich mustere ihren blauen Pony und die blauen Strähnen, die sich zwischen den blonden Haaren durch die geflochtenen Zöpfe schlängeln, und nicke dann.

»Kommt. Wir sollten reingehen und nicht wie Ölgötzen vor der Tür stehen. Was sollen die Nachbarn denn von uns denken?« Kichernd geht sie voraus zur Tür, in der eine kleine, rundliche Frau steht und uns schweigend beobachtet. Sofort sinkt mein Herz in die Hose. Ricks Mutter.

Richard tritt zu ihr und nimmt seine Sonnenbrille ab.

»Hallo, Mum.«

»Richard.« Ihre Stimme ist ganz leise. Ein seltsamer Moment entsteht, in dem sich Mutter und Sohn nur ansehen. Aus einigem Abstand beobachte ich die beiden. Stella stellt sich neben mich und berührt leicht meinen Arm.

»Die beiden sind sich nicht ganz grün seit dem letzten Skandal. Der mit diesem Model. Amalié«, flüstert sie mir zu.

»Angelique«, korrigiere ich sie. Natürlich habe ich die Sache auf Twitter und in den News verfolgt, wie hätte ich auch nicht? Immerhin hat die ganze Welt geglaubt, dass Rick mit dieser Angelique ein Kind gezeugt hat.

Stella kichert. »Du bist wirklich ein großer Fan meines Bruders, stimmt's?«

Meine Wangen färben sich rosa und ich nicke langsam. Vielleicht war ich mal sein größter Fan – jetzt bin ich sein fester Freund. Er mag mich – und zeigt das in so vielen kleinen Gesten. Immer, wenn er denkt, ich würde schlafen, höre ich ihn zufrieden vor sich hin summen. Und er streichelt jedes Mal so sanft durch meine Haare, als hätte er Angst, ich könnte wie eine Seifenblase platzen.

»Alex, was stehst du da so rum? Komm her. Ich verspreche auch, dass Mum nicht beißt«, ruft Richard mir zu. Ich nehme meinen Mut zusammen und trete zu ihm und seiner Mutter, die mich neugierig mustert. Obwohl ich extra etwas Abstand zwischen Rick und mir lasse, scheut er sich nicht davor, seinen Arm um meine Schulter zu legen.

»Das ist Alexander. Er kommt aus Deutschland«, stellt er mich seiner Mutter vor. Schüchtern sehe ich sie an, während sie fragend eine Augenbraue hebt.

»Du bringst einen Fan zum Abendessen mit? Ich wusste nicht einmal, dass dich deine Fans wirklich groß kümmern.« Ihr Mund verzieht sich spöttisch. Anscheinend ist sie auf Ricks Image nicht so gut zu sprechen. Wundert mich nicht, bei dem, was die Presse ständig über die Jungs von 5Minutes berichtet. Nichtdestotrotz gibt es immer mehr Fans der Band und die Jungs werden immer erfolgreicher in der Musikbranche. Seitdem ich ihn jedoch näher kenne, glaube ich, dass nicht so viel an dem dran ist, was so berichtet wird. Rick hat sich mir von einer anderen, viel sensibleren Seite gezeigt, als ich je vermutet hätte.

»Mum …« Rick verdreht die Augen.

»Jetzt tust du ihm Unrecht, Mum«, mischt sich Stella ein. »Und wieso stehen wir noch vor der Tür? Lasst uns endlich reingehen.« Sie schiebt Rick von hinten die zwei Stufen hinauf. Seine Mutter macht uns Platz, damit wir das Haus betreten können.

»Was gibt's denn zum Abendessen?« Rick durchbricht das Schweigen zwischen uns. Ich fühle mich unwohl unter den prüfenden Blicken seiner Mutter. Ob sie ahnt, in welchem Verhältnis ich zu ihrem Sohn stehe?

»Ich habe etwas ganz Tolles gekocht«, verkündet Stella freudestrahlend.

»Etwa wieder eine deiner vielen Sushivarianten?«, erkundigt sich ihr Bruder bei ihr.

»Viel besser«, meint sie mit einem Zwinkern. Neugierig betrachte ich seine Schwester, die Rick wie einen kleinen Jungen an der Hand nimmt und durch den Flur führt. Ich folge den beiden. Hier riecht es bereits verführerisch. So langsam meldet sich der Hunger bei mir.

»Ich habe etwas Klassisches gekocht«, klärt mich Stella auf. »Es gibt Fish & Chips und als Nachtisch Apfelkuchen.«

»Stella ist eine verdammt gute Köchin, davon kannst du dich gleich selbst überzeugen. Sogar ihr Oko-Dingsbums schmeckt richtig super«, ergänzt Rick und schiebt einen Stuhl am Esstisch zurück, damit ich mich setzen kann.

»Okonmiyaki«, korrigiert ihn Stella.

»Whatever. Sie beschränkt sich überwiegend auf die asiatische Küche.« Rick zuckt mit den Schultern und setzt sich mir gegenüber, während sich Stella auf den freien Stuhl neben mich sinken lässt.

»Weil's total lecker ist. Du hast einfach keinen Geschmack, Bruderherz.«

Ricks Mutter kommt mit gefüllten Schüsseln aus der Küche.

»Greift zu«, fordert sie uns auf, nachdem sie das Essen vor uns abgestellt hat. »Stella hat genug für eine ganze Fußballmannschaft gekocht.«

»Damit ihr endlich mal etwas Ordentliches esst. Ich kenne meinen Bruder nur allzu gut. Wenn er auf Tour ist, gibt es Tage, an denen er vor lauter Arbeit gar nichts zu sich nimmt. Da muss er seinen Speicher auffüllen, wenn er frei hat.« Stella lädt Rick eine ordentliche Portion auf seinen Teller, ich bekomme dieselbe Menge. Keine Ahnung, ob ich so viel überhaupt aufessen kann.

»Ach, so schlimm ist es doch gar nicht. Du übertreibst mal wieder« Richard winkt ab und probiert einen Bissen. »Köstlich!«

»Du vergisst wegen dem Job noch deine Gesundheit«, tadelt ihn seine Mutter. Obwohl das Wiedersehen zwischen Mutter und Sohn nicht so herzlich ist, liegt nun Sorge in ihrer Stimme.

Sie seufzt. »Aber so bist du schon immer gewesen. Wenn du etwas liebst, bist du mit ganzem Herzen dabei und machst keine halben Sachen.« Ein sanfter Ausdruck legt sich auf ihr Gesicht, als sie Ricks Arm tätschelt. »Alexander, möchtest du etwas von dem Kartoffelsalat?«, wendet sie sich dann wieder an mich.

»Sehr gerne, danke.«

»Lou hat mir erzählt, dass du aus Deutschland kommst, also habe ich nach dem Rezept gegoogelt«, erklärt Stella achselzuckend. »Von Rick erfährt man ja sowieso nichts.«

»Weil dich mein Privatleben auch nichts angeht, Schwesterherz.«

»Über dein Privatleben erfährt man mehr aus den Nachrichten als von dir selbst, Richard. Da hat Stella schon recht«, meint seine Mutter kühl. Sie sieht auf den Fisch in ihrem Teller, von dem sie noch kaum etwas gegessen hat. Rick verdreht genervt die Augen.

»Mum. Davon ist nur die Hälfte wahr.«

»Ach ja? Was war denn mit diesem französischen Model vor einiger Zeit? Wie hieß sie doch gleich? Annett?«

»Angelique!«, sagen wir drei fast gleichzeitig und müssen plötzlich lachen. Selbst Ricks Mutter kann sich ein kleines Lächeln nicht verkneifen.

»Ja, ja. Angelique. Erzähl mir nicht, dass du bei dieser Sache ganz unschuldig gewesen bist.«

Rick kratzt sich verlegen am Hinterkopf. Anscheinend ist es ihm peinlich, vor mir über seine Affäre zu sprechen. Ich erinnere mich auch nicht gerne daran, mit wie vielen Frauen er im Bett gewesen ist. Dieser Gedanke schmerzt jedes Mal.

»War ich nicht«, gibt Rick zu. »Aber es war alles nur halb so wild. Die Presse hat das ziemlich aufgebauscht. Angelique und ich hatten bloß einvernehmlichen Sex, nichts weiter. Und das Kind ist auch nicht von mir. Keine Sorge, so schnell wirst du nicht Großmutter.« Ricks blaue Augen ruhen auf meinem Gesicht. Sein Blick ist warm und das sanfte Lächeln, das seine Lippen umspielt, geht mir unter die Haut. Ich verliere mich in seinen Augen, die mich so offen ansehen, als könnte ich mitten in sein Herz blicken und all das lesen, was er nicht ausspricht. Mein Herz macht einen Satz, als Rick kurz meine Hand berührt und mit dem Daumen über meinen Handrücken streicht. Seine Fingerkuppen sind rau vom Gitarre spielen und verursachen jedes Mal eine Gänsehaut, wenn er mich berührt. Grinsend zieht er seine Hand wieder zurück und widmet sich seinem Abendessen. Das sollte ich lieber auch tun, denn Ricks Mutter sieht mich wieder so merkwürdig an, als würde sie meine Gedanken lesen wollen. Unheimlich. Ganz sicher hat sie schon längst bemerkt, dass ich nicht nur ein *normaler* Freund bin.

»Du hast schon ziemlich lange niemanden mehr mit nach Hause gebracht …«, sagt sie schließlich, ohne mich aus den Augen zu lassen.

»Das liegt wohl daran, dass Ricky seit der letzten Tour auch nicht mehr hier gewesen ist, Mum«, antwortet Stella an Ricks Stelle. »Und irgendwelche Affären hat er sowieso noch nie mitgebracht.« Sie zwinkert mir zu, was mich erröten lässt.

»Übrigens. Tyler wird bald heiraten. Der Termin ist zu Weihnachten«, lenkt Rick vom Thema ab.

»Ehrlich? Der Wahnsinn!«, ruft Stella begeistert. Auch Richards Mutter sieht erfreut aus.

»Das ist wirklich schön für Tyler«, sagt sie.

»Bist du auch eingeladen?«, will seine Schwester von mir wissen. Ich zucke mit den Schultern und erröte leicht, weil Ricks Mutter mich nun ebenfalls neugierig ansieht. Zwar hat mir Rick schon vor Tagen von der Hochzeit erzählt, aber ob ich ihn einfach dahin begleiten kann, habe ich nicht gefragt. Es wäre sicher seltsam, einfach neben ihm auf so einem Event aufzutauchen.

»Alex würde im Anzug sicher umwerfend aussehen«, meint Rick mit einem geheimnisvollen Lächeln, hebt sein Glas und prostet mir zu.

Nachdem das Eis zwischen Rick und seiner Mutter gebrochen ist, läuft der restliche Abend richtig gut. Wir haben viel über Stellas Anekdoten aus dem Unialltag gelacht. Ricks kleine Schwester ist großartig! Sie ist mir vom ersten Moment an symphytisch gewesen. Mit ihrer fröhlichen Art hat sie ein bisschen Ähnlichkeit mit Lisa.

Rick hat ein wenig von der Europatour erzählt und sogar *Just one night* auf seiner alten Akustikgitarre vorgespielt, als seine Mutter ihn darum gebeten hat. Seine Stimme jagt mir jedes Mal einen Schauer über den Rücken, wenn ich ihm beim Singen zuhöre. Es ist etwas völlig anderes, ihn im Radio zu hören oder live, im Rahmen seiner Familie.

»Du tust meinem Bruder gut«, flüstert mir Stella zu, während Rick einen Song der Backstreet Boys anstimmt.

»Wie kommst du denn darauf?«, will ich überrascht wissen. Stella steht neben mir gegen den Türrahmen der Küche gelehnt, während Rick mit seiner Mutter immer noch im Wohnzimmer sitzt und singt.

»Seit Dads Tod hat sich mein Bruder ziemlich verändert. Er ist so … rastlos. Irgendwie kommt es mir so vor, als würde er Vollgas geben, um ja nichts in seinem Leben zu verpassen. Weißt du, was ich meine?«

Ich nicke. Sie legt mir die Hand auf den Arm.

»Dabei übersieht er ganz wichtige Dinge. Seine Freunde und seine Familie zum Beispiel. Ich glaube, du bist genau der Richtige, um meinen Bruder wieder auf die rechte Spur zu bringen. Er will es nicht zugeben, aber du bist ihm wirklich wichtig.«

»Danke«, murmele ich verlegen und sehe erneut zu Rick rüber. Er sieht wirklich entspannt aus. In der kurzen Zeit, in der ich bei ihm bin, habe ich eine ganz neue Seite von ihm kennengelernt. Diese neue Seite gefällt mir viel besser als die des erfolgreichen Frauenschwarms. Dieser neue Rick ist lustig und sanft und sensibel, so gar nicht der freche Bad Boy, der am laufenden Band Herzen bricht, der er nach außen hin vorgibt zu sein. Vermutlich ist wirklich alles nur Show, um das Image der Band zu pushen.

Rick ist der Bad Boy, Tyler mit seiner langjährigen, bodenständigen Beziehung zu Katy der Schwiegermutterliebling, Marc und Matt chaotische, aber liebenswerte Sonnyboys und Louis der geheimnisvolle Junge von nebenan.

Stella drückt mir noch ein paar schmutzige Teller in die Hände und geht zurück ins Wohnzimmer, um den Tisch weiter abzuräumen. Lächelnd bringe ich das Geschirr zur Spüle.

»Hey, du fleißiges Bienchen«, höre ich plötzlich Ricks Stimme leise neben meinem Ohr. Ich habe gar nicht bemerkt, wie er sich angeschlichen hat. Ein Schauer durchläuft mich, weil ich seinen Atem im Nacken spüre. Er steht so dicht hinter mir, dass kaum ein Blatt Papier mehr zwischen uns passen würde. Meine Atmung beschleunigt sich, mein Herzschlag nimmt das doppelte Tempo an.

»Jemand muss sich ja um den Abwasch kümmern«, entgegne ich. Seine Nähe bringt mich völlig aus dem Gleichgewicht.

»Wirklich fleißig«, brummt er und drückt mir einen kurzen Kuss auf den Hals. Seine Hände liegen locken an meinen Hüften. Er lässt mich kurz los, damit ich mich zu ihm umdrehen kann. Dann legt er seine Hände erneut um meine Taille. Sein Lächeln sorgt dafür, dass mein Bauch vor Freude zu kribbeln beginnt. Seufzend legt er seine Stirn gegen meine.

»Danke.«

»Wofür?«, will ich leise wissen.

»Dass du hier bist. Und für den schönen Abend.«

»Das ist nicht mein Verdienst.«

»In gewisser Weise schon. Wegen dir bin ich überhaupt hergekommen. Alleine hätte ich mich wohl noch lange nicht her getraut.«

»Du hättest doch auch Marc fragen können. Oder Louis«, überlege ich.

»Nein, Alexander Ich wollte dich mitnehmen.« Er sieht mich ernst an. Ich liebe es, wie er meinen Namen mit diesem sexy britischen Akzent ausspricht. »Du bist etwas Besonderes. Ehrlich, ich bin verdammt glücklich darüber, dass du verrückt genug gewesen bist, einfach hier aufzutauchen.«

Ich bemerke, wie sich seine glattrasierten Wangen rosa verfärben. Wow, Richard Clark wird tatsächlich rot, weil er mir so liebe Worte sagt. Mir wird ganz warm ums Herz.

»Wegen des Songs«, gestehe ich. »Als Lisa mir diesen Mitschnitt des Konzerts aus Glasgow auf YouTube gezeigt hat, kam es mir irgendwie so vor, als würdest du nur für mich singen. Ich wollte einfach wissen, ob es die Wahrheit gewesen ist«, erkläre ich und wende den Blick leicht ab, um ihm nicht länger in die Augen sehen zu müssen. Ein Fehler, wie sich herausstellt. So habe ich nämlich seine perfekt geschwungenen Lippen vor Augen, die zum Küssen einladen. Ich schlucke nervös. Rick leckt sich mit der Zunge über die Lippen und ich bekomme sofort weiche Knie. Zum Glück bin ich zwischen ihm und dem Spülbacken eingeklemmt, sodass ich nicht zu Boden gehen kann. Meinen Beinen vertraue ich gerade nicht wirklich.

»Da sieht man mal wieder, welche Anziehungskraft ich auf dich ausübe«, meint Rick, während sein Mund sich zu einem frechen Grinsen verzieht.

»Spinner. Bild dir bloß nichts ein«, widerspreche ich ihm, kann meine Augen jedoch nicht von seinem Mund lösen. Ricks Gesicht nähert sich meinem, sein Ausdruck wird weicher, dann küsst er mich endlich. Instinktiv schließe ich meine Augen und genieße den sanften Kuss. Unsere Lippen verschmelzen miteinander. Wärme breitet sich in mir aus und lässt meinen ganzen Körper kribbeln. Ich schlinge meine Arme um seinen Hals, ziehe ihn noch näher zu mir. Seine Zunge streicht sacht über meine Lippen und ich lasse sie nur zu gerne ein. Der Kuss wird leidenschaftlicher, wilder, beschleunigt meinen Puls. Mein Hirn schaltet sich völlig aus. Mir ist gerade total egal, dass wir im Haus seiner Mutter sind. Mir ist alles egal, solange er mich nur weiter so um den Verstand küsst.

Ricks Atmung geht stoßweise, er stöhnt in meinen Mund und schiebt gleichzeitig seine Hände unter mein Shirt. Ehe ich noch die Kontrolle über meinen Körper verliere, schiebe ich ihn bestimmend von mir. Hier ist ganz sicher nicht der richtige Ort für das, was ich jetzt gerne mit ihm tun würde. Rick denkt gar nicht daran, von mir abzulassen. Stattdessen senkt er den Kopf und küsst meinen Hals.

»Hey, das reicht jetzt«, sage ich leise kichernd.

»Schade«, brummt er, knabbert jedoch weiter an meiner empfindlichen Haut, was mir den Widerstand verdammt schwermacht. Dieser Kerl macht mich willenlos. Ich lege den Kopf in den Nacken, um seine Küsse noch besser spüren zu können. Meine Augen schweifen durch den Raum und plötzlich sehe ich seine Mutter im Türrahmen stehen. Augenblicklich erstarre ich. Rick spürt es und lässt on mir ab. Langsam dreht er sich um.

»Lasst euch nicht stören«, sagt seine Mutter wider Erwarten, lächelt uns an und verschwindet wieder. Mit glühenden Wangen sehe ich erst überrascht zur Tür, wo eben noch Richards Mutter gestanden hat, dann zu meinem Freund.

»Hat sie gar nichts dagegen, dass du mit einem Mann …?« Ich stocke abrupt, spreche den Rest nicht aus, weil ich Angst habe, etwas Falsches zu sagen. Rick schüttelt den Kopf.

»Sie hat etwas gegen meine Affären, aber nicht gegen das Geschlecht meines Partners. Außerdem glaube ich, dass dich Mum mag.« Er zwinkert mir zu. Zwar hat er das Wort Beziehung gegenüber seiner Mutter nicht fallen gelassen, doch seine Gesten und Blicke haben deutlich gezeigt, wie viel ich ihm bedeute. Seine Worte lassen mein Herz vor Freunde hüpfen. Ich lehne mich vor und lege meinen Kopf an seine Schulter. Bei ihm zu sein, fühlt sich gerade verdammt gut an. Als gehörten wir beide genau hierher. »Ich liebe dich«, murmele ich leise gegen sein Shirt. Rick verspannt sich kurz, dann drückt er mich noch fester an sich.

Als wir wieder in Richards Auto sitzen, ist es bereits dunkel und auf den Straßen nichts mehr los. Im Radio läuft leise das aktuelle Album von 5Minutes. Müde lehne ich meinen Kopf gegen die Rückenlehne und summe leise bei *Lucky girl* mit.

»Verrückt, dass du deine eigene Musik hörst«, stelle ich erstaunt fest.

»Weil unsere Musik einfach super ist«, antwortet Rick schmunzelnd. Ich muss lachen.

»Eingebildet bist du nicht, oder?«

»Vielleicht ein bisschen«, gibt er zu und legt seine freie Hand auf mein Knie. Sanft streichelt er meinen Oberschenkel hinauf, was mir einen warmen Schauer beschert.

Ich beiße mir auf die Unterlippe und kralle die Hände in die Sitzfläche, als sich seine Hand plötzlich in meinen Schritt legt.

»Finger weg. Konzentrier dich lieber auf die Straße. Ich will nicht im Graben landen«, presse ich mühsam hervor, darum bemüht, meine Erregung unter Kontrolle zu bringen. Richard lacht leise, ehe er ruckartig das Lenkrad herumreißt. Ich schreie erschrocken auf. Die Reifen quietschen, dann kommt der Wagen am Straßenrand zum Stehen.

»Gott, Rick, hast du sie noch alle?!« Der Schreck steckt mir noch in den Knochen, als sich Rick über die Mittelkonsole beugt und mir einen harten Kuss auf den Mund drückt. Seine Zunge schiebt sich zwischen meine Lippen, lässt mich überrascht keuchen. Die Starre fällt langsam von mir ab und ich erwidere seinen stürmischen Kuss so lange, bis mir die Luft wegbleibt.

»Sorry, aber das wollte ich schon immer mal machen«, erklärt er mir.

»Was denn? Mich zu Tode erschrecken?«, frage ich ihn skeptisch und bringe ein wenig Abstand zwischen uns.

»Nein.« Erneut küsst er mich, dieses Mal sanfter. Seine Hände streichen über meine Arme, seine Zunge jagt warme Schauer über meinen Körper, lässt mein Blut kochen.

»Mh … Rick … wollen wir nicht … weiterfahren?«, presse ich zwischen einzelnen Küssen hervor.

»Warum? Gefällt es dir etwa nicht?«

»Doch … schon …«

»Aber?« Er hebt fragend eine Augenbraue.

»Wir sind hier …« Ich drehe meinen Kopf und sehe kurz aus dem Fenster. »Irgendwo mitten in der Pampa.« Neben mir verläuft die Hauptstraße, vor uns ist ein kleines Waldstück und auf der anderen Seite erstreckt sich ein weites Maisfeld. Unsicher sehe ich in seine blauen Augen, die trotz der schwachen Innenbeleuchtung des Wagens funkeln.

»Na und? Hast du etwa Angst, dass plötzlich jemand aus dem Busch springt und dich erschreckt? Es ist mitten in der Nacht, hier ist keine Menschenseele. Aber wenn es dir nicht versteckt genug ist, könnte ich dir auch den Sherwood Forest zeigen«, schlägt er schmunzelnd vor. Meine Augen weiten sich überrascht.

»Ist der nicht viel zu weit weg?«

»Keine Ahnung. Vielleicht so zweihundert Meilen?« Er zuckt mit den Schultern.

Meine Augen weiten sich noch mehr. »Bist du bescheuert? Du willst zweihundert Meilen bis zum Sherwood Forest fahren, nur, um mit mir zu vögeln?«

Rick lacht auf, weil ich vermutlich ein ziemlich blödes Gesicht mache. Aber, hallo? Ist er noch ganz dicht?

»Um mit dir zu vögeln, würde ich nicht nur zweihundert Meilen fahren, glaub mir. Ich bin schon den ganzen Abend verdammt scharf auf dich. « Er klopft mit der Hand auf das Lenkrad. Dann wird sein Blick eindringlich. »Wirklich. Wenn du fahren willst, fahren wir. Die Frage ist jedoch, ob du es noch so lange aushältst.« Er legt seine Hand an meine Wange. Von der wilden Leidenschaft ist nichts mehr zu spüren, seine Berührungen sind nun sanft. Sein intensiver Blick schnürt mir die Kehle zu und lässt alle meine Bedenken verpuffen. In diesem Moment ist mir scheißegal, dass wir irgendwo am Straßenrand stehen. Selbst die Lichter der vorbeifahrenden Autos machen mir nichts aus. Alles, was ich in diesem Augenblick will, ist, diesem Mann so nah wie möglich zu sein.

Meinerseits lege ich meine Hände an seine Wangen, ziehe ihn zu mir heran, um ihn zu küssen.

»Ich brauche den Sherwood Forest nicht. Mir eicht dein Bett«, sage ich zu ihm. Rick nickt wissend und startet das Auto erneut.

8. Secrets (OneRepublic)

-Rick-

»Willkommen zur heutigen Sendung von Sam's Questions & Answers. Ich bin Samantha Ray und meine heutigen Gäste sind ...«, ruft die Moderatorin ins Mikrofon. Das Publikum im Studio jubelt und es ist so laut, dass Samantha eine Pause einlegt, ehe sie weiterspricht. »Ihr habt lange auf diesen Moment gewartet und nun sind sie endlich hier! Begrüßt mit mir Tyler Ross!« Die Scheinwerfer schwenken durch den Raum und der Spot konzentriert sich auf Tyler, der der Menge kurz zuwinkt, bevor das Licht wieder rüber zu Samantha schwingt und uns andere erneut in tiefe Dunkelheit taucht.

»Matthew Philipps!« Der Spot richtet sich auf Matt.

»Hallo Leute!«, ruft er und wirft die Hände in die Luft.

»Marc Hall!« Marc grinst in die Kamera, die sich auf ihn richtet und wirft seinen Fans einen Luftkuss zu.

»Ladies!« Seine Stimme klingt dabei besonders sinnlich und ich kann mir ein Lachen gerade noch so verkneifen.

»Louis Adams!« Der Lichtkegel schwenkt rüber zu Lou, der zwischen Marc und mir sitzt. Lässig lehnt er sich auf dem Sofa nach hinten und schenkt der Menge ein geheimnisvolles Lächeln. Das ist einfach typisch Louis.

»Und zu guter Letzt«, Sam macht noch eine dramatische Pause, während das Licht kurz über meine Freunde huscht. Das Publikum wird lauter und die Kameras im Studio werden nochmals neu ausgerichtet. »Richard Clark!«

Als der Scheinwerfer auf mich gerichtet wird, springe ich vom Sofa auf. Das Licht blendet mich, doch ich lasse mir nichts anmerken. Grinsend sehe ich in die Kamera vor mir, die nun eine Nahaufnahme macht. In diesem Moment sitzen Millionen von Fans vor den Fernsehern und sehen sich die Liveübertragung unseres Interviews an. Alex ist einer davon. Er war heute Nachmittag ganz aufgeregt wegen des Interviews. Mitkommen durfte er nicht, das hat Robert nicht zugelassen. Aber er wird das Interview auf keinen Fall verpassen und es sich in meinem Wohnzimmer ansehen. Wenn ich daran denke, wie er gerade auf dem Sofa sitzt, mit vor Aufregung geröteten Wangen und glänzenden Augen, beginnt mein Herz schneller zu schlagen. Ich liebe seine fast schon kindliche Freude, wenn es um die Band geht.

»*I'll always remember this night, the way you look at me. Your smile, your kiss, your touch – incredible!*«, begrüße ich unsere Fans mit einigen Zeilen von *Just one night.* Die Menge jubelt so laut, dass sich Sam lachend die Ohren zuhält. »In diesem Sinne: Hallo Leute! Wir freuen uns, hier sein zu dürfen!«

Begleitet von tosendem Applaus setze ich mich wieder neben Louis auf das Sofa. Samantha kommt zu uns und nimmt in einem Sessel schräg vor uns Platz, damit sie uns sowie das Publikum und die Kameras im Blick hat. Unser Urlaub ist vorbei. Jetzt heißt es wieder arbeiten. Fernsehauftritte, Interviews, Autogrammstunden und Aufnahmen für das neue Studioalbum. Wie ich das liebe!

Ich lasse meinen Blick durchs Studio gleiten. Durch die ganzen Scheinwerfer vor uns kann ich die Zuschauer nur vage erkennen. Die Mitarbeiter der Show huschen hinter den Kulissen hin und her, schieben die Kameras durch die Gegend oder stellen irgendwas am Sound ein. Irgendwo hinter Sam steht Robert mit über der Brust verschränkten

Armen und beobachtet unseren TV-Auftritt mit Argusaugen. Auf der Hinfahrt hat er uns immer wieder gepredigt, wie wichtig diese Show für unsere Karriere ist und wie lange wir auf diese Chance, zu Sam eingeladen zu werden, warten mussten. Diesen Auftritt dürfen wir nicht versauen, denn es sehen uns Millionen von Menschen auf der ganzen Welt zu. Nicht nur im TV, sondern auch per Livestream im Netz. Sam's Questions & Answers ist eine der beliebtesten Talkshows. Wer hier auftreten darf, gehört zu den ganz großen Stars im Showbiz. Wir hatten echt Glück, dass Rob es geschafft hat, uns den Auftritt bei Samantha so kurzfristig zu organisieren.

»Ach, Jungs. Ich freue mich sehr, euch persönlich kennenzulernen, weil ich ein großer Fan von euch bin«, beginnt Sam das Gespräch. Um ihre perfekt geschminkten Lippen liegt ein Lächeln, das gestellt wirkt. Vermutlich mag sie unsere Musik nicht wirklich, aber das wird sie nicht zugeben. Es ist ihr Job, dieses Interview professionell durchzuführen.

Samantha wendet sich ans Publikum. »Seid ihr auch so gespannt wie ich?« Die Menge tobt und klatscht. Einige Pfiffe ertönen.

»Wir freuen uns auch, hier sein zu dürfen«, beantwortet Tyler ihre Frage. Er lächelt die Moderatorin liebenswert an. Tyler ist der Besonnene von uns. Er verkörpert den Bandvater, obwohl ich der ältere von uns bin.

»Es ist eine große Ehre für uns, heute die Fragen der Fans beantworten zu dürfen«, ergänzt Louis. Seine Stimme klingt fest und ich spüre keine Spur von Nervosität bei ihm. Sehr gut. Lou verliert schnell die Nerven, wenn er viele Fragen live beantworten muss. Er mag es nicht, wenn sich alle auf ihn fixieren.

»Sehr schön. Dann wollen wir eure Fans nicht mehr so lange auf die Folter spannen und direkt mit der ersten Frage starten. Lange haben wir die Fans in unserem Onlineportal abstimmen lassen und es sind sehr viele Fragen zusammengekommen, von denen ich mir einige für die Sendung herausgesucht habe. Vorab: Was meint ihr, wer zum Publikumsliebling gewählt wurde?« Sie zwinkert verschwörerisch.

»Das wäre dann wohl ich«, meint Matt grinsend.

»Knapp daneben«, klärt uns Sam auf. Ein Tusch ertönt. »Es ist Louis, ganz dicht gefolgt von Rick.« Das Publikum klatscht und jubelt.

»Och Mensch! Das ist unfair«, mault Matt in gespielt beleidigtem Ton.

»Kann nun mal nicht jeder so niedlich sein wie unser Lou«, sagt Tyler lachend und stößt Matt mit dem Ellenbogen in die Seite. »Damit musst du dich eben abfinden.«

Matt verzieht sein Gesicht zu einer Grimasse, dann lacht er ebenfalls.

»Gegen unser Küken können wir wohl alle einstecken«, verkündet Marc in sein Mikrofon. Dann legt er Louis den Arm um die Schulter und zieht ihn so ruckartig zu sich, dass Louis vor Schreck beinahe mit dem Gesicht in seinem Schoß gelandet wäre. »Diesen niedlichen Kulleraugen kann selbst ich nicht widerstehen.«

Louis versteift sich augenblicklich, als Marc ihm durch das Haar wuschelt. Seine Wangen röten sich und er senkt den Kopf so weit, dass ihm der lange Pony ins Gesicht fällt und seine Augen verdeckt. Ich merke, wie peinlich es ihm ist, von Marc vor laufender Kamera so auf den Arm genommen zu werden. Oder ist es doch etwas anderes? Besorgt mustere ich Louis, der immer noch stocksteif neben Marc sitzt und kaum zu atmen wagt, während Marcs Arm nun locker um dessen Schulter liegt. Mein bester Freund hat sich längst den anderen zugewandt und lacht mit ihnen über seinen Scherz, aber Louis ist wie erstarrt. Irgendwas stimmt nicht mit Lou und das bereitet mir Sorgen. Er reagiert doch sonst nicht so seltsam auf Berührungen.

»Nachdem wir das geklärt haben und ich meinen Beliebtheitsrang an Louis abtreten musste, sollten wir die Fans vielleicht nicht so lange auf die Folter spannen. Ich würde vorschlagen, mit den Fragen weiterzumachen«, beginne ich das Gespräch, um von Louis abzulenken. Sofort richten sich die Kameras und die Blicke der anderen auf mich. Sehr gut. Ich nicke Lou leicht zu, was er zu bemerken scheint. Zwar wirkt er immer noch angespannt, kann sich aber aus der unfreiwilligen Umarmung lösen.

»Richtig«, lenkt die Moderatorin mit einem entschuldigenden Lächeln ein. »Bei euch hübschen Jungs bin ich doch glatt vom Thema abgekommen.« Sie nimmt ihre Karteikarten zur Hand, auf denen die Interviewfragen abgedruckt sind. »Gehen wir zu den Anfängen von 5Minutes zurück. Als ihr Jungs bei der Castingshow mitgemacht habt, kanntet ihr euch nicht. Nun seid ihr die besten Freunde. War es schwer, euch zusammenzuraufen?«

»Eigentlich nicht«, antwortet Matthew. »Wir sind normale Jungs, die die Musik über alles lieben. Dadurch hatten wir schon zu Beginn einen tollen Draht zueinander. Es war quasi Liebe auf den ersten Blick.«

»Oder auf den ersten Ton, wie man es nimmt. Wir hatten zu Beginn der Show durch die Musik etwas gemeinsam, was uns angetrieben hat«, ergänzt Tyler.

»Das klingt ja wirklich super, Jungs. Habt ihr musikalische Vorbilder oder Bands, denen ihr nacheifern wolltet, als ihr bei der Show mitgemacht habt?«

»Also unser Lou steht total auf One Direction. Vor allem Harry hat's ihm total angetan«, scherzt Marc. Louis sieht ihn grimmig an.

»Na und? Harry ist ein toller Musiker«, kontert Louis und verschränkt beleidigt die Arme vor der Brust.

»Ich war damals ein riesiger Fan von Blue«, lenke ich Sams Aufmerksamkeit wieder auf mich.

»Oh ja!«, ruft Samantha begeistert. »Deine Performance damals war einfach der Wahnsinn. Ich glaube, da spreche ich wohl nicht nur für mich, sondern für all die anderen Fans da draußen. Sicher kann sich noch jeder an deine Interpretation von *Breathe easy* erinnern.« Sam macht mit der Hand eine Geste ins Publikum und erneut ertönt lautes Klatschen. Louis schenkt mir ein dankbares Lächeln, weil ich ihn vor einer Diskussion mit Marc gerettet habe. Ich weiß nur zu gut, wie gern sich mein bester Freund einen Spaß daraus macht, unser Küken aufzuziehen. Vor laufender Kamera wäre das jedoch ziemlich unprofessionell.

»Also -« Sam räuspert sich und schaut auf eine ihrer Karteikarten. »Euer Bandname ist weltweit bekannt und sorgt immer wieder für Schlagzeilen. Wenn die Fans 5Minutes hören, drehen sie regelrecht durch. Da ihr eine Castingband seid, würde es mich interessieren, ob ihr euch den Namen selbst aussuchen durftet oder ob er für euch festgelegt wurde. Wie kam es zu dem Namen und was bedeutet er?«

»Das ist ganz einfach«, ergreift Matt das Wort. »Wir sind fünf ganz unterschiedliche Jungs. Aber zusammen sind wir super und fünf Minuten reichen, um jeden davon zu überzeugen.«

»Die Idee kam von mir. Ich fand es einfach passend, so wie Marc es eben schon erklärt hat. Fünf Jungs in fünf Minuten, wer wünscht sich das nicht?« Ich grinse und pieke Louis neckisch mit dem Zeigefinger in die Wange. »Obwohl, wenn ich so darüber nachdenke: *The Bananas* wäre doch auch ein guter Bandname, oder was meint ihr, Jungs?«, frage ich dann in die Runde, nachdem ich noch einen kurzen Blick auf Lous Shirt geworfen habe. Unser Küken trägt hauptsächlich schwarze Kleidung, mit Ausnahme einiger Bandshirts und Shirts mit seinem Lieblingsobst. Er ist sogar der Einzige von uns, der das Shirt mit unserem Logo die ganze Tour über getragen hat. Heute trägt er ausnahmsweise ein gelbes Shirt mit zwei Bananen und der Aufschrift *Let's go Bananas*. Würde also wirklich passen.

Louis kichert, während Tyler und Samantha in schallendes Gelächter ausbrechen.

»Ba-Na-Na«, imitiert Matthew lachend die Minions, während Marc bloß den Kopf schüttelt.

»Du stehst wohl auf Bananen, oder, Louis?«, fragt ihn die Moderatorin, nachdem sie sich wieder beruhigt hat.

»Jep, weil Bananen toll sind. Und gesund«, antwortet er mit einem strahlenden Lächeln. Wie schnell sich seine

Laune heben kann, ist unglaublich. Lou ist immer noch ein wenig das Kind, das er damals gewesen ist, als wir uns kennengelernt haben.

»Na ja«, startet Sam gedehnt einen neuen Versuch, uns wieder auf ihre eigentlichen Fragen aufmerksam zu machen, »eure Europatour ist nun vorbei und wir alle wissen, wie erfolgreich sie war. Einen ganz besonderen Song haben die Fans leider erst bei den letzten beiden Konzerten zu hören bekommen. Ihr wisst genau, welches Lied ich meine, oder?« Sie richtet die Frage an die Livezuschauer, die gleich zu jubeln beginnen und den Titel wie aus einem Mund rufen.

»Richtig, ich rede natürlich von *Just one night.* Was hat dich dazu bewogen, dieses Lied zu schreiben, Rick? Auf den Social Media Plattformen, vor allem auf Twitter, kursieren die wildesten Theorien zu diesem Lied. Jetzt wollen wir es wissen: Verbindest du womöglich eine ganz persönliche Erinnerung mit dem Song?« Samantha sieht mich eindringlich an. Mit dieser Frage habe ich nicht gerechnet, da wir vorab eine Liste mit den Interviewfragen bekommen haben, die wir mit Robert vor dem Interview einmal durchgegangen sind. Habe ich diese Frage überlesen? Sogleich beschleunigt sich mein Herzschlag, weil ich unweigerlich an Alex denken muss. Hätte ich ihn nicht getroffen, wäre dieser Song gar nicht erst entstanden.

»Tja …« Marc wackelt vielsagend mit den Augenbrauen.

»Kann schon sein«, gebe ich zu und kratze mich verlegen am Hinterkopf.

»Also hast du jemand Bestimmten, der dich inspiriert?«, hakt die Moderatorin nun ziemlich neugierig nach. Oje, jetzt wird's brenzlig. Ich kann jetzt wohl kaum vor der ganzen Welt eröffnen, dass ich gerade in einer … für mich selbst noch ganz frischen Beziehung zu einem Mann stecke.

»Ähm … also …« Ich überlege fieberhaft, was für eine Lüge ich der Moderatorin auftischen könnte, und hasse mich dafür, Alex jetzt verleugnen zu müssen. Doch der kurze Blick zu Robert macht mir deutlich, dass unser Manager nicht erfreut über den Verlauf des Interviews ist. Erst die kleine Streiterei zwischen Louis und Marc, jetzt noch Anspielungen auf mein Liebesleben … »Ich habe niemand Bestimmtes. Es geht in dem Song um allgemeine Erfahrungen. Ihr kennt mich ja, ich bin kein Engel.« Ich lache gekünstelt und zwinkere Sam – wie ich hoffe – gespielt verführerisch zu.

»Das stimmt, wir kennen dich nur zu gut. Rick, der Frauenmagnet. Doch in letzter Zeit ist es ziemlich ruhig um dich geworden. Es tauchen kaum noch Bilder von dir und deinen neusten Errungenschaften auf.«

Errungenschaften? Gott, das klingt total abgedroschen und gar nicht nach mir. Zumindest nicht nach meinem jetzigen Ich.

»Dafür sind nun Aussagen von Fans aufgetaucht, dass du mehrmals mit ein und demselben jungen Mann gesehen wurdest. In der Stadt, im Café …«

Ihre Worte versetzen mir einen derben Dämpfer. Fuck! Woher hat Sam diese Informationen? Sind etwa Fotos von Alex und mir aufgetaucht? Dabei habe ich wirklich versucht, vorsichtig zu sein. Wir haben uns in der Öffentlichkeit – bis auf meinen Aussetzer im Park – nicht berührt und so getan, als wären wir einfach Bekannte.

Ich schlucke hart. Auf so eine Frage bin ich wirklich nicht vorbereitet gewesen. Rob hat uns alle Fragen zur Verfügung gestellt, die er mit Samantha im Vorfeld abgesprochen hat. Diese gehörte definitiv nicht dazu! Wenn sich Sam nicht an die Regeln hält, kann es sie ein Bußgeld kosten, wenn das Label gegen sie vorgeht.

Auch die anderen Jungs werden merklich nervös. Louis rutscht unruhig auf seinem Platz herum, Marc versteift sich leicht. Selbst Matt strafft seinen Rücken und nimmt eine angespannte Haltung an. Wir alle wissen genau, was es bedeuten könnte, wenn einer von uns offiziell eine Beziehung zu einem anderen Mann eingeht. Laut Robert wäre es das Karriereaus für die Band. Das Label würde keine homosexuellen Musiker dulden, da dadurch mit einem Einbruch der Verkaufszahlen zu rechnen ist. Unsere Fans sind fast ausschließlich junge Frauen, die davon träumen, an unserer Seite sein zu können. Würde sich einer von uns offiziell zu einem Mann bekennen, gäbe es ein riesiges Drama.

»Kannst du uns etwas Genaueres zu diesem geheimnisvollen Fremden sagen?«

Zu allem Übel wird nun sogar ein Bild von Alex und mir auf die große Leinwand hinter uns projiziert, auf der bisher unser Bandlogo zu sehen war. Riesengroß sehe ich Alex vor mir. Wie er mich anlacht und ich sein Lachen erwidere. Wir tragen beide Sonnenbrillen. Ich habe sogar die Kapuze meines Hoodies tief ins Gesicht gezogen, sodass ich der

Meinung gewesen bin, mich würde niemand erkennen. Falsch gedacht.

Das Bild ist gestochen scharf und obwohl wir in einem gewissen Abstand zueinander stehen, spüre ich die Spannung zwischen uns. Selbst auf einem Foto! Alex' Lächeln ist so atemberaubend, dass mir kurz die Luft wegbleibt. Es liegt so viel Gefühl in seinem Gesicht. Mein Puls beschleunigt sich, mir bricht der Schweiß aus. Noch ein Blick zu Robert zeigt mir, dass unser Manager mit Selbstbeherrschung ringt. Verdammter Mist! Wie soll ich denn da wieder rauskommen? Dieses Foto ist auf den ersten Blick harmlos, doch auf den zweiten …

»Willst du deinen Fans denn gar nicht mitteilen, wer dieser hübsche junge Mann ist?«, bohrt Samantha noch tiefer in der Wunde. Unsicher sehe ich direkt in die Kameras, die alle auf mich fixiert sind, bete stumm darum, dass Alex mir verzeiht, wenn ich ihn so offensichtlich verleugne.

»Das ist …«, beginne ich stockend und räuspere mich. Meine Stimme klingt dünn, als wäre es nicht meine eigene.

»Das ist ein früherer Schulfreund, der aus Deutschland zu Besuch hier ist«, kommt mir Marc zur Hilfe.

»Richtig. Rick hat schon viel von ihm erzählt«, meint nun auch Tyler. »Ist er nicht vor Jahren mit seinen Eltern ausgewandert?«

»Ja, ist er. Aber wir sind Freunde geblieben und er hat gerade Semesterferien, weshalb wir uns mal wieder treffen wollten«, bestätige ich diese offensichtliche Lüge. Ich fühle mich total unwohl dabei und vermutlich werde ich Alex später nicht in die Augen sehen können. Er wird enttäuscht sein, auch wenn er versuchen wird, sich nichts anmerken zu lassen. Kann ich von einer Beziehung reden und ihn dann in der Öffentlichkeit wie Luft behandeln? Das ist ihm gegenüber nicht fair, versteckt zu werden hat er nicht verdient. Trotzdem tue ich genau das. Aber ich traue mich einfach nicht, die Bombe so plötzlich platzen zu lassen, ohne dass irgendwelche PR-wirksamen Vorkehrungen getroffen wurden. Irgendwann muss ich mit der Wahrheit rausrücken. Wer weiß, wie lange wir beide dieses Versteckspiel spielen können. Aber jetzt, so unvorbereitet in einem Interview, ist definitiv nicht der richtige Zeitpunkt.

»Oh!«, kommt es überrascht von Samantha. »Ein alter Schulfreund? Das klingt … interessant.« Sie klingt enttäuscht, als hätte sie sich etwas anderes erhofft.

»Das ist eben eine wahre Männerfreundschaft«, erklärt Matt mit einem einnehmenden Lächeln.

»Vermutlich hast du recht.« Sie kichert und erwidert Matts Blick einen Moment länger als nötig. Ich atme erleichtert aus, froh, so glimpflich gekommen zu sein.

»Wenn wir schon beim Thema Freundschaft und Beziehungen sind.« Die Moderatorin macht eine bedeutungsvolle Pause, ehe sie Marc anschaut. »Seit Neustem bist auch du in festen Händen. Es gibt einige Fotos in den sozialen Medien, die euch zusammen zeigen, während du selbst hast dich noch nicht öffentlich zu deiner Beziehung mit dem Newcomer-Model Christine Walsh geäußert. Was ist an dem Gerücht dran, dass sie bereits ein Kind von dir erwartet?«

Sams Worte verklingen. Plötzlich wird es ganz still im Studio. Nicht nur ich starre Marc völlig überrascht an.

Auch die anderen sind nicht minder verwirrt. Dass er eine Beziehung mit Christine eingegangen ist, wusste ich ja. Aber dass er ein Kid mit ihr gezeugt haben könnte, kann ich mir einfach nicht vorstellen. Marc, der jedem Rock hinterherschaut, solange er nur kurz genug ist, soll über eine Familie nachdenken? Wie passt das zusammen? Oder ist alles nur ein großes Missverständnis wie damals bei mir und Angelique?

Marc schweigt. Er hat die Lippen zu einem Strich zusammengepresst, sein Gesicht ist verschlossen und abweisend. Sam geht eindeutig zu weit mit ihren Fragen. Ein Blick zu Robert macht deutlich, dass ich recht habe. Unser Manager hängt bereits am Telefon, vermutlich, um irgendwas in die Wege zu leiten, um das Ganze zu beenden.

»Marc, was sagst du zu diesen Gerüchten? Ist dieses Kind von dir?«

Marc umklammert sein Mikrofon fester, bis die Fingerknöchel weiß hervortreten. Ich merke, wie er sich anspannt. Er schweigt immer noch.

»Marc … bekommt Christine tatsächlich ein Kind von dir?«, höre ich Louis plötzlich leise neben mir flüstern. Er ist kreidebleich im Gesicht und seine Hände zittern, weshalb er sie in den Stoff seiner Jeans krallt. Mit weit aufgerissenen Augen starrt er Marc an, der merklich mit sich ringt. Dann hebt er endlich sein Mikrofon an die Lippen.

»Sorry, aber zu diesem Thema werde ich mich nicht äußern«, sagt er mit fester Stimme. Samantha zieht einen Schmollmund.

»Ach komm schon Marc, wir sind alle so neugierig. Du warst immer so ein Womanizer und plötzlich hast du eine feste Beziehung? Das ist alles sehr mysteriös, findet ihr nicht auch?«

Das Publikum ruft durcheinander und klatscht bestätigend. Ich sehe zu unserem Manager, der ebenfalls kalkweiß ist. Marc muss die Schwangerschaft auch vor ihm geheim gehalten haben. Wie zur Hölle hat Sam davon erfahren?

»Lass Christine da raus«, blafft Marc Samantha an. »Du hast ja keine Ahnung. Ihr alle habt keine Ahnung!«

»Also stimmen die Gerüchte und du bist vergeben? Was für ein Jammer für deine weiblichen Fans.«

Marcs Kiefermuskeln mahlen. Mir scheint, als wolle er noch etwas sagen, doch er bleibt stumm. Warum lässt er diese Behauptungen einfach so im Raum stehen? Stimmt es etwa und er wird tatsächlich Vater? Warum zur Hölle hat er kein Sterbenswörtchen darüber verloren? Ich bin viel zu geschockt über diese Neuigkeit, als dass ich wütend auf ihn sein könnte. Nach dem Interview werde ich ihn fragen und dieses Mal dulde ich keine Ausflüchte! Wir sitzen alle wie totale Idioten hier, weil wir keine Ahnung von etwas haben, was die Fans anscheinend schon lange wissen. Dieses Interview entwickelt sich zu einem wahren Albtraum. Da war das Bild von Alex und mir ja noch das kleinste Übel. Wie will Marc sich denn nun aus der Affäre ziehen? Rob wird definitiv ausflippen, weil er auf diese Neuigkeiten nicht vorbereitet gewesen ist. Genau wie der Rest von uns.

Plötzlich springt Louis auf. In seinem Gesicht spiegelt sich Wut und Enttäuschung. Ich glaube sogar, eine Träne in seinem Augenwinkel zu sehen. Oh Fuck! Ohne ein Wort zu sagen, rennt er weg, vorbei an dem Publikum und den Kameras, die seinen Abgang für die Nachwelt festhalten, einfach aus dem Studio. Spätestens morgen wird das Internet mit Videos zum Interview überschwemmt sein. Jegliche Farbe weicht aus meinem Gesicht. Was ist denn mit Louis los?

»Louis!«, ruft ihm Marc hinterher und springt ebenfalls auf. Doch ehe er Louis hinterhereilen kann, hält ihn Tyler am Handgelenk zurück. Er schüttelt bloß den Kopf. Marc lässt sich wieder neben ihn aufs Sofa sinken. Stöhnend vergräbt er sein Gesicht in den Händen.

»Ach du scheiße«, entfährt es Matt mit einem Blick auf Marc und dann zum Ausgang, wo Lou verschwunden ist. Ja, das kann er laut sagen!

»Das war eine verdammte Katastrophe!« Robert rauft sich zum wiederholten Male das bisher ordentlich frisierte Haar, bis es ihm wirr vom Kopf absteht. Wenn die Situation nicht so ernst wäre, hätte ich als Erster über seinen Anblick gelacht.

Wie vier Schuljungs, die zum Direktor zitiert wurden, sitzen wir in der Garderobe, während unser Manager wütend im Raum auf und ab geht. Samantha hat das Interview gleich nach Louis' Abgang abgebrochen, weil aus uns anderen nichts Brauchbares mehr herauszuholen gewesen ist. Wer könnte es uns auch verdenken? Immerhin sind heute Neuigkeiten zu Tage gekommen, die erst verdaut werden müssen. Vor allem, dass Lou einfach abgehauen ist, bereitet mir große Sorgen. Ich habe bereits versucht, ihn zu erreichen, doch bei ihm springt sofort die Mailbox an.

»Ihr solltet mit Witz und Charme die Herzen der Zuschauer erobern. Und was macht ihr stattdessen? Ihr zerstört alles, wofür ich so lange gearbeitet habe!«, zischt Robert außer sich. »Ist professionelles Auftreten denn zu viel verlangt? Ich versuche mein Möglichstes, um für euch dieses Interview klarzumachen, und ihr macht meine Mühe zunichte. Nachdenken, Jungs! Ihr hättet erst gar nicht auf diese Fragen eingehen sollen! Sie wird von mir noch was zu hören bekommen, diese … diese …«

»Aber …«, protestiert Tyler, doch Robert schneidet ihm mit einer wirschen Handbewegung das Wort ab.

»Was aber? Ihr habt es nicht gewusst? Oder nicht kommen sehen? Ihr braucht mir keine Ausreden aufzutischen, Jungs. Ich dachte, ihr würdet euren Job ernst nehmen, aber da habe ich mich wohl getäuscht. Nicht einmal ein Interview bekommt ihr ohne einen Skandal hin! Ihr könnt doch nicht einfach drauf los plappern, wie es euch passt. Wenn Fragen nicht abgesprochen sind, dann haltet ihr gefälligst die Klappe! Ihr seid immer doch keine Anfänger, sondern seit Jahren professionelle Musiker«, schreit Rob uns an. »Euer Image ist überlebenswichtig. Ihr könnt noch so tolle Musik machen, wenn das Image nicht passt und ihr euch nicht verkaufen könnt, bringt euch die Musik keinen Cent. Wenn ihr einen Skandal nach dem anderen provoziert, werden euch die Fans auf kurz oder lang davonlaufen. Samantha ist zu weit gegangen, aber ihr hättet ebenfalls einfach *kein Kommentar* sagen können, verdammt! Negative Publicity hin oder her, so langsam strapaziert ihr wirklich meine Geduld, Jungs.«

Matt lacht auf, doch ihm bleibt das Lachen im Hals stecken, als ihn Roberts wütender Blick trifft.

»Das ist ganz und gar nicht lustig, Matthew. Nur, weil du heute ausnahmsweise einmal nicht derjenige bist, der für Gespräche sorgt, heißt es noch lange nicht, dass du außen vor bist. Ihr seid eine Band. Wenn einer von euch Mist baut, fällt es auf alles zurück. Die ganze Sache mit dem Baby hätte mit mir abgesprochen werden müssen, damit wir angemessen darauf reagieren können, verdammt!«

»Aber Marc hat doch nichts …«, verteidige ich meinen besten Freund, der wie ein Häufchen Elend neben mir sitzt. Bisher hat er noch kein Wort gesagt, bloß stumm auf seine Hände gestarrt.

»Du!« Rob hebt drohend den Zeigefinger und zeigt auf mich. »Nicht genug, dass du dich auf diesen Typen eingelassen hast, obwohl ich dich ausdrücklich davor gewarnt habe. Mich geht es ja nichts an, mit wem du ins Bett steigst, aber ich habe dir schon oft genug gesagt, dass du deine Bettgeschichten gefälligst aus der Presse heraushalten sollst, Richard! Es war schlimm genug, als du diesen Skandal mit dem französischen Model angezettelt hast. Jetzt ist es auch noch ein Mann! Es fehlt noch, dass Fotos von euch in einer unmissverständlichen Situation auftauchen! Ich will nicht wissen, wie du das den Fans erklären willst. Allein dieses Bild heute reicht aus, um die wildesten Gerüchte in die Welt zu setzen!«

»Alexander ist keine Bettgeschichte«, werfe ich beleidigt ein. »Wir führen eine Beziehung. Aber dieses Wort ist dir sicher fremd, oder?«

»Ich will keine weiteren Bilder von euch auf Twitter, Instagram oder sonst wo im Internet sehen, damit das klar ist, Richard! Haben wir uns verstanden?«, übergeht er meine Erklärung. Ich öffne den Mund, um zu protestieren, doch Rob wartet meine Antwort gar nicht erst ab. In seiner Wut ist unser Manager einfach nicht zu bremsen. Bedrohlich baut Robert sich vor Marc auf. Die Hände in die Hüfte gestemmt funkelt er meinen besten Freund wütend an.

»Und was dich angeht …« Er holt tief Luft. Sein Gesicht zeigt bereits rote Wutflecken. »Du rufst jetzt sofort Louis an.«

»Warum ich?«, fragt Marc erschrocken. Seine Wangen röten sich, er krallt seine Hände fester in den Stoff seiner Jeans.

»Weil du schuld bist, dass er abgehauen ist?«, mutmaßt Matt nachdenklich. Auch Tyler hat seine Stirn in Falten gelegt, als würde er ebenfalls angestrengt überlegen, was so plötzlich mit Louis los ist.

»Ich … es …« Marc seufzt und presst erneut die Lippen aufeinander. »Lou war doch schon immer unsere kleine Dramaqueen … Das hat sicher nichts zu bedeuten.« Sein Grinsen ist angespannt, nichts lässt erkennen, dass Marc seinen eigenen Worten glaubt. Jeder von uns weiß, dass es noch verdammten Ärger geben wird, weil Louis mitten im Interview abgehauen ist. Ich will gar nicht wissen, welche Schlagzeilen über uns in den Medien auftauchen werden.

»Ruf ihn an«, sagt Robert bedrohlich. Marc kramt sein iPhone aus der Hosentasche und wählt. Nach wenigen Sekunden lässt er verzweifelt die Hand sinken.

»Ist nur die Mailbox.«

»Louis ist nicht mehr auf dem Gelände. Ich habe bei der Security nachgefragt«, kommt er von Louis' Bodyguard Chris.

»Natürlich ist er nicht mehr auf dem Gelände«, meint Robert gedehnt und fährt sich mit den Händen übers Gesicht. »Verdammt! Kann denn hier niemand seinen Job richtig machen?«, brüllt Robert so laut, dass wir alle augenblicklich zusammenzucken. »Was zum Teufel hast du dir dabei gedacht, die Schwangerschaft geheim zu halten, Marc? Ich weiß es: Gar nichts, denn sonst hätten wir jetzt kein Problem. Hättest du es mir gesagt, hätten wir da eine romantische Story draus gemacht. So trägt die ganze Band die Konsequenzen.«

»Mensch, Rob, mach doch bitte kein Drama da draus. Dann ist Marcs Freundin eben schwanger. Das ist doch eigentlich ein Grund zur Freude«, versucht Tyler, unseren Manager zu beschwichtigen.

»Ich habe sie nicht *gefickt!*«, entgegnet Marc, nun ebenfalls wütend. »Ihr habt echt keine Ahnung!«

»Nicht?« Robert verschränkt die Arme vor der Brust und hebt fragend eine Augenbraue. »Dann ist sie von ganz allein schwanger geworden? Klär uns doch bitte auf, was denn nun der Wahrheit entspricht.«

»Christine ist meine Freundin. Aber ich … Ihr … ach verdammt!« Marc ringt verzweifelt die Hände. Ich rücke mit meinem Stuhl etwas näher zu ihm und lege ihm die

Hand auf die Schulter. Auch wenn ich enttäuscht bin, weil er mir nie viel über seine Freundin erzählt hat, will ich Marc doch zeigen, dass ich für ihn da bin. Ihn so niedergeschlagen zu sehen, setzt mir ebenfalls zu. Ich weiß gar nicht, worüber sich Rob gerade mehr aufregt. Über die Schwangerschaft oder Louis' Verschwinden.

»Dann erklär es uns«, schlägt unser Manager nun etwas ruhiger vor.

»Ich … nein. Das mit Christine geht niemanden etwas an.« Mein bester Freund sieht unglaublich traurig aus, als er den Kopf schüttelt.

»Jetzt schon«, stellt Robert klar. »Denn nun weiß die ganze Welt, dass du Vater wirst. Vorher hatten die weiblichen Fans vielleicht noch Hoffnungen, du könntest es mit diesem Model nicht so ernst meinen. Jetzt hat sich das Blatt gewendet. Du bist fest vergeben und unerreichbar. Wir können nicht darauf warten, wie die Fans reagieren. Vor allem nicht, weil das Interview so abrupt beendet wurde. Wir fahren gleich gemeinsam in mein Büro und überlegen, wie wir dieses Desaster irgendwie geradebiegen können. Um Louis kümmere ich mich morgen. Ich werde gleich Theresa anrufen, damit sie sich mit dem PR-Team zusammensetzt und eine offizielle Stellungnahme vorbereitet. Ihr werdet morgen Früh eine Pressekonferenz abhalten. Außerdem rufe ich gleich die Anwälte an, Samantha wird ganz schön was zu hören bekommen, weil sie sich nicht an die vorgegebenen Fragen gehalten hat«, sagt er, mehr zu sich selbst als zu uns. »In einem Liveinterview einfach abzuhauen … Ich fasse es nicht. Dieser Junge.« Robert hat sich längst von uns abgewandt und verlässt mit dem Handy am Ohr die Garderobe. Scheiße, das kann noch eine lange Nacht werden …

9. That should be me (Justin Bieber)

-Alex-

Wie erstarrt sitze ich vor dem Fernseher. Das Interview von 5Minutes ist so nervenaufreibend gewesen, dass ich die letzten Minuten kaum noch hinsehen konnte. Es fing locker an und dann ... platzte eine Bombe nach der nächsten. Die Jungs sind auf all diese Fragen überhaupt nicht vorbereitet gewesen, das konnte man deutlich in ihren Gesichtern lesen.

Als plötzlich das Bild von Rick und mir auf der Leinwand gezeigt wurde, habe ich fast gedacht, mein Herz würde stehenbleiben. Rick waren das Unbehagen und die Panik deutlich anzusehen, als er sich diese blöde Ausrede mit dem Schulfreund ausgedacht hat. Gut, das Foto ist echt harmlos gewesen, aber es hätte auch ganz anders kommen können! Mir ist ganz flau im Magen bei dem Gedanken daran, dass wir zusammen fotografiert wurden. Nicht, weil ich kein Foto mit Rick will. Es ist eher so, dass Rick Probleme mit dem Management bekommt, wenn Fotos von uns beiden im Internet auftauchen. Er hat wahnsinnige Angst durch eine öffentliche Beziehung zu einem Mann alles aufs Spiel zu setzen, was er sich all die Jahre mit 5Minutes aufgebaut hat. Ich kann ihn da auch verstehen. Klar, sein Statement hat wehgetan – tut es immer noch – aber ich weiß, dass er es für die Band und seine Liebe zur Musik tun muss. Ich will nicht für das Ende meiner Lieblingsband verantwortlich sein ... aber ich will auch nicht immer nur Ricks Geheimnis zu bleiben.

Mein Handy vibriert seit Ende des Interviews in einer Tour. Unzählige Nachrichten von Lisa und Juliane sind eingegangen, die ich nicht beantworten kann, weil ich selbst keine Ahnung habe, was los ist. Dass Marc ein Kind mit einer Frau bekommt, von der er kaum ein Wort erzählt hat, ist eine unglaubliche Neuigkeit. Nicht nur ich bin total überrascht. Seine Freunde haben es ebenfalls nicht gewusst, das hat ihre Reaktion eindeutig verraten. Am meisten mache ich mir jedoch Sorgen um Louis. Er hat einfach so das Interview verlassen! Scheiße, was ging plötzlich in seinem Kopf vor, dass er einfach so ein wichtiges Liveinterview hat platzen lassen? Er muss völlig durch den Wind sein. Aber warum bloß? Nur, weil er nicht gewusst hat, wie ernst es zwischen Marc und diesem Model ist? Fühlt er sich von seinem Freund hintergangen, weil Marc nichts gesagt hat, oder steckt noch viel mehr dahinter? Egal wie sehr ich darüber nachdenke, ich werde nicht schlau aus Louis' Verhalten.

Da ich zu keiner vernünftigen Erklärung gelange, nehme ich mein Handy zur Hand und wähle seine Nummer. Leider springt gleich die Mailbox an. Ich habe ein ziemlich ungutes Gefühl, dass noch etwas passiert. In den letzten Wochen ist Lou zu einem guten Freund geworden.

Als ich bei Louis nicht durchkomme, entschließe ich mich dazu, Lisas Nachrichten zu beantworten.

Was ist bei euch da drüben los? Ich habe das Interview gesehen …

Keine Ahnung, ich sitze auch ratlos vor dem Fernseher.

Rick geht nicht an sein Handy, aber ich vermute mal, bei den Jungs geht's drunter und drüber.

Juli stirbt tausend Tode wegen Louis.
Sie bombardiert mich mit Nachrichten, aber ich habe keine Ahnung, was ich ihr antworten soll.

Mir hat sie auch schon geschrieben. Ich bin aber auch ahnungslos. Sie weiß vermutlich besser als wir beide, was in Louis vorgeht. Louis spricht mit mir nicht über seine Probleme, obwohl wir uns sonst ganz gut verstehen.

Scheiße, ich mache mir wirklich Sorgen um ihn. Dieses Interview war so ... mir fehlen einfach die Worte!

Ich weiß. Mir auch.

Ich vermisse meine beste Freundin. Bald muss ich wieder zurück nach Köln, schließlich muss ich mit dem Studium weitermachen. Die Semesterferien dauern nicht ewig. Seufzend schließe ich WhatsApp und wähle Ricks Nummer, aber er geht ebenfalls nicht ran. Bei Louis erreiche ich immer noch niemanden. Die Übertragung der Talkshow wurde längst beendet und jetzt läuft irgendein Spielfilm.

Das Klingeln der Wohnungstür reißt mich aus meinen Gedanken. Vor Schreck lasse ich beinahe mein iPhone fallen und verhindere in letzter Sekunde eine Spiderapp auf dem Display. Vermutlich hätte mir Rick ein Neues gekauft, aber das möchte ich nicht. Ist ja nochmal gut gegangen. Ist

Rick schon da? Seltsam, sonst nutzt er immer den Schlüssel.

Ich lege mein Handy auf den Couchtisch und eile zur Tür, weil das Klingeln einfach nicht aufhört. Als ich öffne, steht Louis vor mir.

»Lou …?« Ehe ich überhaupt fragen kann, was er plötzlich hier macht und was eigentlich los ist, liegt er auch schon in meinen Armen und drückt sich an mich. Louis ist nur ein Stück kleiner als ich, aber viel zierlicher. Sein Körper ist kalt und er zittert, als wäre er schon eine ganze Weile draußen gewesen.

Ich stelle keine Fragen, sondern schließe meine Arme fest um ihn. Louis atmet heftig, als wolle er ein Schluchzen mit aller Kraft unterdrücken. Trotzdem drückt er sein Gesicht gegen meinen – Ricks – Pullover. Da ich keine warme Kleidung mitgenommen habe, als ich so Hals über Kopf nach London geflogen bin, habe ich mir einfach einen von Ricks Pullis aus dem Kleiderschrank genommen

»Lass uns rüber ins Wohnzimmer gehen, okay? Hier im Flur ist es kalt«, schlage ich leise vor. Sanft streiche ich dabei immer wieder über seinen Rücken, damit sein Zittern nachlässt. Louis hebt den Kopf und sieht mich an. Seine blauen Augen sind heute noch größer als sonst, wirken müde und irgendwie leer. Als wäre der Glanz aus seinem Blick verschwunden.

Mein Freund nickt langsam und lässt sich von mir ins Wohnzimmer führen, wo ich ihn zur Couch dirigiere. Er setzt sich und ich hole ihm noch eine weiche Decke, weil sein Zittern einfach nicht aufhören will. Dann setze ich mich neben ihn.

»Lou, dein Handy klingelt«, mache ich ihn auf das Geräusch aufmerksam. Ich erkenne einen Song von Harry Styles. Louis scheint tatsächlich ein großer Fan von ihm zu sein. Er zuckt bloß teilnahmslos mit den Schultern.

»Ist sicher nur Juli, die mir eine SMS schreibt, weil ich ihr nicht antworte.«

Ich weiß, dass meine Freundin seit dem Meet & Greet einen guten Draht zu Louis hat. Verrückt, wie klein die Welt doch ist. Und dass gerade Juli sich mit Lou versteht, wo sie doch sein größter Fan ist, finde ich klasse.

Als *Two Ghosts* weiterhin ertönt, zieht Louis das Smartphone endlich aus seiner Hosentasche und öffnet Twitter. Ich sitze so nah neben ihm, dass ich die Nachrichten problemlos lesen könnte. Um ihm seine Privatsphäre zu lassen, rücke ich aber von ihm weg. Doch als Louis eine Weile nichts mehr sagt und nur noch auf sein Handy starrt, werde ich nervös.

»Und, was schreibt sie?«

Statt zu antworten, reicht er mir einfach sein Handy. Ich scrolle durch den Chat.

Louis?
Juli, Sat. 8:12 PM

Lou?
Juli, Sat. 8:15 PM

Louis melde dich!
Juli, Sat. 8:28 PM

Scheiße, warum antwortest du mir nicht?

Juli, Sat. 8:50 PM

Lou, wenn du dich nicht sofort meldest, komme ich zu dir! Ich steige ins nächste Flugzeug, ich schwör's dir!

Juli, Sat. 8:51 PM

Banana, bitte melde dich ... Ich mache mir furchtbare Sorgen um dich.

Juli, Sat. 9:02 PM

Marc ist ein Arschloch!

Juli, Sat. 9:34 PM

Er hat deine Gefühle nicht verdient, wenn er einfach irgendeine Tussi schwängert. Hat er etwa noch nie etwas von Kondomen gehört?! Das lernt man doch bereits in der Grundschule!

Juli, Sat. 9:44 PM

Das Mädel hat es sicher drauf angelegt. Mann, ich könnte ausrasten! Warum checkt der Typ nichts?

Juli, Sat. 9:45 PM

Bitte Lou, melde dich endlich ...

Juli, Sat. 9:58 PM

Ich stutze. Marc? Gefühle? Moment mal … Ich gebe Louis das Handy zurück, damit er Juliane zurückschreiben kann.

Juli, mir geht's gut …
Louis, Sat. 10:06 PM

Ihre Antwort kommt nur wenige Sekunden später.

Bullshit! Dir geht's scheiße, aber du willst es wie immer nicht zugeben. Ich kenne dich besser als du denkst, Mr. Adams. Du darfst jetzt einfach nicht alleine sein. Soll ich nicht doch schauen, wann der nächste Flieger geht? Die Klausur Montag kann ich auch nachschreiben …
Juli, Sat. 10:07 PM

Ich bin bei Alex … ich bin nicht allein, Juli. Und du darfst die Schule nicht vernachlässigen, sonst endest du noch wie ich …
Louis, Sat. 10:09 PM

Wie du? Meinst du als superreicher Popstar oder mit einem gebrochenen Herzen? Erstens kann ich leider nicht singen und zweitens … hatte ich schon, mag ich nicht. Lass dich von Alex trösten, okay? Wenn nicht, dann bekommt der Kerl es mit mir zu tun, sollte er jemals wieder zurück nach Deutschland kommen.
Juli, Sat. 10:10 PM

Ein kleines Lächeln zeigt sich auf seinem Gesicht, als er mir die letzte Nachricht zeigt. Oh Mann, typisch Juli! Aber ich freue mich für Lou, dass er in ihr eine so gute Freundin gefunden hat. Mir geht jedoch ihre Nachricht bezüglich Marc und Louis' Gefühlen nicht mehr aus dem Kopf. Ist mein Kumpel etwa …?

»Das Interview …«, beginne ich vorsichtig und lege dabei meine Hand auf sein Knie. Ich spüre deutlich, wie stark Louis noch immer zittert. Gott, wie ist er in diesem Zustand überhaupt den ganzen Weg hierhergekommen?

»Ich bin in Marc verliebt«, platzt es aus Lou heraus. Ich öffne den Mund, um etwas zu sagen. Merke jedoch gleich, dass mir dazu einfach nichts Brauchbares einfällt, dass ich auf sein Geständnis erwidern könnte, also schließe ich meinen Mund wieder. Nach Julis Nachrichten überrascht mich seine Aussage nicht. Außerdem fügen sich endlich alle Teile in meinem Kopf zusammen. Sein seltsames Verhalten in Marcs Nähe … Wieso ist mir nicht schon früher aufgefallen, dass Louis Gefühle für seinen Bandkollegen hat?

»Ach du scheiße«, ist alles, was ich dazu sagen kann. Louis nickt zustimmend. Er sackt in sich zusammen, als würde jemand Luft aus einem Ballon lassen. Das Zittern verstärkt sich und Lou gibt seinen krampfhaften Versuch, nicht zu weinen, endlich auf. Tränen strömen über sein Gesicht. Wie erstarrt sitze ich neben ihm und weiß nicht, was ich tun soll.

»Ich … ich bin völlig am Ende, Alex. Ich kann einfach nicht mehr so tun, als wäre er mir egal. Immer, wenn er mich anlächelt, mich neckt oder mich berührt, sehnt sich mein Herz nach mehr. Es tut so furchtbar weh, zu wissen, dass er niemals auch nur das leiseste Interesse an mir haben wird.« Sein schlanker Körper wird von heftigen Schluchzern geschüttelt. Er presst die Worte mühsam hervor, kaum in der Lage, zu sprechen. Endlich erwache ich aus meiner Starre und ziehe ihn fest in meine Arme. Mein Kumpel klammert sich an mich, als wäre ich der rettende Anker, der ihn vor dem Ertrinken bewahrt. Die Worte sprudeln nur so aus ihm heraus.

»Ich hasse mich dafür, dass ich mich in ihn verliebt habe. Marc ist nicht mal bi. Ich wollte mich nicht in einen Mann verlieben. Schon gar nicht in einen Freund … aber es ist passiert und jetzt … mein Herz tut so verdammt weh, als würde es in tausend Stücke zerspringen. Bitte, Alex, es soll aufhören, wehzutun.«

Seine Tränen benetzen die Haut an meiner Halsbeuge. Lous Worte schnüren mir die Kehle zu und ich spüre einen Kloß im Hals. Unfähig, ihm zu antworten, ohne selbst in Tränen auszubrechen, drücke ich ihn nur noch fester an mich und versuche, ihn durch meine Nähe zu trösten. Louis weint eine Weile in meinem Arm, bis das Schluchzen etwas schwächer wird und er die Nase hochzieht.

»Warte, ich hole dir eben ein Taschentuch«, sage ich und löse mich von ihm, um rüber ins Schlafzimmer zu gehen und die Kleenex-Box zu holen. Er zupft sich ein Taschentuch heraus und putzt er sich geräuschvoll die Nase.

»Danke«, sagt er mit erstickter Stimme.

»Doch nicht dafür.« Ich sehe ihn eindringlich an. »Ich hatte ja gar keine Ahnung! Scheiße … es muss verdammt schwer sein, deine Gefühle so lange zu verstecken …« Ich finde endlich meine Sprache wieder. In meinem Kopf herrscht heilloses Durcheinander und ich weiß einfach nicht, wie ich meinem Freund helfen kann. So hilflos zu sein, während er leidet, ist einfach furchtbar.

»Es hat mich fast umgebracht«, entfährt es Louis und er bricht erneut in Tränen aus. Dieses Mal vergräbt er sein Gesicht in den Händen, sodass ich ihm lediglich den Rücken tätscheln kann. »Es … es ist verdammt unfair. Warum kann ich nicht einfach meine Gefühle ausschalten und weitermachen, wie bisher?«

»Ich weiß es nicht«, antworte ich seufzend und sehe ihn traurig an. Sein Schmerz ist fast körperlich spürbar. Wenn ich gekonnt hätte, ich würde ihm diesen sofort nehmen. Aber das liegt nicht in meiner Macht.

»Weißt du, ich war so eifersüchtig auf Rick«, sagt Louis unter Tränen.

»Auf Rick?«

»Ja. Die Leichtigkeit, mit der Rick und Marc miteinander umgehen … ich kann das nicht.«

»Sie sind beste Freunde. Da ist es normal, dass sie eine enge Bildung zueinander haben«, stelle ich klar, als würde diese Tatsache alles erklären. Einerseits, um Louis' Bedenken zu zerstreuen, und andererseits auch irgendwie für mich. Schließlich habe ich zu Beginn auch geglaubt, dass zwischen Rick und Marc etwas läuft. Immerhin habe ich die beiden bei meiner spontanen Ankunft damals quasi zusammen im Bett erwischt.

»Ich weiß.« Louis nickt langsam. Immer noch laufen ihm die Tränen über die Wangen. »Und ich hätte vermutlich auch akzeptiert, wäre zwischen den beiden mehr als

Freundschaft. Wenn zwischen ihnen was gelaufen wäre, aber … eine Frau? Ein Baby? Das ist anscheinend genau das, was Marc will. Damit könnte ich nie konkurrieren, egal, wie stark meine Gefühle zu ihm sind.« Erneut vergräbt er sein Gesicht in den Händen und schluchzt laut. Hilflos streichele ich seinen Rücken. Ich habe einfach keine Ahnung, was ich sagen könnte, um meinen Freund zu trösten. Schließlich kenne ich das Gefühl, unglücklich verliebt zu sein, nur zu gut. Wie viele Jahre habe ich für Rick geschwärmt und wie traurig bin ich jedes Mal gewesen, wenn ich die ganzen Bilder von ihm und seinen zahlreichen Affären im Internet gesehen habe. Louis ist in derselben Situation. Nur mit dem Unterschied, dass er mit Marc befreundet ist und jeden Tag mitansehen muss, dass dieser eine Frau liebt, mit der er jetzt sogar eine Familie gründet. Das muss verdammt hart sein.

Ein Ruck geht durch seinen schlanken Körper und er ballt die Fäuste.

»Ich sollte es sein, Alex«, sagt er mit zitternder Stimme. »Ich sollte an Stelle dieser Christine sein. Wieso kann ich nicht an ihrer Stelle sein? Ich wünsche mir so sehr, dass Marc mich liebt und nicht diese Frau. Immer, wenn ich ihn mit jemand anderem gesehen habe, ist mein Herz weiter gebrochen. Bald sind nur noch Scherben übrig.«

»Marc mag dich«, versuche ich Lou zu trösten. »Vielleicht solltest du einfach mal versuchen, mit ihm zu reden, statt vor deinen Gefühlen davonzulaufen?« Ich nehme Lous zitternde Hände in meine und drücke sie sanft. Ihn so traurig und verzweifelt zu sehen, macht mich fertig. Louis schüttelt den Kopf.

»Kann schon sein, dass er mich mag. Aber Marc ist nicht an Männern interessiert. Ich will durch so ein Geständnis nicht das Ende unserer Freundschaft heraufbeschwören. Das wäre noch schlimmer, als ihn bloß heimlich zu lieben.«

»Ich bin trotzdem der Meinung, dass du mit Marc reden solltest, Lou. Vielleicht ist ja alles ganz anders, als du denkst?«

Wieder schüttelt er entschieden den Kopf. »Er darf es nicht erfahren. Wenn er mich offen abweisen würde, könnte ich keine Musik mehr mit ihm machen. Das wäre das Ende von 5Minutes. Ein Geständnis würde alles noch viel komplizierter machen. Es ist besser, wenn ich meine Gefühle so schnell wie möglich vergesse, um wie bisher weiterzumachen.« Die Worte kommen nur schwer über seine Lippen. Louis hat Mühe, sie auszusprechen, ohne dabei noch mehr zu weinen. Sein Schluchzen ist so schlimm, dass ich ihn kaum verstehe. »Für mich ist es okay, wenn Marc mich nicht lieben kann. Irgendwann werde ich darüber hinwegkommen. Aber wenn er dadurch nicht mehr mein Freund sein kann, würde ich das nicht verkraften.« Erneut strömen die Tränen über seine Wangen und mir bleibt nichts anderes übrig, als ihn fest in meine Arme zu schließen und zu warten, bis er sich beruhigt hat.

Irgendwann ist Louis auf der Couch eingeschlafen. Ich habe ihn zugedeckt und bin dann in die Küche gegangen, um mir einen Kaffee zu kochen. Es ist schon nach Mitternacht und Rick immer noch nicht erreichbar. Dabei habe ich ihm schon vor einiger Zeit eine Nachricht geschickt, dass Louis hier ist, damit sich seine Freunde keine Sorgen um ihn machen.

Seufzend nippe ich an meinem Kaffee. An Schlaf ist nicht zu denken, solange Richard nicht zurück ist. Ich setze mich an den Küchentisch und nehme mein iPhone zur Hand. Leider habe ich immer noch keine Antwort bekommen, jedoch zeigen mir die blauen Häkchen, dass Rick die Nachricht gelesen hat.

Eine ganze Weile sitze ich in der Küche. Der Kaffee ist bereits leer und ich überlege, mir einen weiteren zu machen, als ich den Schlüssel im Schloss höre. Kurz darauf ertönen Ricks Schritte im Flur.

»Du bist noch wach?«

Ich drehe mich um. Rick ist im Türrahmen stehengeblieben und sieht zu mir rüber. Seine Haare sind zerzaust und er wirkt unglaublich müde. Als würde er auf der Stelle umkippen und hundert Jahre durchschlafen können. Die Anstrengungen des Tages zeigen sich deutlich auf seinem sonst so makellosen Gesicht.

»Ich kann nicht schlafen«, antworte ich leise und drehe dabei den leeren Becher zwischen den Händen. Er nickt, als wüsste er ganz genau, wie aufgewühlt ich bin. Vermutlich geht es ihm genauso.

»Ist er noch hier?«, flüstert Rick. Ich nicke stumm und erhebe mich vom Stuhl, den Becher lasse ich einfach auf dem Tisch stehen.

»Louis ist auf dem Sofa eingeschlafen. Ich habe es nicht übers Herz gebracht, ihn in diesem Zustand nach Hause zu schicken. Es ist doch okay, dass er hierbleibt?«

»Natürlich, was für eine Frage.«

So leise wie möglich öffne ich die Wohnzimmertür. Der Raum liegt im Dunkeln, nur das schwache Licht aus dem Flur wirft einen Schatten hinein. Louis liegt immer noch auf dem Sofa, mittlerweile hat er sich aber wie ein Embryo zusammengerollt und hält das Kissen fest umklammert. Wenn ich ihn so sehe, schmerzt mein Herz erneut. Warum ist das Leben nur so ungerecht?

Rick geht zum Sofa und kniet sich davor. Ich bleibe in einigem Abstand zu ihm stehen und beobachte, wie er Louis sanft ein paar Haarsträhnen aus dem Gesicht streicht.

»Was ist nur los mit ihm?« Er richtet die Frage nicht wirklich an mich, trotzdem fühlt es sich richtig an, die Wahrheit zu sagen. Zwar habe ich Louis versprochen, es nicht zu erzählen, aber ich kann es nicht vor Rick verheimlichen. Er kann in meinem Gesicht sowieso ganz deutlich den Schmerz lesen.

»Es ist wegen Marc … Louis liebt ihn«, murmele ich traurig. Mein Blick ruht immer noch auf Louis' schlafender Gestalt. Auch wenn er sich jetzt ein wenig entspannt hat, weiß ich doch, dass die Tränen auf seinem Gesicht erst vor kurzer Zeit getrocknet sind.

»Fuck!«, entfährt es Rick. Lou bewegt sich auf dem Sofa und Richard steht sofort auf, um Abstand zu gewinnen. Seufzend fährt er sich mit den Händen übers Gesicht. »Ich hab's gewusst. Also … nicht mit Sicherheit, aber etwas in der Richtung habe ich bereits geahnt, seitdem sich Lou so eigenartig verhält. Aufgefallen ist mir diese Veränderung bereits während der Tour, ich habe mir aber nichts weiter dabei gedacht und es auf die stressige Zeit geschoben.« Wieder fährt er sich mit den Händen durchs Gesicht. »Verdammt, das wird kein gutes Ende nehmen. Für keinen von uns.« Seine Stimme klingt verzweifelt und mich beschleicht das ungute Gefühl, dass es noch richtig Ärger geben wird.

»Aber ich dachte, Marc mag Lou?«, frage ich mit bangem Herzen, denn ich kenne Louis' Gefühle nur allzu gut. Die Erkenntnis, hoffnungslos verliebt zu sein und dass es keine Chance gibt, dass die Liebe erwidert wird, ist einfach furchtbar. Zögernd lege ich Rick meine Hand auf den Unterarm. Seitdem er hier ist, haben wir uns nicht einmal berührt. Die Wärme seiner Haut unter meinen Fingerspitzen beruhigt mich ein wenig. Rick schüttelt den Kopf, dann nickt er wieder, den Blick immer noch starr auf den schlafenden Louis gerichtet.

»Auch, wenn Marc ihn mag, wird es für beide keine Zukunft geben. Wegen Robert … Außerdem ist mir nicht aufgefallen, dass Marc je Interesse an anderen Männern gezeigt hätte. Und jetzt wird er auch noch Vater!« Er ballt die Hände zu Fäusten, sodass ich spüre, wie sich seine Armmuskeln anspannen. »Dieser Mistkerl! Warum hat er mir nie gesagt, dass er es mit diesem Modell so ernst meint? Wir sind Freunde, verdammt! Zumindest dachte ich, sein bester Freund zu sein. Ich hätte mich mit ihm über das Baby gefreut, die anderen ebenfalls. Hätten wir vorher davon gewusst, hätten wir die Fragen viel lockerer aufgenommen. Aber so? Gott, für Louis muss es ein Schock gewesen sein, diese Neuigkeit während eines Interviews zu erfahren.«

Ich drücke kurz seinen Arm. »Es tut mir wirklich leid, dass ihr es so erfahren musstet. Aber vielleicht hat Marc einen Grund, die Sache geheim zu halten?« Das Interview hat mich zutiefst überrascht, wie Tausende von Fans vermutlich ebenfalls. Marc hat seine Beziehung zu dieser Christine vor der Presse verdammt gut geheim halten können, wenn bis jetzt noch keine näheren Details durchgesickert sind. Die Medien haben sich auf die Neuigkeiten über Tylers Verlobung und die Europatour konzentriert, dass alle anderen Gerüchte irgendwie gar nicht ins Gewicht gefallen sind.

Endlich wendet sich Rick mir zu. Das Flurlicht wirft Schatten auf sein Gesicht. Er sieht unendlich traurig aus. Der Schmerz über die Tatsache, dass sein bester Freund ihn nicht mehr ins Vertrauen zieht und dass es Louis wegen Marc ebenfalls so schlecht geht, macht Richard deutlich zu schaffen. Ich lege eine Hand an seine Wange. Sofort schmiegt er sich an meine Handfläche. Seine Bartstoppeln kitzeln meine Haut.

»Lou glaubt, es wäre besser, wenn er seine Gefühle für Marc so schnell wie möglich vergisst.«

»Das wird er nicht schaffen«, murmelt Rick und sieht mir fest in die Augen. »Wenn seine Gefühle wirklich stark sind, wird er sie nicht so einfach vergessen können. Man kann nicht einfach aufhören, einen Menschen zu lieben, nur, weil man es sich selbst verbietet. « Unsere Blicke verhaken sich in einander und ich halte unwillkürlich den Atem an. Mein Herzschlag beschleunigt sich. Ricks intensiver Blick verursacht ein Kribbeln auf meiner Haut. Was will er damit sagen? Redet er gerade tatsächlich noch von Louis oder meint er …?

Rick legt seine Hände um meine Taille und zieht mich eng an sich. Sein Gesichtsausdruck wird ernst.

»Er wird seine Gefühle nicht vergessen können. Unmöglich.«

Unsere Gesichter sind nur noch wenige Zentimeter voneinander entfernt. Ich stehe vor Aufregung wie unter Strom, mein Herz rast. Das Geräusch klingt furchtbar laut in meinen Ohren und ich habe Angst, dass Rick es ebenfalls hören kann. Als er mich endlich küsst, heiße ich ihn seufzend willkommen.

»Es tut mir leid«, sagt Louis leise und sieht dabei in seinen Kaffeebecher. Von dem Rührei, das ich zum Frühstück gemacht habe, hat er noch keinen Bissen gegessen. Der Arme sieht furchtbar aus. Seine Augen sind blutunterlaufen und er ist schrecklich blass. Ich habe in der letzten Nacht kaum Schlaf bekommen, weil mir die ganze Sache mit Louis und Marc keine Ruhe gelassen hat. Ich leide mit Lou, verstehe sehr gut, wie er sich fühlt. Auch wenn ich jetzt glücklich an Richards Seite bin, kann ich mich in Lou hineinversetzen. Nur wenige Wochen zuvor ging es mir ähnlich. Ich war verliebt und deprimiert darüber, dass diese Liebe nicht erwidert wird. Aber ich habe Glück gehabt. Rick ist mit mir zusammen. Trotzdem wird er diese Beziehung zu mir nie öffentlich bekanntgeben, solange er kein grünes Licht von Robert bekommt. Ob er mich liebt, weiß ich nicht mit Gewissheit, doch dass er die Band liebt, ist nicht von der Hand zu weisen. Ich habe Angst vor dem Tag, an dem er sich womöglich zwischen mir und der Musik entscheiden muss …

»Ich hätte nicht einfach so abhauen dürfen. Das war total kindisch von mir. Aber ich …« Louis schluckt hörbar. Seine Stimme bricht und ich sehe deutlich, wie er mit sich kämpft und versucht, ruhig zu bleiben und sich nichts anmerken zu lassen. Jetzt erst wird mir klar, wie schwer es ihm fallen muss, mit seinen Freunden zusammen zu sein und so zu tun, als wäre alles in bester Ordnung. Als würde es ihm nichts ausmachen, wenn Marc mit irgendwelchen Frauen ausgeht. Als störe es ihn nicht, all die Fotos zu sehen, auf denen sich halbnackte Models oder irgendwelche Schauspielerinnen an Marc schmiegen oder ihn küssen. Ich rühre in meinem Kaffee. Appetit habe ich keinen, trotzdem versuche ich ein bisschen von dem Rührei hinunterzuwürgen. Selbst Rick schiebt sein Frühstück auf dem Teller von einer Seite zur anderen, ohne wirklich davon zu essen. Dabei muss er etwas essen. Schließlich müssen die beiden gleich ins Studio, wo eine Pressekonferenz abgehalten werden soll.

»Es ist okay, Lou«, antwortet Rick mit einem kleinen Lächeln.

»Nein ist es nicht«, entgegnet Louis sogleich. Seine Gesichtszüge verhärten sich. »Ich habe euch einfach hängen lassen, statt professionell zu reagieren und die Situation zu entschärfen. Robert ist bestimmt richtig ausgerastet. Scheiße … ich traue mich gar nicht mehr auf Twitter. Das Internet ist sicher voll von Videos von gestern Abend.« Verzweifelt seufzend lässt Louis seinen Kopf auf die Tischplatte sinken. Da hat er recht. Nachdem ich viel zu früh erwacht bin und mich ewig gequält habe, doch noch einmal einzuschlafen, habe ich Twitter gecheckt. Meine ganze Timeline war voll von Meldungen und Kommentaren zum Interview. Es sind nicht nur positive Reaktionen, sondern auch genug Hateposts, die den Jungs, vor allem Louis und Marc, entgegengebracht werden. Es wäre vermutlich wirklich besser, wenn sich Lou ein paar Tage von Twitter fernhält. Zumindest bis Gras über die Sache gewachsen ist. Wenn ich an die Tweets denke, die ich gelesen habe, wird mir ganz mulmig zumute.

Bandmitglieder zeigen sich überrascht über Marc Halls Vaterschaft. *Die Reaktion von 5Minutes gibt den Fans zu denken. Ist es das Aus für die Band? Will Marc seine Karriere beenden und sich auf seine Familie konzentrieren? Bisher gibt es keine offizielle Stellungnahme seitens des Managements. Wir bleiben für euch auf dem Laufenden.*

Fanny @1FanNO1: @MarcHallOfficial Diese Bitch hat es sicher drauf ankommen lassen.

Clara @BabyGirl91: @MarcHallOfficial Ich will auch ein Kind von dir.

Gaby @Girly1loves5Minutes: @RickyBoy Oh mein Gott! Deine Stimme ist der Wahnsinn! Ich liebe dich!

Mary @MaryBerry95: @mysteriousLou Bitte folge mir, Baby. #loveyou #pleasefollowme

Holly @5Minutes_isMyLife: @mysteriousLou @5Minutes_Official Was ist nur mit Louis los? Armer Louis, geht es ihm nicht gut?

Holly @5Minutes_isMyLife: @MarcHallOfficial @RickyBoy @5Minutes_Official Wusstet ihr es? Stimmt es wirklich? Marc ist fest vergeben?

Mary @MaryBerry95: @mysteriousLou Bananaaaa. Ich liebe dein Shirt! #bananapower

Gaby @Girly1loves5Minutes: @RickyBoy Seit wann gehst du mit Männern aus? Ruf mich an, ich bin besser als er! #loverick #noboys #rickisnotgay

Daniel @Dan_2018: @mysteriousLou Weichei! Wieso lässt du die Band hängen?

Fanny @1FanNO1: @MarcHallOfficial Was hat sie, was ich nicht habe?

Lala @Lala_loves_5Minues4ever: @mysteriousLou @MarcHallOfficial Ihr solltet reden Jungs. #TeamLouis #TeamMarc

»Ich kann dich verstehen, Kumpel. Vermutlich hätte ich genauso reagiert.« Rick nickt kurz in meine Richtung. Für einen kurzen Moment weiten sich Louis' Augen und er sieht zwischen uns hin und her.

»Du hast …?« Panik steht in seinen blauen Augen.

Verlegen nicke ich. »Rick hätte es sowieso bemerkt. Es wäre falsch, ihn anzulügen. Sorry, Lou.«

»Schon okay«, meint er nach einer Pause und senkt den Kopf wieder über seinen bereits kalten Kaffee. Seine Hände krampfen sich um den Becher. Mein Herz zieht sich bei seinem Anblick zusammen. Louis ist so verdammt stark … Obwohl er wie ein Häufchen Elend mit uns am Küchentisch sitzt, mit gebrochenem Herzen und keinerlei Aussicht auf ein Happy End, versucht er immer noch, die Fassung zu wahren.

»Ich könnte mir selbst in den Arsch treten, weil ich nicht schon früher bemerkt habe, was mit dir los ist«, entfährt es Rick mit einem Blick auf Lou. Wütend über sich selbst ballt er die Hände zu Fäusten. »Hätte ich es bemerkt … Keine Ahnung, vielleicht hätte ich mit Marc gesprochen. Es tut mir leid, Lou. Ich bin ein miserabler Freund.«

»Nein, das stimmt nicht.« Lou schüttelt entschieden den Kopf, sodass ihm sein langer Pony in die Augen fällt. Er streicht sich die Haare hinters Ohr und sieht Richard fest an. »Ich bin selbst schuld, weil ich meine Gefühle verborgen habe. Ich habe immer gewusst, dass Marc nichts für mich empfinden kann, was über Freundschaft hinausgeht. Er ist hetero, daran können auch meine Gefühle nichts ändern. Aber … gestern habe ich es einfach nicht mehr ausgehalten. Seine vielen Affären habe ich ja noch irgendwie verkraftet, weil ich wusste, dass es nie etwas Ernstes war, aber nun, das mit dem Baby … Wäre ich nicht gegangen … ich fürchte, ich hätte ihm noch irgendwas Blödes an den Kopf geworfen.«

»Kann ich mir vorstellen«, sage ich mitfühlend und lege meine Hand auf Louis'. Er lässt den Becher los und verschränkt seine Finger mit meinen.

»Da hat sich sicher eine Menge Druck angestaut«, meint Rick mit einem frechen Grinsen. Mit dieser Zweideutigkeit versucht er, die Situation irgendwie aufzulockern, was ihm auch gelingt. Louis' Mundwinkel zucken, dann grinst er ebenfalls.

»Lou, willst du nichts essen?« Mit einem besorgten Blick sehe ich erst auf seinen immer noch vollen Teller, dann in sein Gesicht. Louis ist so furchtbar dünn. Kein Wunder, wenn er mit den Nerven so am Ende ist. »Wenigstens ein bisschen? Wenn du kein Rührei magst, kann ich dir auch etwas anderes machen. Vielleicht Pancakes?« Ich habe bereits aufgegessen und auch Rick schaufelt sich nun das restliche Rührei hinein.

»Wir haben gleich eine Pressekonferenz. Es werden etliche Journalisten und Nachrichtensprecher vor dem Studio erwartet. Meinst du, du schaffst das?«, fragt Rick ebenfalls besorgt.

Louis drückt kurz meine Hand, dann lässt er mich los und erhebt sich ruckartig. »Klar. Rob hat sich sicher schon eine gute Ausrede überlegt, wie wir die Situation geradebiegen können. Ich werde es schon irgendwie überleben. Tue ich immer«, sagt er mit einem traurigen Lächeln, dass mir erneut das Herz bricht. Er nimmt seinen Kaffeebecher und leert ihn in einem Zug. »Also, wollen wir dann los?«

»Louis!«, rufen die Jungs im Chor, als wir den Raum betreten, in dem sich die Bandmitglieder und einige Leute der Crew aufhalten. Nach dem Frühstück hat uns Richards Bodyguard abgeholt und uns zum Tonstudio gebracht, in das wir durch einen Hintereingang gelangt sind. Vor dem

Haupteingang haben bereits viele Reporter gewartet. Erst wollte ich in der Wohnung bleiben, da ich Angst vor Roberts Reaktion auf mein Auftauchen im Studio habe. Rick hat mir gestern Abend im Bett noch erzählt, was Robert zu dem Interview gesagt hat. Aus seinen Worten habe ich deutlich heraushören können, dass der Manager nicht viel von mir und meiner Beziehung zu Rick hält. Und trotzdem bin ich hier, obwohl ich weiß, dass der Mann mich als Bedrohung für Ricks Karriere sieht. Weil Rick mich darum gebeten hat und ich ihm einfach keine Bitte abschlagen kann. Weil ich ihn so schrecklich liebe, dass es fast schon wehtut.

»Hey Jungs«, sagt Louis mit einem zerknirschten Gesichtsausdruck. »Sorry für meinen nicht ganz so glamourösen Abgang. Wird nicht wieder vorkommen.«

»Das will ich auch hoffen«, meint Robert in strengem Ton. »Du kommst mir nicht so leicht davon. Wir reden später. Jetzt solltet ihr euch für die Pressekonferenz vorbereiten. Und dieses Mal will ich keine Überraschungen, habt ihr mich verstanden?« Streng sieht er jeden der Jungs an. Alle nicken brav.

»Gut.« Dann bleibt sein Blick an mir hängen. Der Manager verschränkt die Arme vor der Brust und sieht mich abfällig an, ehe er sich an Rick wendet. »Ist er neuerdings dein Schoßhund, der dir auf Schritt und Tritt folgt?«

»Mhh … Schoßhund klingt gar nicht so übel, oder Alex?« Rick legt mir lachend den Arm um die Schulter, sieht Robert jedoch herausfordernd an. Dieser verengt seine Augen zu Schlitzen und tritt einen Schritt näher an Rick heran.

»Richard, ich warne dich. Ein Fehltritt und …«

»Und was? Was willst du tun? Mich aus der Band werfen? Das wirst du nicht können, so leid es mir tut. Es ist wohl eher so, dass du dir um deinen Job Sorgen machen musst, wenn du dich weiter so gegen mich und Alex stellst«, provoziert er seinen Manager.

»Ich will dich nur daran erinnern, dass du nicht nur mit deiner eigenen Karriere spielst, sondern auch mit der deiner Bandkollegen. Wenn du das mit deinem Gewissen vereinbaren kannst, dann mach ruhig so weiter.«

Ich zucke zusammen, will mich von Rick lösen, aber er hält mich immer noch fest. Er sieht seinen Manager weiterhin an, ohne seinen Blick abzuwenden. Wut spiegelt sich in seinem Gesicht. Ängstlich verfolge ich das stumme Duell der beiden, bis Robert sich abwendet.

»Ein Fehltritt …«, brummt er und hebt drohend den Zeigefinger, ehe er kopfschüttelnd zur Tür geht. »Macht euch jetzt fertig.«

Rick atmet erleichtert aus, nachdem Robert den Raum verlassen hat. »Mann, der kann ganz schön nervig sein, wenn er noch keinen Kaffee getrunken hat.«

»Kumpel, wir haben uns ganz schön Sorgen um dich gemacht«, sagt Tyler und kommt auf Louis zu, der immer noch neben mir steht. Er legt ihm kurz die Hand auf den Arm. Lou lächelt schwach.

»Sorry. War nicht meine Absicht.«

»Du kleine Dramaqueen, was war los?«, fragt Matt mit frechem Grinsen. »Ist dir das Abendessen nicht bekommen?«

»Vielleicht zu viele Bananen?«, mischt sich Rick lachend ein und entlockt Louis dadurch ebenfalls ein Grinsen. Tyler scheint noch etwas sagen zu wollen, doch dann klingelt sein Handy.

»Oh, das ist Katy. Da muss ich rangehen, sorry Leute.«

»Lass deine Angebetete nicht zu lange warten«, ruft ihm Matthew nach, als Tyler sich mit dem Handy am Ohr auf eins der Sofas setzt, das im Raum steht. Marc sitzt in einem Sessel nahe am Fenster. Bisher hat er nicht aufgeschaut und auch nichts gesagt, lediglich teilnahmslos aus dem Fenster gestarrt.

»Hey, Mann, willst du nicht auch was dazu sagen?«, fordert ihn Matt auf. Rick setzt sich ebenfalls zu Tyler und zieht sein iPhone heraus. Louis schaut zu Marc rüber. Ein trauriger Ausdruck huscht über sein Gesicht, dann verhärtet sich seine Miene. Marc sieht auf. Ihre Blicke begegnen sich. Ich mache einen Schritt zurück, kann fast spüren, wie die Luft zwischen den beiden vibriert. Louis strafft unmerklich die Schultern und hebt den Kopf, um nicht zu zeigen, wie verletzt er ist.

»Marc, was ist jetzt?«, will Matt ungeduldig wissen. Marc erhebt sich und Louis macht einen Schritt auf ihn zu. Ich bemerke, wie Rick die beiden vom Sofa aus wachsam beobachtet, obwohl er vorgibt, in sein Smartphone vertieft zu sein. Schweigend gehe ich zu Rick und setze mich neben ihn.

»Gott, du siehst echt scheiße aus«, murmelt Marc leise und sieht Louis fest an. »Deine Augen …«

Louis reckt das Kinn in die Höhe und macht noch einen Schritt auf seinen Freund zu. Plötzlich wirkt Marc neben

Louis klein und verletzlich, während Lou eine starke Ausstrahlung hat.

»Ist es wegen …« Marc stockt und senkt den Kopf. Seine Hände ballen sich zu Fäusten.

»Nein«, entgegnet Louis. »Mir geht's gut. Ich habe bloß sehr schlecht geschlafen, das ist alles.«

Von wegen! Louis hat die halbe Nacht geweint, ohne dass ich ihn beruhigen konnte. Matt beäugt die beiden misstrauisch, während sie sich immer noch gegenüberstehen. Auch Rick schaut nun von seinem Handy auf.

»Sicher, dass du so vor die Kameras treten willst?«, fragt Marc skeptisch.

»Ja. Die Damen von der Maske werden es schon richten.« Louis lächelt tapfer. Marcs Unterkiefer spannt sich an, ich sehe deutlich, wie er mit sich ringt. Dann sacken seine Schultern herab.

»Ach … komm schon her!«

Ehe ich mich versehe, liegt Louis in Marcs Armen und presst sein Gesicht an seine Halsbeuge.

»Du Spinner …«, murmelt Marc in sein Haar. »Sorry.«

Keine Ahnung, wofür er sich bei Louis entschuldigt, aber Lou versteht ihn. Unsere Blicke treffen sich über Marcs Schulter hinweg und er schenkt mir ein kleines Lächeln. Ich lächele zurück.

»Gott seid ihr süß! Gruppenkuscheln!«, ruft Matthew begeistert und schlingt seine Arme so fest um Marc und Lou, dass diese erschrocken aufkeuchen.

»Matt, du zerquetschst mich!«

»Geschieht dir recht. Dann haust du das nächste Mal nicht einfach so ab, Lou.« Lachend winkt er uns zu sich. »Na kommt schon. Gruppenkuscheln mit Lou!«

Tyler, der sein Gespräch mit Katy beendet hat, springt sogleich vom Sofa auf. Lachend erheben wir uns ebenfalls und stürmen auf die anderen zu, um Louis zu zeigen, wie sehr wir ihn brauchen.

Die Pressekonferenz ist gut gelaufen. Louis hat sich reumütig bei seinen Fans entschuldigt, weil das Interview seinetwegen unterbrochen wurde. Das Management hat ihm einen Magen-Darm-Infekt angedichtet, wegen dem er für ein paar Tage zu Hause das Bett hüten wird. Den wahren Grund für Louis' Reaktion kennt Robert nicht, und das ist vermutlich auch ganz gut so. Ich glaube kaum, dass Lou dem Management die Wahrheit sagen will. Rick und ich wissen es, aber die anderen dürfen nichts von Louis' Gefühlen erfahren. Vor allem Marc nicht!

»Wie geht's dir damit?«, frage ich Louis später, nachdem die Band erneut zusammen in einem der Aufenthaltsräume des großen Gebäudes sitzt. Ich bin noch nie in einem Tonstudio gewesen und Rick hat mir versprochen, mich herumzuführen, wenn Zeit ist. Außerdem darf ich nächste Woche zuschauen, wenn die Jungs die ersten Songs für das neue Album aufnehmen. Als ich Lisa davon berichtet habe, war sie ganz schön eifersüchtig. Sie wäre auch gerne hier, doch das freiwillige Praktikum im Krankenhaus, das sie in den letzten Wochen der Semesterferien macht, lässt einen Kurztrip nach London nicht zu.

Louis strafft die Schultern und nimmt einen Schluck von seiner Cola. »Ich schaffe das schon. Mach dir keine Sorgen um mich, Alex.« Seine Stimme klingt fest, doch sein Lächeln ist aufgesetzt.

»Tue ich aber …«

Er legt mir die Hand auf die Schulter. »Danke dafür. Du bist mir in der kurzen Zeit ein guter Freund geworden. Rick sollte verdammt froh sein, mit jemanden wie dir zusammen zu sein.« Sein Blick wirkt bei diesen Worten sehnsuchtsvoll. Bestimmt denkt er an Marc.

Mein Gesicht beginnt zu glühen. »Wir sind nicht …«

Louis schüttelt den Kopf und erstickt dabei meinen Protest ihm Keim. »Rick sagt es zwar nicht, aber ich bin nicht blind. Ich merke genau, wie er dich immer wieder ansieht.« Er deutet mit dem Kopf in Ricks Richtung, der neben Matt sitzt und sich über den Text eines neuen Songs unterhält. Dabei nickt Matt immer wieder ernst und stimmt ein paar Akkorde auf der Gitarre an. Tyler tippt sich mit einem Kuli gegen die Stirn, dann kritzelt er etwas auf ein Blatt Papier. Marc ist direkt nach der Pressekonferenz gefahren, ohne etwas zu sagen. Vermutlich trifft er sich mit Christine. Rick hat ihn nicht danach gefragt. Beide gehen kühl miteinander um, seitdem die Sache mit dem Baby rausgekommen ist. Hoffentlich reden sie bald miteinander und die angespannte Stimmung legt sich schnell. Obwohl sich Rick in diesem Moment von Marc hintergangen fühlt, sind sie immer noch beste Freunde. Diese Sache darf sie nicht einfach auseinanderreißen.

»Nenn es Schicksal, aber es war ganz sicher kein Zufall, dass er dir damals in Köln über den Weg gelaufen ist, Alex.« Louis sieht mich eindringlich an, während ich eigentlich nur Augen für Rick habe. Mein Herz schlägt mir bis zum Hals. »Rick hat jemanden gebraucht, der ihm die Augen öffnet und ihn wieder auf die Spur bringt. Sein Leben, wie er es bisher geführt hat, konnte nicht so weitergehen. Immer nur Frauen, Party, Alkohol und Musik … Bisher hat ihm nur noch niemand gezeigt, was Liebe ist.« Ein Seufzen entfährt Lou, sodass ich ihn nun wieder ansehe. Traurig schaut er auf seine Hände in seinem Schoß. »Glaub mir, ich kenne Rick schon eine ganze Weile. So wie für dich, hat er noch nie für jemanden gefühlt. Die Musik stand immer an Platz eins.«

»Aber … ich habe Angst, Lou. Ich will nicht derjenige sein, der ihm die Musik nimmt.« Erneut wende ich meinen Kopf in Richards Richtung. Er hat Tyler den Stift weggenommen und kritzelt einige Zeilen aufs Papier, ehe er sich den Kuli zwischen die Lippen steckt und seine Stirn grübelnd in Falten legt. Als habe Rick unsere Blicke gespürt, dreht er den Kopf in meine Richtung und grinst breit. Louis klopft kameradschaftlich auf meine Schulter.

»Siehst du? Vertrau mir einfach. Ich habe ein verdammt gutes Gespür.«

»Nur dann nicht, wenn es um dich selbst geht, Lou«, sage ich leise. Er tut mir verdammt leid. Da er nicht antwortet und nur traurig auf seine leere Colaflasche starrt, stupse ich ihn an.

»Hast du heute noch etwas vor? Die anderen scheinen beschäftigt zu sein. Wollen wir etwas zusammen unternehmen? Vielleicht kannst du mir noch etwas die Stadt zeigen?«, frage ich meinen Freund, um ihn auf andere Gedanken zu bringen.

»Hat das Rick nicht schon längst getan?«

Ich schüttele den Kopf. »Wir waren einmal im Buckingham Palace und ganz kurz im Park, aber sonst habe ich von den Sehenswürdigkeiten nicht viel gesehen. Rick steht nicht so sehr auf Sight Seeing«, erkläre ich achselzuckend.

»Das ist typisch Rick!« Louis' blaue Augen funkeln mich amüsiert an. »Dann muss ich wohl aushelfen. Ich entführe dich zu meinem Lieblingsitaliener und dann fahren wir eine Runde mit dem London Eye. Die Aussicht von oben ist grandios!«

Der Abend mit Louis wurde lustig. Ich konnte ihn zumindest ein wenig ablenken und auf andere Gedanken bringen. Auch wenn ich nur ein Drittel der Pizza geschafft habe. Louis hingegen hat die riesige Pizza Hawaii so schnell verschlungen, als hätte es sie nie gegeben. Gott, wenn ich so viel Pizza in mich hineinstopfen würde wie er, dann könnte mir nicht einmal Ricks Personal-Trainer helfen. Aber wenn Pizza Lou glücklich macht, soll er so viel davon essen, wie er möchte. Hauptsache, die Traurigkeit verschwindet aus seinen Augen. Da Louis den Besitzer des Lokals gut zu kennen schien, bekamen wir einen Tisch abseits der anderen Gäste, um kein Aufsehen zu erregen. Louis hat versucht, nicht zu sehr aufzufallen, trotzdem wurde er von einem Mädchen angesprochen, als wir nach der Fahrt mit dem London Eye auf ein Taxi gewartet haben. Nachdem sie ein Foto mit ihm gemacht hat, ist sie glücklicherweise wieder gegangen.

»Hey, Alex, träumst du mit offenen Augen?«, fragt Marc lachend und wedelt mit der Hand vor meinem Gesicht herum. Er hat schon einige Drinks intus und lallt bereits. »Trink lieber noch einen mit mir.«

Die Jungs waren bereits in diesem Pub, um auf Marcs Geburtstag anzustoßen, als Bob mich aus der Wohnung abgeholt hat. Das Meeting wegen einer Besprechung zum neuen Album war schneller vorbei als geplant, sodass sie sich dazu entschlossen haben, ein wenig zu feiern, bevor die Arbeit sie in den nächsten Wochen völlig in Beschlag nehmen wird.

Marc winkt die Bedienung zu sich und bestellt eine weitere Runde Shots.

»Hast du nicht schon genug getrunken?«, will Louis skeptisch wissen.

»Nee.« Marc lacht, dann trommelt er mit den Fingern auf der Tischplatte, als wäre sie ein Schlagzeug. »Ich habe Geburtstag, da kann ich so viel trinken, wie ich will.«

Die Shots kommen und Marc verteilt die Gläser.

»Auf mich!«, sagt er feierlich und kippt den Alkohol hinunter. Wir anderen machen es ihm nach. Der Schnaps brennt in meiner Kehle, sodass ich husten muss. Rick klopft mir leicht auf den Rücken.

»Du hast heute ja einiges vor, Kumpel!«, stellt er lachend fest. Ihm ist ebenfalls deutlich anzusehen, dass der Alkohol seine Wirkung nicht verfehlt hat. Trotzdem hält sich Rick im Gegensatz zu Marc noch ein wenig zurück.

»Noch eine Runde und dann sollten wir weiterziehen. In einen Club vielleicht?«, schlägt Marc vor.

»Du vergisst, dass wir morgen Früh im Studio sein müssen, weil die Aufnahmen für das Album starten, oder?«, gibt Louis zu bedenken. Seit dem verpatzen Interview sind zwei Wochen vergangen. Louis benimmt sich wie immer, lässt sich von Marc und den anderen Jungs aufziehen und versteckt sich in seinem Schneckenhaus. Die anderen sehen die Veränderung in Louis nicht, doch ich tue es. Weil wir beide uns einfach zu ähnlich sind. Nur dass ich neben Rick sitze, der unter dem Tisch seine Hand auf mein Knie gelegt hat, während Louis leidet.

»Ach komm schon, Lou. Sei nicht so eine Spaßbremse. Ich habe heute Geburtstag und wünsche mir, mit meinen allerbesten Freunden zu feiern. Ist das schlimm? Rob wird schon nicht gleich ausflippen, wenn wir morgen ein bisschen später ins Studio kommen. Das Album läuft uns ja nicht weg. Ich dagegen werde älter.«

»Bald bekommst du graue Haare, alter Mann«, neckt ihn Matt und wird zur Strafe mit einer Erdnuss beworfen. Jedoch verfehlt Marc sein Ziel um Haaresbreite.

»Ich bin erst zweiundzwanzig und von einem alten Mann meilenweit entfernt, du Spinner«, entgegnet Marc lallend und legt dabei Louis den Arm um die Schulter. Ich bemerke, wie sich Louis anspannt, die Berührung dann jedoch zu genießen scheint. Ein kleines Lächeln in meine

Richtung macht deutlich, dass Louis gerade glücklich ist. Er genießt jeden Moment mit Marc, auch wenn dieser den wahren Grund dafür nicht kennt. Armer Lou. Es muss verdammt hart sein, sich immer zu verstellen. Ich kann ja kaum die Finger bei mir behalten, wenn ich mit Rick zusammen bin. Wie schwer muss es dann sein, jemandem nah zu sein, dem man seine Gefühle nicht gestehen kann und der in einer glücklichen Beziehung ist?

»Außerdem hast du mir noch gar nicht richtig gratuliert«, sagt Marc zu Louis.

»Happy Birthday«, brummt dieser und schiebt sein leeres Schnapsglas von sich. Marc schüttelt den Kopf.

»Nicht so lieblos.« Dann tippt er sich mit dem Zeigefinger der freien Hand gegen die Wange, ohne Louis loszulassen. Lous Augen weiten sich erschrocken und die anderen brechen in schallendes Gelächter aus.

»Sollte das nicht deine Christine machen?«, fragt Tyler lachend.

»Sie ist aber nicht hier«, meint Matt und legt seine Stirn in Falten, als würde ihm das Nachdenken schwerfallen.

»Ist sie nicht«, bestätigt Rick lallend. »Definitiv.«

»Christine sitzt zu Hause, weil sie ein Baby bekommt«, gibt Marc lallend zurück. »Sie darf nicht feiern. Aber ich darf das. Mit meinen allerbesten Freunden.«

Irgendwie klingt es komisch, wie Marc über seine Freundin und das Baby spricht. Aber vermutlich liegt es daran, dass er schon ziemlich betrunken ist. Ob es wirklich eine gute Idee ist, noch in einen Club zu gehen?

»Unser Küken muss sie wohl ersetzen.«

Louis schiebt beleidigt die Unterlippe vor. »Ich bin doch kein billiger Ersatz für deine Freundin«, empört er sich. Marc dreht sein Gesicht zu ihm. Sein Blick wird ernst.

»Bist du nicht. Könntest du gar nicht sein«, murmelt er. Louis sieht ihn stumm an. »Na los …« Wieder tippt sich Marc gegen die Wange. Ein diabolisches Grinsen schleicht sich auf Louis' Gesicht.

»Also schön.« Louis nimmt Marcs Gesicht in beide Hände und presst seine Lippen fest auf den Mund seines Bandkollegen. Nicht nur mir entfährt ein erstaunter Laut. Auch die anderen Jungs starren Louis an. Marc reißt erschrocken die Augen auf. Erst sieht es aus, als würde er vor Lou zurückweichen wollen, es jedoch nicht aus eigenem Antrieb schaffen. Louis schiebt seine Zunge zwischen Marcs Lippen und küsst ihn innig, ohne dabei die Augen zu schließen. Beide starren sich an, ohne den Kuss zu beenden und langsam wird es unheimlich. Das, was Louis gerade mit Marc vor unser aller Augen macht, gehört ins Schlafzimmer! Sein Kuss ist erotisch und leidenschaftlich. Wenn Marc nicht spätestens jetzt merkt, was Louis für ihn empfindet, dann ist ihm wirklich nicht zu helfen! Mein Gesicht beginnt zu glühen und ich wende schnell den Blick ab. Ricks Druck auf mein Knie wird stärker, auch er weiß nicht, wohin er schauen soll. Erst als sich Tyler räuspert, lässt Louis von Marc ab. Dieser ist rot wie eine überreife Tomate. Mit offenem Mund starrt er Louis an.

»Also … wow …«, kommt es von Matt. »Einfach nur … wow. Marc, sicher, dass du mit Christine zusammen sein willst?«

Ich kichere. Marc schweigt immer noch. Vermutlich kann sein betrunkenes Hirn nicht begreifen, was gerade passiert ist.

Lou erhebt sich und grinst zufrieden in die Runde. »Also dann, wollten wir nicht in einen Club?«

Der Club liegt nur ein paar Straßen entfernt, sodass wir darauf verzichten, das Auto zu nehmen. Trotzdem weichen die Bodyguards nicht von der Seite ihrer Schutzbefohlenen. Da an einem Donnerstagabend nicht wirklich viel los ist, können wir bedenkenlos durch die dunklen Straßen laufen, ohne viel Aufsehen zu erregen. Wir sind bloß eine Gruppe junger Männer, die ein bisschen feiern wollen.

Vor dem Eingang spricht Bob mit einem der Türsteher, der uns an der Schlange vorbei in den Club winkt. Ein Raunen geht durch die Wartenden und einige Male höre ich leise Ricks oder Marcs Namen. Ehe ich mich zu einer jungen Frau umdrehen kann, die nach meinem Arm greift, hat mich Chris auch schon in den Club geschoben.

»Achte nicht auf die Leute, Alex. Sobald du in den Fokus der Aufmerksamkeit gerätst, kommst du nicht mehr raus. Versuch, dich unauffällig zu verhalten. Das ist ein nett gemeinter Rat von mir. Und im Sinne der Jungs, wenn du verstehst, was ich sagen will. Tu nichts, was der Band schaden könnte.« Der Bodyguard sieht mich eindringlich an. Natürlich verstehe ich ihn, also nicke ich und eile dann zu den anderen, die bereits eine Treppe hinab in den Keller gehen, von wo aus laute Musik zu uns dringt. Es ist ein kleiner Club mit nur einem Raum. Zwei Bars befinden sich jeweils rechts und links von mir. Noch ist nicht wirklich viel los.

»Die erste Runde geht auf mich«, ruft uns Marc über den Lärm der Musik zu. Ein Technobeat dröhnt aus den Boxen am DJ Pult. Marc bestellt Tequila, den ich skeptisch mustere. Ich spüre den Alkohol bereits, normalerweise trinke ich nicht so viel.

»Na los, runter damit«, fordert mich Matt grinsend auf und reicht mir ein Schnapsglas. Ich schaue kurz zu Rick, der den Alkohol bereits hinunterkippt, als wäre es Wasser. Ein Blick auf Louis zeigt mir, dass auch er bereits ausgetrunken hat. Das Licht der bunten Strahler huscht über seine schlanke Gestalt, wie er sich mit den Ellenbogen gegen den Tresen stützt und die tanzende Menge betrachtet. Als er meinen Blick bemerkt, lächelt er mich an, dann dreht er sich zum Barkeeper um und bestellt weitere Getränke.

»Komm, Alex. Du musst mir helfen, diesen Abend zu überstehen«, fleht er und schiebt eins der Schnapsgläser über den Tresen zu mir. Fragend hebe ich eine Augenbraue, rücke näher zu ihm und drehe das Glas zwischen den Fingern.

»Ich … ich werde mich heute so lange betrinken, bis ich meinen peinlichen Auftritt von vorhin vergessen habe«, erklärt er und leert das erste Glas. »Keine Ahnung, was in mich gefahren ist. Marc wird sicher nie wieder mit mir reden. Aber … wenn ich ihn nicht haben kann, macht alles andere einfach gar keinen Sinn für mich …« Seine Stimme bricht und er muss hart schlucken, ehe er nach einem weiteren Glas greift.

»Vermutlich wird er sich nicht einmal daran erinnern können«, tröste ich Louis. »Der Typ ist sternhagelvoll« Ich deute mit dem Kopf auf die Tanzfläche, auf der Marc umringt von mehreren Frauen und Männern tanzt. Seine Bewegungen sind unkoordiniert, er wirft immer wieder die Arme in die Luft und dreht sich so wild im Kreis, dass ich befürchte, er wird gleich Bekanntschaft mit dem Boden machen. Zum Glück hat Tyler ein Auge auf unser Geburtstagskind.

»Mag sein, dass er sich nicht daran erinnern wird … aber die anderen werden es. Spätestens morgen Früh werde ich vor Scham im Boden versinken, wenn mich die anderen auf den Kuss ansprechen.« Louis trinkt erneut. »Komm, ich will nicht allein betrunken hier rausspazieren.« Seine blauen Augen sehen mich bittend an. Seufzend setze ich das Schnapsglas an meine Lippen und trinke den Alkohol in einem Zug. Es brennt in meiner Kehle, doch beim zweiten ist es schon leichter und der dritte schmeckt sogar verdammt gut.

»Wirst du es ihm jemals sagen?« Ich rücke noch etwas näher zu ihm. Mein Freund schüttelt heftig den Kopf.

»Nein.« Er nimmt noch einen Schluck von dem Tequila. »Nein, ich kann es ihm nicht sagen. Es würde die Band auseinanderreißen, wenn sich Marc von mir abwendet. Denn ich glaube kaum, dass ich weiter mit ihm Musik machen könnte, sollte er mich wegen meiner Gefühle ablehnen. Er würde es vielleicht nicht absichtlich tun, immerhin hat er kein Problem mit Rick und dir. Aber er wird meine Gefühle nie erwidern, weil er Christine liebt. Verstehst du, was ich meine? Wenn ich schweige, wird es vielleicht irgendwann leichter und alles wie vorher …«

»Gott, Lou …« Ich bin unfähig, etwas zu sagen, ihn zu trösten. Das Einzige, was mir in diesem Moment einfällt, ist, seine Hand, die er um das leere Schnapsglas gekrallt hat, zu berühren. Louis atmet mehrmals tief ein und aus, ehe er mich erneut ansieht. In seinen Augen schwimmen Tränen, die ich selbst in der Dunkelheit des Clubs deutlich erkennen kann.

»Ich werde es schaffen, Alex«, sagt er mit fester Stimme. »Die Band ist mein Leben. Und ich will nicht, dass alles den Bach runtergeht, nur, weil ich mich in einen Typen verknallt habe.«

Ich öffne den Mund, um etwas zu erwidern, als sich plötzlich ein Arm um meine Schulter legt. Ricks Kopf taucht zwischen Louis und mir auf.

»Was tuschelt ihr zwei Hübschen denn?«, fragt er lallend. Rick ist bereits ziemlich betrunken. Seine Hand auf meiner Schulter brennt sich durch den dünnen Stoff meines Shirts. Wärme durchflutet mich, als er sein Gesicht zu mir dreht und mich ansieht. »Alex?«

»Ja?« Meine Stimme ist nur noch ein Krächzen. Der Bass der Musik dröhnt in meinen Ohren, ich sehe Rick in die Augen, verliere mich in seinem Blick. Obwohl er ein wenig mitgenommen aussieht, ist er immer noch der schönste Mann, den ich kenne. Sein Atem streift meine Wange und mein Puls beschleunigt sich augenblicklich.

»Alex …«, murmelt er nun so leise, dass ich ihn kaum verstehe.

»Was ist los?«, frage ich ihn mit wild pochendem Herzen. Alles um mich herum verschwimmt, aus dem Augenwinkel nehme ich wahr, wie Louis uns allein lässt und auf die Tanzfläche verschwindet. Rick dreht sich ganz zu mir um, ohne seine Hand von meiner Schulter zu nehmen. Langsam fährt er mit der Hand über meinen Rücken, verursacht dadurch einen regelrechten Sturm der Gefühle in meinem Inneren. Doch als seine Hand auf meinem Hintern liegen bleibt, erstarre ich.

»Alex … ich kann meine Finger einfach nicht mehr bei mir behalten«, raunt er mir zu.

»Du bist betrunken«, entgegne ich, als wäre das die Erklärung für all unsere Probleme. Mir sind seine Berührungen nicht unangenehm, ganz im Gegenteil. Meine Selbstbeherrschung hängt an einem seidenen Faden, der jeden Moment reißen kann. Doch Chris' Worte hallen in meinem Kopf wider. *Tu nichts, was der Band schaden könnte.* Können ihnen meine Gefühle schaden? Ist es falsch, in Rick verliebt zu sein? In seiner Nähe sein zu wollen?

Rick schüttelt langsam den Kopf. Seine Lider flattern, dann fixiert er mich mit seinem Blick. Hitze breitet sich in meinem Körper aus, meine Knie werden weich. Rick presst mich mit einer einzigen Handbewegung noch enger an seinen Körper.

»Die Leute …«

»Scheiß auf die Leute«, knurrt Rick. »Sie können mir nicht verbieten, zu tun, was ich will. Warum zur Hölle denken alle, mir Vorschriften machen zu können? Nur, weil sie annehmen, ich wäre von ihnen abhängig?« Zorn blitzt in seinen blauen Augen auf. Verdammt, Rick hat so recht.

Genau wie Louis. Ohne Rick macht für mich nur noch wenig Sinn. Und wenn ich ihn nicht haben kann, dann will ich keinen anderen Mann. Niemand könnte Richard ersetzen. Ich will ihn. Ich will ihn jetzt. Und ich will meine Gefühle nicht verstecken müssen!

Entschlossenheit lodert in seinen Augen, als er seinen Mund hart auf meinen presst. Ich keuche, kralle meine Finger in sein Haar und zerre ihn noch enger an mich. Rick drängt mich mit dem Rücken gegen den Tresen, schiebt seine Zunge zwischen meine Lippen und küsst mich, bis mir die Luft ausgeht. Die Stimme der Vernunft, die bis eben noch in meinem Kopf gewesen ist, wird immer leise, bis sie ganz verschwindet. Scheiß auf die Leute …

Als ich gemeinsam mit Rick und Bob das Tonstudio betrete, ist es bereits später Nachmittag. Es war verdammt schwer, aus dem Bett zu kommen. Nachdem mich eine kalte Dusche halbwegs wachgemacht hat, lag Rick immer noch wie tot im Bett. Er klagte über tierische Kopfschmerzen und es hat gedauert, bis ich ihn dazu überreden konnte, endlich aufzustehen, sich anzuziehen und ins Studio zu fahren. Louis hat mir bereits mehrere Nachrichten hinterlassen, dass wir uns gefälligst beeilen sollten. Robert wäre schon auf hundertachtzig, weil die ganze Band völlig verkatert und kaum in der Lage ist, einen Ton zu treffen.

»Hey Jungs«, grüßt Rick seine Freunde, nachdem er den Raum betreten hat. Tyler steht neben dem Mischpult des Tontechnikers, während die anderen auf dem Sofa in der Ecke sitzen. Na ja, sie liegen eher wie ein müder Haufen übereinander gestapelt auf der viel zu kleinen Couch. Matt hängt seitlich über der Armlehne, während sich Marc der Länge nach ausgebreitet hat. Seine Beine hat er weit von sich gestreckt, den Kopf in Louis' Schoß gebettet. Lou hat die Augen geschlossen, sein Gesicht wirkt angespannt, als leide er Schmerzen.

»Gott, was ist denn mit euch los?«, frage ich irritiert. Natürlich ging es mir nach dem Aufstehen auch nicht wirklich berauschend und wie das blühende Leben sehe ich schon gar nicht aus. Aber die anderen hat es anscheinend noch schlimmer getroffen.

Louis öffnet vorsichtig ein Auge, dann hält er sich die Hand vors Gesicht, als wolle er sich vor dem Licht im Raum schützen.

»Mir ist schlecht«, jammert er.

»Du hättest nicht so viel trinken sollen«, entgegnet Marc.

»Ach ja? Wessen Idee war es denn bitte, noch in den Club zu fahren?« Louis schiebt Marc von seinem Schoß. Dieser richtet sich halb auf und hält sich sogleich den brummenden Schädel.

»Zum Trinken hat dich keiner gezwungen … Du bist selbst schuld, wenn es dir jetzt schlecht geht.«

»Pah!« Beleidigt verschränkt Lou die Arme vor der Brust. »Wer bitte hat vorhin das Klo vollgekotzt? Ich war es nicht.«

Marc errötet, dann erhebt er sich stöhnend. »Du Quälgeist. Kannst du nicht einfach die Klappe halten und mich wie einen Mann leiden lassen? Es war gerade so gemütlich.«

»Was seid ihr für ein komischer Haufen, Jungs!« Rick klopft Marc lachend auf den Rücken.

»Lach du nur. Du bist ja auch abgehauen, bevor es ernst wurde«, grummelt Marc. Rick lässt sich in einen der Sessel fallen und greift nach einer Wasserflasche vor ihm auf dem kleinen Tisch. Er nimmt mehrere große Schlucke, ehe er die Flasche an mich weiterreicht. Ich ergreife sie und setze mich zu ihm auf die Sessellehne.

»Ja«, mischt sich Matt ein. »Ihr konntet nicht früh genug verschwinden, nach der Show, die ihr im Club abgeliefert habt.« Er lacht rau. Hitze steigt in meine Wangen, als ich mich an den gestrigen Abend und die darauffolgende Nacht erinnere. Nachdem mich Rick geküsst hat, hat Bob uns direkt zur Wohnung gefahren, damit wir nicht so viel Aufsehen erregen. Einmal angefangen, ließ sich Rick nicht mehr aufhalten. Mein Shirt wurde ich bereits im Aufzug los und meine Hose noch vor der Wohnungstür. Der Sex war einfach nur … der Wahnsinn!

»Ha ha, Alex, ich weiß, was gerade in deinem Kopf vorgeht«, stichelt Matthew und zeigt mit dem Finger auf mich. Rick lacht und selbst Louis stimmt mit ein. Sind meine Gedanken etwa so offensichtlich? Am liebsten würde ich mich irgendwo verstecken.

»Jetzt hört auf, hier heumzublödeln. Wenn Rob gleich wiederkommt und ihr nicht wenigstens so tut, als würdet ihr arbeiten, gibt's Ärger. Wir sollten zumindest ein paar Stimmübungen machen. Ihr habt Glück, dass er wegen eines dringenden Anrufs gerade wie von der Tarantel gestochen rausgerannt ist. Unser armer Manager leidet sicher an Bluthochdruck, so, wie er sich immer aufregt.« Tyler schüttelt den Kopf.

»Spielverderber. Als hättest du keine Kopfschmerzen«, mault Matt.

»Aspirin hilft«, sagt Tyler mit einem Zwinkern. Er sieht Rick an. »Jetzt komm, du siehst halbwegs fit aus. Du machst den Anfang.«

»Klar, was hättet ihr denn gern?« Rick springt vom Sessel auf verbeugt sich theatralisch vor seinen Freunden. Tyler überlegt kurz. Bevor er antworten kann, piept sein Smartphone. Er zieht es aus der Hosentasche und schaut auf das Display. Seine Augen weiten sich entsetzt.

»Fuck!«

»Hey, was ist denn los? Du siehst aus, als wäre gerade die Welt untergegangen.«, will Rick lachend wissen. Ich blicke besorgt zu Tyler, auch die anderen werden auf ihn aufmerksam. Es dauert eine ganze Weile, bis er sich rührt. Er sitzt stumm da und starrt auf sein Telefon, blass wie eine Wand.

»Was ist denn los?«, will Louis wissen. Tyler sagt nichts, schluckt nur mehrmals und tippt auf seinem Handy herum. Louis zieht sein iPhone ebenfalls heraus.

»Mist, mein Akku hat den Geist aufgegeben«, brummt er verstimmt, als er das Handy vor sich auf den Tisch legt. Ein ungutes Gefühl beschleicht mich und ich will schon nach meinem eigenen Handy kramen, als die Tür schwungvoll aufgerissen wird. Erschrocken zuckt Rick neben mir zusammen und dreht sich um. Wir anderen sehen ebenfalls zur Tür. Robert betritt den Raum. Sein Gesicht ist dunkelrot. Sein Haar steht ihm wild vom Kopf ab und seine Augen fixieren uns wütend.

»Sieh an, die Stars des Abends haben sich auch mal dazu bequemt, hier zu erscheinen«, spuckt er die Worte förmlich aus. panisch taste ich nach Ricks Hand. Er umklammert meine eiskalten Finger. So, wie ihr Manager aussieht, bedeutet das nichts Gutes. Ricks Griff wird fester. Er starrt immer noch erschrocken zu Robert rüber, unfähig, sich zu rühren. Keiner der Jungs sagt etwas, unheimliche Stille breitet sich im Raum aus.

»Die Probe für heute fällt aus. Ich will euch heute nicht mehr sehen«, zischt der Manager.

»Aber warum?«, will Marc verwirrt wissen.

»Das solltest du wohl deinen Freund hier fragen«, entgegnet Robert mit einem wütenden Blick auf Rick, der mir eine Heidenangst einjagt. Etwas geht hier gerade gehörig schief. »Jetzt haut ab. Und du-« Er nähert sich Rick. »Du kommst mit in mein Büro. Sofort!«

10. Love you goodbye (One Direction)

-Rick-

Wie mechanisch erhebe ich mich von meinem Platz und folge Robert zur Tür.

»Rick«, ruft mir Alex mit bebender Stimme nach.

»Schon gut. Lass dich von Bob zurück nach Hause bringen. Ich komme gleich nach«, sage ich zu ihm, ehe ich den Raum verlasse.

Robert schweigt, während er vor mir die Gänge entlang stapft. Seine Körperhaltung zeigt mir, wie wütend er ist. Langsam bekomme ich Angst, was denn nun wieder los ist. Meine Beine tragen mich wie von selbst hinter unserem Manager her, während es in meinem Kopf unaufhörlich arbeitet. Ich habe keine Ahnung, warum Robert so mies drauf ist. Ich hab doch gar nichts getan, was ihn so aufbringen könnte, oder? Plötzlich drängt sich ein Bild in meine Gedanken, ich reiße die Augen auf und bleibe abrupt stehen. Das kann doch nicht sein, oder? Die Erkenntnis bricht über mich ein. Der gestrige Abend im Club … Mir rutscht das Herz in die Hose. Fuck. Fuck, fuck, fuck!

Mit einem Schwung reißt Robert die Tür zu seinem Büro auf und betritt den Raum. Auf wackligen Beinen folge ich ihm.

»Richard!«, zischt er nun ungehalten und wirbelt zu mir herum. Wir starren uns einen Moment lang in die Augen. Das Gesicht unseres Managers ist wutverzerrt. Eine geschlagene Minute ist es still um uns herum, was mir nur noch mehr Angst macht. Wenn es tatsächlich um den Clubbesuch geht, kann ich es vergessen, mir irgendwelche Ausreden auszudenken.

Robert geht zu seinem Schreibtisch und nimmt einen Stapel Papier in die Hand, durchquert den Raum erneut mit einigen Schritten, bevor er mir die Zettel vor die Brust knallt.

»Sag mir, was das ist!«, schreit er mich so laut an, dass mir die Ohren klingeln. »Was zur Hölle sind das für Fotos?« Die Blätter liegen verstreut zu meinen Füßen. Entsetzt starre ich auf die Bilder, unfähig, mich zu rühren. Ach du scheiße! Es sind tatsächlich Bilder vom gestrigen Abend. Alex und ich zusammen im Club. Ich habe meinen Arm um seine Schulter gelegt. Mir schlägt das Herz bis zum Hals, als ich das Bild entdecke, das mir endgültig den Rest gibt. Alle Farbe weicht aus meinem Gesicht. Der Kuss. Meine Hände auf seinem Hintern, seine Hände in meinem Haar. Wie wir uns eng aneinanderpressen. Wenn ich nicht zu geschockt darüber wäre, würde ich den Fotografen für dieses exzellente und gestochen scharfe Bild bewundern. Es lässt keinen Interpretationsspielraum. Die Leidenschaft des Kusses ist so perfekt in dem Foto eingefangen, dass es mir die Sprache verschlägt. Ich bin betrunken und verliebt und verdammt unvorsichtig gewesen. Das habe ich nun davon! Roberts schlimmster Albtraum ist gerade wahr geworden.

»Wo kommen diese Fotos her?« Roberts Stimme dröhnt in meinem Kopf, meine Ohren klingeln. Ich kann nicht antworten, bin wie gelähmt vor Schreck. Er packt meine Schultern und schüttelt mich, damit ich ihn endlich ansehe.

»Ich habe dich gewarnt, Richard! Wie oft habe ich dir gesagt, dass du aufhören sollst, dich wie ein schwanzgesteuerter Teenager zu benehmen? Dass du nicht nur an dein eigenes Wohl denken sollst? Deine andauernden Affären habe ich geduldet aber das-« Er deutet mit dem Finger auf die Fotos. »Das setzt allem die Krone auf! Ich habe dich mehrmals ermahnt, deine Finger von diesem Kerl zu lassen. Aber du wusstest es ja besser, nicht? Musstest dich wie ein trotziges Kind gegen mich auflehnen, weil du Angst hattest, dass ich dir dein Spielzeug wegnehme.« Er holt tief Luft und sein Gesicht wird noch dunkler. »Du hattest deinen Spaß und hast dich einen Scheißdreck um die Konsequenzen gekümmert. Jetzt hast du den Bogen eindeutig überspannt, mein Freund! Sieh dir diese Bilder an. Die Medien sind voll davon.« Er spuckt die Worte aus, als würde er sich an ihnen verschlucken.

Meine Hände zittern. Geschockt starre ich Robert an, der mich mittlerweile losgelassen hat, um vor mir auf und ab zu tigern. Unser Manager ist schon oft wütend gewesen, aber noch nie in diesem Ausmaß!

»Jetzt mach mal halblang«, finde ich endlich die Sprache wieder. »Du tust gerade so, als würde die Welt untergehen. Es ist nur ein Kuss, was ist denn schon dabei?« Ich lache nervös aus, fahre mir mit der Hand durchs Haar und versuche, mein wild pochendes Herz irgendwie zu beruhigen. Ich habe Angst. Verdammt große Angst sogar, denn ich will nicht wissen, wie die Presse auf diese Bilder reagieren wird. Sicher platzt meine Timeline nur so von Tweets wütender Fans. Ich sehe die Schlagzeilen geradezu bildlich vor mir:

Hat Richard Clark das Ufer gewechselt? Das Foto bestätigt die Gerüchte um die Bisexualität des Popstars. Ist ein Mitglied der berühmten Boyband 5Minutes tatsächlich mit einem Mann zusammen?

Wie wird Alex darauf reagieren? Verdammt, wieso bin ich nur so dumm gewesen? So unvorsichtig? Dabei war doch alles gut … Ich habe mir die ganze Zeit über nichts anmerken lassen, wenn wir zusammen in der Öffentlichkeit gewesen sind. Alex hat mitgespielt. Es ist uns beiden schwergefallen, aber es hat funktioniert. Und jetzt das! Ein einziger Moment der Unachtsamkeit – und das Glück zerplatzt wie eine Seifenblase!

Wütend über mich selbst balle ich die Fäuste. Wie konnte ich nur so dumm sein? Alex hat versucht, mich aufzuhalten, auch wenn sein Widerstand schwach gewesen ist. Ich habe mich einfach sicher gefühlt. Allen überlegen. Als könnte mir niemand etwas anhaben. Und jetzt? Jetzt geht das Kussfoto um die ganze Welt!

»Nur ein Kuss? Willst du mich verarschen? Hast du heute schon einmal im Internet geschaut, was du mit deinem *nur ein Kuss* angerichtet hast? Ich sag es dir: Eine einzige Katastrophe hast du angerichtet!« Seine Stimme überschlägt sich. »Du musst dich von ihm trennen!«

Ich erwache aus meiner Starre. Wut steigt in mir auf. »Nein!«, schreie ich nun meinerseits. »Das werde ich ganz sicher nicht, nur, weil dir nicht passt, dass ich mit einem Mann zusammen bin. Dich geht es nichts an, mit wem ich zusammen bin! Als unser Manager ist es nicht deine Aufgabe, dich in mein Liebesleben einzumischen, sondern es für die Öffentlichkeit positiv darzustellen!«

Robert zieht unbeeindruckt die Augenbrauen hoch. »Ach?« Langsam kommt er wieder auf mich zu, bückt sich und hebt das Kussbild auf. »Das sehe ich anders. Daraus kann ich nichts Positives mehr machen, Richard. Ich bin euer Manager aber ich kann verdammt nochmal nicht zaubern. Hier geht es nicht um ihn oder dich, sondern darum, wie die Band da herauskommt. Du bist gerade dabei, deine Karriere, alles, was du dir mit 5Minutes aufgebaut hast, gegen die Wand zu fahren. Und zwar mit voller Wucht! Jetzt geht es darum, Schadensbegrenzung zu betreiben – und dafür muss der Kerl, den all eure Fans hassen, verschwinden!«

Wütend funkle ich ihn an. »Gott, du führst dich auf, als wäre meine Bisexualität das Ende der Welt! Was ist heutzutage schon dabei, mit einem Mann zusammen zu sein? Im Showbiz ist schon lange niemand mehr so engstirnig wie du. Denk dir etwas aus, das kannst du doch so gut.«

»Oh, glaub mir, das habe ich schon längst getan.« Ein hämisches Lächeln erscheint auf seinem Gesicht, das mir das Blut in den Adern gefrieren lässt. Robert geht zu seinem Schreibtisch und setzt sich in den Sessel. Selenruhig schlägt er die Beine übereinander, ehe er mich wieder ansieht.

»Weißt du, ich habe da ein paar Nachforschungen angestellt«, beginnt er mit eisiger Stimme. »Wusstest du, dass Alex' Vater seine Familie für eine Frau verlassen hat, die halb so alt ist wie er? Und dass seine Mutter nach einer längeren Krankheit arbeitsunfähig ist und nur von Sozialhilfe lebt? Ich wette, dein ach so toller Freund kommt im Studium gerade so über die Runden. Was liegt da näher, als dass er die erstbeste Chance genutzt hat, sich einen millionenschweren Weltstar zu angeln, um sich von ihm aushalten zu lassen? Alles, was er dafür tun musste, war, die Beine breit zu machen.« Er lacht ein schadenfrohes Lachen. Mir dreht sich der Magen um. Am liebsten hätte ich Rob vor die Füße gekotzt, so übel wird mir bei dem Scheiß, den Robert da von sich gibt.

»Du mieses Arschloch«, presse ich hervor. »Was fällt dir ein, in seinem Leben herumzuschnüffeln? Wo hast du diese Informationen überhaupt her? Das ist doch alles nur eine Lüge!«

Er zuckt bloß mit den Schultern. »Theresa war so freundlich, hier und da nachzufragen und zu recherchieren. Du solltest doch am besten wissen, wie weit man mit Geld kommen kann. Außerdem ist es scheißegal, ob die Geschichte nun wahr ist oder nicht: Meinst du nicht, diese Story wäre nicht ein gefundenes Fressen für die Presse? *Armer Student lässt sich von Popstar aushalten, um das Leben seiner Familie erträglicher zu machen.* Wie dramatisch! Ich wette, diese Schlagzeilen würden einschlagen wie eine Bombe. Du solltest von deiner kleinen Eskapade mit dieser Angelique noch wissen, wie die Presse ist … Es würde nicht lange dauern, bis sie wüssten, wo dein Alexander wohnt, wo er arbeitet, wo er studiert. Die Journalisten würde ihn belagern, ihn wochenlang nicht in Ruhe lassen. Und das ist nur die Presse! Was meinst du, was deine Fans mit ihm anstellen, wenn man ihnen weißmacht, er hätte ihren Lieblingspopstar verarscht und ihm das Herz gebrochen? Dein armer, kleiner Alexander wird sich nirgends mehr blicken lassen können, wenn diese Geschichte die Runde macht!«

Wut brodelt in mir. »Das … das kannst du nicht bringen! Du kannst doch nicht einfach solche Lügen über Alex verbreiten, nur, weil du der Meinung bist, er könnte mir schaden. Du bist es doch, der der Band in den letzten Wochen am meisten schadet. Ich werde den anderen von deinem Verhalten erzählen! Du wirst gar nicht so schnell gucken können, wie wir uns einen Anwalt nehmen, um deinen Vertrag mit uns aufzulösen!«, brülle ich Robert wutentbrannt an. Dieser zuckt jedoch nicht einmal mit der Wimper.

»Sicher, dass du das tun willst?« Rob legt den Kopf schief und mustert mich mit abschätzigem Blick.

»Ich habe keine Angst vor dir«, zische ich, balle die Fäuste und mache einen Schritt auf ihn zu.

»Ich an deiner Stelle würde mir die nächsten Worte sehr gut überlegen, Richard«, gibt unsere Manager bloß ruhig von sich. Sein eindringlicher Blick ruht auf mir.

»Sonst was?«

»Sonst landet das hier-« Er wedelt mit einem USB Stick, den er aus der Brusttasche seines Jacketts gezogen hat. »… bei Samantha Ray. Oh ja, ich weiß, wie sehr sie es liebt, den neusten Klatsch weiterzugeben. Auch wenn wir in Vergangenheit einige Differenzen hatte, wird sie sicher hocherfreut über dieses hochexklusive Material zu deinem Freund sein. Und glaub mir: Die Medien sind schneller, als ein Anwalt es je sein könnte.«

»Das … das kannst du nicht tun. Willst du wirklich sein Leben zerstören? Das ist verdammt nochmal Erpressung!«

»Nenn es wie du willst, aber wenn ich so verhindern kann, dass uns ein Haufen Geld flöten geht, nur, weil du es nicht schaffst, deinen Schwanz nicht in alles zu stecken, was bei drei nicht auf den Bäumen ist, werde ich zu jedem Mittel greifen.«

»Du … du …« Mir fehlen die Worte. So etwas hätte ich nie im Leben von ihm erwartet. Dass er sogar vor Erpressung nicht zurückschreckt, schockt mich. Was mache ich denn jetzt? Ich kann doch nicht einfach zusehen, wie er Alex' Leben zerstört! Mir ist es egal, ob Alex' Familie Geldprobleme hat oder nicht. Ich weiß, dass Alexander mich liebt und nicht mal dann Geld von mir annehmen würde, wenn ich es ihm anbieten würde. Wir sind zusammen, weil wir zusammen sein wollen. Auch wenn ich nicht mehr berühmt sein sollte, hätte unsere Liebe noch Bestand.

»Ich … ich liebe ihn!« Die Worte purzeln nur so aus mir heraus, ohne dass ich es verhindern kann. Verzweiflung macht sich in mir breit. Wie kann ich nur verhindern, dass er seine Drohung wahrmacht?

Robert lacht auf. »Liebe? Bist du dir sicher? Ich glaube eher, dass du nach einem neuen Abenteuer gesucht hast. Du bist zu wahrer Liebe doch gar nicht fähig.«

Ich balle die Hände zu Fäusten, mein Inneres rumort. »Du wirst Alex in Ruhe lassen!«

Roberts Augen verengen sich zu Schlitzen, als er sich erhebt und wir uns wieder direkt gegenüberstehen. Robert ist um einiges größer als ich, doch damit kann er mich nicht beeindrucken.

»Jetzt pass mal auf, Rick. Ich habe dein Verhalten endgültig satt. Entweder, du trennst dich von Alexander, oder morgen kannst du in jedem Newsportal nachlesen, was für einen tollen Freund du hast. Es liegt an dir.«

Ich öffne den Mund, will etwas erwidern, doch Robert lässt mich gar nicht erst zu Wort kommen. Er packt mich erneut an den Schultern und schüttelt mich.

»Solltest du der Meinung sein, den anderen von unserem kleinen Gespräch zu erzählen, könnte es sein, dass mir Sam gegenüber ein paar Infos über Alexander rausrutschen. Oder … was meinst du … ich könnte auch mal schauen, ob ich etwas Hübsches über diese Christine finde? Was Marc wohl dazu sagt, wenn die Mutter seines Kindes in den Medien zerrissen wird?? Du hast keine Ahnung, wie schnell du deine Karriere mit einer einzigen unbedachten Tat zerstören kannst. Nicht nur deine, auch die deiner Freunde. Ist er dir das wirklich wert?«

Ich starre in Roberts selbstgefälliges Gesicht und bekomme kein Wort heraus, obwohl ich ihm widersprechen will. Ihm sagen will, dass er derjenige ist, der Unrecht hat. Der nicht weiß, was Liebe ist und einfach nicht versteht, dass es nicht nur darum geht, was die Presse erzählt! Aber ich bleibe stumm, kann einfach nichts erwidern, weil ich furchtbare Angst habe, dass er Alex' Leben zerstören wird. Meine Kehle ist wie zugeschnürt. Ich weiß, er könnte es. Und das ist das Schlimme an der ganzen Situation. Meine Karriere ist mir scheißegal – aber Alex … Ich kann es ihm nicht antun von den Medien zerrissen zu werden.

»Entscheide dich, Richard. Eine Trennung ist die einzige Option, um alles geradezubiegen. Entweder du verlässt ihn jetzt, oder es bedeutet das Ende für ihn und womöglich noch für die Band. Es liegt in deiner Hand.«

Was mache ich denn jetzt? Ich liebe Alex! Aber ich liebe auch die Band. Meine Freunde, die eine Familie für mich sind. Ich darf nicht der Grund sein, dass alles den Bach runter geht.

Ich zittere immer noch. Mein Herz fühlt sich an, als würde es von einer eiskalten Faust umschlossen, die es immer fester zusammendrückt. Mir ist zum Heulen zumute. Wie konnte das alles nur so eskalieren? Nachdem mich Robert aus seinem Büro geworfen hat – er musste mich nicht zweimal bitten, zu gehen – bin ich eine ganze Weile einfach nur herumgefahren, in der Hoffnung, meinen Kopf freizubekommen. Hat leider nicht funktioniert. Ich bin so furchtbar wütend, dass kein vernünftiger Gedanke Platz in mir hat. Wütend auf Robert, auf mich selbst, auf die ganze verdammte Welt! Ich kann einfach nicht verstehen, warum Robert so verbissen versucht, meine Beziehung zu Alex mit allen Mitteln zu zerstören. Glaubt er wirklich, es würde dem Image der Band so sehr schaden? Nach all den Skandalen, die viel schlimmer waren? Was ist an Liebe denn falsch? Natürlich werden nicht alle Fans gleich vor Freude jubeln, weil ich mit einem Mann zusammen bin, aber dadurch geht ganz sicher nicht die Welt unter. Sicherlich wird es trotzdem Menschen geben, die unsere CDs kaufen und auf die Konzerte kommen, weil sie unsere Musik lieben und uns nicht als Sexobjekte betrachten. Was kümmert es die Leute, mit wem ich zusammen bin? Vermutlich kümmert es sie weniger als Robert.

Warum sollte Alexander also meiner Karriere schaden? Meine Karriere … Scheiß auf meine Karriere! Ohne Alex ist sowieso alles sinnlos. Die Zeit ohne ihn kommt mir vor, als habe ich lediglich existiert. Jetzt lebe ich! Ich habe in den letzten drei Jahren genug Kohle verdient, um den Rest meines Lebens locker davon leben zu können. Obwohl ich die Musik liebe, bin ich nicht sicher, ob ich damit klarkommen würde, auf der Bühne zu stehen und zu wissen, dass Alex irgendwo da draußen ist und mir zuschaut, während er für mich unerreichbar ist. Wenn ich die Band verlassen müsste, um mit Alex zusammen sein zu können, würde ich es auf der Stelle tun. Aber das ist nicht das, was Robert fordert. Ihn verlassen oder zusehen, wie sein Leben zerstört wird – ich habe nur diese beiden Optionen. Jeder Gedanke an die Trennung schmerzt, doch noch schlimmer wäre es, wenn Robert wegen meiner Sturheit sein Leben kaputt macht. Das kann ich einfach nicht zulassen. Welche Wahl bleibt mir da?

Seufzend lasse ich den Kopf gegen das Lenkrad meines Autos sinken, genieße die Stille der Tiefgarage um mich herum. Keine Ahnung, wie lange ich schon hier sitze und mich nicht traue, hinauf in meine Wohnung zu gehen, wo Alex auf mich wartet. Sicher macht er sich große Sorgen, weil er bereits alles mitbekommen hat. Genau wie die anderen Jungs und der Rest der Welt. Die Medien sind voll mit unserem Foto.

Die ganze Zeit über hat mein Handy wie verrückt vibriert, weil unzählige Nachrichten bei mir eingegangen sind. Von Freunden, von Musikkollegen, von irgendwelchen Leuten, denen ich irgendwann im volltrunkenen Zustand meine Nummer gegeben habe. Ich hatte es eingeschaltet, um mich selbst vom Ausmaß der Katastrophe zu überzeugen. Sämtliche Social Media-Apps platzen vor ungelesenen Nachrichten. Zeitweise wollte ich mein iPhone aus dem fahrenden Auto schmeißen. Jetzt habe ich es erneut ausgeschaltet, um nicht mit weiteren Fragen bombardiert zu werden. Mir dröhnt jetzt schon der Schädel wegen der Entscheidung, die ich treffen muss, bevor Robert sie für mich trifft.

Natürlich sind auch Nachrichten von Alex dabei gewesen. Er hat mehrmals versucht, mich anzurufen. Ich bin nicht rangegangen. Ich wollte, doch ich konnte einfach nicht. Denn was hätte ich ihm auch sagen sollen? *Sorry Süßer, aber mein Manager will, dass wir uns trennen*? Das habe ich nicht übers Herz gebracht … Eine Trennung am Telefon ist selbst für mich unwürdig.

»Fuck!«, rufe ich wütend aus und schlage mit den Händen aufs Lenkrad. »So eine verdammte Scheiße!« Ich sacke in mich zusammen und presse meinen Hinterkopf in die Kopfstütze meines Wagens. Was mache ich nur? Ich will Alex nicht verlieren, aber ich will auch nicht, dass Robert mit seiner komischen Geschichte an die Presse geht und womöglich noch die Band in die Sache hineinzieht. Das kann ich meinen Freunden einfach nicht antun. Vor dem Hass auf den Social-Media-Kanälen kann ich Alex nicht schützen, auch wenn ich es zu gerne tun würde. Aber das, was er jetzt abbekommt, ist nichts im Gegensatz zu dem, was passieren würde, wenn Robert diese widerwärtigen Behauptungen über ihn veröffentlichen würde. Wenn ich mich jetzt von ihm trenne, wird er schnell von der Bildfläche verschwinden und könnte sein Leben in Ruhe weiterleben. Ohne mich, jedoch in Frieden.

Bei diesem Gedanken schnürt sich mir die Kehle zu und ich glaube, keine Luft mehr zu bekommen. Hätte ich gewusst, wie scheiße Liebe sein kann, ich hätte wohl alles getan, um mich nicht in ihn zu verlieben. Ich schnalle mich ab und öffne die Fahrertür. Es sollte wohl nicht sein. Wie dumm war es von mir, zu glauben, ich könnte mit ihm glücklich werden in einer Welt, in der das Image alles ist und wo dir die Menschen fröhlich ins Gesicht lachen, während sie hinter deinem Rücken über dich herziehen. Die Schattenseite des Ruhms …

Meine Schritte sind schwerfällig, mit jeder Sekunde, der ich mich meiner Wohnungstür nähere, sinkt mein Mut. Wie soll ich ihm die ganze Sache nur erklären? Ihn zu verlassen fällt mir unglaublich schwer, allein der Gedanke daran bereitet mir solche Übelkeit, dass ich mich an Ort und Stelle übergeben könnte. Aber gibt es eine andere Möglichkeit ihn zu schützen? Zumindest fällt mir gerade einfach nichts anderes ein, als auf Roberts Forderungen einzugehen. In meinem Kopf herrscht ein heilloses Durcheinander.

Wird er meine Entscheidung verstehen? Ich glaube kaum, schließlich kann ich ihm nicht einfach die Wahrheit sagen. Vielleicht wäre es besser, wenn er mich hasst. Wenn ich ihm einfach irgendeine Lüge auftische und ihn rauswerfe. Dann währt sein Schmerz vielleicht nicht ganz so lange.

Mit zitternden Fingern schließe ich die Wohnungstür auf. Ehe ich meine Schuhe abstreifen kann, steht Alex auch schon vor mir im Flur. Er ist blass und ich vermute, er hat geweint. Wegen mir. Und wegen dieser ganzen Scheiße, die über uns im Internet verbreitet wird. Erneut steigt die Wut in mir hoch. Das ist so verdammt unfair! Wieso kann ich ihn nicht einfach in die Arme schließen und ihm sagen, dass alles gut wird? Weil es eine Lüge wäre. Eine verdammte Lüge, die so schwer auf meinen Schultern lastet, dass sie mich zu erdrücken droht.

Alex sieht mich aus großen, grünen Augen an. Die Verzweiflung und Angst in seinem Blick lähmt mich, drückt mir die Luft aus den Lungen und lässt mich für einen Moment an meinem Entschluss, ihn zu verlassen, zweifeln. Seine Hand umklammert das Smartphone, das unaufhaltsam blinkt. Ich bin nicht der einzige, der mit Nachrichten bombardiert wird. Alex kennt genug Leute, die diese Fotos auf Twitter und Instagram gesehen haben können.

»Rick«, flüstert er meinen Namen. Ich atme tief ein, dann verhärtet sich meine Miene. Ohne ihn eines weiteren Blickes zu würdigen, gehe ich an ihm vorbei ins Wohnzimmer, reiße die Tür einer Vitrine auf und ziehe die Flasche mit dem teuren Whisky, den mir Marc vor einiger Zeit mitgebracht hat, heraus.

»Rick!« Alex folgt mir. Mein Name verklingt in der Stille des Raumes. Ich drehe den Verschluss der Flasche auf und nehme einen ordentlichen Schluck. Der Alkohol rinnt über meinen Mundwinkel.

»Rick …« Seine Stimme bricht. Ich drehe mich zu ihm um, kann ihm jedoch nicht in die Augen sehen. »Das Foto … Ich …«

»Jetzt ist alles zu spät.« Ich nehme noch einen Schluck Whiskey.

»Aber … kann ich etwas tun? Vielleicht ist alles nur halb so schlimm?«

»Halb so schlimm?«, fahre ich ihn wütend an. »Alex, hast du die Tweets nicht gelesen? Wie kannst du glauben, dass das, was gerade über dich – über uns – im Netz verbreitet wird, nicht so schlimm ist? Die Fans sind außer sich, weil ich angeblich plötzlich schwul geworden bin!«

Jegliche Farbe weicht aus seinem Gesicht. »Aber …«

»Nichts aber! Es ist vorbei!«

Seine Augen weiten sich, er weiß für einen Moment nicht, was er sagen soll. Sein Anblick tut weh. Doch es ist besser so. Er soll mich hassen. Und glauben, dass er mir egal ist. Dann kann ich ihn wenigstens aus dem Verkehr ziehen, ihn vor der Klatschpresse und vor meinem Manager schützen.

»Das meinst du nicht ernst«, entfährt es ihm, dann liegt er auch schon in meinen Armen und presst sein Gesicht an meinen Hals. Ich versteife mich, habe mit dieser Reaktion nicht gerechnet. Seine Wärme durchdringt mich, ich atme seinen Duft ein und erschaudere. Mein Herz rast. Dem Drang, ihn einfach fest an mich zu drücken, kann ich nur mit aller Mühe widerstehen.

»Rick, bitte. Das kannst du doch nicht ernst meinen.« Er hebt den Kopf und schaut mich an. Seine grünen Augen füllen sich mit Tränen. Ich mache keine Anstalten, meine Arme um seinen zitternden Körper zu legen. Wenn ich es tue, bin ich verloren. Dann werde ich mich nicht mehr gegen diese Gefühle wehren können, die gerade wie eine Flut über mich hereinbrechen. Alexander schmiegt sich noch enger an mich, ich spüre das Beben seiner Brust an meiner und seinen unregelmäßigen Atem an meinem Hals. Er kämpft mit den Tränen.

Vor Schreck lasse ich die Flasche fallen. Mit einem dumpfen Knall landet sie neben mir auf dem Fußboden. Whisky verteilt sich zu unseren Füßen. Ich ringe mit mir, doch dann packe ich Alex an den Schultern und stoße ihn grob von mir.

»Diese Sache war ein einziger Fehler. Ich hätte mich nicht auf dich einlassen sollen«, zische ich und fahre mir mit den Händen übers Gesicht. Gott, ich bin so erbärmlich. Wie kann ich ihn nur so mies behandeln? Schließlich habe ich Alex geküsst. *Ich* habe nicht nachgedacht und alles ruiniert. Wie kann ich nun ihm die Schuld für alles geben?

Er blinzelt verwirrt, kann gerade nicht zuordnen, was hier passiert. Ich kann mich jetzt schon kaum beherrschen. Wenn er mich so verletzt ansieht, halte ich es kaum aus, ihn von mir zu stoßen.

»Ich kann nicht zulassen, dass die Band Schaden nimmt, weil ich … eine Beziehung mit einem Kerl habe! Ach was, Beziehung, eine Affäre trifft es wohl eher.« Ich bin so ein verdammter Mistkerl. Genau das ist es doch, was Alexander eben nicht für mich ist. Er ist keine billige Affäre, war es nie und wird es nie sein, weil wir bereits eine Liebesbeziehung führen. In meiner Verzweiflung rede ich mich in Rage. Meine Gedanken überschlagen sich, bis ich nicht mehr weiß, was ich tun soll. Ich stehe zwischen den Stühlen. Meine Liebe zu 5Minutes und zu diesem Mann, der vor mir steht und nicht verstehen kann, was gerade mit ihm passiert. Noch vor wenigen Stunden haben wir uns geküsst und jetzt? Jetzt schreie ich ihn an, dass alles keinen Sinn mehr hat!

»Die Band? Eine Affäre?«, wiederholt er meine Worte geschockt. »Ist es das, was ich für dich bin? Bloß eine Affäre? Scheiße, du hast gesagt, dass wir zusammen sind! Du hast mir einen verdammten Song geschrieben, in dem du … in dem du …« Er holt mehrmals Luft. »Was willst du überhaupt von mir?«

Ich verschränke die Arme vor der Brust, um das Zittern meiner Hände vor ihm zu verbergen. Meine Beine drohen nachzugeben, wenn ich mich nicht irgendwo festhalte. Taumelnd mache ich zwei Schritte rückwärts und stütze mich mit einer Hand an der Vitrine ab.

»Alex, was genau ist es, dass *du* von mir willst? Warum bist du hier? Ist es das Geld? Oder der Ruhm? Du musst doch verstehen, dass wir keine Zukunft haben. Es ist besser, wenn du gehst. Wir wissen beide, dass ich keine Beziehung mit einem Mann führen kann.«

Er klappt den Mund auf, um etwas zu sagen, aber bringt keinen Ton über seine Lippen. Ich atme tief ein, versuche, so kühl wie möglich zu wirken, obwohl ich innerlich zu zerbrechen drohe. Und mit jedem Wort, das ich ausspreche, bricht mein Herz ein Stückchen mehr. Es ist besser so. Ich bin schuld, wenn es noch mehr Gerüchte über Alex und mich gibt. Das, was ich heute gelesen habe, hat gereicht! Ich will nicht, dass er leiden muss, weil ich so egoistisch gewesen bin, mich nicht von ihm zu trennen. Und ich will auch nicht, dass die Jungs ihren Traum von der Musik aufgeben müssen. Wenn ich mit Alex zusammenbleibe, werden alle darunter leiden.

»Hast du sie noch alle?«, schreit Alex mich nun ebenfalls wütend an. »Ich glaube, jetzt spinnst du völlig! Mir ist scheißegal, ob du reich und erfolgreich bist, oder einen verdammten Ferrari in der Garage hast. Es ist der Mann hinter der Fassade, die du für deine Fans aufrechterhältst, der mein Herz höherschlagen lässt. Hast du das denn immer noch nicht begriffen? Was soll ich mit deinem Geld, wenn ich dein Herz nicht haben kann? Glaubst du wirklich, ich bin so oberflächlich und nur an deiner Seite, weil du Richard Clark bist? Natürlich liebe ich eure Musik, aber das ist doch nicht der Grund, warum bei dir sein will.« Alex macht eine Pause um Luft zu holen. Sein Gesicht glüht, er ballt die Hände zu Fäusten, dann weicht die Spannung aus seinem Körper.

»Du weißt genau, warum ich hier bin. Ich liebe dich«, flüstert er. Tränen bilden sich in seinen grünen Augen, laufen über seine Wangen, ohne dass er sie fortwischt. Ich hasse es, wenn er weint. Auch ich kann meine Tränen nur mit Mühe zurückhalten. Robert setzt mich unter Druck, mich zu entschieden. Zwischen der Liebe und meiner Karriere. Diese Entscheidung ist die schwerste meines Lebens. Ich liebe Alex, aber ich weiß einfach nicht, was ich tun soll. Und dieser Kerl macht es mir nicht gerade leicht, ihn zu verlassen.

Ich schüttele den Kopf. »Nein.«

»Nein? Was meinst du damit?«

Mir dreht sich der Magen um. »Alexander, ich habe dich wirklich für klüger gehalten. Hast du wirklich geglaubt, ich könnte mich in dich verlieben?« Mir ist so schlecht, dass ich mich direkt übergeben könnte. Ich muss meine Liebe zu ihm verleugnen, denn ich weiß nicht, wie ich ihm sonst begreiflich machen kann, dass es vorbei ist. »Der Sex mit dir ist gut, das will ich nicht bestreiten. Du musst zugeben, wir hatten wirklich Spaß zusammen. Aber es wird zwischen uns nie mehr geben als das. Ich stehe auf dich, ja. Aber Liebe … Ich muss an meine Karriere denken. Die kann und werde ich nicht für irgendeinen Kerl aufs Spiel setzen.«

»Geld und Ruhm können doch nicht alles sein, was dein Leben lebenswert macht, oder? Der tägliche Kampf mit der Presse, die Fans, die für ein Autogramm von dir alles tun. Das ist alles so hohl und leer.«

»Willkommen in meiner Welt, Babe.« Ich lache ein bitteres Lachen. Genau das ist es. Hohl und leer. Doch ich habe mich für dieses Leben entschieden. Für meine Karriere und die meiner Freunde. Und für Alexanders Glück, denn ohne mich ist er viel besser dran. Dann muss er nicht ständig mit der Presse kämpfen, Angst vor Shitstorms haben und kann ein normales Leben außerhalb des Showbiz führen.

»Du hast gesagt, ich kann bleiben …« Seine Stimme wird immer leiser, er unterdrückt mit aller Kraft ein Schluchzen. Ich muss mich zusammenreißen, um bei seinem Anblick nicht ebenfalls in Tränen auszubrechen. Mein Herz schmerzt höllisch und ich habe keine Ahnung, wie ich diese Trennung überleben soll. Trotzdem bleibe ich hart.

»Natürlich konntest du bleiben«, sage ich leichthin. »Aber dachtest du wirklich, es wäre für immer? Du kennst mich doch.« Ich zucke mit den Schultern und versuche, cool zu wirken. So, als wäre es mir egal, dass er wegen mir weint. Dass ich ihm gerade mit meinen Worten das Herz herausreiße, wo ich doch ganz genau weiß, wie sehr er mich liebt. Lächelnd zwinkere ich ihm zu und hasse mich gleichzeitig dafür. Alex wischt sich die Tränen aus dem Gesicht und strafft die Schultern. Er macht einen Schritt auf mich zu.

»Sag mir, dass du mich nicht liebst. Sag mir ins Gesicht, dass ich dir egal bin und du rein gar nichts für mich empfindest«, fordert er mich mit fester Stimme auf. Er ringt um Selbstbeherrschung, genau wie ich. Mir stockt der Atem, weil ich ihm das nicht sagen kann und er das ganz genau weiß. Ich presse die Lippen zu einem dünnen Strich zusammen und schweige ihn an.

»Sag mir, dass du mich *nicht* liebst!«, wiederholt er lauter. Erneut schweige ich, bringe keinen Ton mehr heraus. *Ich liebe dich*, schreit alles in mir. *Wie könnte ich dich nicht lieben?*

Sein Gesicht verzieht sich zu einer Grimasse. »Du bist so ein Heuchler, Richard Clark. Du kannst mir nicht einmal ins Gesicht sagen, was du wirklich fühlst.«

»Ich …«

»Ich hasse dich dafür, was du mir – uns – antust, Rick.«

»Gut, denn jemand wie ich kann nicht lieben. Ich will bloß meinen Spaß, das weißt du doch. Also was machst du noch hier?«

Er sieht mich lange an. So, als wolle er sich jedes noch so kleine Detail einprägen. Ich zittere, kann kaum noch klar denken vor Schmerzen. Mein Herz ist ein eiskalter Klotz, dessen Herzschlag ich kaum noch wahrnehme. Es fühlt sich an, als wäre es einfach stehen geblieben.

Alexander dreht sich wortlos um und geht. Ich sehe ihm nach, verfolge seine Bewegungen ein letztes Mal. Dann fällt die Wohnungstür ins Schloss und ich breche in die Knie.

»Fuck!« Wütend schlage ich mit der Faust auf den Boden. Der Schmerz meiner Hand ist nicht zu vergleichen mit dem meines Herzens. Tränen verschleiern meine Sicht. Ich mache mir nicht einmal die Mühe, sie zurückzuhalten.

Die Tränen laufen mir heiß über die Wangen, brennen seine Spur auf meine Haut und tropfen auf den Fußboden. Ich bin ein Arschloch. Ich habe Alex das Herz gebrochen. Und meins ebenfalls.

11. Happier (Ed Sheeran)

-Alex-

Teilnahmslos starre ich aus dem kleinen Flugzeugfenster in die Nacht. Es ist reines Glück gewesen, dass noch eine Maschine zurück nach Deutschland geflogen ist, als ich Hals über Kopf aus Ricks Wohnung gestürmt bin. Der Kerl hat mich einfach rausgeworfen. Seine Worte hallen immer noch wie ein Echo in meinem Kopf. Egal, wie sehr ich mich auch bemühe, ich kann seine Stimme nicht aus meinem Kopf verbannen. Er hat mich verlassen, einfach so. Dieser teilnahmslose Gesichtsausdruck … Ich presse mir die Hand auf den Mund, um ein Schluchzen zu unterdrücken. Der Mann neben mir schläft und ich will ihn nicht wecken.

Ohne darüber nachzudenken, habe ich mir am Flughafen ein Rückflugticket gekauft und bin eine Stunde später schon abgehoben. Im Wartebereich habe ich heulend auf mein Handy gestarrt, in der Hoffnung, Rick würde mich anrufen. Mir sagen, dass alles nur ein schlechter Scherz gewesen ist. Vermutlich wäre ich dann in das nächstbeste Taxi gestiegen und zu ihm gefahren, weil mein blödes Herz so sehr an diesem Mann hängt, der mir diese ganze Beziehungssache anscheinend nur vorgespielt hat, um ein wenig Spaß zu haben. Wieder strömen Tränen über meine Wangen. Ich bedecke mein Gesicht mit den Händen und weine leise. Wie konnte er mir das nur antun? Natürlich ist ihm die Band wichtig und natürlich will er seine Karriere nicht aufs Spiel setzten. Das ist mir klar, aber der Kuss ist ganz sicher nicht allein meine Schuld gewesen. Er hat mir das Herz herausgerissen und darauf herumgetrampelt!

Darüber gelacht, als ich ihm erneut meine Liebe gestanden habe. Und nicht einmal den Mut aufgebracht, mir zu sagen, dass er nicht dasselbe für mich empfindet. Erneut steigt Wut in mir hoch, überlagert die Trauer für einen Augenblick. Bin ich die ganze Zeit nichts weiter für ihn gewesen als ein Fuckbuddy? Hätte er dafür nicht jeden haben können, statt sich auf mich einzulassen? An Angeboten hätte es ihm sicherlich nicht gemangelt.

Ach, richtig: Ich Idiot habe mich ihm buchstäblich an den Hals geworfen, ihm eine Beziehung quasi aufgedrängt! Wen würde es da nicht reizen, verbotenes Neuland zu erforschen? Ich bin so blöd gewesen, zu glauben, er meint es ernst mit uns. Schluchzend sinke ich auf dem Sitz in mich zusammen, krümme mich beinahe vor Schmerzen. Meine Brust droht zu explodieren, ich bekomme kaum Luft, weil ich so heftig von Schluchzern geschüttelt werde.

»Hey, alles okay bei dir?«, fragt mich mein Sitznachbar mit müder Stimme. Ich nicke und drehe mich zum Fenster. Den restlichen Flug starre ich hinaus und versuche, die Kontrolle über meine Emotionen zurückzuerlangen.

Es ist weit nach Mitternacht, als ich im Taxi auf dem Weg nach Hause sitze. Zu Lisa in die WG kann ich nicht fahren. Dafür bin ich noch nicht bereit. Sie hat mir bereits mehrmals auf die Mailbox gesprochen, was es mit den Fotos im Netz und all dem Shitstorm auf sich hat, der plötzlich über mir hereingebrochen ist. Meine Freundin macht sich furchtbare Sorgen um mich.

»Fahren Sie bitte in die Kastanienallee«, sage ich zu dem Taxifahrer. Ich brauche jetzt etwas – oder jemanden – das mich von dem Schmerz in meinem Inneren ablenkt.

Seitdem ich in Köln bin, fühle ich mich wie gelähmt, kann einfach nicht glauben, was passiert ist. Rick hat mich tatsächlich verlassen … Diese Erkenntnis schmerzt höllisch.

Ein bitteres Lachen entfährt mir. Ich lege meine Stirn gegen das kühle Fenster des Taxis. Ich bin so ein Idiot. Wie konnte ich nur glauben, dass ein Mann wie Richard Clark sich tatsächlich in mich verlieben würde?

Paul wohnt in einem hübschen Einfamilienhaus, das er von seiner Großmutter geerbt hat. Ich bin schon einige Male bei ihm gewesen, bevor ich nach London geflogen bin. Irgendwie kommt mir die Zeit vor Rick wie ein ganz anderes Leben vor. Dabei sind gerade mal knapp zwei Monate vergangen.

Ich eile die Auffahrt hinauf und drücke mehrmals auf die Klingel. Es dauert eine Weile, doch dann geht das Licht im Flur an und ein ziemlich müder Paul mit zerzausten Haaren öffnet mir die Tür.

»Alex? Was machst du denn hier?«, fragt er schlaftrunken. Statt ihm zu antworten, falle ich ihm um den Hals und presse meinen Mund fest auf seinen. Überrascht taumelt er rückwärts. Ich schlinge die Arme um seinen Hals, schmiege mich an ihn. Paul reagiert augenblicklich auf meinen Körper. Er ist viel zu überrascht, um sich gegen meinen Kuss zu wehren. Als ich meine Zunge zwischen seine Lippen dränge, keucht er auf und drängt sich mir ebenfalls entgegen. Unsere Zungen liefern sich einen wilden Kampf.

Doch als ich meine Hand in seine Shorts schieben will, hält er mich zurück.

»Alex. Warte mal. Stopp«, presst er atemlos hervor und schiebt mich ein Stück von sich. Ich halte mich hartnäckig an ihm fest, küsse ihn erneut, bis er den Kopf zur Seite dreht.

»Alex, das willst du nicht wirklich. Ich bin es nicht, den du willst.«

Erneut setzt das Zittern ein. Ich drücke mein Gesicht an seine Halsbeuge, kralle meine Finger in seine Schultern.

»Bitte … Lass mich vergessen. Lass mich ihn bitte vergessen«, schluchze ich auf. Paul versteht. Sein Kuss ist sanft, als er mich in Richtung Schlafzimmer drängt.

Im Endeffekt haben wir keinen Sex gehabt. Es lief darauf hinaus, dass ich die ganze Zeit über geheult habe wie ein Kleinkind, während Paul mich im Arm gehalten hat. Ich drehe mich auf den Rücken und starre in die Dunkelheit. Es ist tief in der Nacht und ich kann einfach nicht schlafen. Zwar habe ich mich mittlerweile ein wenig gefangen, doch trotzdem kann ich die Ereignisse des Tages einfach nicht abschütteln. Ich bekomme kein Auge zu, weil mein Herz so schmerzt. Ob es Rick ebenso geht? Ich weiß, dass er allein nicht gut schlafen kann. Vielleicht ist Marc ja bei ihm. Oder irgendeine Frau. Mein Inneres krampft sich zusammen.

»Du kannst nicht schlafen.« Es ist eher eine Feststellung als eine Frage. Die Bettdecke raschelt, als Paul sich zu mir umdreht. Im Dunkeln kann ich nur seinen Schemen wahrnehmen.

»Ja«, antworte ich leise. Wie viele Nächte werde ich wachliegen und an ihn denken? Ihn dafür hassen, was er zu mir gesagt hat. Und ihn trotzdem lieben, weil … Weil Rick der einzige Mann ist, für den mein Herz bisher so sehr geschlagen hat, dass ich geglaubt habe, es würde vor Freude zerspringen. Jetzt ist es tatsächlich zersprungen. Jedoch vor Schmerz. Weil es keine gemeinsame Zukunft für uns gibt. Vermutlich hat es diese auch nie gegeben …

Wie lange wird es dauern, bis es nicht mehr wehtut, wenn ich seine Stimme im Radio höre?

»Hey«, murmelt Paul sanft und rückt etwas näher zu mir heran. Er legt einen Arm um mich. »Lass dir Zeit, okay? Es dauert, aber es wird leichter. Wenn ich jetzt sage *er hat dich nicht verdient*, dann meine ich das wirklich, Alex.« Seine Finger streichen sanft über meine Brust. Ich atme tief ein, versuche, meinen rasenden Herzschlag unter Kontrolle zu bringen. Auch wenn Rick mich verlassen hat, schlägt mein Herz immer noch wie wild, sobald ich an ihn denke. Paul versucht, mich zu trösten, mich abzulenken, doch es klappt einfach nicht. Alles, woran ich denken kann, ist Rick und wie sehr er mich mit seinen Worten verletzt hat.

»Du hast einen Mann verdient, der dir treu ist und dich nicht benutzt, um Spaß zu haben. Der auch dann zu dir steht, wenn es schwierig wird.« Natürlich weiß Paul von meinen Gefühlen zu Rick. Alle meine Freunde wissen, wo ich die letzten Wochen gewesen bin. Und sie haben die Bilder im Internet gesehen.

»Jemanden wie dich?«, frage ich in die Dunkelheit. Paul schweigt eine Weile, dann haucht er mir leichte Küsse auf die Schulter.

»Ich hätte es mir gewünscht. Aber ich weiß, dass ich gegen Rick keine Chance haben werde, egal, wie sehr ich mich um dich bemühe. Die Chance hatte ich damals nicht, und jetzt ebenso wenig. Auch wenn du hier in meinem Bett liegst, bist du weiter von mir entfernt als je zuvor.« Er seufzt leise, dann dreht er sich auf die Seite. Er hat recht. Es wäre nicht fair ihm gegenüber, so zu tun, als könnte ich Rick vergessen. Paul kann mit niemandem zusammen sein, der ihn nicht liebt und ich kann nicht so tun, als würde ich es.

Ich scrolle mich durch die unzähligen Nachrichten in meiner Timeline. Twitter platzt aus allen Nähten. Einen Tag nach dem Auftauchen der Fotos im Netz ist immer noch die Hölle los, weil sich von 5Minutes bisher niemand dazu geäußert hat. Vermutlich ist noch keine offizielle Stellungnahme von dem PR-Team herausgegeben worden. Die Kommentare einiger Leute sind einfach furchtbar.

Die Straßenbahn setzt sich langsam in Bewegung. Hier achtet niemand auf mich. Ich bin ein Fremder, ein Unbekannter. Einfach ein junger Mann in einer Straßenbahn, der nach Hause fährt. 5Minutes sind weltberühmt, aber ich bin es nicht. Leute, die sich nicht für die Musik meiner Lieblingsband interessieren, werden mich nie mit Rick in Verbindung bringen. Meine Augen brennen, als ich auf mein Handy starre. Die Nachrichten verschwimmen vor meinem Blick.

Gaby @Girly1loves5Minutes: @RickyBoy Ich bin enttäuscht von dir. Hier draußen sind so viele Fans, die dich lieben, und du entscheidest dich für einen Kerl?

Sarah @BabyGirl91: @AlexanderSalamander Du bist gar nicht gut genug für Rick, er verdient jemand Besseres!

Fanny @1FanNO1: @RickyBoy @5Minutes_Official Seit wann steht Rick auf Männer? Ist das Show oder wurden wir die ganze Zeit über von ihm verarscht? Seid ehrlich zu uns Fans!

Ich wundere mich, woher die Fans überhaupt wissen, wer ich bin. Wie konnten sie mich so schnell mit Rick in Verbindung bringen, wenn sie doch nicht einmal wissen, wie ich heiße? Es ist erschreckend, wie wenig man vor der Presse geheim halten kann. Langsam begreife ich, wie schwer es für die Jungs von 5Minutes sein muss, mit all dem Trubel umzugehen. Wenn man auf Schritt und Tritt von Fans und Journalisten verfolgt wird und immer darauf achten muss, was man zu wem sagt oder was man tut. Mit wem man gesehen wird. Sofort wird alles in der Klatschpresse breitgetreten. Vielleicht hat Rick nur aus Angst und Selbstschutz so auf die Bilder reagiert. Und trotzdem ist es keine Entschuldigung. Er hat mich verletzt …

Ich scrolle tapfer weiter. Natürlich sind auch Nachrichten meiner Freunde zwischen den ganzen Hasstweets dabei, die mich ein wenig aufmuntern.

Juli @holyjulicamoli: @AlexanderSalamaner Alex, denk immer dran: haters gonna hate, potatoes gonna potate. Alex's gonna win Ricks heart! ♥

Typisch Juliane! Auch Lisa hat mir geschrieben, dass sie zu mir hält und sich Rick warm anziehen kann, wenn er gemein zu mir ist. Tja, zu spät. Wir sind nicht mehr zusammen. Da muss sich meine beste Freundin nicht die Mühe machen, mich bei Rick zu verteidigen.

Kaum habe ich die WG betreten, fliegt mir Lisa auch schon um den Hals. Sie trägt ihren Hello-Kitty-Pyjama und ihre braunen Haare sind zu einem losen Knoten nach hinten gebunden. Lisas Augen sind rot, als habe sie geweint.

»Gott, Alex! Ich habe mir solche Sorgen um dich gemacht!«, ruft sie und erdrückt mich fast mit ihrer stürmischen Umarmung. »Was machst du so plötzlich hier?«

»Er hat mich rausgeschmissen«, gebe ich trocken zu. Sie starrt mich geschockt an.

»Ach du scheiße! Etwa wegen der Fotos? So ein Arschloch! Das ist alles so furchtbar! Ich weiß gar nicht, wie du das aushältst. Oh Gott, komm rein, du brauchst dringend Kaffee! Und was ist mit deinen Klamotten, wo ist dein Koffer?« Sie lässt mich los und zieht mich hinter sich her in die Küche.

»Hab ihn vergessen«, murmele ich, überrumpelt über ihrem Empfang. Lisa drückt mich auf einen der Küchenstühle und stellt einen Becher mit dampfendem Kaffee vor mich. Ihr Latte Macchiato steht neben einem Teller mit Toast. Ich starre das Getränk an und plötzlich schießen mir die Tränen in die Augen. Rick hat dieses Zeug mit viel Milch und Zucker getrunken, weil er der Meinung gewesen ist, durch Kaffee noch schlechter schlafen zu können als so schon. Schluchzend lasse ich meinen Kopf auf die Tischplatte sinken.

»Oh nein. Jetzt wein doch nicht«, sagt Lisa besorgt und ist auch schon bei mir, um ihre Arme um mich zu legen. »Rick ist ein Arsch. Er ist es nicht wert, dass du wegen ihm so traurig bist, Süßer. Du hast jemanden viel Besseres verdient als so einen aufgeblasenen Musiker, der nur an seine Karriere denkt!«

»Das sagt sich so leicht, und vermutlich hast du auch recht. Aber ich fürchte, Rick ist das Beste, was mir passieren konnte. Und der einzige, den ich je lieben werde«, schluchze ich auf. Ich verschlucke mich fast an meinen Tränen und huste. Lisas Wärme tut mir gut. Sanft streichelt sie durch mein Haar, während ich mein Gesicht an ihren Bauch presse. Ich habe sie wirklich vermisst, während ich in London gewesen bin.

»Ach was«, meint sie leichthin. »Es gibt eine Million toller Männer auf der Welt. Du wirst schon den richtigen finden.« Dann löst sie sich von mir und setzt sich auf ihren Stuhl.

Das kann ich mir beim besten Willen nicht vorstellen. Nicht jetzt. Ich bin gerade von meiner großen Liebe verlassen worden – da soll ich gleich an andere Männer denken? Gut, ich bin letzte Nacht bei Paul gewesen, aber nur, weil ich aus Verzweiflung einfach nicht wusste, was ich hätte tun sollen. Im Nachhinein ist es mir verdammt peinlich, was ich gestern bei Paul abgezogen habe. Es war eine

Kurzschlussreaktion, für die ich mich später ganz dringend entschuldigen sollte.

»Weißt du, was dir jetzt ganz sicher helfen wird? Eine große Portion Eis!«

Unsicher nicke ich, sodass sie gleich aufspringt, um Eis aus dem Gefrierfach zu holen.

5 MINUTES

Die nächsten Tage durchlebe ich in einer Art Trance. Bis Semesterbeginn ist es nicht mehr lange und ich stürze mich in die Arbeit in der Kneipe. Peter ist zwar sauer auf mich, weil ich einfach, ohne vorher mit ihm zu sprechen, so lange weg gewesen bin. Da er jedoch immer noch viel zu tun hat, durfte ich erneut bei ihm anfangen. So habe ich wenigstens etwas Ablenkung und muss nicht ständig an Rick denken. Dieser Mistkerl hat sich seit unserem Streit nicht mehr bei mir gemeldet. Vermutlich warte ich vergebens und er hat mich längst vergessen. Die Bilder kursieren immer noch im Netz, jedoch hat das Presseteam der Jungs bereits eine Erklärung herausgegeben, die auf allen Social-Media-Kanälen der Band veröffentlicht worden ist. Rick habe unter Alkoholeinfluss gestanden und nicht gewusst, was er tat, hieß es in der Erklärung. Es sei ein Missverständnis gewesen und nichts, was in irgendeiner Weise mit ihm und seiner Sexualität in Verbindung gebracht werden sollte.

So eine billige Ausrede. Sie hätten sich wenigstens etwas Originelleres einfallen lassen sollen. Es ist einfach lächerlich, wie sein PR-Team die Sache heruntergespielt hat, während die Bilder mit den wildesten Spekulationen um die Welt gegangen sind. Was mich wundert, ist jedoch nicht die Erklärung selbst, sondern dass Rick rein gar nichts zu den Kommentaren gesagt hat. Nichts. Das Statement, das abgegeben wurde, kam vom Label selbst. Die Jungs von 5Minutes haben sämtliche Fragen zu mir und den Bildern hartnäckig verweigert. Mein Name wurde einfach unter den Tisch gekehrt, als wäre ich nie in London gewesen. Als hätte es die Zeit mit Rick nie gegeben. Als existiere ich nicht in seinem Leben. Zum Glück hat mich noch niemand von der Klatschpresse gefunden, um mir peinliche Fragen zu stellen. Trotzdem sollte ich besser vorsichtig sein und nichts in den sozialen Medien posten, was irgendwie auf mich aufmerksam machen könnte.

Für die Band geht das Leben weiter, es hat sich anscheinend nichts geändert. Ich folge ihnen immer noch auf Twitter und Instagram. Außerdem habe ich noch Kontakt zu Louis, der sich immer wieder nach mir erkundigt. Er meldet sich oft bei mir, um mir Mut zu machen und mich zu trösten. Anscheinend geht es Richard nicht so gut, seitdem ich weg bin, das lässt Lou zumindest immer wieder durchblicken. Davon merke ich jedoch nichts. Entweder, er ist ein guter Schauspieler, was seine Gefühle angeht, oder Lou versucht nur, mich irgendwie aufzuheitern. Klappt leider ganz und gar nicht. Wenn ich andauernd Bilder sehe, auf denen Rick mit irgendeiner leicht bekleideten Frau aus einem Club herauskommt, dreht sich mir der Magen um. So schnell hat er mich ersetzt. Für ihn spielt es tatsächlich keine Rolle, ob Mann oder Frau, Hauptsache, er hat seinen Spaß. Wie konnte ich mich nur so täuschen?

5 MINUTES

Das neue Semester startet regnerisch. Verrückt, wie schnell die Zeit vergeht, wenn man mit aller Kraft versucht, sich von seinen trüben Gedanken abzulenken. Und trotzdem kommt es mir so vor, als sei ich erst gestern aus London zurückgekehrt. Der Schmerz in meinem Herzen ist nicht verschwunden, obwohl meine Freunde versuchen, mich so gut es geht abzulenken. Ich bin oft mit Tim und Lukas feiern gewesen, habe geglaubt, mich dadurch ablenken zu können, was jedoch nur eine Illusion gewesen ist. In jedem Mann, der mich angesprochen hat, habe ich Rick gesehen. Rick an unserem letzten Abend im Club, als die Welt noch in Ordnung gewesen ist. Der Alkohol, die Musik … das alles kann mich einfach nicht über meinen Verlust hinwegtrösten.

Mit Paul treffe ich mich auch regelmäßiger als vor meiner Reise nach London. Er ist mittlerweile zu einem Freund geworden, bei dem ich mich fallen lassen kann. Im Nachhinein tut mir Paul verdammt leid, weil er trotz seiner Gefühle zu mir ständig mitbekommt, wie sehr ich noch an Rick hänge und dass er keine Chance bei mir hat.

»Das macht mir nichts«, hat er einmal gesagt, als wir zusammen im Kino gewesen sind. »Ich bin gerne mit dir befreundet, Alex. Auch wenn du mich nicht lieben kannst, möchte ich auf keinen Fall die Freundschaft zu dir missen.«

Danach habe ich mich noch schlechter gefühlt. Aber er akzeptiert nicht, dass ich mich von ihm abschotte. Wenn ich mich nicht hin und wieder bei ihm melde, steht er bei uns auf der Matte, um etwas mit mir zu unternehmen. Das ist seine Art, mich von meinem Liebeskummer abzulenken. Auch wenn es bedeutet, seine eigenen Gefühle zu verleugnen. Die Situation ist vollkommen absurd, weil wir beide in der gleichen Lage sind. Wir lieben einen Mann, der unsere Gefühle nie erwidern wird.

Trotz der Ablenkung vergeht kein Tag, an dem ich nicht an Rick denke. Es wird einfach nicht weniger.

»Scheiße, ist das kalt heute«, beschwert sich Lisa und schlingt die Arme um ihren Körper. Sie hat recht, es ist wirklich kalt für Mitte November. Letztes Jahr hatten wir noch zu Weihnachten milde Temperaturen. Ich schiebe meine Hände tiefer in meine Jackentaschen. Der eisige Novemberwind weht mir durch die Haare. Lisa zittert neben mir.

»Was ziehst du auch immer so dünne Jacken an?«, frage ich sie mit einem skeptischen Blick. Sie trägt eine dünne Lederjacke und High Heels, während ich bereits meinen Wintermantel aus dem Schrank geholt habe.

»Na ja, im Gegensatz zu dir will ich gut aussehen, Süßer«, antwortet Lisa. Sie grinst mich frech an.

»Hey, so schlimm sehe ich gar nicht aus«, beschwere ich mich und stoße ihr den Ellenbogen in die Seite. Lisa schwankt lachend, dann hakt sie sich bei mir unter. Ihr Tonfall wird wieder ernst.

»Doch, tust du. Schau dir doch mal deine Haare an. Wann warst du das letzte Mal beim Friseur? Außerdem bist du viel zu dünn. Schmeckt dir mein Essen etwa gar nicht mehr?«

Ich fahre mir mit den Fingern durch mein Haar. Lisa hat recht, es ist ziemlich lang geworden, mir fallen sogar schon die Haare ins Gesicht und kringeln sich über meinen Ohren. Wenn ich es nicht mit Gel bändige, kommen meine Naturlocken zum Vorschein. Ein Grund, warum ich nicht schon längst bei Friseur gewesen bin, ist, weil Rick meine Haare liebt. Wie oft hat er mir durchs Haar gestreichelt, als wir gemeinsam in seinem Bett gelegen haben?

»Dein Essen schmeckt mir immer«, gebe ich zurück, um meine Gedanken von Rick abzulenken. »Ich habe nur keinen Appetit.«

Lisa seufzt. »Ach Alex. Wann wirst du ihn endlich vergessen, hm?«

»Vermutlich gar nicht ...« Ich öffne die Tür zum Unigebäude. Wir betreten den langen Flur und steuern die Mensa an, wo Lisa und ich uns vor der Vorlesung noch mit unseren Freunden treffen wollen.

»Hey Jungs«, grüßt Lisa die beiden und zieht sich ihre Jacke aus. Ich lasse mich neben ihr auf den Stuhl sinken. Tim schiebt mir einen Becher Kaffee zu.

»Der ist wohl schon kalt. Was seid ihr auch immer so spät dran«, beschwert er sich.

»Weil unser Süßer hier lieber die halbe Nacht Videos von 5Minutes auf YouTube schaut, statt zu schlafen, und dann morgens kaum aus dem Bett kommt«, antwortet Lisa an meiner Stelle. Lukas wirft mir einen mitleidigen Blick zu. Ich rutsche etwas tiefer auf meinem Stuhl hinab. Mein Magen verkrampft sich. Gestern Nacht habe ich mir einige

Ausschnitte des Konzerts aus der O2-Arena angesehen, bei dem ich live dabei gewesen bin. Es hat mir fast das Herz zerrissen, Rick *Just one night* singen zu hören, weil ich genau wusste, für wen er den Song damals gespielt hatte. Ich stand neben der Bühne bei der Security und habe während des Konzerts mit ihm geflirtet.

»Ich kann nun mal nicht einschlafen«, verteidige ich mich.

»Dadurch wird es doch auch nicht besser. Du quälst dich nur unnötig«, meint Lukas nachdenklich, während er an seinem Kaffee nippt. Tim trommelt mit den Fingern unruhig auf der Tischplatte. Ich mustere meinen Freund genauer. Er sieht nicht nervös aus und irgendwie scheint es, als würde er über etwas ganz anderes nachdenken als über meine Schlaflosigkeit. Ein Grinsen liegt um seinen Mund und er schaut irgendwie an mir vorbei an die Decke.

»Mann, Tim, was ist denn los mit dir heute? Hast du Hummeln gefrühstückt? Du bist so … hibbelig.« Selbst Lisa ist sein Verhalten nicht entgangen. Zum Glück lenkt er so ihre Aufmerksamkeit von mir weg.

»Na ja …« Er legt seine Hände übereinander auf den Tisch. Mein Blick fällt auf den silbernen Ring an seinem linken Ringfinger. Lisa reißt die Augen auf.

»Das ist doch nicht wahr?!«, ruft sie aus. Lisa beugt sich über den Tisch und schnappt sich Tims Hand. Dieser grinst übers ganze Gesicht.

»Im Ernst?« Auch ich starre auf Tims Hand. Krass! Mein Kumpel ist tatsächlich verlobt! Das ist wirklich eine verdammt gute Ablenkung. Selbst ich vergesse für einen Moment jeden Gedanken an Richard.

»Geil, oder? Ich kann es selbst kaum glauben!«

Ich schaue zu Lukas, der neben Tim am Tisch sitzt. Er hat den Kopf gesenkt. Seine Wangen zeigen leichte rosa Flecken. Anscheinend ist es ihm unangenehm, dass Tim es uns hier mitten in der Mensa erzählt. Lukas geht mit seinen Gefühlen nie hausieren, während Tim sein Herz auf der Zunge trägt.

»Ich bin so glücklich, ich könnte die ganze Welt umarmen!« Tim springt vom Stuhl auf und breitet die Arme aus. Seine Freude ist richtig greifbar und sorgt dafür, dass ich mich ebenfalls etwas besser fühle. Ich lächle Lukas an.

»Gut gemacht, Mann.«

Lisa springt ebenfalls vom Stuhl auf und drückt Tim fest an sich. »Ich freue mich schon total auf die Hochzeit! Habt ihr schon einen Termin? Vielleicht auch zu Weihnachten wie Tyler und Katy?«

»Tyler und Katy?«, fragt Tim irritiert.

»Dieser Typ von 5Minutes«, meint Lukas. Sofort wird mein Herz schwer. Rick hatte mal erwähnt, dass ich ihn zur Hochzeit seines Bandkollegen begleiten könnte.

»Ach! Ihr seid so süß!«, schwärmt Lisa begeistert, nachdem sie Tim wieder losgelassen und sich an ihren Platz gesetzt hat. »Ich stelle mir das richtig romantisch vor. So mit Kerzenschein und Blumen … Obwohl, vielleicht keine Blumen.«

Lukas errötet noch mehr und schaut zur Seite, während Tim geheimnisvoll lächelt.

»Das bleibt deiner Fantasie überlassen, Lisa.«

»Ich weiß einfach nicht mehr, was ich mit ihm machen soll …«, höre ich Lisa hinter meiner Zimmertür zu Juliane sagen. Juli ist schon seit zwei Tagen hier, weil sie, statt zu der Skifreizeit mit ihrem Jahrgang zu fahren, zu uns nach Köln gekommen ist. Ich glaube, Lisa hat ihr die Ohren vollgeheult, dass sie es mit mir keinen Tag länger aushält. Ich bezweifle jedoch, dass Juli etwas dagegen ausrichten kann.

Wir sind zusammen im Kino und Schlittschuhlaufen gewesen. Dabei haben die beiden Mädchen versucht, mich auf andere Gedanken zu bringen. Juli hat mir von der Schule erzählt und dass sie gerade mitten im Lernstress wegen ihres Abiturs, das sie nächsten Sommer schreiben wird, steckt. Was sie studieren will, weiß sie aber noch nicht mit Sicherheit, denn erst heißt es, das Abi hinter sich zu bringen. Vor allem mit Mathe hat sie Probleme. Ich habe ihr angeboten, ihr beim Lernen zu helfen, solange sie hier ist, doch sie hat meine Hilfe dankend abgelehnt. Schließlich ist sie hergekommen, um Spaß mit ihren Freunden zu haben, statt sich über Mathe Gedanken zu machen.

»Glaub mir, ich habe Louis ausgequetscht, aber leider konnte er mir auch nicht wirklich helfen. Rick schweigt sich über die Sache mit Alex aus. Die Fotos kursieren immer noch im Netz, auch wenn sich kaum noch jemand dafür interessiert«, flüstert Juli zurück.

Seufzend hole ich mein Handy heraus, entsperre das Display und schaue auf das Bild, das ich mir als Hintergrund eingestellt habe. Ich liebe dieses Foto von Rick und mir, wie wir im Club knutschen, obwohl es alles zwischen uns zerstört hat. Die Leidenschaft wurde vom Fotografen so perfekt eingefangen, dass ich sie immer noch spüren kann. Vorsichtig streiche ich mit der Fingerkuppe über das Display, als würde ich Rick berühren können. Auch wenn es wehtut, dieses Foto jedes Mal anzuschauen, wenn ich mein iPhone zur Hand nehme, erinnert es mich doch an meine große Liebe, die ich einfach nicht vergessen will, obwohl ich es sollte.

»Ich kann einfach nicht länger mitansehen, wie es Alex jeden Tag schlechter geht, Juli«, meint Lisa verzweifelt. »Er hat so schrecklich viel abgenommen und vergräbt sich nur noch in seinem Zimmer, wenn ich ihn nicht mit Gewalt herauszerre. Ich weiß echt nicht mehr weiter.«

Seufzend schiebe ich mir den Laptop vom Schoß, auf den ich reglos gestarrt habe. Auf dem Desktop ist ein Worddokument geöffnet. Eigentlich sollte ich eine Hausarbeit vorbereiten, aber ich kann mich absolut nicht konzentrieren.

»Jetzt kommt schon rein, Mädels«, rufe ich den beiden zu. Besser, sie kommen rein, als noch länger vor meinem Zimmer herumzulungern. Meine beste Freundin schiebt langsam die Tür auf.

»Hey«, flüstert sie mit einem unsicheren Lächeln in meine Richtung. Juli kommt hinter Lisa hervor. Sie ist ein wenig kleiner als meine Freundin, wirkt gerade jedoch überhaupt nicht so verunsichert.

»Alex. Jetzt reicht's langsam«, sagt sie bestimmend und stemmt die Hände in die Hüften. »Deine Welt ist untergegangen, aber das Leben geht weiter. Verstehst du? Du musst aufhören, in Selbstmitleid zu ertrinken, und nach vorne sehen.«

Ich hebe fragend eine Augenbraue und sehe Juli verwirrt an. »Aber …«

»Nichts aber! Ich weiß, wie es dir geht. Ich weiß, wie schlimm der Schmerz ist. Es wird nicht besser. Verstehst du? Es wird vermutlich eine Weile dauern, aber es wird leichter, vertrau mir. Die Erde hört nicht auf, sich zu drehen, du hörst nicht einfach auf, zu atmen. Irgendwann wirst du lachend zurückblicken können und es als eine Erinnerung, die vielleicht nicht ganz so schön ausgegangen ist, abhaken.« Ihr Blick trifft meinen und schenkt mir ein schwaches Lächeln. Keine Ahnung, ob Juliane recht hat. Die Gedanken an Rick haben mein ganzes Sein in den letzten Monaten so sehr beeinflusst, dass ich einfach nichts anderes mehr wahrgenommen habe.

»Juli …«, flüstere ich, bin mir aber nicht sicher, wie genau ich meinen Satz beenden will.

Sie winkt ab. »Schon gut, Alex. Was ich damit sagen will ist: Es geht weiter, das verspreche ich dir. Und es kann schön werden, denn du hast es in der Hand. Lisa und ich stehen immer an deiner Seite.« Sie kommt auf mich zu und setzt sich neben mich aufs Bett. »Übrigens, du siehst scheiße aus!«

»Danke, dass du es mir so schonend beibringst«, entgegne ich trocken, werfe Lisa dabei einen bösen Blick zu, weil sie sich bei ihrer Freundin über mich beschwert hat. Sie zuckt bloß mit den Schultern und setzt sich an meine andere Seite.

»Juli hat recht, Alex. Du kannst doch nicht ewig so weitermachen. Bald ist Weihnachten. Meinst du nicht, du kannst endlich mit der Sache abschließen und nach vorne sehen?« Sie legt ihren Kopf an meine Schulter. »Ich sage ja nicht, dass du Rick völlig aus deinem Leben verbannen sollst. Aber sieh nach vorne. Es bricht mir das Herz, wenn du so oft wegen ihm weinen musst.«

»Tue ich doch gar nicht«, empöre ich mich und schwerschränke trotzig die Arme vor der Brust.

»Ach nein?« Meine Freundin dreht mir den Kopf zu und sieht mich eindringlich an. »Da habe ich etwas anderes gehört, Schatz. Mein Zimmer ist genau neben deinem, vergiss das nicht. Vor mir kannst du nur wenig geheim halten.«

Sie hat recht. Ich muss immer noch weinen, wenn ich allein im Bett liege. Weil ich mir vorstelle, dass Rick gerade nicht allein ist, dass irgendeine Frau bei ihm ist. Oder ein Mann. Wenn ich daran denke, dass Rick in diesem Bett, in dem er mit mir geschlafen hat, mit irgendjemand anderem Sex hat, wird mir speiübel. Erneut spüre ich einen Stich in meinem Herzen.

»Rick geht es ebenfalls ziemlich mies«, erklärt Juliane. Mein Kopf ruckt zu ihr herum. Sie holt ihr Smartphone aus der Hosentasche heraus und tippt darauf herum. »Louis hat es mir geschrieben. Er macht sich verdammt große Sorgen um dich, Alex. Und auch um die Band, denn es läuft gerade nicht so rund.« Sie sieht traurig aus, weil sie sich natürlich auch Sorgen um Louis macht.

»Die Fotos sagen etwas anderes«, brumme ich verstimmt. Rick sieht nicht gerade sehr leidend aus, wenn er sich mit seinen Fans amüsiert. Juli öffnet die Twitter App und hält mir ihr Handy vor die Nase.

»Hier, lies das«, fordert sie mich auf. Ich nehme ihr das Smartphone aus der Hand und starre ihre Unterhaltung mit Louis an.

Ich schick dir eine virtuelle Banane, vielleicht hilft das. Liebeskummer ist scheiße und Chris hat dich definitiv nicht verdient. Wie geht's Alex? Bist du schon bei ihm? Halte mich unbedingt auf dem Laufenden.
Louis, Thu. 07:24 AM

Nicht besser, er läuft hier herum wie ein Geist. Als wäre nur sein Körper anwesend. Ich weiß so gut, wie es ihm geht und trotzdem habe ich das Gefühl, nicht helfen zu können.
Juli, Thu. 07:31 AM

Mist ... Ich würde zu gerne helfen. Euch beiden. Aber ich weiß auch nicht, was ich tun kann. Ich fühle mich total hilflos hier. Irgendwie kommt es mir so vor, als würde mir die ganze Situation über den Kopf wachsen.
Louis, Thu. 10:08 AM

Dann geht es dir genau wie mir. Wir können nur danebenstehen und zusehen. Das macht mich fertig.
Juli, Thu. 11:41 AM

So ist es. Ich hasse mich dafür, dass ich nicht eingegriffen habe, als diese scheiß Fotos im Netz umhergegangen

sind. Wieso bin ich nicht selbst zu Robert gefahren? Aber ... was hätte ich schon ausrichten können? So langsam zerbrechen wir alle an unseren Geheimnissen ... Lange halte ich es nicht mehr aus, zu schweigen.
Louis, Thu. 11:45 AM

Bleib stark. Im Moment ist es wichtig, Ordnung in das Chaos zu bringen und weißt du, wenn unsere Liebesgeschichten schon nicht wahr werden, können wir wenigstens versuchen, Alex und Rick zu helfen. Was meinst du?
Juli, Fri. 03:15 PM

Du hast recht. Der Kerl ist unerträglich, seit Alex weg ist. Seine Launen sind kaum auszuhalten. Ständig streitet er sich mit Rob oder Marc. Wenn ihn jemand auf Alex anspricht, rastet er aus oder haut einfach ab.
So können wir nicht arbeiten. Dabei steht das Datum für die Veröffentlichung des Albums bereits fest. Wir haben bisher nicht einmal alle Songs aufgenommen.
Louis, Fri. 04:55 PM

Klingt hart und als würde Rick immer noch etwas für Alex empfinden, oder? So reagiert man doch nicht, wenn einem der andere egal ist.
Juli, Fri. 05:05 PM

Der Kerl ist so verknallt wie noch nie zuvor. Gut, ich habe ihn noch nie verliebt erlebt, aber ich weiß, wie es ist.

Glaub mir, Alex ist ihm alles andere als egal. Er leidet.
Obwohl er sich hart gibt, leidet er.
Louis, Fri. 08:17 PM

Alex auch. Das ist doch zum Verrücktwerden. Wir sollten einfach beide in einen Raum sperren und die Tür erst wieder aufmachen, wenn sie miteinander geredet haben. Harte Zeiten – oder Kerle – erfordern harte Maßnahmen!
Juli, Fri. 08:28 PM

Du sagst es! Ich weiß nicht, warum Rick sich so gegen seine Gefühle wehrt.
Nur, weil Alex ein Mann ist? Das kann ich mir nicht vorstellen.
Ich fürchte, er hat auch Angst, uns zu verlieren ...
Aber das wird er nicht, schließlich sind wir Freunde.
Louis, Fri. 08:44 PM

Vielleicht solltest du ihm das klarmachen? Und ich versuche derweil, Alex dazu zu bekommen, um Rick zu kämpfen! Das klingt zwar wie ein Himmelfahrtskommando, aber ich könnte Ablenkung gebrauchen, wie sieht's mit dir aus? Wir schaffen das!
Juli, Sat. 10:21 AM

Danke. Ich werde mit diesem Sturkopf reden.

Und sobald das Album fertig ist, bekommst du ein ganz exklusives Exemplar, versprochen. Ach, noch was: Sag Alex, dass Rick nicht schlafen kann.
Er wird schon wissen, was das bedeutet. Stay strong, Juli.
Wir schaffen das!
Louis, Sat. 10.23 AM

♥
Juli, Sat. 10:24 AM

Die letzten Nachrichten sind von heute Morgen. Mit zitternden Fingern gebe ich ihr das Handy zurück. Mein Herz schlägt heftig gegen meine Brust und ich bin völlig aufgewühlt. Ich verstehe die Welt nicht mehr. Wenn Rick immer noch etwas für mich empfindet, warum meldet er sich dann nicht bei mir? Warum sagt er nicht einfach, dass diese ganzen Dates mit Frauen inszeniert sind, falls sie es sind? Und dass er es nur für die Band macht, um Robert und das Label nicht weiter zu verärgern? Dieses Gefühlschaos halte ich einfach nicht mehr aus. Aber … wenn Rick tatsächlich nicht schlafen kann, weil er immer noch an mich denken muss, habe ich vielleicht eine Chance, oder? Ich weiß nicht, was ich denken, geschweige denn fühlen soll. Ich glaube Louis … Doch was, wenn er sich in Rick täuscht? Wieso sollte er immer noch an mir hängen, wo er doch schon so lange schweigt?

»Mädels, könnt ihr mich bitte allein lassen?«, frage ich leise, ohne die beiden anzusehen. Die Bettdecke raschelt und Lisa erhebt sich.

»Komm, wir können uns in meinem Zimmer einen Film ansehen«, fordert sie ihre Freundin auf. Juliane folgt ihr aus dem Zimmer. Ich atme tief ein und aus, starre auf meinen immer noch aufgeklappten Laptop. Ich verstehe Ricks Verhalten nicht. Liegt es an seinem Job, an seiner Karriere? Nur auf der Bühne zeigt er sein wahres Gesicht. Nur dann kann man seine Gefühle erkennen. Wie gerne würde ich ihn noch einmal live singen hören. Für mich. Ganz allein für mich.

Abermals rufe ich das Video auf YouTube auf, in dem Rick bei diesem Casting vor drei Jahren *Breathe Easy* von Blue gesungen hat und muss erneut heulen. Wie oft habe ich dieses Video in den letzten Monaten schon gesehen? Ich weiß es nicht mehr. Diese Performance treibt mir jedes Mal Tränen in die Augen.

Wütend klappe ich den Laptop zu. Scheiße, ich benehme mich wirklich erbärmlich! Rick hat mir unmissverständlich klargemacht, dass er nicht bis an sein Lebensende mit mir zusammen sein kann. Und in meinem Inneren habe ich immer gewusst, dass wir beide keine Zukunft haben. Weil Rick nun mal ein Mitglied der zurzeit erfolgreichsten britischen Boyband der Welt ist und ich nur ein Typ. Egal, wie Juliane oder Louis es sehen. Mir hätte klar sein müssen, dass alles, was wir miteinander geteilt haben, irgendwann zu Ende ist und jeder wieder sein eigenes Leben führen muss. Trotzdem habe ich an der Illusion einer Zukunft festgehalten. Dieser Traum ist zerplatzt wie eine Seifenblase.

12. Breathe Easy (Blue)

-Rick-

»Stopp. Nochmal. So geht das nicht«, sagt der Tontechniker und schaltet die Musik aus. Seufzend nimmt Marc seine Kopfhörer ab.

»Rick, was ist denn los mit dir? Du hast schon wieder deinen Einsatz verpasst. Und den Ton hast du nach dem Einstieg auch nicht getroffen. So wird das Album nicht rechtzeitig fertig, das weißt du«, tadelt mich mein Kumpel vorwurfsvoll. Ich zucke mit den Schultern und nehme ebenfalls die Kopfhörer ab, bevor ich meinem Kumpel aus der Tonkabine in den angrenzenden Raum folge, in dem die anderen Jungs auf dem Sofa sitzen und uns bei der Aufnahme zusehen.

»Keine Ahnung. Ich bin eben nicht so richtig bei der Sache«, entschuldige ich mich bei Marc und dem Techniker, der bloß den Kopf schüttelt und etwas am Mischpult einstellt.

»So wie die letzten Wochen auch«, wirft Matthew ein. Ich sehe ihn verärgert an. Er hat doch gar keine Ahnung! Ich reiße mir hier den Arsch auf, um alles irgendwie am Laufen zu halten, obwohl ich innerlich einfach fertig bin. Zum Dank wird mir dann vorgehalten, dass ich meinen verdammten Einsatz verpasse!

»Und wenn schon, der Techniker wird den Track später sowieso nochmal mischen«, brumme ich mit über der Brust verschränkten Armen. »Ist es dann nicht egal, ob ich zwei Sekunden später einsetze als du?«

»Na, na. Ich kann auch nicht zaubern, Jungs«, meldet sich der Mann und hebt abwehrend die Hände über den Kopf.

»Ich kann eure Stimmen so bearbeiten, dass ihr euch anhört wie die Chipmunks, aber singen müsst ihr schon nach den Vorgaben.«

Ich verdrehe die Augen, während Matt sich kaputtlacht. Vermutlich stellt er sich Marc gerade als Alvin vor. Hauptsache, er sieht in mir nicht Theodore. Im aktuellen Song singen Marc und ich ein gefühlvolles Duett, bevor die anderen Jungs für den Refrain dazukommen. Zumindest sollte es gefühlvoll sein. Nur bin ich davon meilenweit entfernt. Ich kann keine Gefühle in dieses Lied legen, weil ich mich nur noch leer fühle. Etwas Entscheidendes fehlt, was es mir schwermacht, mich auf die Musik zu konzentrieren. Nicht einmal einen Songtext habe ich in den letzten Monaten schreiben können.

»Es liegt daran, dass Alex fort ist«, merkt Louis an. Er nimmt einen Schluck aus seiner Colaflasche, dann erhebt er sich und kommt zu mir rüber. Wortlos reicht er mir die Flasche, die ich dankend annehme und in einem Zug leere.

»Du bist schuld, dass er sich kaum noch bei mir meldet. Bestimmt hast du ihn mit deinem arroganten Verhalten verjagt«, beschwert sich Lou. Der intensive Blick aus seinen blauen Augen macht mich ganz nervös. »Er hat sich nicht einmal von mir verabschiedet.«

Wie kann Lou nur immer wieder ins Schwarze treffen? Ich habe ihn verjagt, und das mit Absicht. Weil ich befürchtet habe, dass Alex dem Druck der Presse nicht standhalten würde. Und dass die Band an den Gerüchten und Skandalen zerbricht. Daran will ich nicht schuld sein. Ich will den Traum meiner Freunde nicht zerstören, auch wenn es bedeutet, unglücklich zu sein. Sie wissen zwar, dass ich mit Alexander Schluss gemacht habe, aber den wahren Grund habe ich ihnen nicht verraten. Aus Angst, Robert könnte sich noch irgendwas einfallen lassen, um mir oder den anderen das Leben schwer zu machen. Wie ich meine Freunde kenne, hätten sie sein Verhalten auf keinen Fall toleriert und wären direkt zum Chef persönlich gegangen, um sich über unseren Manager zu beschweren. Aber genau das ist es, was Alex dann noch mehr schaden würde. Ich habe keine Angst vor Robert und würde es in dieser Angelegenheit nicht um Alex gehen, wäre ich der Erste, der sich über ihn beschwert. Leider geht es aber um Alex, deshalb dürfen meine Freunde auch nichts davon erfahren.

Ich presse die Lippen fest aufeinander und starre auf die leere Flasche in meiner Hand. Mein Verhalten in den letzten Tagen ist wirklich nicht das Beste gewesen, das gebe ich zu. Aber nicht nur ich benehme mich anders in letzter Zeit. Die Jungs tun es ebenfalls. Wir harmonieren als Band nicht mehr. Jeder hat sein eigenes Päckchen zu tragen. Wir reden nicht miteinander, weil zu viele Geheimnisse und Missverständnisse zwischen uns stehen. Louis schweigt sich über seine Gefühle zu Marc aus, Marc wiederum will weder über seine Beziehung zu Christine noch das Baby reden. Selbst Tyler hat Probleme mit Katy, weil es in letzter Zeit so viele negative Gerüchte gegeben hat. Nur Matt ist gut gelaunt wie immer. Wenigstens einer, dem es gutzugehen scheint.

»Wir sollten weitermachen«, fordert Tyler die anderen auf. »Vielleicht sollte Rick eine kleine Pause machen und ich mache einfach mit *Lucky girl* weiter?«

Ich nicke ihm dankend zu und setze mich zu Matt aufs Sofa, während Tyler dem Tontechniker ein Zeichen gibt und in der Kabine verschwindet. Matt wippt mit den Füßen im Takt und summt leise das Lied mit. Louis steht neben dem Tontechniker und nickt zufrieden in Tylers Richtung, der den Refrain anstimmt. Seufzend hole ich mein iPhone aus der Hosentasche. Heute ist wirklich nicht mein Tag. Ich öffne Twitter und scrolle mich durch meine Timeline.

5Minutes Official Page @5Minutes_Official: Die Hochzeit des Jahres: Tyler Ross heiratet seine langjährige Freundin Katy am ersten Weihnachtstag.

Der Tweet hat über eine Million Herzen und wurde noch häufiger retweetet. Unsere Fans sind wie wild hinter den Neuigkeiten über die Hochzeit her. Theresa, die die offiziellen 5Minutes-Accounts betreut, setzt alles daran, Tylers Hochzeit so publik wie möglich zu machen, um von allem anderen abzulenken. Meinen Eskapaden zum Beispiel. Ich gebe zu, dass ich nach Alexanders Verschwinden nicht gerade mit gutem Verhalten geglänzt habe. Direkt am Abend nach seinem Fortgehen bin ich in den nächstbesten Club gegangen und habe mich so lange volllaufen lassen, bis ich kaum noch geradeaus gehen konnte. Schließlich musste ich den Schmerz in meiner Brust irgendwie betäuben. Mein unrühmlicher Auftritt wurde natürlich direkt dokumentiert und für die Nachwelt festgehalten. Ich weiß nicht mehr, wie ich an diesem Abend in mein Bett gekommen bin, doch ich bin verdammt erleichtert gewesen, dass ich alleine darin lag. Keine Ahnung, was an diesem Abend gelaufen ist. Vielleicht habe ich jemandem vor die Füße gekotzt. Ich konnte mich am nächsten Morgen an absolut gar nichts erinnern. Sicher besser so. Denn die Standpauke, die mir Robert gehalten hat, reichte aus, um den stechenden Kopfschmerz zu verdreifachen.

»Hey, du hast ja immer noch ein Foto von Alex auf dem Handy. Dabei dachte ich, ihr seid getrennt«, kommt es plötzlich von Matt. Er hat sich zu mir rüber gebeugt und linst auf mein Smartphone. Schnell sperre ich das Display.

»Das ist nicht Alex. Das ist ein Bild von Harry«, entgegne ich schnell, weil ich nicht zugeben will, dass ich Alexander vermisse.

»Seit wann bist so ein großer Fan von Harry Styles, dass du ein Bild von ihm als Hintergrund nutzt?« Matt hebt skeptisch die Augenbrauen. »Verarsch mich nicht, Rick. Du kannst Alex nicht loslassen, obwohl er fort ist. Gib's zu.«

Ich wende den Kopf ab. Bin ich etwa so leicht zu durchschauen?

Schon seit Tagen schneit es. Der Schnee ist so dicht, dass alle Straßen völlig bedeckt sind. Weihnachten rückt immer näher. Vor ein paar Tagen bin ich mit Stella shoppen gewesen. Wir haben ein paar Geschenke besorgt.

»Kommst du uns an Weihnachten besuchen?«, wollte meine Schwester wissen. »Mum vermisst dich.«

»Hat sie nicht erwähnt«, entgegnete ich trocken, während wir durch die Straßen spazierten. Die weihnachtliche

Beleuchtung verlieh der Stadt eine märchenhafte Atmosphäre.

»Ach, Rick. Du weißt doch, wie sie ist. Sie mag deine ganzen Eskapaden nicht. Du solltest einfach etwas weniger trinken, meinst du nicht? Und weißt du, ich glaube, sie ist enttäuscht, dass du Alex in den Wind geschossen hast.«

Keine Ahnung, wie meine Mutter über Alex denkt. Das eine Mal, als ich sie besucht habe, haben wir nicht über ihn gesprochen. Sie hat die Bilder im Netz mit keiner Silbe erwähnt, was untypisch ist. Normalerweise lässt sie es sich nicht nehmen, mir mein lasterhaftes Leben vor Augen zu führen. Dieses Mal jedoch nicht. Sie ist fürsorglich gewesen und hat mich beim Abschied ein wenig länger im Arm gehalten.

Je mehr Zeit vergeht, desto schlimmer wird der Schmerz in meinem Herzen. Statt Alex zu vergessen, muss ich nur noch mehr an ihn denken. Was er wohl macht? Ob er ab und zu an mich denkt? Wohl kaum, schließlich habe ich ihn verlassen. Und das nicht auf die nette Art. Als ich mit Stella einkaufen gewesen bin, habe ich tatsächlich daran gedacht, ein kleines Geschenk für Alex zu kaufen. Aber was dann? Sollte ich es ihm schicken? Im Endeffekt habe ich nichts gefunden, was ihm auch nur ansatzweise gerecht geworden wäre. Letzte Woche habe ich mich dabei ertappt, wie ich ihm eine Nachricht bei Twitter hinterlassen wollte. Vor Schreck darüber ist mir beinahe das Handy aus den Händen gefallen. Ich habe mir seine Bilder auf Instagram angeschaut. Alex sieht gut aus, obwohl er viel dünner wirkt als bei unserem letzten Treffen.

»Hey, jetzt lach mal«, raunt mir Marc zu und schubst mich an. »Hier sind überall Kameras. Sollen morgen etwa Fotos von dir im Netz auftauchen, wie du mit verbissener Miene auf einem Charity-Event sitzt, während alle anderen Stars freundlich in die Kamera lächeln und Geld für Kinder in Not spenden?«

Ich schüttele den Kopf und zwinge mich zu einem Lächeln.

»Gut so.« Mein Kumpel nickt zufrieden und nimmt zwei Flöten Champagner von einem Tablett, das einer der Kellner gerade vorbeibringt. »Dann mal cheers.«

Er reicht mir eins der Gläser und nimmt selbst einen großen Schluck. Ich trinke den Champagner in einem Zug leer, bevor ich die Champagnerflöte einem vorbeikommenden Kellner in die Hand drücke.

»Ich glaube, ich brauche ein wenig frische Luft«, sage ich zu Marc und begebe mich zum Ausgang des Saals, denn ich halte es hier zwischen den ganzen lächelnden Promis nicht aus. Alle Menschen in diesem Raum sind Heuchler. Sie spenden unglaublich hohe Summen, um auf sich aufmerksam zu machen, statt wirklich etwas Gutes zu tun. Hier gilt nur sehen und gesehen werden, wie bei jedem anderen, x-beliebigen Charity-Event auch. Robert hat uns die Tickets besorgt, weil es hier von Reportern und Journalisten nur so wimmelt. 5Minutes sollen positive Schlagzeilen machen. Keine skandalösen Affären mit Männern oder mit unbekannten Models.

Ich verlasse den Saal und durchquere die Lobby des Hotels.

»Hallo Rick!«, ruft jemand hinter mir. Kurz drehe ich mich um und erkenne Samantha. Na großartig, die hat mir gerade noch gefehlt. Genervt verdrehe ich die Augen und will schon durch das Drehkreuz aus dem Hotel verschwinden, als sie mich erreicht. Wo ist Bob, wenn man ihn braucht? Der Kerl war eben noch im Saal

Ich setze ein Lächeln auf. »Hallo Sam. Was führt dich denn hierher?«

»Dasselbe wie dich, schätze ich mal«, entgegnet sie. Ihr Lächeln wirkt falsch. »Ich will natürlich etwas Gutes für hilfsbedürftige Kinder tun.«

»Natürlich.« Hier geht es eher darum, gesehen zu werden. Auch für Samantha. Nickend will ich schon an ihr vorbei, doch sie hält mich am Arm zurück.

»Was hältst du davon, wenn wir zusammen etwas an der Bar trinken, ehe du gehst?« Sie deutet mit einer leichten Kopfbewegung an die Bar in der Lobby. Ich schüttele den Kopf und mache mich von ihr los.

»Nein danke. Ich habe heute schon genug getrunken.«

»Diese Worte aus deinem Mund«, meint Samantha lachend. »Dass ich das je hören würde, hätte ich nicht gedacht. Richard Clark schlägt einen Drink aus.«

»Menschen können sich ändern«, brumme ich und verlasse das Hotel. Ich habe mich geändert. Zumindest fühle ich mich anders. Alles, was vor Alex gewesen ist, wirkt leer auf mich. Kaum habe ich das Hotel verlassen, blitzen auch schon die Kameras rechts und links von mir. Ich halte mir die Hand vor die Augen. Mist, wo habe ich meine Sonnenbrille? Ich suche die Taschen meine Jacketts nach der Brille ab, finde sie jedoch nicht.

»Rick!«

»Richard! Warten Sie.«

»Mr Clark, bitte beantworten Sie uns einige Fragen.«

Die Reporter umringen mich und folgen mir, während ich die Stufen des Hotels hinuntereile.

»Sorry, aber ich habe keine Zeit für ein spontanes Interview. Bitte wenden Sie sich an unser Management.«

»Ach kommen Sie schon. Nur ein paar kurze Fragen«, drängt einer der Reporter und richtet seine Kamera direkt auf mich.

»Was können Sie uns zum Release des neuen Albums sagen? Dürfen wir uns auf weitere gefühlvolle Songs wie *Just one night* freuen?«, will ein anderer wissen. Erneut werden Fotos von mir gemacht. Ich schiebe einen der Fotografen zur Seite und sehe mich um. Auf der gegenüberliegenden Straßenseite stehen Taxen bereit. Zurück zum Hotel komme ich jetzt sowieso nicht mehr, also kann ich genauso gut nach Hause fahren.

»Glauben Sie, dass das neue Album *Just 5Minutes* in den Charts noch überholen wird? Hoffen Sie auf weitere Preise?«

»Stimmt es, dass Sie *Just one night* für einen Mann geschrieben haben?«

»Keine Ahnung«, entgegne ich barsch. Den MTV Music Award haben wir für *Just one night* als beste Single abgeräumt. Welch eine Ironie. Das Lied, das eigentlich nur meine Gefühle für Alex hätte ausdrücken sollen, wurde zum meistverkauften Song, noch bevor das neue Album überhaupt erschienen ist. Jetzt sind wir mit dem neuen Album für die Grammys nominiert. Als beste Band, bester

Liveact und für das beste Album. Das neue Album verkauft sich unglaublich gut. Allein *Just one night* war ziemlich lange an der Spitze der Charts. Doch jedes Mal, wenn ich den Song bei einem Liveauftritt singen muss, zieht sich mein Herz bei dem Gedanken an Alex schmerzhaft zusammen. Wieso habe ich Rob nicht einfach die Stirn geboten, statt mich von Alexander zu trennen? Ich hätte es auch meinen Freunden sagen sollen. Gemeinsam hätten wir sicher eine Lösung gefunden. Vielleicht hätten die anderen und ich Rob gekündigt, wenn ich den Mut aufgebracht hätte, von seiner miesen Nummer mit der Erpressung zu erzählen. Aber ich habe zu wenig Vertrauen in die Band und vor allem in mich gehabt. Jetzt kann ich mein Verhalten nicht rückgängig machen.

Ich überquere mit schnellen Schritten die Straße und steuere ein Taxi an, während mir die Reporter immer noch folgen.

»Rick, stimmt es, dass Sie im Sommer eine Affäre mit einem Mann hatten?«

»Wer war dieser Typ? Treffen Sie sich immer noch? Sind Sie homosexuell?«

Ich ignoriere die Fragen, öffne die Tür und setze mich auf die Rückbank.

»Nach Hamstead bitte«, sage ich zu dem Fahrer, der den Motor startet. Aus dem Fenster sehe ich noch die Blitzlichter der Kameras, die langsam in der Dunkelheit verschwinden. Seufzend lehne ich den Kopf gegen das Polster. So eine Scheiße. Ich habe ehrlich geglaubt, die Geschichte wäre endlich vergessen. Da habe ich mich wohl geirrt.

Ich rufe Instagram auf und scrolle durch Alexanders Feed. Die Fotos sind schon älter, nur wenige sind seit unserer Trennung dazugekommen. Ich öffne den neusten Beitrag, der ungefähr zwei Wochen alt ist. Darauf ist Alex mit Lisa und Juliane zu sehen. Während die Mädchen rechts und links von ihm fröhlich in die Kamera grinsen, wirkt Alex müde, sein Blick teilnahmslos. Als wäre er mit den Gedanken ganz weit weg. Sein Anblick sorgt dafür, dass sich mein Inneres verkrampft. Mein Alex … Falsch! Er gehört mir nicht. Ich habe kein Anrecht auf ihn, weil ich ihn verlassen habe. Schon seltsam, dass seitdem schon fast drei Monate vergangen sind. Mir kommt es immer noch so vor, als wäre dieser unheilvolle Tag erst gestern gewesen. Ich würde ihm zu gerne auf Instagram folgen, um wenigstens ein bisschen an seinem Leben teilhaben zu können, doch das wäre viel zu riskant. Die Presse fragt immer noch nach meiner Beziehung zu ihm.

Bevor ich wieder zu sentimental werde, schließe ich die App und stecke das Handy zurück in die Jackettinnentasche. Dann betrachte ich die bunten Lichter der Stadt aus dem Fenster. Nächste Woche ist Weihnachten. Was Alex wohl machen wird? Sicher feiert er mit seiner Familie.

Weihnachten kommt mit schnellen Schritten. Den Nachmittag verbringe ich das erste Mal seitdem Alex weg ist wieder mit meiner Familie. Es ist irgendwie komisch, hier am Esstisch im Wohnzimmer meiner Mutter zu sitzen, dem Feuer im Kamin zuzusehen und alten, kitschigen

Weihnachtsliedern zu lauschen, statt sich, wie in all den Jahren zuvor, in irgendeinem überfüllten Club ins Koma zu saufen. Okay, so weit ist es mit mir noch nicht gekommen, aber es ist kein Geheimnis, wie ich die letzten Jahre meine freie Zeit verbracht habe. Wenn ich nicht gerade mit den Jungs in der Weltgeschichte unterwegs gewesen bin, um zu arbeiten, habe ich alles getan, um nicht allein sein zu müssen. Ich hasse es, allein zu sein. Da ist es mir egal, mit wem ich meine Zeit verbringe. Irgendein verliebter Fan findet sich immer, um mir die Zeit zu vertreiben.

»Richard, du isst ja gar nichts«, stellt meine Mutter mit einem kritischen Blick auf meinen Teller fest.

»Nenn mich nicht so, Mum«, entgegne ich.

»Der Name erinnert dich an ihn, habe ich recht?«, fragt sie mit einem traurigen Lächeln. Ich nicke stumm. Mein Vater hieß Richard. Er ist mein Vorbild gewesen, als ich noch ein kleiner Junge war. Er hat mir Gitarre spielen beigebracht und durch ihn habe ich meine Liebe zur Musik entdeckt. Mein Vater ist verdammt stolz auf mich gewesen, als ich an dieser Castingshow teilgenommen und gewonnen habe. Er wollte unbedingt auf unser erstes Livekonzert. Und dann ist er einfach so bei einem Autounfall gestorben, während ich mit den Jungs auf unserer ersten Welttournee gewesen bin. Sein Tod hat meine bis dato heile Welt ins Wanken gebracht.

Seufzend schiebe ich die Erbsen auf meinem Teller von einer Seite zur anderen. Was hätte er wohl zu meiner Karriere gesagt? Und zu meinem Leben? Wäre er stolz auf mich oder würde er, genau wie meine Mutter, immer wieder versuchen, mich auf den rechten Weg zu bringen?

Vermutlich hätten ihm meine Ausschweifungen nicht gefallen. Mein Vater ist immer sehr korrekt gewesen. Grundschullehrer, ein bodenständiger Typ.

»Du solltest mehr auf dein Herz, statt auf deinen Kopf hören, Rick«, reißt mich meine Mutter aus den Gedanken. Verwirrt sehe ich von meinem Teller auf.

»Was meinst du?«, will ich wissen. Sie hat ziemlich abrupt das Thema gewechselt.

»Du denkst an Alexander«, mutmaßt sie – und trifft dabei genau ins Schwarze. Augenblicklich schießt mir das Blut in den Wangen. Stella kichert vergnügt und schüttelt dabei ihren Kopf, sodass ihr Dutt hin und her wippt. Ihre dunkel umrahmten Augen blitzen wissend, als würde sie denken: Ich kenne dich doch, Bruderherz. Du kannst deine Gefühle noch so gut vor der Welt verleugnen, aber für uns bist du wie ein offenes Buch.

»Woher …?«

»Ich bin deine Mutter, was denkst du denn?« Mum lacht leise. Ich habe sie schon lange nicht mehr lachen hören. Sie benimmt sich in letzter Zeit anders als sonst. Irgendwie entspannter. »Ich habe dich nicht umsonst neun Monate unter dem Herzen getragen und dich unter Anstrengungen auf die Welt gebracht.« Sie zwinkert mir zu. »Und dann habe ich dich vierundzwanzig Jahre aufgezogen, jeden Tag mitangesehen, wie aus einem quirligen kleinen Jungen ein wunderbarer junger Mann geworden ist. Ich kenne dich besser als jeder andere, Rick. Vermutlich besser noch, als du dich selbst.«

Betreten starre ich auf mein Gemüse, das aufgehäuft auf dem Tellerrand liegt. Ihre Worte berühren mein Herz.

»Mum …«, flüstere ich mit erstickter Stimme. Ein Kloß bildet sich in meinem Hals. Meine Schwester erhebt sich vom Tisch.

»Ich werde dann mal das dreckige Geschirr abräumen, damit wir endlich unsere Geschenke auspacken können.« Sie grinst mich an und stapelt die gebrauchten Teller übereinander, ehe sie in die Küche verschwindet und mich mit meiner Mutter allein lässt. Zur Feier des Tages trägt Stella ein knallrotes Ballonkleid und grün geringelte Kniestrümpfe, in denen sie Father Christmas Konkurrenz machen könnte.

»Wenn ich dir einen Rat geben darf, Schatz: Hör auf dein Herz. Wenn du dir sicher bist, dass Alexander derjenige ist, den du brauchst, dann solltest du dich wieder mit ihm vertragen. Verbiege dich nicht für andere. Vor allem nicht für Robert, diesen eingebildeten Kerl. Dein Glück ist wichtiger, als Geld.« Sie streckt ihre Hand aus und legt sie auf meine.

»Ich kann nicht … Ein öffentliches Coming-Out wäre das Ende für 5Minutes. Zumindest versucht mir Robert das immer wieder einzureden.«

»Bist du dir da so sicher? Vielleicht reagieren die Fans auch anders als erwartet. Du solltest weniger auf deinen Manager hören. Ich kann sowieso nicht verstehen, warum ihr ihn nicht schon längst entlassen habt. Er kann doch nicht einfach entscheiden, mit wem du eine Beziehung führen darfst?! Das ist nicht sein Job. Er sollte sich eher darum kümmern, dass ihr musiktechnisch vorankommt, oder? Alles andere geht ihn nichts an.«

»Die Reaktionen auf das Kussbild sind ziemlich erschreckend gewesen. Ich will einfach nicht, dass die Band darunter leiden muss«, entgegne ich traurig. Ich kann mich noch zu gut an all die Hassposts im Internet erinnern. Robert ist der Meinung, die Band aus diesen Schlamassel gemanagt zu haben. Deshalb heißt es jedoch noch lange nicht, dass ich mich von ihm herumkommandieren lassen muss, da hat meine Mutter schon recht. Aber ich hätte mich gleich gegen ihn wehren sollen, statt den Schwanz einzuziehen. Wenn er mich mit seiner billigen Erpressung nicht zu sehr eingeschüchtert hätte, wäre ich sicher nicht so feige gewesen und Alex wäre noch hier, an meiner Seite. Die Fans hätten sich irgendwann mit dem Gedanken, dass ich einen Mann liebe, arrangiert. Bei einem anderen Manager wäre es sicher gar nicht so weit gekommen. Ein anderer Manager hätte vielleicht sogar ein öffentliches Outing geplant und arrangiert, es medienwirksam aufgezogen … Aber nicht Robert, dieses homophobe Arschloch!

Ich schiebe meinen Teller von mir, weil mir der Appetit vergangen ist. Seit Alex fort ist, hatte ich noch mehr Dates als gewöhnlich. Zum Teil, um die Gerüchte, ich sei schwul, zu zerstreuen, damit Robert keinen Nährboden für seine Drohungen bekommt. Und zum anderen, um mich irgendwie selbst von meinen Gefühlen abzulenken. Ersteres hat wunderbar funktioniert – letzteres dafür umso weniger.

»Mum, ich habe gedacht, dass du etwas dagegen haben könntest, weil ich mich … ähm … zu Alex hingezogen fühle«, sage ich vorsichtig und warte ihre Reaktion ab. Sie schüttelt den Kopf.

»Mir geht es nicht darum, mit wem du zusammen bist, Rick, sondern wie ernst du es meinst. Denkst du, diese ganzen flüchtigen Affären machen dich auf Dauer glücklich? Ich glaube kaum, dass es das ist, was du wirklich willst. Und obwohl du mir vielleicht noch vor einiger Zeit widersprochen hättest, weiß ich, dass du nun anders darüber denkst. Ich wünsche mir für dich, dass du eine Person findest mit der du glücklich bist. Niemand sollte einsam sein.«

Ich lächele sie dankbar an.

»Zeit für die Bescherung!« Stella kommt aus der Küche, in einer Hand einen Jutesack.

Ich bin schon eine ganze Weile zurück in meiner Wohnung. Auf den Straßen ist nur wenig Verkehr gewesen, sodass ich für die Strecke nur halb so lange gebraucht habe. Die Worte meiner Mutter schwirren immer noch in meinem Kopf. Sie hat Alex vom ersten Moment an akzeptiert. Warum habe ich dann solche Angst, mit ihm zusammen zu sein? Ich könnte ihn anrufen und mich entschuldigen. Aber was sollte ich ihm denn sagen? Dass es mir leidtut und dass ich möchte, dass er zu mir zurückkommt? Wie könnte ich von ihm verlangen, dass er sein Leben in Köln, seine Familie und seine Freunde einfach aufgibt, um ein Leben in meinem Schatten zu führen? Als kleines, schmutziges Geheimnis. Nein, das kann ich Alexander nicht antun.

Unruhig wälze ich mich in meinem Bett. Es ist so leer und viel zu groß für eine Person. Oft stelle ich mir vor, wie er hier neben mir gelegen hat. Wie ich ihm sanft durchs dunkle Haar gestreichelt habe, während er an meiner Brust ruhig geatmet hat. Diese Momente scheinen unendlich weit weg. Ich bereue es, ihn weggeschickt zu haben. Doch ich rede mir immer wieder ein, dass es besser gewesen ist. Für Alex und für die Band. Sicher wird der Schmerz in meiner Brust irgendwann vergehen.

Mit offenen Augen starre ich an die Zimmerdecke. Der Schlaf will sich einfach nicht einstellen. Wie so oft verfluche ich meine Schlaflosigkeit. Ich kann einfach schlecht allein sein. Konnte ich irgendwie noch nie. Als ich noch ein Kind gewesen bin, hat Stella oft in meinem Zimmer geschlafen, weil ich von Albträumen heimgesucht wurde. Später verflüchtigten sich die Albträume, doch die Schlaflosigkeit blieb. Ich brauche jemanden, der mir Sicherheit und Wärme gibt, damit ich ruhig schlafen kann.

Stöhnend drehe ich mich zur Seite und taste nach meinen iPhone auf dem Nachttisch. Es dauert nicht lange, bis mein Freund abnimmt.

»Marc? Kommst du vorbei?«, frage ich leise. Mein Kumpel gähnt herzhaft am anderen Ende der Leitung.

»Mann, hast du auf die Uhr geschaut? Es ist mitten in der Nacht«, brummt er schlecht gelaunt. Natürlich habe ich das. Aber was bringt es, auf den Wecker zu starren und zu beobachten, wie die Minuten verstreichen, wenn man einfach keine Ruhe findet? Seit Alexander fort ist, finde ich einfach keinen Schlaf mehr. Egal, was ich anstelle, dieses große Bett ist so leer ohne ihn. Die Worte meiner Mutter gehen mir einfach nicht aus dem Kopf. *Du brauchst jemanden, der dich glücklich macht.* Alex hat mich glücklich gemacht!

»Ich kann nicht schlafen«, gestehe ich Marc. Über meine Schlaflosigkeit rede ich nicht gerne, aber Marc vertraue ich. Er kennt meine Probleme, weil er mein bester Freund ist. Ich empfinde immer noch so, obwohl wir uns nach der Sache beim Liveinterview kaum noch über private Dinge unterhalten haben. Es ist so viel passiert, dass ich Marc einfach nicht auf das Baby ansprechen wollte. Erst bin ich wütend und enttäuscht gewesen, dass er das Kind nie auch nur mit einer Silbe erwähnt hat. Aber dann habe ich verstanden, dass jeder seine Zeit braucht, um sich anderen gegenüber zu öffnen. Louis hat so lange gebraucht, um jemandem von seinen Gefühlen zu Marc zu erzählen. Vielleicht ist es Marc ebenfalls schwergefallen, die richtigen Worte zu finden, sodass er einfach geschwiegen hat?

»Ich steige doch jetzt nicht mehr ins Auto, nur, weil du Spinner nicht schlafen kannst! Wirf eine Tablette ein und lass mich in Ruhe.« Ich höre die Bettdecke rascheln, jemand flüstert leise. Ob er bei Christine ist? Immerhin ist Weihnachten.

»Aber du bist mein bester Freund …«

Marc seufzt, dann höre ich nur noch das Piepen des Telefons. Er hat aufgelegt.

Eine halbe Stunde später klingelt es an der Wohnungstür. Weil ich nicht schlafen kann, habe ich mir in der Küche einen Tee gekocht. Müde schlurfe ich zur Tür und öffne. Marc steht vor mir. Er trägt eine alte Jogginghose und einen verwaschenen 5Minutes-Hoodie. Es ist der, den Louis während der letzten Tour immer getragen hat. Er zieht sich die Kapuze herunter und steckt die dunkle Sonnenbrille in die Brusttasche des Hoodies. Seine Haare sind zerzaust und er reibt sich kurz über die Augen, ehe er in den Flur tritt.

»In der Dunkelheit sieht dich doch sowieso keiner. Wozu dann die Sonnenbrille?«, frage ich Marc, der wie selbstverständlich an mir vorbei in mein Schlafzimmer geht, während er sich bereits den Hoodie über den Kopf zieht.

»Gewohnheit. Ist mir irgendwie schon ins Blut übergegangen.« Schuhe und Jogginghose folgen, dann schlüpft er unter meine Bettdecke. Ich bleibe im Türrahmen stehen, den Becher mit dem dampfenden Tee immer noch in den Händen und beobachte meinen Kumpel. Es überrascht mich nicht, dass er doch gekommen ist. Ich hätte es für ihn auch getan.

»Was stehst du denn da rum und starrst mich an? Komm ins Bett. Und wenn du nicht gleich einschläfst, bin ich schneller weg, als du bis drei zählen kannst«, meint Marc gähnend. »Ich für meinen Teil brauche genügend Schlaf. Wer will schon am nächsten Tag aussehen wie gekaut und wieder ausgespuckt? Solche Bilder werden auf Twitter sicher Schlagzeilen machen.« Einladend schlägt er die Decke zurück und klopft mit der anderen Hand auf die Matratze. Das lasse ich mir nicht zweimal sagen. Den Becher lasse ich auf der Kommode neben der Tür stehen und schlüpfe zu Marc unter die Bettdecke.

Ich habe tatsächlich ziemlich gut geschlafen. Viel besser als in den Wochen davor. Marc regt sich neben mir und zieht mir die Decke weg, um sich darin einzurollen. Gähnend schaue ich zu meinem Kumpel rüber, dann entscheide ich mich dazu, aufzustehen. Soll er noch ein wenig schlafen. Langsam schlurfe ich ins Bad und steige unter die Dusche, um die letzten Spuren der Müdigkeit abzuwaschen. Danach mache ich mir einen Latte Macchiato. Während das Getränk in den Becher läuft, schweifen meine Gedanken erneut zu Alex. Er hätte jetzt sicher über meinen Kaffeegeschmack gelacht. Ich nehme Zucker und rühre drei Löffel unter die aufgeschäumte Milch. Nicht jeder kann so einen schwarzen Kaffee trinken, in dem der Löffel stehen bleibt. Allein bei dem Gedanken schüttelt es mich. Doch ich mochte den Geschmack auf seiner Zunge, wenn ich ihn nach dem Frühstück geküsst habe.

Seufzend setze ich mich mit dem Getränk an den Küchentisch. Ich frühstücke normalerweise nie so früh, während Alex sich immer in aller Frühe eine riesige Portion Rührei hineingeschaufelt hat. Ein Wunder, wohin er das ganze Essen gesteckt hat, denn sein Körper ist perfekt. Kein Gramm zu viel.

»Morgen«, brummt Marc hinter mir. »Kaffee?«

Am frühen Morgen ist er nicht der Gesprächigste.

»Bedien dich. Du weißt ja, wie die Maschine funktioniert«, antworte ich ihm, ohne von meinem Becher aufzuschauen. Marc ist – neben den anderen Jungs, Bob, Stella oder Alex – der Einzige, der je meine Wohnung von innen gesehen hat.

Marc öffnet einen der Küchenschränke, holt sich einen Becher heraus und stellt diesen unter die Kaffeemaschine. Noch einer, der seinen Kaffee schwarz trinkt.

»Na, gut geschlafen?«, will er mit einem prüfenden Blick auf mich wissen. Ich nicke und rühre die Milch in meinem Becher um, bis sich der Schaum auflöst. Mein Kumpel macht sich schweigend seinen Kaffee, dann setzt er sich mir gegenüber.

»Ich bin auf Katys Kleid gespannt«, meint er und nimmt einen großen Schluck Kaffee. Heute Nachmittag heiratet Tyler. Zum Glück hat meine Haushälterin meinen Anzug letzte Woche aus der Reinigung geholt. Ich hätte es vermutlich vergessen.

»Du wirst sicher nichts dagegen haben, wenn ich hier dusche? Ich habe meinen Anzug im Auto, damit ich nicht extra nach Hause muss.«

»Sicher. Tu dir keinen Zwang an«, antworte ich ihm. Dann überlege ich kurz. »Nimmst du Christine mit?«

Bei Erwähnung ihres Namens verhärten sich Marcs Gesichtszüge augenblicklich. Er schüttelt entschieden den Kopf.

»Warum? Immerhin seid ihr zusammen …«

Es scheint, als wolle mein Kumpel etwas sagen, protestieren, doch dann senkt er bloß den Kopf. Ich betrachte ihn verwirrt.

»Du nimmst sie nicht mit?«

»Nein.«

»Es wird eine kleine Feier im Kreis der engsten Freunde und der Familie. Es werden sicher keine Fotografen dabei sein, die Fotos von euch beiden machen, um sie dann an den Höchstbietenden zu verkaufen. Meinst du nicht, dass du sie uns wenigstens vorstellen könntest? Das schuldest du uns, Marc. Wir sind immer offen zu dir gewesen, das weißt du. Keine Geheimnisse, schon vergessen?«

»Mit Christine … das ist kompliziert.«

»Kompliziert?« Ich hebe fragend eine Augenbraue und lehne mich auf dem Stuhl zurück. »Ist es das nicht immer mit Frauen?«

Marc lächelt schwach. »Ein Grund, warum du einen Mann vorziehst?«

»Vielleicht«, entgegne ich schulterzuckend. Jeder Gedanke an Alexander tut weh. Als würde mein Herz jedes Mal ein Stückchen mehr zerbrechen. Ich wäre froh, wenn er mich zu Tylers Hochzeit hätte begleiten können. Leider ist Robert gegen uns.

»Ich an deiner Stelle hätte sie mitgenommen.«

»Du bist aber nicht an meiner Stelle«, zischt Marc aufgebracht. Das Thema Christine scheint ihm nicht zu gefallen. Doch es muss sein. Irgendwann wird er über sie reden müssen.

»Ehrlich, ich kann nicht verstehen, warum du deine Beziehung zu ihr immer noch versteckst, wenn die ganze Welt weiß, dass du vergeben bist.« Beleidigt sehe ich meinem Kumpel in die Augen. Er wirkt nervös, während er schweigend an seiner Unterlippe kaut. »Sicher würde sie sich freuen, dich begleiten zu können. Willst du dich etwa nicht mit ihr in der Öffentlichkeit zeigen? Ich verstehe nicht, wo das Problem liegt. Christine ist eine Frau. Wenn du dich öffentlich zu ihr und dem Kind bekennst, werden die Fans sie sicher ebenfalls lieben.«

Ärger macht sich in mir breit. Marc kann seine Freundin überall mit hinnehmen, muss sich nicht verstecken. Zu so einer privaten Feier hätte ich sogar Alex problemlos mitnehmen können. Da ist es mir unbegreiflich, warum Marc sich so querstellt. Wenn Fotos der beiden im Netz auftauchen, wird es nicht so einen öffentlichen Skandal geben, wie bei Alex und mir damals. Außerdem wissen sowieso alle um seine Beziehung zu Christine Bescheid. Da braucht er kein Geheimnis mehr daraus zu machen.

»Was hast du mit Christine für ein Problem, dass du nichts erzählst? Normalerweise solltest du im siebten Himmel schweben, weil du Vater wirst«, sage ich nun auch etwas ruppiger. »Vertraust du uns Jungs etwa so wenig? Ich verstehe dich einfach nicht, Marc. Ich habe dir auch alles erzählt, selbst von meinen Gefühlen zu Alex. Und ich möchte dir helfen, wenn du ein Problem hast. Du weißt, dass du jederzeit mit mir reden kannst.«

Er schweigt immer noch.

»Nicht nur ich bin enttäuscht darüber, die anderen Jungs empfinden genauso. Vor allem Louis.« Er leidet stark darunter, seine Gefühle zu Marc nicht offenbaren zu können, weil dieser in einer festen Beziehung ist.

»Ich liebe Christine, aber …« Er atmet tief ein und aus, dann sieht er mir fest in die Augen. »Aber es ist nicht so, wie du denkst. Ich kenne sie schon ewig, noch aus der Grundschule.«

»Na und? Das ist doch kein Grund. So ist es bei Tyler und Katy schließlich auch. Und heute heiraten die beiden endlich.«

»Nicht ganz … Ach Rick, können wir bitte das Thema wechseln? Ehrlich, ich würde ja mit dir reden, aber ich habe Christine versprochen, es nicht zu tun. Sie will die Beziehung nicht publik machen.« Er sieht mich traurig an. Ha, von wegen. Das Ganze ist doch schon längst öffentlich. Warum versucht Marc immer noch, ein Geheimnis daraus zu machen? Ich verstehe ihn echt nicht.

»Nicht mal mit deinem besten Freund? Verstehst du denn nicht, dass ich dir helfen möchte? Anscheinend liegt mit Christine etwas im Argen, was mit dem Baby zu tun hat. Wieso vertraust du mir nicht? Hast du etwa Angst, ich würde zum nächstbesten Reporter rennen und ihm all deine schmutzigen Geheimnisse verraten? Das ist lächerlich, Marc, und das weißt du auch«, fahre ich ihn an, erhebe mich von meinem Platz und verlasse wütend die Küche.

5 Minutes

Die Hochzeitsfeier findet in einem kleinen, gemütlichen Saal eines Hotels außerhalb der Stadt statt. Katy liebt das Landleben, sodass Tyler immer zwischen ihrem gemeinsamen Haus in Southampton und London pendelt. Mich würde diese Fahrerei langfristig verrückt machen, ihn stört es jedoch nicht.

»Ich glaube, sie kommen gleich«, raunt mir Louis zu, der dicht neben mir im Foyer steht und an seinem Champagner nippt. Das Brautpaar ist noch nicht eingetroffen, während alle Gäste schon im Hotel warten. Die Trauung in der Kirche ist wunderschön gewesen. Obwohl zwischen Marc und mir seit heute Morgen dicke Luft herrscht, sind wir gemeinsam zur Kirche gefahren. Auch jetzt steht er neben mir. Ich fühle mich mies, weil ich Marc nicht helfen kann und weil mich diese ganze romantische Stimmung einfach runterzieht. Es tut mir wirklich leid für Tyler, aber heute ist nicht mein Tag. Deshalb wäre es besser, wenn ich nach dem Essen heimlich verschwinde.

»Na endlich, da sind die beiden«, sagt Marc und stößt mir seinen Ellenbogen in die Seite. Ich drehe mich zum Eingang des Saals um, durch den Tyler mit seiner frisch angetrauten Ehefrau hereinkommt. Sie halten sich an den Händen und strahlen über das ganze Gesicht. Katy ist wunderschön in ihrem weißen Brautkleid.

Tyler erblickt uns zwischen den Gästen und kommt auf uns zu.

»Hey Jungs«, sagt er grinsend.

»Hey Mr Groom. Nun war's das mit der Freiheit«, neckt ihn Matt und umarmt ihn. Wir anderen machen es ihm nach und gratulieren auch Katy, die ebenfalls zu uns getreten ist.

»Jungs, ihr sitzt an dem Tisch dort drüben«, erklärt Tyler und deutet auf einen der aufwendig dekorierten Tische. »Das Buffet wird jeden Moment eröffnet.«

Es ist nichts daraus geworden, nach dem Essen heimlich zu verschwinden. Meine Sitznachbarin, eine entfernte Cousine von Katy, hat mich während des Essens so in Beschlag genommen, dass eine Flucht unmöglich gewesen ist. Sie ist ein großer Fan und wollte einfach alles über das neue Album und die kommende Tour wissen. Ich habe versucht, das Gespräch so kurz wie möglich zu halten, aber sie hat einfach nicht lockergelassen. Also ist mir nichts anderes übriggeblieben, als ein Glas Champagner nach dem anderen zu leeren, um ihr Gerede einigermaßen erträglich zu machen.

Irgendwann bin ich vom Tisch an die Bar gewechselt, nachdem Katys Cousine mit irgendeiner Freundin auf die Toilette verschwunden ist.

»Bitte noch einen«, sage ich zum Barkeeper. Müde stütze ich meinen Kopf in eine Handfläche, während mir ein blonder Mann das Bierglas aus der anderen Hand nimmt.

»Einen was?«, will er wissen. Ich lege meine Stirn in Falten und überlege.

»Etwas, das brennt wäre nicht schlecht. Und auch noch die Erinnerungen auslöscht. Hast du so etwas da?«, will ich lallend wissen. Der Barkeeper hebt skeptisch eine Augenbraue.

»Einen Zaubertrank kann ich dir nicht anbieten, Kumpel. Aber wie wäre es mit Wodka?«

»Wodka, Bier und Wein … vorzugsweise alles in einem Glas«, antworte ich und muss grinsen, weil ich meinen Witz ziemlich originell finde. Der Alkohol in meinem Blut sorgt dafür, dass es mir etwas besser geht. Zumindest für den Moment kann ich die Feier genießen und muss nicht ständig an Alexander denken, der jetzt eigentlich mit mir hier sein sollte. Verdammt, nur ein kurzer Gedanke an ihm und schon wieder schmerzt mein Herz. Das ist doch nicht mehr normal! Wütend balle ich die Faust und umschließe das volle Schnapsglas so fest ich kann. Schnell stürze ich den Alkohol hinunter, um jeden Gedanken an Alex im Keim zu ersticken. Ich muss ihn einfach vergessen, auch wenn es im Moment unmöglich scheint. Es ist besser für ihn und auch für die Band.

»Und noch einen«, fordere ich den Mann hinterm Tresen auf.

»Bist du dir sicher, dass du nicht genug hast?«, nehme ich Louis' Stimme neben mir wahr. Langsam drehe ich meinen Kopf zu ihm. Jede Bewegung passiert irgendwie unkoordiniert, als wäre ich nicht mehr Herr meines Körpers. Meine Umgebung nehme ich nur noch vage wahr, selbst Louis scheint irgendwie zu verschwimmen.

»Okay, du hast wirklich genug«, meint er entschieden und funkelt mich böse an.

»Quatsch, Lou. Trink lieber mit mir«, versuche ich ihn zu überreden und greife mit der Hand nach seiner Schulter, rutsche dabei seitlich vom Barhocker und falle halb auf Louis. Mein Kumpel kann mich gerade noch halten.

»Spinnst du? Du bist verdammt schwer, du Saufnase«, zischt er und drückt mich von sich weg. Ich taumle gegen die Theke und stoße mir den Ellenbogen. Schmerz zuckt meinen Arm hinauf.

»Kannst du dich nicht einmal beherrschen?«, will er verärgert von mir wissen. »Das ist Tylers großer Tag. Er sollte etwas Besonderes sein … Es ist nicht fair von dir, dich zu betrinken und dann womöglich einen Aufstand zu machen.«

»Ich bin ganz brav, Lou«, lalle ich und grinse ihn an. »Es ist nur so schön leicht … mein Kopf fühlt sich leer an. Keine Gefühle mehr …«

»Und spätestens morgen wirst du es bereuen, weil du dir die Seele aus dem Leib kotzen wirst. Reiß dich zusammen, es ist noch nicht mal Abend. Was sollen die anderen Gäste denken, wenn du dich noch vor der Hochzeitstorte so dermaßen abschießt, dass du nicht mal mehr weißt, auf welcher Hochzeit du tanzt?«

»Ich pfeif auf die Meinung der anderen«, entgegne ich bissig.

»Ach ja? Das glaube ich nicht.« Louis verschränkt die Arme vor der Brust, seine Stimme bekommt einen provozierenden Ton. »Wenn dir die Meinung der Leute egal gewesen wäre, dann würde Alex jetzt bei dir sein und es würde dir nicht so scheiße gehen.«

»Mir geht's wunderbar!«

»Klar! Und warum betrinkst du dich dann alleine an der Bar, während sich alle anderen Gäste mit dem Brautpaar auf der Tanzfläche amüsieren? Du belügst dich selbst, Rick.«

»Was weißt du schon?«, brumme ich und wanke in Richtung der Tanzfläche. Ich habe jetzt keine Lust auf eine Standpauke, nicht mal von Louis. Mir reicht es schon, dass ich fast täglich mit Rob aneinandergerate, weil ihn nichts an meinem Verhalten zufriedenstellt. Mal bin ich ihm zu faul, zu widerspenstig, zu auffallend, zu laut, zu leise.

»Hey, warte. Wo willst du denn hin?«, ruft Louis mir nach und zieht mich am Arm zurück.

»Wohin? Du hast doch gesagt, ich soll mich amüsieren. Also gehe ich tanzen«, entgegne ich mit Unschuldsmiene. Mann, Lou weiß auch nicht, was er will. »Und vielleicht hat Katys Cousine Mary ja nichts dagegen, mit mir kurz in einem der Hotelzimmer zu verschwinden«, setze ich noch einen drauf.

»Carry«, entgegnet er trocken.

»Was?« Verwirrt sehe ich in Louis ernstes Gesicht.

»Ihre Cousine. Sie heißt Carry. Du meinst doch die Blonde in dem pinken Ballonkleid, die gerade mit Matt rumknutscht?«

Perplex starre ich in die Richtung, in die Louis mit der Hand deutet. Tatsächlich. Na toll, Chance vertan. Ich nicke langsam. Mein Kopf dreht sich. Ich hätte wohl doch nicht so viel trinken sollen.

»Das ist Carry«, wiederholt Louis ernst.

»Mir egal. Dann suche ich mir eben jemanden anderen, der mit mir Spaß haben will. Katy hat ja nicht nur eine Cousine.«

»Sicher.« Louis verdreht genervt die Augen. Ich merke, wie seine Geduld langsam zu Ende geht. »Hör auf, dir etwas vorzumachen, Rick. Nur, weil du dich volllaufen lässt und dann mit unzähligen Frauen vögelst, wird es nicht besser. Das ändert nichts an deinem Schmerz.«

»Woher willst du das denn wissen?«, schreie ich ihn wütend an. »Du weißt doch gar nicht, wie es mir geht und was ich für die Band tue, damit sich nichts ändert.«

Louis sieht mich nun ebenfalls mit zornigem Gesichtsausdruck an. »Bist du bescheuert? Du bist nicht der einzige, der für die Band Opfer bringt. Tu nicht so, als wäre die ganze Welt gegen dich, denn so ist es nicht und das weißt du genau. Wir sind deine Freunde. Wir stehen hinter dir. Ganz unabhängig vom Fortbestand der Band. Du solltest endlich mit dieser Selbstmitleidstour aufhören und deinen Arsch bewegen, wenn du Alex zurückhaben willst. Oder dich endlich zusammenreißen und ihn vergessen. Ihm geht es beschissen. Nicht nur du leidest.«

Perplex sehe ich Louis an. So wütend habe ich ihn noch nie erlebt. Kurz denke ich daran, wie sehr Louis wegen seiner Gefühle zu Marc leidet und fühle mich augenblicklich schlecht, weil ich so ungerecht zu ihm gewesen bin.

Er packt mich an der Schulter und drückt mich auf einen der freien Stühle rechts neben mir. Mann, wenn Louis will, kann er ganz schön stark sein. Gegen seinen festen Griff kann ich nichts ausrichten. Vermutlich ist es der Alkohol in meinem Körper, der mich so träge reagieren lässt. Teilnahmslos starre ich an Lou vorbei auf die tanzende Menge. Der DJ hat die neuste Musik aufgelegt und normalerweise würde ich auch mit den anderen feiern, statt hier herumzusitzen. Aber ich kann einfach nicht. Die Gäste strahlen solch eine Freude aus, dass mir ganz elend zumute wird.

»Wir sollten uns nicht vor all den Gästen streiten«, presst Louis gereizt hervor. Resigniert nicke ich. Er hat recht. Ich muss mich beherrschen, um Tylers Hochzeit nicht zu ruinieren.

»Alex hasst mich«, jammere ich nicht gerade männlich. Der Alkohol in meinem Blut sorgt dafür, dass mir schwindelig wird. Ich fühle mich hundeelend. Verzweifelt vergrabe mein Gesicht in den Händen. Louis schiebt einen Stuhl zurück, um sich neben mich zu setzen.

»Das tut er nicht. Und Hass ist so ein starkes Wort. Er ist eher enttäuscht und verletzt. Kein Wunder, schließlich hast du ihn nicht gerade nett abserviert.«

Ich stöhne auf. »Das macht es mir nicht leichter, Lou. Aber was hätte ich denn machen sollen? Rob hat mir die

Pistole vor die Brust gehalten. Alex oder die Band … Er wollte alles ruinieren, wenn ich nicht nachgebe …« Traurig sehe ich meinen Freund an, dessen Augen sich entsetzt weiten.

»Und dann hast du dich für 5Minutes entschieden?«

Ich nicke stumm. Wie könnte ich jetzt mit der Wahrheit herausrücken? Dass ich Alex beschützen wollte? Dass ich nicht wollte, dass Robert noch mehr in unserem Privatleben herumschnüffelt? Außerdem wollte ich die Jungs aus der ganzen Sache raushalten. Unser Manager wäre sicher nicht davor zurückgeschreckt, auch im Leben meiner Freunde zu stöbern, um mich irgendwie bei der Stange zu halte, das hat er mir ja quasi angedroht. Am liebsten würde ich diesem Mistkerl so richtig eine reinhauen!

»Du bist wirklich ein Idiot, Rick. Hör lieber auf dein Herz, nicht auf Robert.« Er lächelt ein trauriges Lächeln. Seine blauen Augen glänzen im Schein der Kerzen am Tisch. Louis sieht verdammt gut aus in dem schwarzen Anzug. Wahnsinnig gut sogar. Mir ist nicht entgangen, wie die Frauen ihn ansehen. Auch Marc hat den einen oder anderen Blick auf Louis riskiert. Nicht zu lange, um auffällig zu wirken, aber trotzdem lange genug.

»Das kann ich den Fans und euch nicht antun, Lou. Die Band ist alles für mich. Aber ich spüre, dass ich ohne Alexander einfach nicht mehr ich selbst bin. Als würde etwas Wichtiges fehlen, verstehst du?«

Louis nickt verständnisvoll. »Ehrlich, wenn ich du wäre, hätte ich keine einzige Sekunde gezögert, mich für die Liebe zu entscheiden. Tu es, Rick. Lass ihn nicht einfach so gehen. Du hast sowieso schon viel zu viel Zeit verschwendet. Wenn ich die Chance auf meine große Liebe hätte, würde ich alles, wirklich alles, tun, um sie zurückzugewinnen«, sagt Louis. Seine Stimme klingt fest, doch seine blauen Augen sehen mich unglaublich traurig an. »Du solltest an dich denken und nicht an Leute, die deine Gefühle vielleicht nicht verstehen könnten. Wir sind deine Freunde, wir stehen hinter dir und deiner Entscheidung, mit Alex zusammen sein zu wollen, auch wenn es das Ende der Band bedeutet.«

Eine halbe Stunde später befinde ich mich auf dem Weg zum Flughafen. Die Zeit, um nochmal nach Hause zu fahren, habe ich mir gespart und bin direkt in meinem Anzug in ein Taxi gestiegen. Louis wird die anderen Jungs davon in Kenntnis setzen, was ich vorhabe.

Mir ist immer noch schwindelig und mein Magen rebelliert während der schnellen Fahrt, aber das ist mir egal. Solange ich mich nicht im Taxi oder im Flugzeug übergeben muss, nehme ich den Schwindel in Kauf. Louis hat völlig recht. Ich darf nicht einfach herumsitzen und warten, bis mir das Glück in den Schoß fällt. Ich muss für mein Glück kämpfen. Das kann ich aber nicht von London aus, also muss ich eben zu Alex nach Köln. Louis hat mir ganz schön den Kopf zurechtgerückt, wofür ich ihm wirklich dankbar bin. Hastig nehme ich einen großen Schluck aus der Wasserflasche, die ich mir mitgenommen habe, um wenigstens halbwegs nüchtern zu werden. Hätte Louis nicht mit mir geredet, würde ich vermutlich immer noch im

Hotel sitzen und mir vielleicht doch noch Carry für eine schnelle Nummer schnappen, um Alex zu vergessen. Ich bin wirklich froh, einen Freund wie Louis zu haben, der einfach nicht müde wird, mich zurechtzuweisen, bis es endlich bei mir ankommt.

Eins habe ich in den letzten Tagen gelernt: Liebe und wahre Freundschaft kann man sich für kein Geld der Welt kaufen.

Ich drücke dem Fahrer einige Scheine in die Hand und verlasse das Taxi. Er ruft mir noch etwas von Wechselgeld zu, doch ich ignoriere ihn. Kohle habe ich genug, was mir fehlt, ist der richtige Mensch an meiner Seite. Schnurstracks durchquere ich den Flughafen und steuere das Gate an. Gepäck habe ich keins und das Flugticket habe ich mir online auf der Fahrt hierher gekauft. Als die Dame an der Ticketkontrolle mich erblickt, errötet sie, während sie mich durch die Schranke lässt. Ich lächele sie dankend an, ehe ich mich beeile, das Flugzeug zu betreten.

Mir zittern tatsächlich die Knie. Und das wegen eines Kerls! Zumindest bin ich so schrecklich nervös, dass ich fürchte, keinen Ton herauszubekommen, wenn ich gleich vor seiner Wohnung stehe. Falls er mich überhaupt reinlässt, versteht sich. Und falls er mich überhaupt anhören wird. Fuck, ich habe tatsächlich Angst, dass er mich fortschickt. Dass ich mit meinem Verhalten alles zerstört habe, was je zwischen uns gewesen ist. Ich habe noch niemandem meine Liebe gestanden. Das wird das erste Mal.

13. Sorry Seems To Be The Hardest Word (Blue feat. Elton John)

-Alex-

Es klingelt an der Wohnungstür. Meine Tür ist nur angelehnt, sodass ich hören kann, wie Lisa durch den Flur flitzt.

»Oh. Mein. Gott«, höre ich sie anschließend rufen, dann ist es einen Moment lang still, bis sie plötzlich meine Zimmertür aufreißt.

»Alex, du darfst jetzt nicht ausflippen«, beschwört sie mich mit weit aufgerissenen Augen. Irritiert sehe ich sie an.

»Was ist denn passiert?«, will ich von ihr wissen. »Hast du dein Auto falsch geparkt und jetzt steht dieser hübsche Polizist aus der Nachbarschaft vor unserer Tür, um dich mitzunehmen?«

»Nein! Viel, viel besser«, sagt sie hibbelig, dann schlägt sie die Tür zu, ehe ich darauf eingehen kann. Ich will schon aufstehen und zu ihr in den Flur gehen, als sie erneut die Tür aufmacht.

»Ich werde jetzt zu Vanessa fahren. Und du … du hast heute sturmfrei! Viel Spaß, Schatz.«

Wieder knallt meine Zimmertür. Ich lasse mich zurück auf mein Bett sinken. Verstehe einer die Frauen. Dabei habe ich gedacht, dass wir uns heute gemeinsam einen Film ansehen.

Die Weihnachtsfeiertage neigen sich dem Ende entgegen, doch bis die Uni erneut startet, dauert es noch zwei Wochen. Wenn Lisa heute keine Zeit für mich hat, könnte ich Paul anrufen und fragen, ob er dann den Film mit mir sehen möchte. Sicher würde er nicht nein sagen. Ich fische mein iPhone aus der Hosentasche und öffne WhatsApp, um ihm eine Nachricht zu schreiben.

Erneut öffnet sich meine Zimmertür und ich hebe grinsend den Kopf, in Erwartung, dass Lisa mir noch etwas mitteilen möchte. Doch es ist nicht meine Mitbewohnerin, die vor mir steht. Das Grinsen auf meinem Gesicht verschwindet so schnell, wie es gekommen ist. Vor Schreck gleitet mir mein Handy aus der Hand und fällt mit einem dumpfen Laut auf den Fußboden.

Vor mir steht Rick!

Augenblicklich erhöht sich mein Puls. Ich starre ihn mit weit aufgerissenen Augen an. Das kann doch nicht wahr sein! Was will dieser Kerl nach all der Zeit hier? Schnell balle ich meine zitternden Hände zu Fäusten, in der Hoffnung, meine aufkommende Nervosität zu kontrollieren. Mein Herz schlägt wild gegen meinen Brustkorb.

»Was willst du hier?«, presse ich mühsam hervor, bemühe mich, ruhig zu bleiben, während in meinem Inneren ein Sturm tobt. Die Gefühle brausen über mich hinweg. Ich hasse ihn und doch liebe ich ihn so sehr, dass es wehtut. So sehr, dass ich kaum an jemand anderen denken kann als an ihn. Dass ich nicht schlafen kann, ohne seine Stimme zu hören. Und ich hasse ihn, weil er mich nicht bei sich haben will.

Rick antwortet nicht, sieht mich nur aus seinen blauen Augen an. Er wirkt erschöpft, als habe er wenig geschlafen in der letzten Zeit. Dunkle Ringe zeichnen sich unter seinen Augen ab. Sein schwarzer Anzug lässt ihn noch blasser wirken, als er ist. Die Kleidung ist zerknittert. Moment … heute ist der sechsundzwanzigste Dezember.

Tylers Hochzeit. Warum zur Hölle ist Rick hier in Köln, statt auf der Hochzeit seines Freundes zu tanzen? Ich habe heute Mittag das Foto von Katy in ihrem weißen Kleid gesehen, das Louis getwittert hat. Sie sah wunderschön und verdammt glücklich aus.

»Du hast deine Klamotten vergessen«, ist das erste, was Rick nach einer Ewigkeit des Schweigens zu mir sagt. Kein *Hallo*, kein *Es tut mir leid*, einfach nur: *Du hast deine Klamotten vergessen.* Wut steigt in mir auf.

»Das weiß ich selbst!«, fahre ich ihn an. »Dafür hättest du nicht extra herkommen müssen. Es ist ja nicht so, dass ich mir keine neuen Shirts leisten kann. Schmeiß das Zeug weg, wenn es dich stört.«

Mein Magen verkrampft sich bei seinem Anblick. Er soll verschwinden. Wahlweise könnte ich gehen. Blöd nur, dass Rick mit dem Rücken gegen meine Zimmertür lehnt und ich erst an ihm vorbei müsste. Dafür müsste ich ihn berühren … Keine Option, denn mein Herz sehnt sich so sehr nach ihm, dass es zu zerspringen droht. Meine Fingerspitzen kribbeln. Noch zu gut kann ich mich an das Gefühl seiner warmen Haut erinnern. Widerwillig verschränke ich die Arme vor der Brust und bleibe auf meinem Bett sitzen. Lisa wird mir wohl kaum zur Hilfe eilen. Tolle beste Freundin.

»Alex … Ich …«, beginnt er mit leiser Stimme.

»Was?«, schneide ich ihm das Wort ab. Wütend sehe ich zu ihm hoch. Meine Position hier auf dem Bett ist nicht gerade die beste, aber wenn ich aufstehe, um mit Rick auf Augenhöhe zu sein, fürchte ich, dass ich in die Knie gehe. Seitdem Rick mein Zimmer betreten hat, spielt mein

Körper völlig verrückt. Ich erinnere mich an unser erstes Treffen hier, an unsere erste Nacht – und es kommt mir vor, als wäre alles in einem anderen Leben passiert.

»Es tut mir leid«, presst er mühsam hervor und sieht mich dabei mit traurigem Blick an. »Alex, glaub mir, ich habe das alles nicht gewollt.«

Ich verschränke die Arme vor der Brust und nehme eine abwehrende Haltung ein, um mich zu schützen, weil seine Worte zu meinem Herzen durchdringen, was ich nicht will. Ich will nicht, dass mein Herz ihm einfach verzeiht, während sich mein Kopf so sehr dagegen wehrt.

»Ach? Auf einmal tut es dir leid? Was hast du nicht gewollt, Rick? Dass ich mich in dich verliebe? Dich auf mich einzulassen? Hast du aber – und anscheinend hattest du Spaß daran, mich zu vögeln. Denn dazu hast du nie nein gesagt«, gifte ich ihn an. Ich sehe, wie meine Worte ihn treffen. Kurz wird sein Blick trüb, dann verhärten sich seine Gesichtszüge.

»Du hast dich auch nicht gerade geziert«, brummt er verärgert. Röte schießt mir in die Wangen und ich senke den Kopf. Irgendwie bin ich auch selbst schuld, da kann ich Rick die Sache mit dem Sex nicht vorwerfen. Schließlich habe ich gewusst – es zumindest geahnt – worauf ich mich einlasse. Trotzdem wurde ich enttäuscht, weil ich gehofft habe, Rick würde vielleicht doch mehr für mich empfinden. Aber … Vorsichtig sehe ich ihn an, wie er immer noch stumm vor mir steht und mit sich ringt. Rick sucht nach Worten. Dass Richard Clark, der sonst so gefühlvolle Liebeslieder schreibt, um Worte verlegen ist, hätte ich nicht erwartet. Er ist hergeflogen, obwohl sein Freund heute heiratet … Er steht hier vor mir, in diesem verdammten Anzug, der ihn einfach unwiderstehlich aussehen lässt und entschuldigt sich bei mir …

»Alexander …«

Seine Stimme jagt einen warmen Schauer über meinen Rücken. Ich hole tief Luft und spüre, wie die Wut mit einem Mal verpufft.

»Warum hast du mich fortgeschickt? Warum konnten wir nicht einfach darüber reden? War ich dir etwa so egal?«, frage ich mit erstickter Stimme. Rick schüttelt den Kopf und macht ein paar Schritte auf mich zu, dann zögert er.

»Du warst mir nie egal, Alex. Bist es nicht. Und wirst es nicht sein. Glaub mir bitte. Mit dir Schluss zu machen, war die schwerste Entscheidung meines bisherigen Lebens – und ich bereue mein Verhalten zutiefst. Ich dachte, dich dadurch schützen zu können. Aber jetzt weiß ich, dass ich uns beiden damit keinen Gefallen getan habe. Du weißt gar nicht, was du meinem Herzen angetan hast.«

Mein Herz macht bei jedem Wort einen weiteren Satz und ich halte den Atem an. Doch trotz seiner Worte sitzt der Schmerz noch tief.

»Du Arsch«, brumme ich. »Denkst du, du kannst hier einfach auftauchen und darauf hoffen, dass ich dir wieder glücklich in die Arme falle? Ich kann dir nicht einfach verzeihen, als wäre nichts gewesen.« Ich atme schwer, während ich ihm in die Augen sehe. Schmerz liegt in seinem Blick. Rick senkt traurig den Kopf.

»Ich verlange nicht von dir, dass du mir sofort verzeihst. Ich möchte nur, dass du mir eine Chance gibst, es wiedergutzumachen.«

Mühsam schlucke ich den Kloß in meinem Hals hinunter. Es fällt mir immer schwerer, standhaft zu bleiben. Ich bin wütend gewesen, als ich geglaubt habe, er mache sich nichts aus mir. Als er in London gewesen ist, inmitten all der Promis und dem ganzen Rummel. Aber jetzt, wo er mit hängenden Schultern und traurigem Blick in meinem Zimmer steht, beginne ich zu zweifeln, wie lange ich meine Gefühle für Rick noch verleugnen kann. Mein Verstand sagt mir, dass ich ihn nicht so einfach davon kommen lassen soll … doch mein Herz hat sich schon längst entschieden!

»Alex, es kommt mir so vor, als hätte ich schon immer auf jemanden wie dich gewartet. Alles andere kommt mir im Nachhinein sinnlos vor. Ich habe wie in einer Blase gelebt, bis du in mein Leben getreten bist. Es war dumm von mir, zu glauben, dass ich mich einfach so von dir trennen kann. Ich habe die Worte, die ich dir an den Kopf geworfen habe, in dem Moment bereut, in dem ich sie ausgesprochen habe. Das alles bin ich nicht, Alex. Und ich hoffe, ich kann dir beweisen, was ich wirklich für dich empfinde. Damals habe ich geglaubt, meine Freunde und dich schützen zu können, wenn ich mich nur so weit wie möglich von dir entferne. Es ist ein Fehler gewesen, zu glauben, ich könnte ohne dich leben, Alex. Denn die Wahrheit ist: Ich kann es nicht!«

Seine blauen Augen ruhen auf meinem Gesicht. Ich kann mich seinem Blick einfach nicht entziehen, hänge an seinen Lippen und sauge jedes Wort in mir auf. Tränen steigen mir in die Augen. Seine Worte … Ich bin mir sicher, dass er sie ernst meint. Sonst wäre er nicht extra zu mir nach Köln geflogen. Seine Gefühle sind echt, auch wenn er sie nicht in der Öffentlichkeit zeigen darf.

»Scheiße, Alex, du weinst ja!«, entfährt es Rick erschrocken. Ich schüttele leicht den Kopf und schenke ihm ein Lächeln, bevor ich mir die Tränen aus den Augenwinkeln wische. Dann strecke ich die Arme nach ihm aus. Einen Augenblick zögert Rick, dann kommt er endlich zu mir, schlingt seine Arme um mich und küsst mich, als gäbe es keinen Morgen.

5 MINUTES

Die ersten Sonnenstrahlen fallen durch das Schlafzimmerfenster. Müde drehe ich mich auf die Seite. Starke Arme halten mich und ich schmiege mich an den warmen Körper neben mir. Rick. Leise seufzend küsse ich sein Schlüsselbein, vergrabe meine Nase an seiner Haut und atme seinen unvergleichlichen Geruch ein. Sofort kehrt die Erinnerung an vergangene Nacht zurück. Die Intensität, mit der wir uns geliebt haben, kann ich immer noch spüren. Wie ein Feuer brennt das Verlangen in mir, ihm noch einmal so nah zu sein. Ich lächle in mich hinein. Ich bin so froh, dass er hergekommen ist. Also gibt es doch noch eine Chance für unsere Liebe.

Gedankenverloren streiche ich über seine glattrasierte Brust, fahre mit den Fingern die Tattoos auf seiner Haut nach, berühre jede Linie und jedes Symbol. Irgendwann fällt mir ein Tattoo auf, das sonst nicht da gewesen ist. Die Haut darum ist noch etwas gerötet. Das ist definitiv neu, denn ich kenne jedes einzelne, habe sie mir oft genug angesehen, als Richard geschlafen hat. Ich reiße die Augen auf und starre die feinen Linien an. Auf Ricks linker Brust, irgendwo dort, wo ich sein Herz vermute, steht mein Name. Zumindest ein A. Da die Namen seiner Mutter und seiner Schwester nicht mit A beginnen, kann nur ich gemeint sein. Zumindest hoffe ich es.

A – 28.07.2018, drum herum ein Herz.

Tränen steigen in meine Augen. Ich blinzle sie weg und lege vorsichtig meine Finger auf das frisch gestochene Tattoo.

»Ist das für mich?«, flüstere ich atemlos. Ein verräterischer Kloß bildet sich in meinem Hals.

»Ganz sicher nicht für Angelique«, brummt Rick verschlafen und öffnet die Augen. Ruckartig fahre ich im Bett auf. Scheiße, er hat sich ein Tattoo für mich stechen lassen und ich …

»Unser Datum«, erklärt Rick. »Der Abend, als wir uns in der Kneipe getroffen haben und du mich mit in dein Bett genommen hast.« Ein verwegenes Grinsen huscht über sein Gesicht, das mich erröten lässt. Ich nicke vorsichtig und versuche, die Tränen zurückzuhalten, die sich einen Weg hinausbahnen wollen.

»Du hast es dir gemerkt?«, frage ich mit erstickter Stimme. Rick richtet sich im Bett auf, stützt sich mit den Ellenbogen ab und mustert mich.

»Ich habe dir einen Song geschrieben, schon vergessen? Außerdem bist du gut im Bett. Wie hätte ich da unser erstes Treffen vergessen können, du Idiot?«

Diese Worte geben mir den Rest. Tränen quellen hinter meinen Augenlidern hervor und rollen unaufhaltsam über meine Wangen. Ich schluchze laut auf. Natürlich habe ich sein Lied und das, was er damit hatte sagen wollen, nicht vergessen. Immerhin bin ich aus diesem Grund nach London geflogen um dort auf die Liebe meines Lebens zu treffen.

»Ich … ich … Du stichst dir unser Datum auf die Brust und ich … Gott, ich war mit einem anderen Mann zusammen, nachdem du mich verlassen hast!«, schluchze ich und bedecke dabei mein Gesicht mit den Händen, weil ich mich furchtbar schäme. »Es ist zwar nichts passiert … Also, wir haben nicht … bis zum Ende, aber … ich habe gedacht, du hasst mich! Nach allem, was du mir gesagt hast, habe ich es einfach nicht ausgehalten. Es hat so weh getan!«

»Scht, Alexander. Hör auf zu weinen.« Ricks warme Stimme jagt mir einen Schauer über den Rücken. »Es ist okay.«

»Nichts ist okay!« Ich schüttele entschieden den Kopf, ohne die Hände von meinem Gesicht zu nehmen. Ich kann ihm einfach nicht in die Augen sehen. Sanft zieht Rick meine Hände weg, doch ich kneife ganz fest die Augen zusammen. Trotzdem kann ich nicht verhindern, dass die Tränen unter meinen Wimpern hervorquellen.

»Alex, jetzt sieh mich schon an«, bittet er mich. Erneut schüttele ich den Kopf.

»Hey, es ist wirklich okay. Immerhin ist doch nichts passiert, worüber du dir den Kopf zerbrechen musst. Ich war schließlich auch kein Engel, das weißt du genau. Auf das, was ich mit den Frauen gemacht habe, nachdem du fortgegangen bist, bin ich gewiss nicht stolz. Ich bin dir wirklich nicht böse, schließlich bin ich an dem ganzen Drama selbst schuld. Ich hätte viel früher auf mein Herz hören sollen, aber ich Idiot konnte mir einfach nicht eingestehen, dass es mich total erwischt hat. Aber ich werde mich bessern, versprochen.«

Ich öffne langsam die Augen. Trotz des Tränenschleiers erkenne ich sein offenes Lächeln.

»Jetzt sieh mich nicht so überrascht an. Ich habe dir ein Lied geschrieben – vermutlich nicht das Letzte –, habe mir deine Initialen auf die Brust tätowiert und bin, verdammt nochmal, hierher geflogen, um mich bei dir zu entschuldigen. Scheiße, Alex, ich bin total verknallt in dich!« Sein Lächeln wird immer breiter, als er die Arme ausbreitet, in die ich mich schluchzend sinken lasse. Sanft streichelt er mir über den Kopf, als wäre ich ein kleiner Junge. Ich presse mein Gesicht an seine Brust und lasse meinen Tränen freien Lauf. Als hätte ich in letzter Zeit nicht schon genug geheult. Jetzt sind es jedoch Tränen der Freude, weil er bei mir ist und mir seine Gefühle gestanden hat.

»Die ganze Sache tut mir so furchtbar leid, Alex«, beginnt Rick erneut. »Ich war mit der Situation einfach überfordert, weißt du? Als plötzlich diese Fotos im Internet aufgetaucht sind, habe ich panische Angst bekommen. Um die Band und auch um dich. Robert hat mir zusätzlich Druck gemacht, mich von dir zu trennen. Er hat gedroht, dich zu ruinieren, wenn ich mich ihm widersetze. Er hat mir gedroht, dich als Schmarotzer darzustellen und es so aussehen zu lassen, als wärst du nur wegen des Geldes mit mir zusammen. Irgendwie hat er Informationen darüber bekommen, dass deine Mutter nicht mehr arbeiten kann und nicht viel Geld hat. Das wollte er benutzen, um dich in den Medien bloßzustellen. Hätte ich mich nicht von dir getrennt, hätte er diese Sachen an die Presse weitergegeben und einen Skandal inszeniert, um dich loszuwerden. Glaub mir, darin ist Robert wirklich gut. Er wäre sogar so weit gegangen, auch meine Freunde in die Sache mit reinzuziehen, sollte ich mich weigern, mich von dir zu trennen. Natürlich habe ich ihm nicht geglaubt. Und auch wenn das mit deiner Familie stimmt, ist es mir scheißegal. Du bist alles, was zählt! Deshalb konnte ich nicht zulassen, dass Robert so weit geht und die Presse einschaltet. Lieber leide ich, statt dich leiden zu sehen. Mir ist einfach zu spät klargeworden, dass du mir wichtiger bist als die Fans da draußen und – diese Erkenntnis hat mich ziemlich geschockt – wichtiger als 5Minutes. Ohne die Musik kann ich leben, ohne dich halte ich keine weitere Sekunde mehr aus.«

Schluchzend hebe ich den Kopf und schaue in sein Gesicht. Scheiße, wie ist er denn an meine Mutter gekommen? Dieser Mann ist echt unheimlich. Schuldgefühle übermannen mich. Ich habe Rick nie etwas über meine Familie erzählt. Hätte ich diese Sache mit meinen Eltern nicht vor ihm verheimlicht, wäre es für Rick kein so großer Schock und vielleicht hätte Robert ihn damit nicht erpressen können. Aber … die Sache schien mir einfach nicht wirklich wichtig, weil für mich nur wir beide gezählt haben.

Rick lächelt sanft, legt seine Hand an meine Wange und streicht mir mit dem Daumen die Tränen aus den Augenwinkeln.

»Ich kann meine Gefühle nur schwer in Worte fassen, zumindest abseits der Bühne, also erwarte bitte nicht von mir, dass ich es oft sagen werde. Alexander, ich liebe dich.«

Erneut entfährt mir ein Schluchzen. Seine Worte treffen mich mitten ins Herz. Es ist wirklich verrückt, denn noch vor ein paar Stunden habe ich geglaubt, meine Welt würde untergehen. Nun liege ich in den Armen meines festen Freundes – oh ja, Richard Clark ist, verdammt nochmal, mein Freund – und könnte vor Freude die ganze Welt umarmen. Stattdessen lasse ich das lieber und küsse Rick. Breitwillig öffnet er seine Lippen und gewährt meiner Zunge Einlass. Mein Bauch kribbelt, als würde ein Feuerwerk in mir explodieren, während wir uns leidenschaftlich küssen. Rick zieht mich fest in seine Armen und ich presse mich noch näher an ihn, bis zwischen uns kein Raum mehr ist. Meine Tränen vermischen sich mit heißem Atem, trocknen langsam auf meinen Wangen. Ich gebe mich dem Kuss hin, verschmelze förmlich mit Rick, schalte meinen Kopf aus und lasse mich von meinen Gefühlen treiben.

»Ich habe eine Überraschung für dich«, sagt Rick, nachdem wir uns schweratmend voneinander gelöst und ich mich einigermaßen beruhigt habe. Er rutscht zum Rand des Bettes und fischt seine Hose vom Fußboden.

»Eine Überraschung?« Irritiert setze ich mich auf. Die Bettdecke rutscht mir von den Schultern. Sofort fröstelt es mich.

»Na ja … schließlich war Weihnachten und … hier.« Er holt einen zerknitterten Zettel aus der Hosentasche und reicht ihn mir. Ich entfalte neugierig das Papier. Verwirrt sehe ich auf die krakelige Handschrift.

»Was ist das?«

»Ein Song, was denn sonst? Schon vergessen, dass du mit einem ziemlich berühmten Popstar zusammen bist?« Rick lacht und gibt mir einen kurzen Kuss, bevor er sich hinter mich setzt. Bei seinen Worten beginnt mein Puls zu rasen.

Ich überfliege die Zeilen. Meine Augen weiten sich, mein Herzschlag beschleunigt sich. Ich lese den Text noch einmal.

»Rick«, sage ich atemlos. »Ist das dein Ernst?«

Er nickt. Dann setzt er sich auf und zieht mich von hinten in seine Arme. Ich lehne mich gegen seine Brust und genieße die Wärme seiner Haut.

»Er ist noch nicht perfekt, weil ich ihn auf dem Flug hierher geschrieben habe. Glücklicherweise konnte mir die Stewardess Zettel und Stift geben, sonst hätte ich den Text mit dem Handy aufnehmen müssen. Sobald ich wieder zurück in London bin, werde ich ihn den Jungs zeigen und ihn mit ihnen aufnehmen, auch wenn wir es heimlich machen müssen«, erklärt er mir. Sein Kinn ruht auf meiner Schulter, während seine Hände über meine Seiten streichen. Ich erschaudere bei dieser sanften Berührung.

»Was wird Robert dazu sagen? Dieses Lied wirst du niemals öffentlich singen dürfen«, bemerke ich, denn ich glaube kaum, dass sein Manager so einen Song dulden wird. Er ist so … persönlich und … mir fehlen die Worte. Ich bin überwältigt, dass ich erneut heulen könnte.

»Er wird es hassen. Aber das ist mir gleich. Ich will dieses Lied aufnehmen und ich will auch, dass die ganze Welt es hört! Ich will, dass alle wissen, wie sehr ich dich liebe. Kein Versteckspiel mehr. Nur noch die Wahrheit.«

»Rick. Das wird Ärger geben. Du solltest deinen Manager nicht provozieren, du schon genug Ärger mit ihm.« Besorgt drehe ich den Kopf und blicke ihn an. Ihn scheint es nicht zu kümmern, denn er zeigt mir dieses freche Grinsen, das ich so sehr liebe.

»Ehrlich? Der Kerl ist mir mittlerweile sowas von egal. Ich werde mit den Jungs sprechen, sobald ich wieder zurück bin. Keine Geheimnisse mehr. Ich werde ihnen alles über Robert erzählen, damit wir gemeinsam entscheiden können, wie wir gegen ihn vorgehen. Also mach dir keine Sorgen, Alex. Noch einmal lasse ich mich nicht von ihm einschüchtern. Ich werde kämpfen. Für uns.«

»Du fliegst zurück?«, fragt mich Lisa später, als wir gemeinsam beim Frühstück sitzen. Es ist eher ein frühes Mittagessen, denn wir sind noch eine ganze Weile im Bett geblieben, nachdem wir uns ausgesprochen haben. Rick nickt langsam. Ich habe ihm ein paar Klamotten von mir geliehen, denn den Anzug von gestern wollte er nicht wieder anziehen. Meine Sachen sind ihm ein wenig zu klein, doch es ist noch einigermaßen okay.

»Dann habt ihr euch also vertragen?« Sie sieht zwischen Rick und mir hin und her, dann seufzet sie verzückt, als

Rick meine Hand nimmt. Sein Daumen streicht immer wieder sanft über meinen Handrücken und ich muss mich zusammenreißen, um nicht ebenfalls zu seufzen.

»Haben wir«, bestätigt Richard nickend und nimmt einen großen Schluck von seinem Latte Macchiato. Der Milchschaum bleibt an seiner Oberlippe hängen. Ich kichere und Rick wischt sich mit der Hand über den Mund. Meine Freundin grinst mich breit an.

»Na, zum Glück habe ich bei Vanessa übernachtet. Vermutlich hätte ich hier nicht schlafen können.« Sie wackelt vielsagend mit den Augenbrauen, was Rick zum Lachen bringt, während ich rot anlaufe.

»Lisa!«

»Was denn?«, fragt sie mit unschuldiger Miene. »Ich darf doch wohl ein bisschen fantasieren?«

»Bäh! Ich hoffe wirklich, dass du dir nicht ernsthaft vorstellst, wie Rick und ich Sex haben!« Mich schüttelt es bei der Vorstellung, was Lisa für Gedanken hegt. Rick lacht noch lauter und auch meine Freundin kichert.

»Na hör mal. Was denkst du denn von mir?« Sie boxt mir lachend gegen die Schulter. »Was habt ihr Süßen eigentlich vor? Ich meine jetzt, wo ihr erneut zueinander gefunden habt? Wirst du mitfliegen, Alex?«

Ich zucke mit den Schultern. »Keine Ahnung …« Wir haben noch nicht über unsere weitere Zukunft gesprochen, dafür ist es noch zu früh. Schließlich ist es noch nicht lange her, dass Richard mich aus seiner Wohnung geschmissen hat. So etwas möchte ich nicht noch einmal erleben.

»Willst du zurück?« Rick richtet seine Frage direkt an mich und sieht mich durchdringend an. Sein Blick macht mich nervös, sodass ich den Kopf senke und auf meinen Teller starre. »Oder soll ich bleiben?«

Ruckartig fahre ich zu ihm herum. »Wie, du willst bleiben? Geht das denn so einfach?« Dass Rick in Erwägung zieht, hier in Köln zu bleiben und einfach nicht zurück nach London zu fliegen, verwirrt mich, macht mich jedoch auch irgendwie glücklich. »Was wird denn dann aus 5Minutes? Du kannst nicht einfach verschwinden … Die Jungs brauchen dich … und Robert, nun, ihn machst du dir dadurch sicher nicht zum Freund.«

»Mein Freund ist er noch nie gewesen.« Er lacht freudlos, dann trinkt er seinen Latte aus und schiebt das Glas zur Seite. »Jetzt im Ernst, Alex. Ich werde bleiben, wenn du es willst. Ich habe dir gestern gesagt, dass ich eine zweite Chance möchte. Und dieses Mal will ich es richtig machen. In Sachen Beziehungen bin ich ein blutiger Anfänger, da wirst du mir wohl unter die Arme greifen müssen.« Sein schiefes Grinsen lässt mein Herz erneut wie wild pochen. Oh scheiße, damit habe ich jetzt wirklich nicht gerechnet. Ich freue mich, aber … irgendwie habe ich Bedenken, was die Band angeht.

»Rick …«, beginne ich zögerlich. »Du willst mir doch nicht damit sagen, dass du … die Band …«

Das Grinsen verschwindet aus seinem Gesicht.

»Nein, oder?«, entfährt es Lisa entsetzt. »Das wirst du nicht tun!«

Er nickt stumm. »Es gibt keine andere Möglichkeit …«

»Du kannst nicht einfach aufhören. Was wird denn aus euren Fans? Willst du deine Freunde wirklich im Stich lassen?«, fragt ihn meine Freundin. Sie sieht ziemlich geschockt aus. Ich lege ihr die Hand auf den Arm.

»Die Musik wird ja nicht verschwinden«, versuche ich sie aufzumuntern. »Wir können ihre Musik immer noch hören, auch wenn es keine neuen Songs mehr geben wird.«

Lisa nickt bloß. Diese Neuigkeit muss sie erstmal verdauen.

»Ich sehe keine andere Möglichkeit. Du bist mir wichtiger als die Musik, Alex. Und die Jungs werden es verstehen. Louis hat mir selbst geraten, auf mein Herz zu hören. Genau das habe ich getan. Während unserer Trennung habe ich viel über meine Karriere nachgedacht und bin zu dem Schluss gekommen, dass ich die Musik liebe. Ich kann ohne Musik nicht leben. Wenn ich nicht singen kann, fehlt etwas. Aber die Musik ist nicht alles und sie wird nie diese Gefühle in mir hervorrufen, wie du es tust. Was bringt es, der berühmteste Popstar der Welt zu sein, wenn man eines Tages aufwacht und feststellt, dass man sein Leben gelebt hat, ohne wirklich glücklich zu sein? Die Band macht mich zwar glücklich, aber du tust es noch viel mehr, Alex.«

Ich schnappe nach Luft. Auch Lisa hält kurz den Atem an.

»Das war die schönste Liebeserklärung, die ich je gehört habe!« Lisa seufzt.

Ich kann nichts darauf erwidern, denn es sitzt ein verräterischer Kloß in meinem Hals. Schnell blinzle ich die aufkommenden Tränen weg. Rick legt seine Hand sanft an meine Wange.

»Ich liebe dich«, murmelt er leise, beugt sich zu mir vor und gibt mir einen langen Kuss.

Am späten Nachmittag schlendere ich neben Rick durch die Kölner Innenstadt. Seine Nähe macht mich unglaublich nervös, denn es kommt mir so vor, als würden uns alle Leute anstarren. Ich habe ihm einen meiner Hoodies und eine Jacke geliehen, weil es draußen verdammt kalt ist. Auf eine Sonnenbrille hat er jedoch verzichtet. Das erste Mal zeigt er sich mit mir, ohne sein Gesicht zu verhüllen.

»Kein Versteckspiel mehr. Wenn jemand ein Foto von uns beiden machen will, soll derjenige es von mir aus tun«, hat er zu mir gesagt und mit einem Kuss alle weiteren Bedenken einfach zerstreut.

»Wollen wir da rein?«, fragt mich Rick und deutet mit der Hand auf H&M.

»Sicher, dass du bei H&M einkaufen willst?«, frage ich skeptisch. Immerhin kaufen dort ziemlich viele junge Mädchen ein, die Rick erkennen könnten. Wir sind zwar in Köln, wo ihn zu dieser Zeit niemand vermutet, aber die Band ist auch hier bekannt. Wenn jemand zweimal hinsieht, wird er meinen Freund sicher erkennen. Ein wenig habe ich Angst, dass er plötzlich von Fans umringt sein wird. Und was passiert dann mit mir? Ich möchte vermeiden, in diese Welt aus Glamour und Intrigen hineingezogen zu werden.

»Klar, warum nicht? Nur, weil ich ein paar Millionen auf meinem Konto liegen habe, heißt es doch lange nicht, dass ich ständig in irgendwelchen Designerklamotten rumlaufen muss, oder?« Rick nimmt meine Hand und zieht mich in das Geschäft hinein. Es ist nicht unangenehm, seine Hand zu halten. Es ist nur ein bisschen ungewohnt, plötzlich so zu tun, als wären wir ein ganz normales Paar, wo er doch vorher immer so darauf geachtet hat, mich in der Öffentlichkeit nicht zu berühren. Der neue Rick ist nicht verkrampft, sondern wirkt total entspannt. Gemeinsam nehmen wir die Rolltreppe nach oben in die Herrenabteilung.

»Ich sollte mir etwas in meiner Größe für den Rückflug kaufen«, meint mein Freund und sieht sich neugierig um. Ich folge ihm durch die Gänge, während er sich ein paar Jeans und Pullis heraussucht. Zwischen den Feiertagen ist einiges los hier. Die Schlange vor den Garderoben ist lang, als wir uns dazustellen.

»Ungewohnt«, sagt Rick und grinst mich frech an. »Ich bin es gewohnt, immer direkt bedient zu werden.«

»Tja, daran wirst du dich wohl gewöhnen müssen, wenn du mit mir zusammen sein willst«, necke ich ihn.

»Sicher hilfst du mir dabei, mich schnell daran zu gewöhnen.« Er zwinkert mir zu. Als die junge Verkäuferin ihm ein Schild mit einer Zahl in die Hand drückt, zögert sie einen Moment. Ihre Augen weiten sich überrascht. Hat sie ihn erkannt? Wenn ja, versucht sie, es sich nicht anmerken zu lassen. Ein scheues Lächeln huscht über ihr Gesicht und sie errötet. Rick nimmt verwirrt das Schild entgegen. Anscheinend weiß er nicht wirklich, wozu es gut sein soll. Ich lege meine Hand zwischen seine Schulterblätter und schiebe ihn an der Frau vorbei in Richtung einer freien Umkleidekabine. Die Verkäuferin sieht uns nach und ich kann mich nicht zurückhalten, sie frech anzugrinsen. Tja, das hier ist meiner, würde ich ihr am liebsten zurufen.

Richard Clark ist mein Freund. Aber ich begnüge mich damit, es bloß zu denken.

»Kommst du mit rein?«, fragt mich Rick. Ich schüttele entschieden den Kopf. Wenn ich mir gleich ansehen muss, wie er sich aus den Klamotten schält, kann ich mich vermutlich nur schwer beherrschen. Allein schon der Gedanke an seinen Körper jagt mir wohlige Schauer über den Rücken. Entschlossen ziehe ich den Vorhang zu und warte. Rick seufzt drinnen, dann höre ich die Klamotten rascheln. Während ich warte, checke ich Twitter. Vielleicht gibt es etwas Neues von Louis. Ich mache mir immer noch Sorgen um ihn, weil er darauf besteht, seine Gefühle zu verleugnen. Egal, wie oft ich ihn gefragt habe, ich habe immer dieselbe Antwort bekommen: *Es geht mir gut. Mach dir keine Sorgen.*

Verdammt, wie kann ich mir da nicht noch mehr Sorgen um ihn machen? Gerade jetzt, wo ich wieder mit Rick zusammen bin, möchte ich, dass auch Louis glücklich ist.

»Ich glaube, das ist Richard Clark«, höre ich leise hinter mir. Automatisch drehe ich mich um. Die Verkäuferin steht am Kleiderständer, neben ihr eine Kollegin. Beide haben die Köpfe zusammengesteckt und sehen immer wieder zu mir herüber. Mein Puls beschleunigt sich. Wird es immer so sein? Die Leute werden Rick erkennen, daran kann ich nichts ändern. Doch ich hoffe wirklich, dass die Fans Ricks Entscheidung, mit mir zusammen zu sein, irgendwann akzeptieren werden. Sobald alles öffentlich wird, gibt es ganz sicher einen Shitstorm im Netz. Darauf muss ich mich einstellen, was nicht so einfach ist. Die Tweets und Meinungen zum Kussbild haben mich schon kaum schlafen lassen. Was wird dann erst passieren, wenn Rick sein Vorhaben, die Band zu verlassen, in die Tat umsetzt? Manche Fans sind völlig besessen von den Jungs. So fanatisch, wie sich manche Mädels im Netz geben, bin ich nie gewesen.

»Und?« Rick reißt mich aus meinen Gedanken. Lässig lehnt er sich gegen die Kabinenwand. Er sieht gut aus in Bluejeans und dem schlichten Pullover.

»Ziemlich beeindruckend«, gebe ich zu und schlucke. Meine Augen sind wie festgetackert, ich kann meinen Blick nicht von ihm lösen. So gefällt er mir.

»Hätte ich gewusst, dass du so leicht zu beeindrucken bist, wäre ich schon früher zurückgekommen«, meint er zwinkernd und legt die Arme um meine Taille.

»Rick, die Leute«, murmele ich besorgt und sehe mich zu den beiden Verkäuferinnen um, die plötzlich verstummen und uns ungläubig mustern.

»Kein Versteckspiel, keine Geheimnisse, das habe ich doch versprochen«, antwortet mein Freund und küsst mich.

14. You are the reason (Calum Scott)

-Rick-

Barbara @Babsi21: Der Wahnsinn! Ich habe @RickyBoy in Köln gesehen. Scheiße, ich habe ihn sogar berührt.

Susanne @SuSu_iLove5Minutes: @Babsi21 Du hast waaaaas? Richard Clark von 5Minutes? Bist du dir sicher? Was macht @RickyBoy in Köln? Ich dachte, 5Minutes planen gerade ihre Livekonzerte? OMG!

Barbara @Babsi21: @SuSu_iLove5Minutes Ja ich konnte es auch kaum fassen! Er war mit einem Kerl hier. Ich habe sogar ein Foto!

Susanne @SuSu_iLove5Minutes: @Babsi21 Oh mein Gott! Der Typ ist so sweet! Sind die beiden wirklich ein Paar? Dann stimmen die Gerüchte und @RickyBoy ist mit einem Mann zusammen?

Fanny @1FanNO1: @SuSu_iLove5Minutes Das kann nicht sein. @RickyBoy darf nicht schwul sein! ☹

Daniel @Dan_2018: Wenn die Band nur noch aus Schwuchteln besteht, dann werde ich mein Ticket für die kommende Tour zurückgeben.

Fanny @1FanNO1: @RickyBoy Nimm mich, Babe. Wozu brauchst du einen Kerl?

Barbara @Babsi21: @Dan_2018 Du Arsch! Love is Love! Hauptsache, @RickyBoy ist glücklich.

Ich schließe Twitter mit einem komischen Gefühl im Bauch. Eigentlich habe ich mir schon gedacht, dass mich die Mädchen bei H&M erkannt haben. Aber dass sie gleich eine Diskussion auf Twitter anfangen? Warum überrascht es mich eigentlich? Schließlich bin ich es gewohnt, dass die Fans mein Privatleben im Netz breittreten, viel hineininterpretieren und jede meiner Handlungen hinterfragen. Jetzt steht jedoch Alex ebenfalls im Fokus der Diskussion und ich weiß nicht, wie ich damit umgehen soll.

»Hey, alles okay?«, fragt er mich. Bob hat uns vom Flughafen abgeholt, denn ich wollte es nicht riskieren, ein Taxi zu nehmen. Es sind so schon genug Leute auf uns aufmerksam geworden, als wir das Gate passiert haben und auf den Ausgang zugegangen sind. Meine Sonnenbrille, genau wie den Anzug, habe ich in eine Reisetasche von Lisa gestopft, die sie uns freundlicherweise geliehen hat, weil Alex keine zweite hat. Meinen freien Arm habe ich um die schmalen Schultern meines Freundes gelegt. Alex hat etwas scheu umhergeschaut, ist jedoch nicht zur Seite gewichen, als Kameras aufgeblitzt haben. Auch ich habe mich tapfer geschlagen und sogar einmal frech in die Kamera gegrinst. Wir beide müssen uns an die Öffentlichkeit gewöhnen.

Ich gebe Alex mein Handy, damit der die Tweets in meiner Timeline lesen kann. Er scrollt durch die Nachrichten.

»Das Foto ist nicht so vorteilhaft« ist alles, was er sagt, bevor er mir das Smartphone zurückgibt. Grinsend betrachte ich das Bild.

»Wir hatten schon bessere, da hast du recht«, stimme ich zu. Das Bild zeigt mich vor der Umkleide im H&M, wo ich mein Gesicht verziehe, während Alex an meinem Shirt zupft.

»Wie geht's dir damit?«

Alex zuckt mit den Schultern. »Ich weiß nicht. Es ist komisch. Also … ich bin mit einem Popstar zusammen, da muss ich wohl damit leben, dich mit den Fans zu teilen. Und dass sie gerade völlig durcheinander sind, verstehe ich irgendwie. Schließlich bin ich in gewisser Weise ebenfalls ein Fan. War es zumindest, bevor …«

»Bevor du mit mir ins Bett gegangen bist?«, zieht mich Rick auf. Ich boxe ihm gegen den Oberarm.

»Bevor wir zusammengekommen sind, du Idiot.«

Lachend zieht mich Rick in seine Arme und drückt mir einen kurzen Kuss auf den Mund.

»Jungs, wir sind da«, sagt Bob und schaltet den Motor des SUVs aus.

»Danke, Mann.«

»Soll ich noch bleiben?«

»Nein. Das, was jetzt kommt, muss ich alleine klären. Ich melde mich bei dir, wenn ich dich brauche.«

Ich öffne die Tür und steige aus. Dann gehe ich um das Auto herum, um Alex die Tür aufzuhalten.

»Wow. Was für ein Gentleman«, meint er frech. Grinsend verbeuge ich mich vor ihm. Diese lockere Stimmung zwischen uns habe ich vermisst. Noch ist es nicht wie zu Beginn, aber es wird besser. Bob nickt mir wohlwollend zu, dann schaltet er in den Rückwärtsgang und wendet den Wagen.

»Alex!«, höre ich schon von weitem Louis' Stimme. Die Jungs warten bereits in der Lobby des Wohnhauses. Lou springt auf und fliegt Alex in die Arme. »Du bist endlich wieder da! Ich wusste doch, dass dieser Spinner dich zurückbringt.«

»Wie hätte ich ihn denn alleine in Köln lassen können?«, meine ich mit einem liebevollen Blick auf meinen Freund, der Louis fest an sich drückt.

»Na hör mal. Ich bin gut ohne dich klargekommen«, beschwert sich Alex.

»Sicher.« Tyler erhebt sich und mustert Alex mit prüfendem Blick. »Du siehst nicht gut aus, Mann.«

»Das wird schon. Ich muss ihm nur ein wenig Liebe geben, dann blüht er auf wie ein Maiglöckchen im August«, scherze ich und lege Alex meinen Arm um die Schulter. Lou löst sich von meinem Freund.

»Du weißt schon, dass Maiglöckchen nur im Mai blühen, oder?«, gibt Alex lachend zurück. Ich drücke ihm einen Kuss auf die Wange.

»Egal. Dann eben im Mai. Who cares? Wollen wir raufgehen?«

Die anderen nicken. Langsam wird mir mulmig zumute. Nach der Landung habe ich meinen Freunden eine Nachricht geschrieben, dass ich sie dringend sprechen muss. Wie werden sie auf meine Entscheidung, die Band zu verlassen, reagieren? Ich habe Angst, dass sie mich nicht verstehen werden. Noch wissen sie nicht, was ich ihnen mitteilen will. Vermutlich hat Louis die Bilder auf Twitter bereits gesehen und ahnt sicher, warum ich so auf ein Treffen bestanden habe. Es würde mich nicht überraschen, wenn auch Robert und unser PR-Team schon längst auf die Tweets aufmerksam geworden sind. Vorsorglich habe ich mein Handy ausgeschaltet, um in Ruhe mit meinen Freunden zu sprechen. Ich will jetzt ganz sicher keinen Anruf meines Managers erhalten, weil er ausrastet, dass ich nicht nach seiner Pfeife tanze. Außerdem weiß ich, was er sagen würde. Er würde mich anbrüllen und mir wieder damit drohen, diese Informationen zur finanziellen Situation von Alex' Familie an die Presse weiterzuleiten. Aber ich habe das mit Alex besprochen – wir lassen uns nicht von Robert erpressen. Wenn Rob wirklich so weit gehen will, werden auch wir ein Statement dazu abgeben, das steht fest. Und wem würden die Fans wohl eher glauben? Einem wütenden Manager oder ihrem Lieblingspopstar?

»Wollt ihr was trinken?«, frage ich meine Freunde und öffne den Kühlschrank, in dem sich immer kühles Bier und andere Getränke befinden, nur, um das Gespräch noch ein wenig hinauszuzögern.

»Klar. Ich nehme Bier«, ruft Marc aus dem Wohnzimmer.

»Für mich auch«, kommt es von Matt.

»Ich helfe dir«, schlägt Alex vor und nimmt das Bier entgegen, das ich ihm reiche. Sein Lächeln stärkt mich von innen. Ich weiß, dass er bei mir ist und mir beisteht. Und hey, dort im Wohnzimmer sitzen meine Freunde. Sie lieben mich und werden meine Entscheidung akzeptieren. Gemeinsam mit Alex gehe ich ins Wohnzimmer. Die Jungs haben es sich bereits auf der großen Couch bequem gemacht. Louis ist wie üblich in sein Smartphone vertieft und chattet vermutlich mit Juli. Kann ich ihm nicht verübeln, schließlich braucht jeder einen Menschen, dem er seine Sorgen anvertrauen kann. Und Louis hat in Juliane diesen Menschen gefunden.

»Also …«, beginne ich. Mir bricht der Schweiß aus. Mist, gar nicht so einfach, zu beginnen. Alex legt mir kurz die Hand auf den Arm, dann reicht er Marc und Matt das Bier.

»Auf deine Rückkehr«, sagt Marc und prostet Alex zu. Ich lasse mich in den Sessel ihnen gegenüber sinken. Mein Magen verkrampft sich, als ich nach den richtigen Worten suche. Meine Freunde sehen mich erwartungsvoll an. Ich will sie nicht vor den Kopf stoßen, aber … ich habe mich für Alex entschieden. Endgültig! Jetzt gibt es kein Zurück mehr, ich werde aussteigen müssen, weil ich nicht will, dass unsere Beziehung von der Presse ausgeschlachtet wird. Außerdem werde ich den Jungs die Wahrheit über Roberts Drohungen sagen. Das wird Konsequenzen für ihn haben, das steht fest. Dieses Mal werde ich ganz sicher nicht einknicken. Ich werde seine Kündigung fordern und ich bin sicher, dass meine Freunde ebenfalls dieser Meinung sein werden. Auf so einen Manager kann die Band getrost verzichten!

»Ihr habt ja für mächtig Schlagzeilen gesorgt«, sagt Tyler und hält sein Smartphone in die Höhe. Darauf sind ein paar Fotos von Alex und mir am Flughafen zu sehen. Scheiße, sind die schnell! Das ist nicht einmal zwei Stunden her. »Das wird Robert ganz und gar nicht gefallen.« Tylers Blick ist ernst. Ich atme tief ein.

»Genau das ist es, worüber ich mit euch reden wollte …«

Alex setzt sich auf die Armlehne des Sessels und legt seine Arme um mich. Seine Wärme gibt mir Kraft.

»Ihr seid echt süß zusammen«, merkt Louis an und hält sein iPhone hoch, um ein Foto von uns zu machen.

»Das lädst du jetzt aber nicht auf Instagram hoch, oder? Die Gerüchte um Rick sorgen so schon für Furore im Netz.« Marc legt die Stirn in Falten und verschränkt die Arme vor der Brust. »Ich habe echt keine Lust auf den ganzen Ärger.«

»Ich wollte den Moment bloß festhalten«, gibt Louis trotzig zurück. »Dann kann ich Rick das Bild zeigen, wenn er wieder auf die Schnapsidee kommt, dass er ohne Alex leben kann! Hab dir das Foto eben geschickt, Alex.«

»Danke, Lou.«

»Mensch, könnt ihr mich bitte ausreden lassen?«, wende ich ein. Verzweifelt ringe ich die Hände.

»Schon gut. Spuck's aus, Mann«, kommt es von Matthew. Er lehnt sich zurück, die Arme auf der Rückenlehne ausgebreitet und spielt mit Marcs Shirtkragen.

»Lass das, Matt. Das kitzelt«, protestiert Marc und boxt unserem Kumpel in die Seite. Die Jungs sind echt unverbesserlich. Ich versuche hier, ein ernstes Gespräch zu führen, doch sie blödeln herum wie kleine Kinder. Lediglich Tyler sieht mich fest an.

»Was ist los, Rick?« Seine dunklen Augen scheinen mich regelrecht zu durchbohren. Ich nehme meinen ganzen Mut zusammen. Jetzt oder nie.

»Ich steige aus.« Endlich sind die Worte heraus. Es fühlt sich an, als würde eine tonnenschwere Last von meinen Schultern fallen. Alex drückt mich noch fester an sich. Ich schmiege mich in die Umarmung und schließe für einen kurzen Moment die Augen. Stille herrscht in meinem Wohnzimmer. Als nichts passiert, öffne ich die Augen und sehe meine Freunde unsicher an.

Die anderen starren mich an. Sekunden vergehen, in denen niemand etwas sagt. Ich schlucke hart, meine Nervosität steigt wieder an. Alex massiert meinen Nacken, doch leider hilft die Geste nicht, mir die Panik zu nehmen.

»Scheiße«, entfährt es Matthew.

»Das kannst du nicht machen!«, ruft Marc erschrocken.

»Irgendwie habe ich das geahnt«, meint Tyler leise. Louis schweigt.

»Das … nun … ich habe wirklich lange darüber nachgedacht …«, erwidere ich. »Es scheint mir der einzige Weg zu sein. Ich möchte mit Alex zusammen sein. Das Showbiz ist einfach nicht mehr das, was für mich an erster Stelle steht. Auch wenn die Fans sich beruhigen, und das werden sie über kurz oder lang, will ich einfach nicht, dass unsere Beziehung im Fokus der Presse steht. Ich möchte ein ganz normales Leben mit Alexander führen. Wenn ich so weitermache wie bisher, halte ich diesem Druck auf kurz oder lang nicht mehr stand. Ich liebe die Musik, und ich werde sie nicht aufgeben, aber es gibt noch viele andere Möglichkeiten, meinen Traum zu leben. Dafür muss ich nicht selbst auf einer Bühne stehen.« Mir fällt diese Entscheidung nicht leicht, doch ich habe sie in dem Moment getroffen, als ich ins Flugzeug nach Köln gestiegen bin. Alex ist mir wichtiger, als die Musik es je sein wird.

»Du willst die Band auseinanderreißen, um mit Alex zusammen zu sein? Ist das dein Ernst?« Marc springt vom Sofa auf. Sein Gesicht verzieht sich zu einer wütenden Grimasse. »Bedeutet dir 5Minutes etwa gar nichts, Rick? Ich dachte, wir sind Freunde. Du kannst uns doch nicht einfach vor vollendete Tatsachen stellen! Warum hast du nicht schon früher etwas erwähnt?«

»Gerade weil wir Freunde sind, dachte ich, ihr würdet meine Gründe verstehen«, versuche ich, mich zu erklären. »Wer, wenn nicht ihr? Ich habe die Karten offengelegt, weil ich euch vertraue. Ich verberge nichts vor euch. Ihr seid die ersten, mit denen ich über den Rücktritt spreche. Das Label weiß noch nichts, genauso wenig wie Robert oder jemand anderes aus der Crew.«

Marc presst seine Lippen zu einem Strich zusammen und ballt die Hände zu Fäusten. Wütend sieht er auf mich herab. Da habe ich wohl einen wunden Punkt getroffen. Aber er ist selbst schuld, wenn er mir nicht vertraut und mir deshalb nichts Näheres über seine Beziehung zu Christine erzählt.

»Es ist nicht richtig, dass du dein Glück über alles stellst. Wir bringen alle Opfer für die Band … für die Musik …«, presst Marc gereizt hervor. Ich merke, wie er um Fassung ringt. Alex versteift sich neben mir und rutscht ein Stück zur Seite, doch ich lege meine Hand auf sein Knie, um ihn am Aufstehen zu hindern. Wenn wir diese Situation nicht gemeinsam meistern können, hat alles weitere nur noch wenig Hoffnung.

»Marc, jetzt beruhig dich doch erstmal. Lasst uns in Ruhe darüber reden«, redet Tyler auf meinen besten Freund ein. Dieser fährt zu ihm herum.

»Mich beruhigen? Ich will mich gar nicht beruhigen!«, zischt er. »Das ist doch völlig bescheuert! Rick ist in Alex verknallt. Schön und gut. Aber was passiert morgen? Wenn wir uns jetzt trennen, gibt es für niemanden von uns ein Zurück. Das könnt ihr doch nicht wirklich wollen?!«

Mir schlägt das Herz bis zum Hals und mein Magen verkrampft sich. Ich habe nicht gedacht, dass Marc so dermaßen wütend reagieren könnte.

»Also, um ehrlich zu sein … Ich habe mit Katy auch schon ein paar Mal darüber gesprochen. Wir möchten eine Familie gründen und ich will das Leben unserer Kinder nicht nur aus der Ferne betrachten, weil ich gerade irgendwo auf Welttournee bin«, sagt Tyler mit fester Stimme. »Sag bloß, du willst das, Marc? Immerhin wirst du doch auch bald Vater.«

Marc schluckt, ballt die Hände zu Fäusten und presst die Lippen fest aufeinander.

»Ich mag Alex und will, dass Rick mit ihm glücklich wird. Wenigstens einer … sie haben es verdient«, meint Louis mit einem traurigen Lächeln in meine Richtung. Der Schmerz ist in seinen blauen Augen deutlich erkennbar und schnürt mir die Kehle zu.

»Ach Lou …«, murmelt Alex unglücklich.

»Das kannst du nicht wirklich wollen, Louis«, schreit Marc ihn an. Louis zuckt erschrocken zusammen. »Wir haben schon so viel erreicht und stehen auf dem Gipfel unserer Karriere. Wegen ihm bricht die Band auseinander. Willst du das etwa? Alles hinschmeißen, was wir bisher erreicht haben?«

Louis' Gesichtsausdruck verändert sich. Die Traurigkeit weicht und er funkelt Marc nun wütend an.

»Ja verdammt! Ich halte es nämlich kaum noch in deiner Nähe aus! Du bist gerade so ein arrogantes Arschloch, dass ich dich kaum noch wiedererkenne!« Louis springt ebenfalls auf. Ich starre ihn entsetzt an. Ach du scheiße! Ich fürchte, gleich geht Lou in die Luft. Sein Schmerz und seine Wut sind beinahe mit Händen greifbar. Wie schlimm muss es für ihn sein, die Bilder von Marc und Christine zu sehen und zu wissen, dass er niemals in die kleine Blase ihrer perfekten Welt passen wird? Der Schmerz muss ihn umbringen! Ich kann mir nicht vorstellen, wie schwer es für Lou sein muss, seine Gefühle für Marc zu verbergen.

Alex zieht neben mir scharf die Luft ein. »Bitte, jetzt beruhigt euch doch.«

»Wieso sagst du so etwas, Lou?«, fragt Marc völlig verwirrt. Louis' Ausbruch hat ihm den Wind aus den Segeln genommen.

»Weil … weil ich mich in dich verliebt habe, du Idiot!«, schreit Louis. »Ich kann in diesem Zustand keine Musik mit dir zusammen machen.«

Plötzlich wird es still im Raum. Marc öffnet überrascht den Mund, schließt ihn jedoch wieder, ohne einen Ton herauszubringen. Jegliche Farbe weicht aus seinem Gesicht und es sieht so aus, als schwankt er.

»Louis …«

Nicht nur Marc, auch wir anderen starren Louis an.

»Ach … Scheiße! Jetzt wisst ihr's. Ich steige ebenfalls aus. Es ist also nicht bloß Ricks Schuld. Länger hätte ich dieses Schweigen sowieso nicht ausgehalten, ohne durchzudrehen«, presst Lou hervor. Tränen bilden sich in seinen Augen. Nach einem kurzen Blick auf Marcs geschocktes Gesicht dreht er sich ruckartig um und flieht aus dem Wohnzimmer. Die Wohnungstür knallt hinter ihm ins

Schloss. Marc taumelt zum Sofa und lässt sich kraftlos neben Matt sinken.

»Fuck!«, entfährt es Marc. Er schlägt die Hände vors Gesicht und presst seinen Kopf gegen die Rückenlehne des Sofas. »So eine verdammte Scheiße!«

Ich weiß nicht wirklich, wie ich seinen Ausbruch zuordnen soll. Ist er sauer, weil Louis sich in ihn verliebt hat, oder, weil er von seinen Gefühlen nichts geahnt hat? Alex neben mir wagt kaum zu atmen, so angespannt wirkt er.

Eine Weile vergeht, in der keiner von uns ein Wort sagt. Plötzlich springt Marc auf. Rote Flecken haben sich auf seinen Wangen gebildet, er wirkt irgendwie gehetzt und durcheinander.

»Ach, macht doch was ihr wollt!«, ruft er und verlässt ohne ein weiteres Wort meine Wohnung. Seufzend vergrabe ich mein Gesicht in meinen Händen.

»Das habe ich mir anders vorgestellt«, murmele ich verzweifelt. Meine Freunde haben sich meinetwegen zerstritten, ich habe Louis zu einem Outing gedrängt und Marc hasst mich. Was für ein toller Tag! So habe ich mir das Ganze wirklich nicht vorgestellt. Alex rutscht von der Armlehne und setzt sich auf den Fußboden, den Kopf gegen die Seite des Sessels gelehnt.

»Also … darf ich auch noch etwas dazu sagen?«, meldet sich Matthew zu Wort, der bis eben geschwiegen hat. Ich sehe zu ihm auf.

»Komm, ramm mir den Dolch noch tiefer ins Herz«, sage ich theatralisch und versuche, die Situation dadurch ein wenig aufzulockern, obwohl ich mich gerade miserabel fühle.

»Ähm, also eigentlich wollte ich nur sagen: Ich möchte, dass alle glücklich sind. Unabhängig von 5Minutes. Wenn es nur ohne geht, dann muss es wohl so sein. Außerdem habe ich mit dem Gedanken gespielt, bei einem Casting für einen Film mitzumachen. Meint ihr, aus mir wird der nächste Brad Pitt?«

Die Jungs sind bereits vor einiger Zeit gegangen. Alexander hat Pizza bestellt, doch ich habe keinen Bissen herunterbekommen, weil ich immer noch völlig neben mir stehe. Die Trennung ist beschlossene Sache. Zudem habe ich Matt und Tyler von Roberts Erpressung erzählt. Beide waren außer sich und der Meinung, ich hätte sofort mit ihnen reden sollen, statt die Sache alleine zu lösen. Jetzt sind sie noch fester entschlossen, mich in meinem Vorhaben zu unterstützen, Robert rauszuschmeißen. Aber erstmal werden wir unserem Manager einen Besuch abstatten. Gemeinsam.

»Wenn wir untergehen, dann mit wehenden Fahren«, hat Tyler grinsend verkündet. Daraufhin habe ich den Jungs den Song gezeigt, den ich für Alex geschrieben habe. Ich will dieses Lied unbedingt singen, um der ganzen Welt zu zeigen, dass es egal ist, wen man liebt. Hauptsache, man tut es aus ganzem Herzen.

»Rick, der Song ist der Wahnsinn!«, hat Matt begeistert gesagt. »Wenn wir das Lied wirklich herausbringen, werden dich die Fans lieben!«

Wenn ich meine Gefühle und all die Leidenschaft in den Song lege, verzeihen uns die Fans vielleicht, dass wir so plötzlich aufhören wollen.

Das Telefonat mit Robert kurz nachdem die Jungs weg waren ist wenig erfreulich gewesen. Aber was habe ich auch erwartet? Dass er mich zu den neuerlichen Fotos im Netz beglückwünscht? Wir haben uns auf einen Termin am nächsten Tag geeinigt, um nochmal miteinander zu reden. Das reicht. Immerhin hat er diesen Unsinn über Alex nicht einfach direkt veröffentlicht.

»Wie geht es dir?«, fragt Alex leise. Ich drehe mich zu ihm um.

»Gut«, sage ich ebenso leise. »Wirklich gut. Endlich kann ich wieder atmen.«

»Und warum kannst du dann nicht schlafen? Ich dachte, neben mir schläfst du wie ein Baby«, neckt mich mein Freund. Ich strecke die Hand nach ihm aus und streichle ihm über sein leicht zerzaustes Haar.

»Komm lieber her und wärm mich, damit ich schnell einschlafe, um diesen furchtbaren Tag zu vergessen.«

Statt sich an mich zu kuscheln, richtet sich Alex auf und sieht mich an. Sein Gesicht liegt im Schatten, ich kann nur vage die Umrisse in der Dunkelheit erkennen.

»Es ist nicht alles furchtbar gewesen. Schließlich bin ich hier. Bedeutet dir das gar nichts?«

»Doch. Du bedeutest mir die Welt, Alexander.«

Unsere Lippen treffen sich zu einem innigen Kuss.

Marc ist ganz und gar nicht begeistert, dass ich die Band so plötzlich verlassen will. Aber die Sache mit Robert findet er genauso mies wie der Rest der Jungs. In diesem Punkt sind wir alle einer Meinung.

Zu Louis' Gefühlen hat mein bester Freund sich nicht geäußert, aber wir wissen alle, dass Louis keine Chance hat, da Marc mit seiner Freundin Christine ein Kind erwartet. Vermutlich ist es Marc nun auch unangenehm, weiter mit Louis zusammenzuarbeiten. Der Kleine tut mir verdammt leid. Am liebsten hätte ich ihn gestern Abend zurückgehalten, als er mit Tränen in den Augen aus meiner Wohnung gestürmt ist.

Auch jetzt herrscht eisige Stimmung zwischen Marc und Louis. Die beiden haben sich äußerst kühl begrüßt und halten nun Abstand zueinander. Lou sieht übermüdet aus, als habe er in der vergangenen Nacht nur wenig Schlaf bekommen. Und Marc? Seine verbissene Miene zeigt keine Regung. Ich weiß nicht, was in ihm vorgeht, und das ärgert mich. Am liebsten würde ich ihn packen und so lange schütteln, bis er sich besinnt und wieder mit Louis spricht.

»Wollen wir los?«, fragt Tyler in die Runde. Gemeinsam stehen wir vor dem Bürogebäude, in dem Robert schon auf uns wartet.

»Auf geht's in die Höhle des Löwen«, antwortet Matt mit einem Grinsen, um die angespannte Stimmung zwischen uns ein wenig aufzulockern. Dankbar lächele ich ihn an.

»Wo wäre ich nur ohne euch?« Ohne meine Freunde wäre ich jetzt totunglücklich.

»Vermutlich nicht hier?«, entgegnet Louis schulterzuckend. Matt knufft ihn in die Seite.

»Lasst es uns positiv betrachten. Wenn wir hier fertig sind, können wir nach vorne sehen und etwas Neues ausprobieren. Uns stehen alle Türen offen. Ich würde zum Beispiel gerne mal in einem Hollywood Blockbuster mitspielen. Außerdem gibt es etwas, das uns weder Rob noch das Label wegnehmen können.«

»Und das wäre?«, will ich skeptisch von Matt wissen. Dieser grinst mich an.

»Unsere Freundschaft! Auch wenn es 5Minutes nicht mehr geben wird, wir sind immer noch hier, oder? Niemand kann uns verbieten, weiterhin in Kontakt zu bleiben. Und wer weiß, vielleicht starten wir ja in ein paar Jahren ein grandioses Comeback? So wie die Backstreet Boys. Wir brauchen 5Minutes nicht, weil wir 5Minutes *sind*, versteht ihr? Wenn wir Musik machen wollen, dann machen wir Musik. Und wenn nicht, können wir uns auch einfach einen Film ansehen und uns gegenseitig mit Popcorn bewerfen, so wie auf der letzten Tour.« Matts Augen funkeln begeistert.

»Dann räumst du die Sauerei aber auf«, entgegnet Marc mit einem kleinen Lächeln.

»Nennt mich Mr Clean«, verkündet Matt und schlägt sich mit der Hand enthusiastisch gegen die Brust.

Mit einem mulmigen Gefühl betrete ich Roberts Büro. Er steht am Fenster, das Handy am Ohr.

»Danke, Theresa. Ich werde alles Weitere veranlassen«, sagt er und beendet das Gespräch, ehe er sich zu uns umdreht. »Ich dachte schon, du lässt dich hier gar nicht mehr blicken«, sagt er mit grimmiger Miene. »Aber wie ich sehe, hast du dir Verstärkung mitgebracht. Na, wenigstens hast du deinen Freund zu Hause gelassen. Der hat mir hier gerade noch gefehlt, schließlich habt ihr beiden gestern schon für genug Aufsehen gesorgt.« Das Wort *Freund* betont Rob ganz besonders, um mich damit zu provozieren. Ich versuche jedoch, so gelassen wie möglich zu bleiben. Meine Freunde bauen sich hinter mir auf, bereit, jeder Zeit einzugreifen. Unser Manager geht langsam zu seinem Schreibtisch, tippt dabei etwas in sein Smartphone ein.

»Ich habe eben alles mit Theresa abgesprochen. Wir werden eine Pressekonferenz organisieren. Du wirst deine Beziehung zu Alexander widerlegen«, meint er in so einem beiläufigen Ton, als wäre alles nur ein Spiel. Wut brodelt in mir. Nimmt er mich etwa gar nicht ernst?

»Deine Spielchen gehen mir langsam ziemlich auf die Nerven, Richard. Habe ich mich damals nicht deutlich genug ausgedrückt, was passiert, wenn du dich weiterhin mit mir anlegst?«, wendet sich Rob wieder an mich. Seine Augen funkeln wütend, obwohl er nach außen hin eine kühle Miene zur Schau stellt.

Nun reicht's mir endgültig. Eigentlich wollte ich ruhig bleiben, doch Robert treibt mich zur Weißglut.

»Das reicht jetzt! Ich lasse mich nicht länger von dir erpressen!«, schreie ich unseren Manager an, der mich ungerührt ansieht.

»Pass auf, was du sagst, Richard. Ich habe dich immer wieder gewarnt. Das wird sonst Konsequenzen haben«, droht Robert.

»Konsequenzen? Was denn für Konsequenzen? Ich steige aus, dann kannst du mir und Alex gar nichts mehr anhaben.«

»Wir steigen alle aus«, kommt mir Matthew zur Hilfe. Er tritt neben mich und reckt trotzig das Kinn vor. Für einen kurzen Moment entgleisen Roberts Gesichtszüge, doch dann reißt er sich zusammen und verschränkt die Arme vor der Brust. Ein selbstgefälliges Grinsen zeigt sich auf seinem Gesicht, das mir Übelkeit bereitet.

»Ihr könnt nicht einfach so aussteigen, Jungs. Ihr habt Verträge für fünf Jahre unterschrieben«, klärt uns Robert auf. Vielleicht hat er recht. Doch er ist die längste Zeit unser Manager gewesen. Das wird ein Ende haben.

»Wir können«, sagt Tyler fest. »Und wir werden. Wir werden uns mit dem Label und unseren Anwälten zusammensetzen, um einen Auflösungsvertrag aufzusetzen. Und was dich angeht-« Er tritt vor und fixiert Robert mit festem Blick. »Dass du Rick erpressen wolltest, ist unverzeihlich. Das wird dir niemand durchgehen lassen. Noch heute werden wir dich anzeigen. Wenn das jemand rausbekommt, und komm schon, du kennst die Presse, wirst du nie wieder einen Klienten finden.«

Robert ballt die Fäuste, nun ist es um seine Selbstbeherrschung geschehen. Drohend macht er einen Schritt auf mich zu.

»Das könnt ihr nicht tun. Das ist nicht eure Entscheidung! Ich wollte immer nur das Beste für die Band!«, schreit Robert außer sich vor Wut. »Ich werde einen Teufel tun, mir das von euch Jungs bieten zu lassen. Ihr könnt nicht einfach tun und lassen, was ihr wollt!«

»Können wir nicht? Na, das werden wir noch sehen«, entgegne ich ruhig und verschränke die Arme vor der Brust. Wenn es sein muss, gehe ich eben vor Gericht, damit Robert uns nicht mehr schaden kann.

»Ich werde es ganz sicher zu verhindern wissen, dass ihr wegen Richards billiger Affäre eure Karriere aufs Spiel setzt! Das Label investiert viel Geld, um euer Album zu produzieren, die ganzen Merchandise und die Konzerte zu organisieren. Glaubt ihr wirklich, es geht nach eurer Nase? Ihr seid bloß verzogene Gören, die ein bisschen Promiluft schnuppern! Ohne mich wärt ihr doch nie so weit gekommen«, brüllt unser Manager nun völlig außer sich. Von Selbstbeherrschung keine Spur mehr. Wutflecken zeigen sich auf seinem Gesicht.

»Ohne uns bist du nichts, Rob. Bloß ein homophobes Arschloch, das keine Ahnung von wahrer Liebe hat!«, zische ich ebenfalls wutentbrannt. »Du hast doch sowieso nichts zu sagen, weil wir dich rausschmeißen können, wenn wir wollen. Du kannst nichts dagegen tun, wenn wir unsere Verträge mit dem Label auflösen wollen, weil du darauf keinen Einfluss hast.«

Unser Manager holt mit der Rechten aus. Ich sehe den Schlag nicht kommen und taumele benommen gegen Marc, als mich Roberts Faust ins Gesicht trifft. Louis entfährt ein entsetzter Schrei. Matt stellt sich sofort zwischen Rob und mich, während Marc mich stützt. Meine Wange brennt, doch viel schlimmer ist der Zorn, der in mir hochkommt. Ich will schon auf Rob zustürmen, doch Marc hält mich an den Schultern fest.

»Das wird ein Nachspiel haben«, sagt er eiskalt. Seine Augen fixieren Robert. Oh ja, das wird noch ein Nachspiel haben.

Ich weiß zwar nicht, wie unsere Anwälte es in so kurzer Zeit geschafft haben, aber sie konnten eine Einigung mit dem Label erzielen. Die Wochen nach Neujahr sind nervenaufreibend gewesen, aber immerhin wurde die Sache nicht in der Öffentlichkeit breitgetreten. Robert ist seinen Job los. Zum einen, weil er zu solch illegalen Mitteln wie Erpressung gegriffen hat, um mich zu kontrollieren. Zum anderen wegen des Übergriffs auf mich. Außerdem habe ich ihn angezeigt, weil meine Freunde mir dazu geraten haben. Dieser Kerl wird sich vor Gericht für seine Taten verantworten müssen.

In einer Pressekonferenz Mitte Januar haben wir unsere Auflösung offiziell verkündet. Die Fans sind völlig aufgelöst über unsere Trennung, aber unsere Entscheidung werden wir nicht rückgängig machen. Ich möchte mich vom Showbiz zurückziehen, um mir ein Leben mit Alex aufzubauen. Matt möchte lieber schauspielern und Louis kann mit Marc kaum gemeinsam in einem Raum sein, ohne dass ihm die Tränen in die Augen steigen. Ein Fortbestand der Band würde zu diesem Zeitpunkt einfach keinen Sinn mehr machen.

Das Label hat auf fünf vorgezogene Konzerte zu unserem neuen Album bestanden, ehe wir offiziell getrennte Wege gehen. Innerhalb weniger Stunden, nachdem der Kartenvorverkauf gestartet ist, waren alle Tickets restlos vergriffen.

Dafür konnte ich heraushandeln, den Song für Alex auf dem Abschlusskonzert singen zu dürfen. Das Lied wird nie offiziell produziert werden, aber das ist mir egal. Hauptsache, ich kann es vor Millionen von Fans singen. Für Alex. Für ihn habe ich meine Karriere aufs Spiel gesetzt, gekämpft und gewonnen. Ich bereue es nicht. Er ist der Grund, warum ich mich geändert habe. Jetzt, wo Alex bei mir ist und ich keine Angst haben muss, dass Robert irgendwelche schmutzigen Geschichten über meinen Freund verbreiten wird, verfliegt die Zeit.

Bis auf Marc sind die anderen Jungs ebenfalls aus ihren Verträgen ausgestiegen. Er will nun eine Solokarriere starten. Glücklicherweise wird Marc nun von einer Managerin namens Kimberly vertreten. Sicher hat er mit ihr mehr Glück. Tyler wird sich mit Katy in ihrem Haus auf dem Land niederlassen, um einen Haufen Kinder großzuziehen. Geld genug hat er, um seine Familie zu versorgen. Matthew hat sich bereits um eine Karriere als Filmstar gekümmert und sogar einen Vertrag für eine Nebenrolle in einer Komödie bekommen. Die Dreharbeiten starten schon im Frühjahr. Nur Louis geht es seit der Trennung von 5Minutes schlecht. Zwar erscheint er regelmäßig zu den Proben für die Konzerte im Februar, kniet sich richtig rein, gibt alles, aber ich sehe ihm an, wie schwer es ihm fällt, länger als nötig in Marcs Nähe zu sein. Um Louis' Willen hoffe ich, dass die Tage schnell vergehen und wir endlich auf die Bühne können. Lou bricht sonst noch zusammen. Obwohl ich versuche, ihm Trost zu spenden, schickt er mich lächelnd weg. Seine Antwort ist jedes Mal dieselbe: *Mir geht es gut.*

Jedes Mal, wenn ich Marc auf Louis' Geständnis angesprochen habe, hat dieser bloß dichtgemacht und jede Frage abgeblockt. Keine Ahnung, was in diesem Kerl vor sich geht. Ich verstehe nicht, wie ihm Louis' Gefühle so gleichgültig sein können, dass er kaum noch ein Wort mit ihm wechselt. Schließlich sind wir alle Freunde!

Matthew hat sich ziemlich darüber aufgeregt, dass wir alle uns überwiegend aus dem Weg gehen und nur noch zum Proben zusammenfinden. Für Louis ist es nun mal nicht leicht, mit Marc länger als nötig in einem Raum zu sein. Das versteht Matt, doch er möchte trotzdem, dass wir weiterhin Freunde bleiben. Deshalb sind wir gestern gemeinsam essen gewesen. Louis hat auf seinen Lieblingsitaliener bestanden und niemand hat protestiert. Mir liegt es wirklich am Herzen, dass alle wieder normal miteinander reden. Und wirklich, das gemeinsame Abendessen hat zumindest die größten Spannungen zwischen uns wieder gelöst. Selbst Louis hat über Marcs Witze gelacht. Obwohl sich beide kaum vertragen werden, hat der Abend alles ein wenig aufgelockert.

»Bist du bereit?«, fragt mich Alex.

Ich nicke. »So was von bereit.« Schnell gebe ich meinem Freund einen Kuss auf den Mund. Lisa seufzt theatralisch und meine Schwester kichert.

»Die beiden sind so süß zusammen«, sagt Stella. Lisa nickt bestätigend. Beide Mädchen haben sich vom ersten Moment ihrer Begegnung angefreundet, weil sie dieselbe Leidenschaft teilen: Sie shippen Alex und mich. Ehrlich, ich habe keine Ahnung, warum. Wir sind schließlich einfach nur zwei Menschen, die sich lieben. Aber es sei ihnen vergönnt, solange sie glücklich sind. Denn ich bin es gerade auch. Und zwar verdammt glücklich.

»Mann, Stella, jetzt übertreib mal nicht. Süß sind nur kleine Hundewelpen. Die beiden ganz sicher nicht«, meint Juliane mit einem frechen Grinsen. Alex hat mich gebeten, seinen Freunden aus Deutschland Backstagepässe und Tickets für unser Abschlusskonzert in der O2-Arena zu organisieren, was ich nur zu gerne getan habe. Beide Mädchen waren am Boden zerstört, dass sich die Band trennt. Juli war vor allem wütend auf Marc, weil er ihren besten Freund Louis so sehr verletzt hat. Als sie vor einer halben Stunde mit Lisa im Stadion angekommen ist, hat sie sich Marc vorgeknöpft und ziemlich wüst beschimpft, während Louis in der Maske gewesen ist. Jetzt sitzt Lou neben Juli auf einem der Sofas im Aufenthaltsraum, seinen Kopf gegen ihre Schulter gelehnt und isst eine Banane. Ihre Gegenwart tut ihm gut, denn er wirkt viel entspannter als in den letzten Wochen. Marc sitzt neben Tyler auf der gegenüberliegenden Seite des Raumes und sieht gelegentlich zu den beiden rüber. Ich kann seinen Blick nicht deuten. Ist das Eifersucht? Mir entgeht nicht, wie er schnell den Blick abwendet, als Juliane Louis' Hand nimmt und sie drückt.

»Rick, du hast etwas vergessen«, sagt Alex, als ich mich vom Sofa erhebe und ausgiebig strecke.

»Was denn?«, frage ich neugierig und drehe mich nochmal zu Alex um. Die anderen Jungs stehen ebenfalls auf. Die Vorband singt bereits das letzte Lied. In wenigen Minuten werden wir das letzte Mal die Bühne betreten und die Arena so richtig rocken. Alex kramt etwas aus seiner Hosentasche hervor.

»Hier.« Er hält mir ein Stück blauen Stoffs entgegen. Seine Wangen röten sich, als ich den Stoff in seiner Hand verwirrt mustere.

»Das Bandana. Du musst es ummachen«, murmelt er verlegen. Meine Augen weiten sich überrascht.

»Du hast es immer noch?« Jetzt erinnere ich mich daran, wie ich es nach unserer ersten gemeinsamen Nacht in Köln vergessen habe. Absichtlich vergessen. Seitdem ist mehr als ein halbes Jahr vergangen. Ich hätte nicht gedacht, dass Alex es immer noch hat.

»Natürlich. Es ist mein Glücksbringer gewesen.« Er hebt den Kopf und lächelt mich an.

»Und jetzt brauchst du ihn nicht mehr?«, frage ich mit wild klopfenden Herzen. Alex schüttelt den Kopf.

»Nein. Denn ich habe mein Glück gefunden.«

Ich nehme ihm das Bandana ab und binde mir damit die Haare aus dem Gesicht.

»Gut so?«

»Perfekt.«

»Okay, Leute, jetzt reicht's aber mit dem Liebesgesülze«, meint Matt und legt mir seinen Arm um die Schulter. »Gib deinem Schatz noch einen Abschiedskuss, dann müssen wir auch schon los. Hört ihr das nicht? Die Fans warten bereits.«

Ich gehe auf Matts Spielchen ein und küsse Alex zum Abschied viel länger, als es Matthew lieb ist. Lachend zieht er an meinem Shirt, um mich von Alexanders Lippen loszureißen.

»Wie festgewachsen«, sagt Marc und verdreht dabei die Augen, trotzdem kann er ein spitzbübisches Lächeln nicht verbergen. Louis kommt zu mir rüber. Instinktiv ziehe ich ihn kurz an mich.

»Also dann, bereit?«

»Bereit!«, stimmen mir die anderen Jungs wie aus einem Mund zu.

Ich lächle und schaue in die Menge. Das Publikum tobt, ruft meinen Namen. Adrenalin jagt durch meinen Körper, lässt mein Herz wie wild schlagen. Ich weiß, dass er dort unten steht, inmitten all der anderen Fans, und mir zusieht. Heute werde ich ein letztes Mal singen, nur für ihn. Nur für Alex. Die Musik ertönt, das Jubeln der Fans wird lauter. Für einen kurzen Moment schließe ich die Augen und atme tief ein. Das erste Mal nach unendlich langer Zeit fühle ich mich wieder frei. Endlich kann ich sein, wer ich wirklich bin. Alex hat mir geholfen, dieses neue Ich zu finden und zu mir zu stehen. Entgegen aller Erwartungen und Konsequenzen. Heute bin ich der echte Richard Clark. Und ich liebe Alex!

Ich öffne die Augen und laufe zum Rand der Bühne. »Hello London, are you ready?«

15. Rewrite The Stars (Zac Efron feat. Zendaya)

-Alex-

Die Fans um mich herum jubeln und singen aus Leibeskräften mit. Ich lasse mich von der Stimmung in der Arena treiben, stehe völlig unter Strom. Das letzte Mal, als ich zwischen all den anderen Fans gestanden und meiner Lieblingsboyband zugehört habe, bin ich bloß einer von vielen gewesen, die Rick angehimmelt haben. Jetzt bin ich der eine. Sein Freund. Mit allen Rechten und Pflichten. Gott, wie sich das anhört! Der Gedanke lässt mich unweigerlich grinsen.

Hätte mir jemand vor gut einem halben Jahr gesagt, dass ich einmal neben Rick aufwachen würde, ich hätte denjenigen für verrückt erklärt. Aber jetzt ist es tatsächlich so. Es ist zwar verdammt umständlich neben dem Studium, aber so oft ich kann, besuche ich ihn in London. Rick hat mir versprochen, so schnell wie möglich zu mir nach Köln zu kommen, wenn er seine Angelegenheiten hier geklärt hat. Wir beide wollen zusammenziehen. Er will einen Deutschkurs machen, damit er besser zurechtkommt. Und wer weiß, vielleicht kann er irgendwann mal Musik studieren, wenn er die nötigen Zertifikate zusammen bekommt. Er liebt die Musik und kann nicht ohne sie leben. Außerdem hat Rick erwähnt, dass er gerne weiterhin Songtexte schreiben will, denn das ist es, was er wirklich gut kann. Ich bin mir ziemlich sicher, dass er als Songwriter genauso erfolgreich werden wird, wie als Musiker.

Ein wohliges Kribbeln breitet sich in meinem Bauch aus, wenn ich daran denke, dass Rick tatsächlich zu mir nach Köln zieht. Er hat nicht einmal gefragt, ob ich herkommen will, sondern wie selbstverständlich verkündet, er würde zu mir kommen. Dass er für mich alles andere hinter sich lässt, macht mich unglaublich glücklich.

Seitdem sich die Band offiziell getrennt hat, gibt es immer noch sehr viel Shitstorm im Netz und nicht viele Leute stehen unserer Beziehung wohlwollend gegenüber. Aber trotzdem gibt es auch Menschen, die uns ermutigen und zu uns halten. Unsere Freunde und Familien zum Beispiel.

Ich schaue zu Lisa, die mit glühenden Wangen neben mir steht und aus voller Kehle den Refrain von *Lucky girl* mitsingt. Glücklicherweise ist die Musik so laut, dass man sie nicht hören kann. Mit den Tickets für das Konzert habe ich sie und Juli ein wenig aufheitern können, nachdem beide wegen der Trennung von 5Minutes am Boden zerstört gewesen sind. Juliane macht sich vor allem Sorgen um Louis. Sie versucht, ihrem Freund so gut es geht beizustehen, weil sie Angst hat, dass Lou mit der Trennung der Band nicht so gut klarkommen könnte, wie er immer versichert. Rick hat den Mädels einen Flug hierher spendiert, damit sie beim Konzert dabei sein können. Sie bleiben das Wochenende über bei uns, bis wir zu dritt zurück nach Köln fliegen.

»Das Lied ist neu, oder?«, brüllt Juli in mein Ohr. Ihre Augen funkeln begeistert. Ich nicke. Sogleich beschleunigt sich mein Puls, als ich die ersten Töne von *Lovesong for you* erkenne. Rick hat mir den Anfang vor ein paar Tagen vorgespielt. Der Rest wäre eine Überraschung, hat er gemeint. Aufgeregt sehe ich zu der Band hinauf. Meine Freunde und ich stehen ganz vorne in der ersten Reihe, direkt bei der Security. Früher habe ich davon geträumt, meiner Lieblingsband einmal so nahe sein zu können. Nun bin ich den Jungs noch näher, als gedacht.

Every second without you is like an hour,
every day without you is like a year.
There's no way I'm gonna go without you.
There's nothing I'm gonna do without you.

You're mine … I'm yours …
That's why I'm writing this lovesong to you.

Mein Herz rast immer schneller. Die Musik durchdringt mich und Ricks Stimme erfüllt mich mit Liebe. Scheiße, ich bin so verknallt, dass es fast wehtut. Ich presse meine Hand auf mein wild schlagendes Herz, versuche mich zu beruhigen. Zwar habe ich den Text des Songs schon vor Wochen gelesen und kenne ihn fast auswendig, doch in Verbindung mit der Musik ist das Lied unglaublich!

Our love is forbidden, our love is a mistake.
You know it … I know it …
Despite that, we don't abide by the rules.
Because when we're together
the world doesn't interest me any more.

You're mine … I'm yours …
That's why I'm writing this song to you.

Tränen laufen Lisa über die Wangen. »Gott, ist das schön!«, schwärmt sie und drückt meine Hand. Ich nicke, unfähig etwas zu sagen, ohne ebenfalls loszuheulen. Meine Gefühle brechen wie ein Sturm über mich herein. Mit jedem Augenblick, den ich in Richards Nähe verbringe, wird mir bewusst, dass unsere Begegnung Schicksal gewesen ist. Es war Schicksal, dass er mir in Peters Kneipe über den Weg gelaufen ist und dass ich ihm nach London gefolgt bin. Anders kann ich es einfach nicht beschreiben. Für mich fühlt es sich an, als wären unsere Herzen eins. Zwei Teile, wie für einander geschaffen.

I don't want to hide it any more,
I'm not able to hold back any more.
We're attracted like two magnets, made for each other.
When you're not around, a piece of me is missing.
Only with you, I get to be free.
Lying is futile.

You're mine … I'm yours …
That's why I'm writing this lovesong to you.

Zuerst habe ich Angst gehabt, dass unsere Liebe an dem Widerstand, der uns entgegengesetzt wurde, zerbrechen könnte. Aber sie wurde stärker, denn nichts schien mir mit Rick unmöglich. Die Wochen nach unserem ersten öffentlichen Auftritt – wir sind tatsächlich wie ein ganz normales Paar im Kino gewesen – sind wie ein Film an mir vorbeigezogen. Die Tatsache, neben Rick durch die Stadt zu gehen, dabei seine Hand zu halten und mich nicht zu verstecken, ist immer noch neu für mich. Aber ich gewöhne mich schnell daran.

Juli schmiegt sich an mich und ich lege meinen Arm um ihre Schulter.

»Dieses Lied wäre sicher ein Nummer-Eins-Hit geworden. Zu schade, dass die Jungs es nicht produzieren.«

Lisa hält mir ihr Smartphone entgegen und grinst breit. »Gut für uns, dass ich es für die Nachwelt festgehalten habe.«

You're mine … I'm yours …
That's why I'm writing this lovesong to you.

You're mine … I'm yours …
That's why I'm writing this lovesong to you.

»Alex!«, ruft Rick plötzlich ins Mikrofon. Die Fans um mich herum jubeln, werden noch lauter. »Alex, komm zu mir!«

Irgendjemand drängt mich nach vorne. Ich sehe Lisas breites Lächeln im Schein der bunten Leuchtstrahler neben mir. Auch Juli grinst und legt mir die Hand auf den Rücken, um mir einen leichten Schubs zu geben. Völlig überrumpelt von den Gefühlen, die in meinem Inneren toben, mache ich einen Schritt auf die Absperrung vor der Bühne zu. Rick kommt zum Rand der Bühne und beugt sich vor, streckt mir lachend seine Hand entgegen, während ich von der Security vorbeigelassen werde und wie mechanisch auf meinen Freund zugehe. Die Fans nehme ich nicht mehr wahr, blende alles um mich herum aus und sehe nur noch Rick, der mich glücklich anstrahlt. Und als ich seine Hand ergreife, weiß ich, dass uns nichts mehr trennen wird.

Die letzten Töne von *Lovesong for you* verklingen, nur schwach nehme ich Louis' Stimme wahr, der Ricks Part zu Ende singt. Tränen rinnen mir übers Gesicht, als ich vor Rick stehe. Jetzt wird uns niemand trennen können. Dieses Lied ist für mich. Mit diesem Lied zeigt er der ganzen Welt, dass wir zusammengehören. Und dieses Mal werde ich bleiben. An seiner Seite. Für immer.

Lisa @LizzyDizzy92:

@RickyBoy @AlexanderSalamander A true Lovestory never ends. Ich bin so stolz auf euch, Jungs ♥

Und darunter ein Foto, auf dem mich Rick mitten auf der Bühne küsst.

Ende

Danksagung

So, es ist tatsächlich vollbracht und ihr haltet meinen neuen Roman *Lovesongs for Alex* in den Händen. Ich bin unglaublich stolz, dass dieses Buch endlich fertig ist, denn es hat mich schon ein wenig Mühe gekostet, bis es wirklich so geworden ist, wie ich es mir vorgestellt habe.

Bei diesem Roman haben mir einige liebe Freunde geholfen, die ich an dieser Stelle natürlich noch erwähnen will. ☺

Dieses Buch ist für Alex! (Ja, jetzt stellt sich die Frage, welche(n) Alex ich hier wohl meine.) Natürlich könnte es sich um meinen Alex aus dem Roman handeln, denn er ist mir beim Schreiben ganz schön ans Herz gewachsen. Jedoch wären meine Jungs wohl nie so geworden, wie sie jetzt sind, hätte ich bei der Bandentwicklung nicht tatkräftige Unterstützung von meiner lieben Autorenkollegin Alexandra Fuchs gehabt. ♥ Deiner kreativen Idee, was den Bandnamen *5Minutes* betrifft, konnte ich unmöglich widerstehen. Zum Glück, denn sonst hätten meine Jungs wohl einen anderen Namen abbekommen, mit dem sie nicht so berühmt geworden wären, ha ha. Außerdem hat es wahnsinnig Spaß gemacht, mit dir über das Buch zu sprechen und die tollen Tweets für das Crossover auszudenken. Danke, dass du mir deine Protagonistin Juliane ausgeliehen hast, die meine Jungs ein wenig aufgemischt hat. Wer mehr über Juli erfahren möchte, oder neugierig ist, was 5Minutes (und vor allem Louis) mit ihr erleben, sollte mal einen Blick in Alexandras Roman *Mitternachtsfarben: Im Reich der Dunkelheit* werfen. Es lohnt sich auf jeden Fall. ♥

Ein riesiges Dankeschön geht an meine Freundin Inna Strunk. Sie hat mir das tolle Bandlogo für die Jungs entworfen und auch mit ihren tollen Englischkenntnissen für mich die Songtexte übersetzt. Ohne sie würden die Texte vermutlich ganz furchtbar falsch klingen, weil mein Englisch wirklich nicht das Beste ist, ha ha ☺

Außerdem möchte ich mich noch bei meiner Lektorin Carolin bedanken. Es war wirklich keine Absicht, dir mit meinem Buch schlaflose Nächte und ständige Pizza-Hungerattacken zu bescheren, ganz, ganz ehrlich. ☺ Ich bin echt froh, dass du mir dabei geholfen hast, aus diesem zu Beginn etwas *unfertigen* Roman ein ganz tolles Buch zu machen, auf das wir beide stolz sein können. ♥ Danke!

Leseprobe:
Vidora Black
Gitarrengeist – Ein Dschinn für Andrew

»Entschuldigung, junger Mann, ich muss Sie bitten, diesen Platz zu räumen.«

Andrew legte seine flache Hand auf die Saiten und warf noch einen Blick zu seinen Einnahmen, ehe er aufstand, sich davor hockte und sie einzusammeln begann. Es war nicht das erste Mal, dass er weggeschickt wurde, aber die Einkaufspassage war ihm zu lieb, um sie gar nicht mehr zum Spielen zu besuchen, deswegen kehrte er oft hierher zurück.

»Sie haben Fans im Kollegenkreis, deswegen habe ich mich erst erkundigt, ob eine Genehmigung von öffentlicher Seite vorliegt. Leider war das nicht der Fall, also …« Seine Stimme klang, als hätte sie nicht viel Übung darin, so etwas wie Bedauern zu transportieren.

»Schon klar«, murmelte Andrew und zog die Reißverschlüsse seiner Gitarrentasche zu, ehe er sie sich vorsichtig über die Schulter hob. »Bin schon weg.«

Er räumte das Feld, ohne den Vertreiber genauer anzusehen.

Mit kalten Fingern wendete er die Münzen in seiner Jackentasche. Vielleicht waren es dreieinhalb Dollar. Er brauchte einen neuen Platz, einen besseren. Bei gutem Wetter wäre der Park eine mögliche Anlaufstelle gewesen, aber dort würde bei dem Wetter erst recht niemand wegen ihm stehen bleiben.

Andrew hob den Kopf. Graue Wolken wohin das Auge sah. Gut, dann also zur U-Bahn. Nicht sein bevorzugter Ort zum Spielen. Zu viele Dealer, zu viele Besoffene. Aber eben auch mehr Publikum und kein Regen. Es half ja nichts. Langsam joggte er die Treppen hinunter, hielt von oben schon Ausschau nach einer guten Stelle, an der er den Rest seines Nachmittags sitzen und spielen konnte. Nicht neben einem Mülleimer, wenn's ging. Und nicht direkt unter einem der Hinweisschilder, auf denen die Tauben gerne saßen.

Seine Augen streiften dutzende von Personen in dem Gewusel, das sie bildeten, ohne dass er sie wirklich *sah*. Es war eher ein Wahrnehmen. Doch dann stockte er, blieb auf der Stufe stehen und vergewisserte sich. Nein, kein Zweifel, es waren dieselben blonden Ponyfransen und dieselbe rote Jacke mit den weißen Aufnähern an den Schultern. Andrew schluckte und machte auf den Hacken kehrt. Eilig stieg er die Treppen wieder hinauf. Nicht diese Station also … er musste wohl zur nächsten.

»Andrew?«, rief jemand hinter ihm.

Fuck.

Er hatte heute wirklich kein Glück. Er wollte nicht mit ihm reden. Und er wollte ihm auch nicht zuhören. Konnten sie es nicht einfach dabei belassen? Hatte die letzten Wochen doch auch super funktioniert. Er hatte schon fast angefangen gehabt, nicht mehr an ihn zu denken.

Die Schritte kamen auf ihn zu. Und Andrew rannte los. Raus aus der Überdachung, rein in den Regen. Die Gitarrentasche schaukelte auf seinem Rücken wild hin und her. Er hetzte über eine Ampel, die gerade von Grün auf Rot umsprang, rempelte einen Mann mit Aktentasche an, wandte nicht mal den Kopf. Weiter um die nächste Ecke, vorbei an ein paar Müllcontainern, wo eine aufgeschreckte Katze ihm auswich. Wieder um die Ecke.

Mitten rein in ein mit Regen gefülltes Schlagloch. Stolpernd ging er zu Boden, fing sich notdürftig mit den Händen ab. »Scheiße!« Sein Knie pochte, seine Hände waren nass und dreckig und sein linker Schuh komplett aufgeweicht. Er rappelte sich wieder auf die Beine und rannte weiter. Noch drei Straßen weiter, ehe er sich sicher fühlte. Angestrengt atmend drückte er sich an eine Hauswand. Abgehängt. Noch mal Glück gehabt. Fröstelnd rieb er sich die Oberarme. Seine Jacke war durch. Aber nach Hause gehen und warm duschen war jetzt nicht drin. Justin hatte ihn gesehen und auch wenn er ihn nicht mehr verfolgen konnte, würde er doch davon ausgehen, dass er nach Hause gelaufen war. Er warf einen Blick auf die Uhr. Wie lange ab jetzt? Welche Zeitspanne war sicher? Drei Stunden? Eigentlich war Justin nie ein besonders geduldiger Mensch gewesen … aber er konnte eine verdammte Hartnäckigkeit an den Tag legen, wenn er wollte. Ja, drei Stunden waren das Mindeste. Besser vier.

Besser, es wäre schon dunkel, wenn er heimkam. Selbst Justin würde nicht den halben Tag vor der Tür verbringen wollen.

Andrew schob die Tür zu einer Boutique auf und schlüpfte in die Wärme des Verkaufsraumes. Ein tiefes Seufzen entglitt ihm und er schob sich die nassen Haare, die an seinen Wangen klebten, aus dem Gesicht.

»Kann ich Ihnen helfen?«

»Nein, ich schaue nur.«

Wenn er schon gerade keine tragen konnte, konnte er sich ja wenigstens trockene Klamotten ansehen, oder? Ein bisschen hatte er Bedenken, dass sie ihn rauswerfen würden, denn besonders dekorativ sah er im Moment nicht aus, eher wie ein Penner, der in eine Pfütze gefallen war. Nein, eigentlich hatte er nur einen schlechten Tag. Das Best Guess hatte geschlossen, weil seinen Chef und dessen Frau spontan das Reisefieber gepackt hatte. Vielleicht eine Form von Midlife-Crisis. Auf jeden Fall blieb damit ein halber Monat Gehalt aus und das war absolut tödlich. Wenigstens das Geld für die Miete musste er irgendwie zusammenkratzen und dafür brauchte er mehr als drei Dollar zehn.

Uninteressiert schweifte sein Blick über die Kleiderständer. Er bewegte sich betont langsam durch die Gänge, damit sein Schuh nicht dieses ekelhaft auswringende Geräusch von sich gab, wenn er sich bewegte. Spontan griff er nach einem Bügel mit einem dunkelblauen Sweatshirt. Ja, das war gut. Schnell war auch eine Hose der passenden Größe gefunden und der Weg zur Umkleide eingeschlagen.

Andrew zurrte den Vorhang zu und entledigte sich der nassen Turnschuhe, dann folgten die Socken, dann die Hose, an der sich die Feuchtigkeit jede Minute weiter nach oben arbeitete. Beim Ausziehen merkte er, wie alles klebte. Handtücher gab es hier leider nicht zu kaufen, sonst hätte er so eins auch noch mit in die Kabine genommen. Leise seufzend zog er sich die Jacke aus und den Pulli, den er darunter trug. Einzig seine Boxershorts schien bisher von der Nässe verschont geblieben zu sein. Wie gut es tat, die klammen Sachen los zu sein.